LES ÎLES MUETTES

Ancien journaliste, **Daniel Aubrey** a voyagé de l'Espagne à Hong Kong, mais s'est finalement installé en Écosse pour composer son premier roman. Comme son héroïne, il adore les chiens, et a été diagnostiqué pour l'autisme et le TDAH assez tard. Pour écrire, il s'est inspiré de son parcours et de ses études sur les Orcades.

Après des études de traduction et de littérature à Sydney, **Marie Chivot-Buhler** a fait ses débuts dans l'édition à Paris en tant qu'éditrice et cessionnaire de droits. Au bout de quelques années, rattrapée par l'envie de découvrir de nouveaux horizons, elle est partie s'installer à Lisbonne, où elle vit encore aujourd'hui avec sa famille.

lemasque.com

Daniel Aubrey

LES ÎLES MUETTES

Traduit de l'anglais (Royaume-Uni)
par Marie Chivot-Buhler

ÉDITIONS DU MASQUE
17, rue Jacob, 75006 Paris

Titre original :
Dark Island

Conception graphique : Bureau Jany
Couverture : © Matt Hardy/Unsplash

ISBN : 978-2-7024-5164-9

Pour Dylan et Maggie,
Même s'ils ne m'ont pas été d'une grande aide.

LES ORCADES

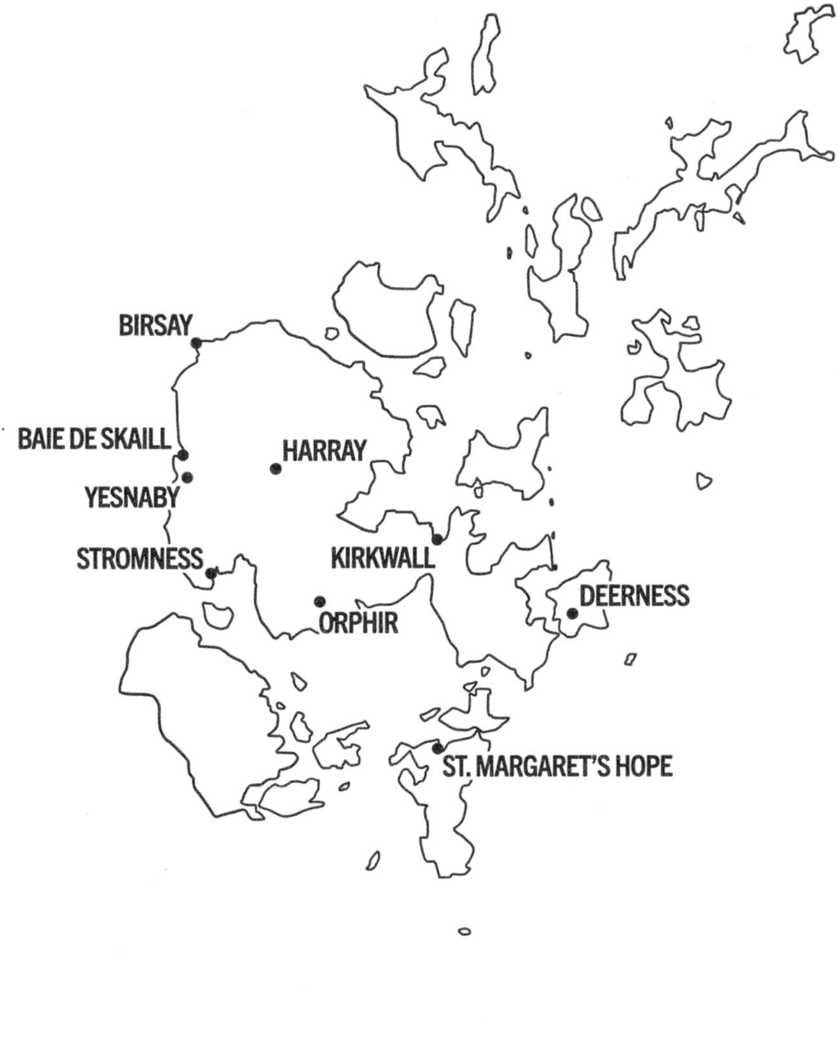
BIRSAY
BAIE DE SKAILL
HARRAY
YESNABY
STROMNESS
KIRKWALL
DEERNESS
ORPHIR
ST. MARGARET'S HOPE

LUNDI 19 DÉCEMBRE

1

Ces îles gardent très mal leurs secrets. Dans les Orcades, rien ne reste enfoui très longtemps.

Freya le savait, mais elle eut tout de même droit à un rappel ce matin-là. Seule en haut de la falaise qui protégeait les dunes, elle observait. À deux cents mètres de la baie en forme de croissant de lune, elle était à la bonne distance : pas assez près pour être repérée, mais trop loin pour qu'on entende quoi que ce soit à part le hurlement du vent et le grondement de la mer en furie. Au sud-est, une aube timide pointait à l'horizon, teintait les nuages de vert-gris et éclairait tout juste assez l'île pour que Freya discerne les agents en combinaison blanche entre les buttes du village néolithique. La tempête de la nuit précédente s'était calmée, mais alors que deux silhouettes bataillaient pour monter une petite tente, une bourrasque s'engouffra dans la bâche et faillit les emporter. À travers ses petites jumelles, Freya ne distinguait pas les détails, mais elle voyait qu'ils essayaient de protéger ce qui affleurait à l'arrière de la plage.

Un secret de plus que ces îles n'avaient pas su garder.

Elle passa la langue sur ses lèvres sèches, qui avaient le goût salé de la mer. De sa main libre, elle mit la capuche de son ciré jaune, et de l'autre, elle fit la mise au point jusqu'à ce que les taches floues devant ses yeux prennent la forme de jambes. Elle avait souri quand Tom lui avait suggéré d'acheter des jumelles d'ornithologie dans le magasin de souvenirs à John o'Groats en venant ici, mais elles avaient effectivement trouvé leur utilité.

— Imagine qu'on entende un râle des genêts pendant une promenade avec Luna ? avait-il souligné. Ou que... qu'on repère des baleines au large ? Crois-moi, on se mordra les doigts de ne pas avoir pris ces jumelles.

Sa conviction avait semblé si sincère, son enthousiasme si innocent, que Freya n'avait pas eu le cœur de dire à son mari qu'au cours de son enfance dans les Orcades, elle n'avait entendu un râle des genêts qu'une ou deux fois et n'en avait jamais vu. Et même s'ils en croisaient, ce n'était pas avec cette camelote en plastique qu'ils observeraient quoi que ce soit.

Son téléphone vibra dans la poche de son manteau, interrompant ses pensées, et avant même de vérifier l'écran, elle eut à nouveau l'estomac noué par l'angoisse contre laquelle elle avait lutté sur le trajet jusqu'ici. Toutefois, ce n'était pas le numéro auquel elle s'attendait, et elle fut presque soulagée de voir le prénom *Kristin* s'afficher. Le temps qu'elle décide si elle allait décrocher, l'appel bascula sur la boîte vocale et elle jeta un coup d'œil à l'heure au-dessus de la photo de Tom et de leur labrador noir, Luna.

Il était 8 h 23.

Kristin se demandait sans doute pourquoi elle n'était pas encore arrivée.

Freya rangea le téléphone dans sa poche ; elle lui enverrait un message une fois sur place, mais elle ne se sentait pas encore tout à fait prête à y aller. Juste une ou deux minutes de plus. Elle remit les jumelles et sa main libre se dirigea machinalement vers les piercings de son oreille droite. Elle les pinça l'un après l'autre, du haut vers le bas puis dans le sens inverse, tout en les comptant. *Un, deux, trois, quatre, cinq. Cinq, quatre, trois...*

La brume dans son cerveau se dissipa. Sa respiration redevint normale.

C'est alors qu'elle le vit.

En contrebas sur la plage, quelque chose bougeait. Le vent agitait les vagues, l'écume blanche roulait sur l'étendue de sable comme des virevoltants, et parmi les déchets abandonnés par la marée descendante Freya perçut à nouveau du mouvement. Une forme noire, comme une ombre. Elle fit courir les jumelles de gauche à droite. Sable, mer et rochers défilèrent devant ses yeux à une vitesse étourdissante, jusqu'à ce qu'elle s'arrête sur sa cible : un chien. Un berger allemand, au pelage noir et brun qui ondulait sous la brise. Un animal magnifique, tourné vers la mer, qui ouvrait et refermait la gueule comme s'il s'adressait à quelqu'un. Ses aboiements étouffés parvinrent à Freya quelques secondes plus tard.

Elle suivit le regard du chien vers les rochers au bord de l'eau de l'autre côté de la baie, où un homme se tenait, dos à la mer. Malgré la distance et la paire de jumelles qui couvrait le visage de l'inconnu, Freya vit qu'il était d'un certain âge. Il avait une canne à la main et ses cheveux blancs hirsutes flottaient dans le vent. Il baissa ses jumelles et Freya ajusta les siennes. Comme elle, il observait l'équipe de police scientifique qui installait des lampes à arc sur le terrain sombre en dessous de Skara Brae.

Il resta là quelques minutes, immobile, à contempler la scène. Puis il siffla son chien, se tourna vers les terres et partit à la hâte.

2

Le vent charriait les embruns des dunes à la route étroite.

Les essuie-glaces de Freya gesticulaient comme des enfants fatigués et leur couinement la faisait grincer des dents sur le court trajet vers Skara Brae. Les barrières du site étaient ouvertes mais un cordon de police bleu et blanc bloquait l'entrée du parking. Une femme d'âge moyen vêtue d'un fin manteau violet se tenait juste devant et deux agents en uniforme, un homme d'un certain âge et une jeune femme, étaient postés de l'autre côté. Freya évita leur regard en passant devant eux, mais elle entendit leurs voix par-dessus le crissement du gravier et le sifflement du chauffage qui essayait de faire monter la température au-dessus de zéro dans sa Hyundai Getz vieillissante. Elle avança jusqu'à un petit croisement, où une Audi Q3 mal stationnée bouchait presque le passage. Elle se gara et éteignit le moteur. Ses essuie-glaces s'immobilisèrent à mi-chemin sur le parebrise, alors elle remit le contact et les lames en caoutchouc cahotèrent sur la vitre à peine mouillée pour retourner à leur place.

Elle resta assise en silence dans la voiture qui tremblait légèrement sous les coups de vent, à étudier dans son rétroviseur les trois silhouettes près du ruban. Elle devina que la femme en violet était celle qu'elle était venue rejoindre. Kristin lui avait dit qu'elle s'appelait Gill.

— Elle peut être un peu…

Lors de son appel ce matin-là, Kristin avait laissé la phrase en suspens, quelque part dans les ondes téléphoniques. Avant de reprendre :

— C'est juste que… N'y voyez rien de personnel, d'accord ? Nous ne sommes pas tous comme elle, je vous le promets.

Cette mise en garde ne l'avait pas rassurée.

Freya ferma les yeux et sentit sa main dériver à nouveau vers son oreille droite. Elle avait cinq petits clous en argent – deux dans le lobe et trois plus haut – qu'elle pressa si fort que le bout de ses doigts en fut douloureux. En général, ce geste l'aidait à démêler ses idées, à calmer ses nerfs, mais pas ce matin. Il y avait trop de choses en jeu. Elle avait vraiment besoin que tout se passe bien, mais le changement de programme l'angoissait, presque au point de la mettre hors d'elle. Ce n'était pas ainsi que cette journée était censée se dérouler. Elle ne s'était pas préparée à ça. Elle ne pouvait pas simplement…

Elle rouvrit les yeux d'un coup.

Un bourdonnement similaire à celui d'un essaim d'abeilles en colère avait envahi ses pensées et interrompu leur spirale infernale pour monopoliser toute son attention. Elle jeta un coup d'œil à travers la vitre de la voiture : le ruban de police vibrait dans le vent telle une corde de guitare. Plus loin, des lumières bleues clignotaient en silence dans la grisaille. L'horloge digitale verte sur son tableau de bord affichait à présent 8 heures et demie passées, mais il faisait à peine jour, et le soleil ne se lèverait pas avant une bonne demi-heure. Freya tenta de se calmer en comptant les véhicules des autorités dans le parking. Elle dénombra cinq voitures de police et trois camionnettes, à en juger par leur hauteur, même si elle ne les voyait pas très bien à cause du mur en pierre. À peine visibles dans la faible luminosité, un petit groupe de gens émergea du centre touristique. Deux d'entre eux portaient une tenue verte. Des secouristes. Ils flanquaient un homme de grande taille, enveloppé dans une couverture. En le voyant marcher sans assistance, Freya déduisit qu'il n'était pas blessé. Aucun agent de police ne les accompagnait, il n'était donc pas non plus en état d'arrestation.

Le trio marcha vers l'un des fourgons derrière le mur, et quelques instants plus tard, une ambulance s'approcha du cordon. L'un des deux hommes en vert était au volant ; l'autre devait être à l'arrière avec le civil. Le véhicule s'arrêta et le policier tendit à travers la vitre un document à signer au conducteur. Le registre de toutes les entrées et sorties du secteur bouclé, comprit Freya. Ce n'était pas la première fois qu'elle se trouvait sur une scène de crime, loin de là, une des raisons pour lesquelles elle jugeait aberrant d'avoir été envoyée ici seulement pour seconder cette Gill. Elle se demanda combien de crimes graves sa nouvelle collègue avait couverts durant sa carrière. À moins qu'elle n'ait travaillé ailleurs que dans les Orcades, ils devaient se compter sur les doigts de la main.

Le moteur diesel gronda, et le policier laissa passer l'ambulance qui remonta la route, tourna à droite au carrefour, puis longea le loch de Skaill en direction de Kirkwall. Ses gyrophares étaient allumés, mais pas sa sirène. Freya reporta son attention sur le cordon. Désormais, les trois personnes qui s'y tenaient la regardaient.

Impossible de repousser le moment indéfiniment. Elle devait préparer ce qu'elle allait dire.

Bonjour, je suis Freya. Je suis la nouvelle. Kristin m'a envoyée…

« La nouvelle » ? Bon sang, non. On la prendrait pour un bébé qui entrait à la crèche.

« La nouvelle journaliste », alors ?

Mieux, mais sans doute trop formel. Devait-elle mentionner qu'elle avait travaillé pour *The Herald*, ou est-ce que ça faisait prétentieux ? Mais est-ce qu'il ne serait pas encore pire de ne pas le dire, comme si elle voulait le cacher parce qu'elle jugeait que ça valait mieux qu'un journal local tel que *The Orcadian* ? Bordel, voilà pourquoi elle détestait parler aux gens ; elle était dépassée rien qu'en essayant de comprendre ce qu'elle était censée dire, et comment.

Les trois personnes devant le ruban l'observaient toujours. Freya prit une profonde inspiration et pinça de plus belle ses piercings.

Elle ravala la bile qui lui était remontée dans la bouche et sortit.

3

Fouettée par le vent féroce, Freya pensa à Tom.

— Ce sera différent ici, tu sais, avait-il dit avant qu'elle quitte la maison ce matin-là. Un nouvel endroit, des nouvelles personnes. Tout va bien se passer, je te le promets.

Luna s'était frottée à ses jambes pour lui témoigner son soutien, maculant son jean de poils noirs. Des « paillettes de labrador », comme disait Tom. Le cottage qu'ils avaient acheté occupait un lopin de terre près du village d'Orphir, dans la baie de Scapa Flow. L'intérieur chaleureux et douillet tranchait avec la pénombre inquiétante qui obstruait encore les fenêtres. Freya n'avait pas eu envie de partir.

Son compagnon l'avait serrée fort contre lui, lui avait embrassé le haut de la tête et, lors de ce bref moment de plénitude, les choses semblaient être revenues à la normale entre eux.

— Ils ne seront pas comme ces connards du *Herald*, tu verras, avait-il soutenu.

Mais au début, ses anciens collègues non plus n'étaient pas des connards.

La tirant de ses pensées, la portière de sa voiture claqua à la seconde où elle la lâcha. Les trois visages au cordon se tournèrent vers elle d'un seul mouvement. Freya leva une main hésitante pour les saluer puis s'avança vers eux. Elle sentit la morsure du froid à travers son manteau, qui réveillait une douleur aiguë dans sa hanche gauche. Sa blessure n'était pas encore totalement guérie. Elle plongea la main dans la poche de son manteau et pressa le haut de sa jambe pour s'empêcher de boîter. Elle se répéta les mots qu'elle comptait dire et prit une profonde inspiration.

— Vous n'avez pas le droit d'être là.

Elle s'arrêta.

Qu'est-ce que la femme venait de dire ?

Silence. Tout le monde se tut.

— Pardon ? fit Freya, comme si elle était en tort.

— Vous n'avez pas le droit d'être là, cria face au vent la femme au manteau violet avant de pointer les véhicules officiels dans le parking. Il s'est passé quelque chose. Le site est fermé au public ce matin. Il n'y a que la presse et la police. Désolée.

Freya ne dit rien et le bourdonnement d'abeilles en colère s'amplifia.

— Remontez dans votre voiture et partez, s'il vous plaît.

Cette fois, ce fut l'agente. Freya perdit contenance ; l'ordre lui avait été adressé avec une telle autorité qu'elle faillit y obéir.

— Non, c'est un malentendu. Je suis Freya. Freya Sinclair. La nouvelle.

Le trouble s'afficha sur les trois visages et elle se maudit d'avoir prononcé ces mots.

— C'est bon, j'ai le droit d'être là.

— Qui vous y a autorisée ? demanda la policière.

— Kristin.

— Qui ça ?

— Ma rédactrice en chef.

— Kristin Flett de *The Orcadian* ? s'enquit la femme près du ruban, les sourcils toujours froncés.

Freya acquiesça.

— Vous êtes Gill ?

— C'est moi.

— Kristin m'a demandé de vous retrouver ici. Je suis la nouvelle.

Irritée contre elle-même, Freya ferma les yeux. Pourquoi elle n'arrêtait pas de dire ça, bon sang ? Quand elle les rouvrit, Gill avait quitté son poste près du cordon de police et marchait vers elle sur le gravier. Au crissement de chacun de ses pas, toutes les fibres du corps de Freya se tendirent. Gill s'arrêta à quelques centimètres de son visage, si près que la jeune femme voyait le contour de son fond de teint sur ses joues. Elle remarqua les traces de rouge à lèvres sur ses dents jaunies par la nicotine. Son haleine aux relents de cigarette et de café froid donna un haut-le-cœur à Freya. Gill lui toucha le bras et, malgré son ciré jaune et son épaisse polaire en dessous, la jeune femme se sentit contaminée à son contact. Salie.

— Kristin ne m'a pas prévenue que je devais faire du babysitting ce matin.

Qu'était-elle censée répondre à ça, bon sang ?

Prise au dépourvu, elle ne dit rien.

— Viens par ici, reprit Gill avec un geste du menton vers l'Audi blanche. Allons discuter à l'abri.

Elle tira Freya par le bras jusqu'à la voiture, dans laquelle elles montèrent. L'habitacle de l'Audi constituait à lui seul une scène de crime : tout était collant et la puanteur envahit les narines de Freya, lui laissant dans la bouche le goût de soda à l'orange des canettes Irn-Bru qui traînaient par terre et de chips des paquets vides abandonnés sur la banquette arrière.

— Alors, raconte-moi tout, lança Gill tandis que sa portière claquait et les enfermait toutes les deux à l'intérieur.

Elle devait avoir dans les cinquante-cinq ans, voire s'approcher de la soixantaine, si Freya voulait être méchante. Ses courts cheveux bruns encadraient un visage rond au teint violacé plus foncé que son manteau, même hors du vent.

— C'est-à-dire ?

— Je veux savoir à qui j'ai affaire. À quel point je vais devoir te couver ? Tu débutes dans le milieu ? Tu as quoi, quelques années d'expérience ? On dirait que tu sors tout juste de l'école.

Freya se rembrunit encore plus. À trente-deux ans, elle était tout sauf novice. Mais elle préféra faire court.

— Je suis journaliste depuis dix ans, répondit-elle avant d'ajouter, avec un temps de retard : Et toi ?

L'expression de son interlocutrice changea. Elle bomba le torse.

— Ça fait trente ans que je travaille pour ce journal. Depuis que j'ai quitté les bancs de la fac, jamais rien fait d'autre.

Freya hocha la tête sans savoir quoi dire. Si seulement elle avait demandé à Kristin d'aller à la rédaction ce matin comme elles en étaient initialement convenues. Commencer un nouveau job était déjà suffisamment stressant ; le changement de programme l'avait déstabilisée et elle luttait pour garder son sang-froid. Les manières brutes de décoffrage de cette femme, l'agression olfactive et le sifflement du ruban de police, tout ça lui engourdissait le cerveau.

Elle repensa soudain à une conversation qu'elle avait eue avec la psychologue qu'elle avait dû consulter après l'accident. La première à suggérer qu'elle était peut-être autiste. Freya n'avait pas trop compris ce que ça impliquait, mais la psychologue lui avait expliqué que l'un des signes était l'impression que tous les sens s'allumaient d'un coup, qu'ils tournaient en surrégime.

— Le moindre son peut faire l'effet d'une roquette insupportable, avait-elle décrit. L'odeur la plus légère devient une puanteur insoutenable.

Ça, Freya le comprenait. Très bien, même. C'était ce qu'elle éprouvait en ce moment. Elle luttait désespérément pour faire abstraction des relents et des bruits intrusifs. Elle se força à maintenir le contact visuel. À paraître attentive.

— Ils t'ont dit quelque chose ? demanda-t-elle en indiquant les policiers de la tête.

Elle se donnait du mal pour rester naturelle. Et ça avait l'air de fonctionner. Sa nouvelle collègue ne semblait pas remarquer sa gêne.

— Ces deux-là ? Aucune chance.

Gill suivit le regard de Freya à travers la vitre. Tournés vers la voiture, les agents étaient en pleine conversation, à en croire le mouvement de leurs lèvres. Freya fut presque sûre de déceler le mot « imbécile » sur celles de la policière.

— Elle, c'est l'agent Flynn. Kate, précisa Gill. Elle est là depuis un an et elle se prend pour la boss. Du genre assoiffée de pouvoir. Et l'autre, c'est Jim, ou agent Brannigan. Lui, c'est un soiffard tout court.

L'agent Flynn avait l'air jeune, probablement la vingtaine, avec des cheveux blonds retenus par sa casquette de police et une détermination sur le visage qui confirmait qu'elle était nouvelle dans le métier, alors que son collègue, l'agent Brannigan, semblait mûr pour la retraite. Ses cheveux gris foncé avaient cruellement besoin d'un coup de ciseaux et il avait la mine blasée de celui qui a déjà tout vu et n'en a plus rien à faire.

— Alors qui nous a informés ? s'enquit Freya.

— Tu veux dire moi.

— Pardon ?

— Ils m'ont informée, moi. Pas nous, rectifia Gill avant de se retourner vers Freya, son haleine dégageant de nouveaux effluves de tabac froid. C'est ce que t'a dit Kristin, que quelqu'un avait informé le journal ?

— Elle ne m'a rien dit. C'est pour ça que je pose la question.

— Eh bien, c'est moi qui ai eu l'info. Michael Towrie, une bonne source à moi, m'a appelée ce matin sur mon portable. C'est un fermier, il habite un peu plus loin, à Northdyke. Il m'a dit qu'il avait vu des gyrophares vers 7 heures et puis des faisceaux de torche près de la côte. Michael et moi, ça fait un bail. Il y a pas mal de gens sur ces îles qui me connaissent au journal et qui savent qu'ils peuvent me faire confiance quand ils me filent des tuyaux, et moi, je sais que je peux compter sur eux.

Si ce Michael avait aperçu les lumières vers 7 heures, quand avait-il téléphoné à Gill ? Depuis combien de temps faisait-elle le pied de grue sous ce vent glacial ?

— Je suis venue tout de suite, continua Gill. J'ai dit à Kristin que je découvrirais ce qu'il se passait avant que la nouvelle ne se propage et que tous les fouineurs de ce côté-ci du détroit de Pentland Firth ne rappliquent.

Il y eut une pause. Comme si Gill laissait la parole à Freya.

— Une équipe de la scientifique est sur place, dit alors cette dernière. Ils examinent quelque chose du côté sud de Skara Brae.

Gill ne s'attendait apparemment pas à ça.

— Qu'est-ce qui te fait dire ça ?

— Je me suis arrêtée sur le parking au-dessus de la plage avant de venir. Depuis le parapet, il y a une bonne vue. Des tentes, des lampes à arc, des hommes en combinaison blanche : j'ai vu beaucoup de scènes comme ça dans mon ancien boulot.

Gill garda le silence. Elle scruta les traits de Freya, comme si elle cherchait quelque chose. En vain.

— À mon avis, c'est la tempête de cette nuit qui a fait échouer ou a déterré quelque chose sur la plage. Tu ne crois pas ?

Toujours rien. Le sifflement de la bande recommença, de plus en plus fort dans le silence qui se prolongeait entre elles. Les yeux plissés, Gill fixait Freya. Jusqu'à ce que celle-ci cède et détourne le regard.

Enfin, Gill reprit :

— OK, j'ai une idée.

Elle ouvrit la portière et le vent s'engouffra dans l'habitacle.

— Tu ne dis rien, c'est compris ? Laisse-moi faire.

Elle sortit de l'Audi et marcha vers le cordon avant que Freya ne puisse répondre.

Tandis qu'elle lui emboîtait le pas, elle entendit Gill crier :

— OK, je sais qu'il y a un cadavre là en bas, alors vous avez le choix : soit vous allez me cherchez l'inspecteur, soit je publie ce que je sais et M. Tout-le-monde spéculera sur le reste.

Freya rejoignit Gill. L'agent Brannigan souriait en secouant la tête mais sa jeune partenaire ne voyait pas ce qu'il y avait de drôle.

— Vous vous prenez pour qui, au juste ? grogna l'agent Flynn.

— Je suis la journaliste la plus chevronnée de ces îles, ma grande. Je suis la voix du peuple. Mon journal vous garde à l'œil depuis plus de cent cinquante ans et je…

— Nous garde à l'œil ? C'est comme ça que vous appelez les infamies que vous avez écrites sur nous l'été dernier ?

— On dirait qu'on a touché la corde sensible, hein, ma jolie ? Pas étonnant. Maintenant écoutez, car je ne le répèterai pas. Ou vous m'appelez cette feignasse d'inspecteur Muir tout de suite, ou bien je…

— Inspecteur Muir ? Vous voulez dire Fergus Muir ?

Silence. Toutes les têtes se tournèrent vers Freya. Sous leurs regards qui la brûlaient comme un rayon de soleil à travers une loupe, elle eut envie de toucher ses piercings. Mais elle fourra les mains dans les poches de son manteau pour s'en empêcher.

— Tu le connais ? demanda Gill.

Freya ne répondit pas et regarda l'agent Flynn.

— Dites-lui que Freya Sin… Non, dites-lui que Freya *Spence* est là et que nous lui demandons de nous accorder juste cinq minutes, et ensuite on s'en ira.

L'agent Flynn consulta en silence son collègue, qui lui adressa un simple hochement de tête. Ils étaient peut-être contents de clouer le bec à Gill, ou alors c'était la perspective qu'elles leur fichent la paix, mais quelle que soit la raison, l'agent Flynn recula du ruban et, dos au vent, porta à ses lèvres la radio attachée à l'épaule de son uniforme.

— Spence ? tiqua l'agent Brannigan. Vous ne seriez pas de la famille de Neill Spence, par hasard ?

Freya acquiesça. Elle ne voyait pas l'autre journaliste mais sentait son regard. Elle lui jeta un coup d'œil et eut l'impression qu'elle avait l'air troublée. Ou en colère. Peut-être les deux.

— Je suis sa fille.

L'agent Brannigan hocha la tête à son tour avant de regarder par terre. Il souriait à nouveau, mais d'un air différent, cette fois.

— Je me souviens bien de Neill, j'ai travaillé avec lui quand il était encore des nôtres. C'était un type bien. J'ai passé pas mal de temps avec lui, ajouta-t-il avant de relever la tête. Ce qui est arrivé, c'est injuste.

Freya ne savait pas trop quoi dire. Elle se contenta de sourire et d'opiner.

L'agent Flynn revint vers eux, un sourire carnassier aux lèvres.

— On dirait bien que la nouvelle a de meilleures relations que vous, *ma jolie*. La voix du peuple, mon cul !

Elle se tourna vers Freya.

— Vous avez vos cinq minutes avec l'inspecteur.

4

Gill marchait en tête d'un bon pas, tenant apparemment à rester devant, quitte à être à bout de souffle. Freya voyait l'effort lui voûter les épaules comme la canicule brûler le tarmac.

On leur avait dit de s'adresser à un agent à l'autre bout du cordon, derrière le centre d'accueil, face à la mer.

— L'inspecteur Muir vous retrouvera là-bas, avait précisé l'agent Flynn. Il n'a pas le temps de venir jusqu'ici.

Elles coupèrent par la côte derrière la plage, se frayant un passage parmi les algues et autres déchets de la mer qui avaient été rejetés par la tempête. Des morceaux de bois, du plastique. Des mares s'étaient formées. Freya leva la tête et inspira profondément l'air vivifiant. Ici, elles étaient complètement exposées à l'océan ; il n'y avait rien entre Terre-Neuve et elles à part quelques îlots et plus de trois mille kilomètres de mer, un vide qui donnait libre cours au vent fort qui les fouettait sur le côté. Des mèches de cheveux roux s'étaient échappées de la queue-de-cheval de Freya et virevoltaient autour de son visage comme des flammes.

Derrière Gill, le regard de la jeune femme fut attiré par le manoir austère de Skaill House, dont les murs gris étaient exposés aux bourrasques implacables en provenance de l'Atlantique Nord. Au milieu du XIXe siècle, les propriétaires du domaine avaient trouvé des vestiges du village néolithique de Skara Brae après une tempête comparable à celle de la nuit dernière, qui avait balayé la couche supérieure de terre et révélé le conglomérat de maisons et d'ateliers vieux de cinq mille ans. Freya se souvenait encore de ses sorties scolaires sur ce site, du bouillonnement qu'elle avait ressenti au fond d'elle en entendant parler des ornements que les archéologues avaient trouvés sur les manteaux de cheminées quand les ruines avaient été exhumées. Des figurines gravées dans des os de baleine et des pierres précieuses. Un aperçu de la vie d'un village d'il y a cinq millénaires, parfaitement intact.

Mais aujourd'hui, c'était autre chose qui avait été découvert sous terre.

Freya écarta les cheveux de son visage et se concentra sur la scène au loin. Quand elle s'occupait des affaires criminelles pour *The Herald*, elle avait traité des centaines de cas horribles, presque au point d'y devenir insensible. Mais voir une équipe de la scientifique ici, c'était différent. Ce n'était pas pareil qu'à Glasgow. Skara Brae était le lieu touristique le plus visité des Orcades ; si un corps y avait été enterré, soit la personne qui l'avait caché là était extrêmement stupide, soit elle savait quelque chose que Freya ignorait.

À une centaine de mètres de la clôture qui entourait Skara Brae, elles s'arrêtèrent devant un nouveau ruban bleu et blanc. Deux agents étaient postés là, deux femmes cette fois. L'une s'approcha d'elles, le menton enfoncé dans son col, les yeux plissés à cause du vent.

— Il arrive, dit-elle à Freya sans même regarder Gill.

Quelques secondes plus tard, Freya vit quelqu'un passer sous la bande du cordon de sécurité intérieur, derrière la guérite en pierre d'un gardien à l'arrière de Skara Brae. Un homme retira sa combinaison blanche et ses couvre-chaussures puis fit lentement le tour du village néolithique, la tête baissée contre les rafales venant de l'ouest. Lorsqu'il releva le menton, elle le reconnut immédiatement. Bien sûr, il avait pris de l'âge depuis la dernière fois qu'elle l'avait vu – voilà près de quinze ans qu'elle était partie des Orcades (pour de bon, pensait-elle à l'époque). Mais cela paraissait encore plus sur ses traits. Ses cheveux gris, son visage pâle et buriné lui donnaient un air différent, mais les doux yeux marron correspondaient à ceux du souvenir de Freya. Ces yeux qui brillaient de larmes quand elle était sortie en douce de sa chambre en pleine nuit à l'âge de dix ans pour le trouver assis à la table de la cuisine avec sa mère, trop bouleversée pour parler. Aucun d'eux n'avait eu la force de lui annoncer ce qu'il s'était passé.

Mais elle avait compris.

Lorsqu'il s'approcha, une des policières tendit à l'inspecteur Fergus Muir un document à signer, puis il franchit le cordon extérieur.

Freya avait oublié que Gill était là jusqu'à ce qu'elle prenne la parole.

— Laisse-moi faire, dit-elle en avançant, un dictaphone à la main. Inspecteur Muir, Gill Irvine de *The Orcadian*. Pourriez-vous nous dire…

— Du calme, Gill Irvine de *The Orcadian*, la coupa l'inspecteur en passant devant elle. Je sais très bien qui vous êtes, inutile de vous présenter.

Il s'arrêta à environ un mètre de Freya. Il portait un costume noir défraîchi avec une chemise bleu ciel au col ouvert, sans cravate, et, de plus près, Freya voyait la barbe naissante sur ses joues. Il sourit avant de faire un pas supplémentaire vers elle et de la serrer dans ses bras. Malgré elle, car elle était ravie de le voir, son corps tout entier se raidit sous son étreinte.

Il recula aussitôt en gardant les mains sur ses épaules, sans se départir de son sourire.

— J'avais oublié que les embrassades, ça n'a jamais été ton truc, déjà à l'époque où tu portais des couches culottes.

— Bonjour, oncle Fergus.

Il gloussa et Freya se rendit compte de ce qu'elle avait dit. Elle avait beau avoir les joues ankylosées par le froid, elle les sentit s'empourprer.

— C'est bon de te voir, Red. Ta mère m'a prévenu que tu revenais dans le coin.

Personne ne l'avait appelée ainsi depuis des années. Depuis l'adolescence.

— Nous avons déménagé il y a deux semaines, expliqua-t-elle en coinçant derrière son oreille une mèche des cheveux qui lui valaient ce surnom. C'est tout récent.

— « Nous » ? Ton nouveau mari et toi ?

— Tom, oui. Même s'il n'est pas vraiment mon *nouveau* mari. Ça fait presque dix ans qu'on est mariés.

Lorsqu'elle prononça ces mots, une pointe de culpabilité l'envahit et elle les regretta aussitôt. Elle avait eu l'intention de garder le contact avec Fergus. Au début, elle l'avait fait. Mais au fil du temps, les Orcades lui avaient paru de plus en plus lointaines et ses e-mails et textos aux quelques personnes qu'elle connaissait encore ici s'étaient espacés, jusqu'à cesser.

— Tu te fais toujours appeler Spence ? demanda Fergus.

Elle avait entendu la question, mais elle eut besoin d'une seconde ou deux pour que son cerveau l'intègre.

— Euh… non. Non, je me suis dit que tu ne saurais pas qui est Freya Sinclair.

— Sinclair, hein ? Ton homme est donc des Orcades ?

— Non, il vient de Moffat. Dans le Dumfries.

— Vraiment ? ironisa Fergus, le sourcil arqué. Et tu veux quand même passer ta vie avec lui ?

Freya sourit et haussa légèrement les épaules.

— Que veux-tu, je n'ai trouvé aucun Orcadien correct.

— Je ne te le fais pas dire, renchérit-il, avant de lever le pouce par-dessus son épaule. Et tu fricotes avec cette bande-là, maintenant ?

Il se tourna vers Gill, qui brandissait toujours son dictaphone vers lui.

— Éteignez-moi ce truc ou je m'en charge.

Étonnamment, elle s'exécuta.

— Tu as manqué à ta mère, tu sais, reprit Fergus à l'attention de Freya. J'imagine qu'elle n'est pas du genre à le montrer, mais c'est la vérité. Elle m'a aussi raconté ce qui s'était passé, ton accident. Ça va mieux, j'espère ?

Le sourire de Freya s'évanouit. Elle sentit à nouveau le vent planter ses crocs dans sa hanche gauche.

— Je me porte comme un charme.

— À peine arrivée et tu te retrouves déjà empêtrée dans les problèmes.

— Qu'est-ce qui se trame là-bas ?

— J'aimerais pouvoir te le dire, mais les instructions de mon chef sont strictes. « Pas un mot à personne. »

— Nous savons qu'il y a un cadavre sous ces tentes, lança Gill.

Fergus leva les yeux au ciel et Freya ne put retenir un léger sourire. Il regarda la journaliste par-dessus son épaule.

— Ah oui ?

— A-t-on affaire à un meurtre, inspecteur Muir ?

— Soyez gentille, prenez un jour de congés. Je ne vous dirai rien, surtout à vous. Je ne suis ici que pour ma filleule.

Il jeta un coup d'œil aux deux agents derrière le cordon.

— Ça s'éclaircit, le vent faiblit, nota Gill, imperturbable. Vous n'allez pas tarder à avoir sur les bras des promeneurs avec leur chien. Les gens vont voir la scène et commencer à jaser, à faire passer le mot autour d'eux, en lançant toutes sortes de théories. Vous feriez mieux de nous donner des informations pour que nous puissions recadrer les choses.

— Quelqu'un a déjà vu, intervint Freya.

Fergus se tourna vers elle. Son visage s'assombrit.

— En venant ici ce matin, j'ai aperçu un homme sur la plage. Il vous regardait monter les tentes. Il avait des jumelles.

— Ah bon ? fit l'inspecteur en passant la main dans sa tignasse grise. Écoutez, le commissaire s'exprimera plus tard dans la journée. Et vous avez raison, ajouta-t-il en regardant Gill. Les gens vont parler, comme toujours, raison pour laquelle nous tenons à ce qu'aucun mot ne sorte d'ici tant que nous ne savons pas exactement de quoi il s'agit.

— En off pour le moment, alors ? suggéra Gill. Pour que nous ayons une longueur d'avance au moment de la déclaration officielle ; ça paraît équitable.

Fergus lança à nouveau un coup d'œil aux deux agents, puis à Freya. D'un très léger mouvement de la tête, il leur fit signe, à elle et à Gill, de le suivre à l'écart.

— Très bien, en off, céda-t-il à voix basse. Mais j'insiste, rien de tout ça ne doit filtrer avant la prise de parole du commissaire, entendu ?

5

Gill rangea théâtralement son dictaphone dans sa poche.

— Nous avons trouvé des restes, dit Fergus.

Avant que Gill ne puisse poser la question, il ajouta :

— Oui, l'archéologue de la scientifique pense qu'ils sont humains. Les violentes rafales de cette nuit ont balayé la terre à l'arrière de la plage. Ils n'étaient pas enterrés très profondément.

— Ils sont récents ?

— Pas vraiment. Il n'y a plus de chair. Impossible de déterminer de quand ils datent avant de les avoir étudiés.

— Un seul corps ? demanda Freya.

Elle se tourna vers le cordon de sécurité intérieur. Maintenant qu'elles étaient plus près, elle compta trois tentes blanches secouées par le vent dans le champ voisin. Une grande et deux plus petites.

Fergus suivit son regard.

— Eh bien, la tempête a semé un sacré bazar. Les fragments ont été éparpillés, mais on dirait qu'il n'y a qu'un corps.

Un bourdonnement emplit à nouveau les oreilles de Freya. Plus faible cette fois, plus aigu. Ce ne pouvait pas être le ruban de police, elle l'aurait remarqué plus tôt.

Entre les plus petites tentes, elle repéra deux techniciens en combinaison blanche qui essayaient de faire décoller un drone. Par ce temps, ils n'avaient pas la moindre chance. Chaque fois que l'appareil quittait le sol, il se retrouvait brinquebalé par les bourrasques, incapable de se stabiliser. Au bout du compte, les deux hommes abandonnèrent la partie et le reposèrent en toute sécurité par terre avant de risquer que le vent ne l'envoie s'écraser en mille morceaux.

— Allez, inspecteur Muir, insista Gill. Vous pouvez sans doute nous en dire un peu plus. Est-ce qu'il y a des vêtements sur les os ? Des...

— Écoutez, estimez-vous heureuse que je vous aie dit ça. Mais si vous voulez mon avis personnel au lieu d'attendre les conclusions de l'équipe scientifique, alors soit : je pense que c'est un habitant du village.

Fergus fit un geste de la tête vers les maisons en pierre de Skara Brae.

Freya gardait un œil sur les techniciens de la police scientifique qui réessayaient de faire voler le drone.

— Ça m'étonnerait, objecta-t-elle, l'esprit ailleurs. Toute la zone a été fouillée plusieurs fois depuis la découverte des vestiges. Ce terrain a été excavé dans les années 1990. S'il y avait eu un corps ancien ici, enterré si peu profondément, ils l'auraient sûrement...

Elle s'interrompit, se retourna et vit l'expression de Fergus.

Il lui adressa un sourire résigné.

— Rien ne t'échappe jamais, hein, Red ?

— Et pourquoi avoir fait venir d'urgence une équipe de la scientifique d'Inverness si vous pensez que les ossements sont si vieux ? souligna Gill.

— Regardez le terrain, répondit Fergus. La mer va remonter d'ici douze heures et il nous reste moins de six heures avant la tombée de la nuit. Il faut qu'on récolte le maximum d'indices avant que Mère Nature ne vienne tout saborder. Je sais que vous ne connaissez rien au travail de la police, madame Irvine, mais vous comprenez tout de même que, peu importe ce que je pense, je dois enquêter avec minutie.

— Qui a découvert le corps ? s'enquit Freya.

— L'employé qui s'est occupé de l'ouverture ce matin. À cette période de l'année, le site n'accueille le public qu'à partir de 10 heures, mais l'homme nous a expliqué qu'il s'était inquiété pendant la tempête de cette nuit, alors il est venu plus tôt. Il a repéré le trou béant depuis le portail là-bas, il a brandi sa torche dessus et il a eu la peur de sa vie.

— Il a un nom, cet employé ? demanda Gill.

— Je ne vais pas vous le donner. C'est un garçon sensible et il a passé une rude matinée. La dernière chose dont il a besoin, c'est de vous voir débarquer. C'est compris ?

Le bourdonnement attira à nouveau l'attention de Freya. Les deux agents faisaient une nouvelle tentative avec le drone, livrant une bataille perdue d'avance. Ils semblaient vouloir utiliser à tout prix cet engin sans doute très cher et très fragile, et ce malgré les intempéries. Elle se demanda pourquoi ils s'acharnaient.

Quand elle se retourna vers Fergus, celui-ci la dévisageait avec ce qui ressemblait à un avertissement dans les yeux, comme s'il lisait dans ses pensées et savait qu'elle allait poser une question qu'il préférait ne pas entendre. Freya regarda tour à tour l'inspecteur et Gill.

C'était son premier jour et Fergus était un vieil ami ; elle décida de laisser tomber.

— Alors c'est tout ? C'est tout ce que vous avez à nous dire ? lâcha Gill. La tempête a déterré une dépouille, elle est humaine, mais vous ne nous dites pas de quand elle date ni qui l'a trouvée ?

— Vous ne pouvez rien divulguer pour l'instant, si ce n'est qu'il y a une opération de police en cours et que les gens doivent se tenir à l'écart, répondit Fergus, le regard toujours rivé sur Freya, avant de se tourner enfin vers Gill. Magnus va répéter tout ça cette après-midi. Vous en savez autant que nous pour l'instant, c'est-à-dire presque rien, mais c'est toujours plus que la population. Vous pouvez préparer votre article et l'envoyer à l'impression la seconde suivant la déclaration officielle. Je ne vous demande pas de garder un secret, simplement de patienter. Comme vous l'avez dit, c'est équitable.

— Eh bien, si c'est tout, nous vous laissons vaquer à vos occupations. Merci, inspecteur Muir, conclut Gill avant de s'éloigner en tirant à nouveau Freya par la manche. Allez, viens. Retournons à la rédaction et…

— Une minute, la coupa l'inspecteur.

Gill se figea, pleine d'espoir.

— J'ai juste besoin d'un petit moment avec notre jeune Mme Sinclair.

Les joues à nouveau en feu, Gill regarda Fergus, puis Freya.

— Je te retrouve à la voiture, dit cette dernière.

Au bout de quelques secondes, Gill lui lâcha enfin le bras. Elle s'éloigna à grands pas sans un mot de plus, si vite que, dans sa colère, elle faillit trébucher sur le sol irrégulier.

Fergus la suivit des yeux jusqu'à ce qu'elle soit hors de portée de voix.

— Je sais que tu es assez grande maintenant pour t'occuper de toi-même, et tu n'as certainement pas besoin de conseils de ma part, mais je négligerais à la fois mon devoir de parrain et d'homme un tant soit peu correct si je ne te mettais pas en garde contre celle-là.

Freya sourit. Il avait toujours veillé sur elle, même avant que son père ne meure.

— Je vais m'en sortir.

— Je n'en doute pas.

Il lui adressa un sourire en retour, mais un sourire plus timide que le soleil hivernal.

Il se retourna une troisième fois pour regarder les deux agents derrière le cordon. Il se passait quelque chose. Il ne bougea pas et n'ajouta rien. Freya se demandait s'il attendait qu'elle pose une question ou qu'elle dise quelque chose.

— Et chez toi ? Tout va bien ?

Il avait le regard fixé sur la scène de crime, les yeux plissés face au vent. On aurait dit qu'il vieillissait à vue d'œil : les cernes de plus en plus sombres, ses joues de plus en plus pâles.

— Le stress, c'est tout. Depuis quelque temps, je songe à prendre ma retraite. Je ne pensais pas être impliqué dans un truc comme ça juste avant de le faire.

— Un truc comme quoi ? Tu as dit que les ossements sont sans doute anciens.

Il ne répondit pas, et se contenta de demander :

— Pourquoi es-tu revenue ici, Freya ?

La question la prit au dépourvu.

— Je ne sais pas. Glasgow était… intense. Le chaos total. Ce n'était pas ce à quoi on aspirait, Tom et moi.

— Et à quoi aspirez-vous ?

— À un nouveau départ, je suppose. Et à ça, ajouta-t-elle avec un geste de la main vers la mer. Les grands espaces, la plage, la nature. Un rythme de vie plus calme.

C'était à moitié un mensonge, mais c'était ce que Tom et elle étaient convenus de raconter.

Fergus lui fit face. Toute chaleur dans ses yeux avait disparu. À la place, il contemplait Freya d'un air presque implorant.

— Si c'est une vie calme que tu cherches, dit-il en posant une main calleuse sur son épaule, il n'y avait pas pire moment pour revenir.

6

Avant même d'avoir atteint l'entrée du parking de Skara Brae, Freya vit que la voiture de Gill n'était plus là.

Elle resta sur la route un moment, face à la baie. Les yeux fermés, elle laissa les embruns lui caresser le visage tandis qu'elle se concentrait pour se débarrasser du nœud qui lui avait serré le ventre toute la matinée. Elle savourait cet instant de solitude mais n'en restait pas moins anxieuse. Fergus s'était comporté bizarrement et si la voiture de Gill n'était plus là, c'est que celle-ci était partie dans un accès de colère. Freya avait commencé son travail il y a une heure à peine et elle se mettait déjà tout le monde à dos. Pour un nouveau départ, c'était raté. Elle rouvrit les yeux, regarda la plage par-delà les champs, vers le cordon de sécurité intérieur. Les techniciens essayaient à nouveau de faire voler leur drone, sans succès.

Tandis qu'elle traversait Mainland, l'île principale des Orcades, de timides rayons de soleil filtraient. Quand elle avait quitté la baie de Skaill, le ciel était une mosaïque changeante de jaune et de bleu pastel, mais moins d'une demi-heure plus tard, lorsqu'elle atteignit la zone industrielle de Hatston, en périphérie de Kirkwall, les nuages étaient de retour. La pluie qu'elle avait vue se déplacer entre les îles de la baie de Firth se mit à moucheter son parebrise alors qu'elle entrait sur le parking. Les murs en parpaing et le toit en tôle du siège de *The Orcadian* étaient du même gris terne que le ciel. Le changement soudain de météo ne l'aida pas à apaiser le trouble qu'elle ressentait. Rien ce jour-là ne se déroulait comme prévu. Lorsqu'elle coupa le moteur et tira le frein à main, une image surgit dans son esprit : celle des T-shirts bradés devant les boutiques de souvenirs qu'elle voyait en face de la cathédrale Saint-Magnus quand elle était petite, ces T-shirts qui disaient : « Dans les Orcades, si vous n'aimez pas la météo, attendez cinq minutes. »

À l'accueil, Freya se présenta et demanda Kristin Flett.

— Elle arrive tout de suite, dit la réceptionniste en souriant.

Pendant qu'elle patientait, Freya enroula une mèche de cheveux autour de son doigt et la serra au point de ne plus sentir la dernière phalange. Elle fit mine de s'intéresser aux vieilles presses à imprimer en exposition et aux anciennes couvertures de journal encadrées tout en réfléchissant à comment amorcer la conversation avec Kristin. Elle jetait de temps à autre des coups d'œil vers la réceptionniste : cette femme lui disait quelque chose, mais elle ne savait pas si c'était simplement le fruit de son imagination. Il y avait environ vingt et un mille habitants dans les Orcades, la plupart sur Mainland, et même si Tom plaisantait lorsqu'il lui avait demandé si elle connaissait tous les gens qu'ils avaient croisés ces deux dernières semaines, elle se rendait compte qu'il y avait de fortes chances pour qu'elle finisse par tomber sur quelqu'un de son enfance. Elle ne s'en réjouissait pas. Ce qu'elle avait dit à Fergus était vrai en grande partie ; Tom et elle avaient déménagé ici pour changer de rythme. Pour prendre un nouveau départ. Pourtant, maintenant qu'elle était là, elle se mettait à douter de la logique derrière l'idée de construire une nouvelle vie dans un endroit où la frontière entre passé et présent était si mince.

— Freya ?

Elle sursauta au son d'une voix derrière elle. Elle fit volte-face et découvrit une femme souriante aux longs cheveux blonds et aux lunettes à la fine monture noire.

— Oh, désolée, je ne voulais pas te faire peur, dit-elle, la main tendue. Je suis ravie de te rencontrer enfin en personne.

Freya avait déjà vu Kristin lors de leur appel en visio pour son entretien d'embauche. Comme ce jour-là, la rédactrice en chef était impeccable : des lunettes de créateur, une chemise bleu ciel et une jupe crayon grise plutôt chères, mais sa tenue n'avait rien de tape-à-l'œil. L'ensemble faisait naturel sur elle ; à côté, Freya se sentit un peu mal à l'aise dans le jean et les baskets en Gore-Tex qu'elle avait choisis après qu'on lui avait dit ce matin qu'elle pouvait s'habiller comme elle voulait.

— Bonjour, je suis Freya. Enchantée également.

Elle s'aperçut quelques secondes après avoir prononcé ces mots préparés à l'avance que Kristin l'avait appelée par son prénom, donc inutile de se présenter. *Quelle débile.* Elle rougit, mais soit Kristin ne le remarqua pas, soit elle était trop polie pour le montrer.

Kristin guida Freya le long d'un couloir où flottait une odeur de poussière de radiateur brûlée, puis dans un escalier sombre jusqu'à la salle de rédaction au premier étage. C'était une vaste pièce avec une immense table au milieu d'un tapis gris industriel. Le bourdonnement des néons au plafond bas lui envahit la tête. Elle sentit le nœud dans son ventre se resserrer : chaque journaliste avait-il une place attitrée ou était-ce l'enfer d'un placement libre ? Pire encore, peut-être que rien n'était prédéfini mais que chacun avait ses habitudes sans indiquer quelle était « sa » place. Elle soupçonnait Gill d'être de ce genre-là.

Il y avait plusieurs ordinateurs sur la table mais un seul était occupé. Gill fixait l'écran, son manteau violet jeté à côté d'elle comme si elle n'avait pas eu le temps de l'accrocher. Ses doigts martelaient le clavier à un rythme staccato.

— Je lui ai déjà remonté les bretelles pour t'avoir abandonnée là-bas, dit Kristin avec un sourire lorsqu'elles passèrent derrière Gill.

— Je te l'ai dit, je ne l'ai pas abandonnée, rétorqua celle-ci, sans quitter l'écran des yeux. J'ai un article de premier plan à écrire et je ne savais pas combien de temps elle allait rester à bavarder avec son oncle Fergus.

Elle a donc entendu, pensa Freya. Génial.

Elle suivit Kristin jusqu'à l'une des deux portes au fond de la pièce, qui menait à une petite cuisine. Le chauffage était à fond – apparemment il n'y avait qu'un thermostat pour tout le bâtiment – et l'air étouffant était empreint d'effluves de restes d'aliments desséchés sur le plan de travail en Formica et du dernier repas réchauffé dans le micro-ondes préhistorique. Freya enfouit le nez dans son col. Il faisait bien trop chaud pour garder son manteau mais, fermé jusque tout en haut, il lui donnait un sentiment de sécurité malgré la sueur qui perlait sur sa nuque. C'était aussi son seul vêtement avec des poches dignes de ce nom et elle détestait trimballer un sac. Kristin alluma la bouilloire puis sortit d'un placard deux mugs, une cafetière à piston et un petit paquet de café moulu.

— Une des habitudes que j'ai ramenées de Londres, commenta Kristin en désignant le café. Moi qui ne supporte pas le jus de chaussette, bon sang, je suis gâtée ici. Tu es allée en ville depuis ton retour ?

C'était le cas, mais elle secoua la tête. Cela semblait être la réponse appropriée.

— De nos jours, je te jure qu'il y a plus de cafés tendance à Kirkwall qu'à Shoreditch, continua Kristin. Ce n'était pas comme ça à l'époque.

La perspective d'un bon café, ainsi que le mot « tendance » que Kristin venait d'utiliser, firent poindre un sourire sur les lèvres de Freya, tout comme le fait qu'elles avaient quelque chose en commun. Pendant l'entretien, Kristin avait mentionné qu'elle aussi avait quitté les Orcades quand elle était jeune et qu'elle n'y était revenue que dix-huit mois plus tôt.

Une idée de question à lui poser surgit dans l'esprit de Freya. Ravie d'y avoir pensé, elle en oublia presque de la prononcer à voix haute.

— Tu travaillais où à Londres ?

— Je suis passée par différentes rédactions. J'ai commencé dans la presse écrite après mes études, j'ai fait mes premières armes à l'*Evening Standard* avant de passer chez *The Guardian*, expliqua Kristin en s'appuyant contre le comptoir le temps que l'eau chauffe. Puis j'ai bossé pour des agences de presse. Associated Press, Reuters. Je cherchais un rythme plus soutenu, mais en fait, on s'en lasse. Tout le monde a trouvé que c'était de la folie d'abandonner ça pour revenir ici, mais bon…

Ses pensées semblèrent se dissiper dans le nuage de vapeur lorsque la bouilloire cliqueta.

Kristin versa l'eau chaude dans la cafetière. Elle avait l'air un peu plus âgée que Freya : dans les trente-cinq ans, peut-être. Même si elle avait vécu ailleurs, son accent orcadien était revenu au galop – des intonations mélodieuses que les gens d'ailleurs confondaient parfois avec le gallois. Freya se demanda dans combien de temps elle reprendrait elle aussi cet accent.

— C'est aussi resté en travers de la gorge de certains, crois-moi, continua Kristin en passant une tasse à Freya.

Elle se pencha en avant et baissa la voix sur un ton conspirateur en jetant un coup d'œil vers la porte entrouverte.

— C'est mon premier poste de rédactrice en chef. Gill est là depuis toujours et considérait que le job lui revenait de droit quand mon prédécesseur est parti. Notre autre grand reporter, Keith, était déjà là quand le scandale du Watergate a éclaté. Aucun des deux n'a très bien pris ma nomination.

Elle secoua la tête en soufflant sur son café.

— Et toi ? Les gens ont dû penser que tu avais perdu la tête quand tu as démissionné du *Herald* pour venir travailler pour un hebdomadaire régional.

Freya sourit et hocha la tête.

— C'est à peu près ça.

— Eh bien, en toute franchise, ça a été une belle surprise pour nous. Ne te méprends pas, nous avons une super équipe. Petite, mais respectée. Mais ça fait toujours plaisir d'avoir une journaliste primée qui postule chez nous.

Freya sentit à nouveau ses joues s'échauffer.

— C'était il y a longtemps.

— Pas si longtemps. Le Scottish Press Award, c'est bien ça ? Pour ton reportage sur ce médecin pervers.

Freya acquiesça. Lors de sa deuxième année au *Herald*, alors qu'elle travaillait à la rubrique Santé, elle avait gagné le prix de l'Article de l'année après avoir révélé qu'un médecin de Partick persuadait des jeunes femmes de se soumettre à des examens des seins injustifiés afin de les filmer à leur insu. L'affaire avait fait les gros titres dans tout le pays et Freya avait été promue à la section des Affaires criminelles. Elle envisagea de préciser que, comme dans le cas de Kristin, son succès était resté en travers de la gorge de certains, que le prix avait marqué le début de la fin pour elle au *Herald,* mais elle ne se sentit pas à l'aise à l'idée de livrer si tôt autant d'informations. De toute façon, le blanc dura trop longtemps et Kristin finit par reprendre la parole.

— Tu es trop modeste. Contrairement à d'autres.

Kristin indiqua la salle de rédaction d'un geste de la tête accompagné d'un rictus, ce qui fit naître un nouveau sourire sur les lèvres de Freya.

— Je te présenterais bien au reste de l'équipe mais, comme tu peux le constater, nos effectifs sont réduits en ce moment. Sophie est au tribunal pour un reportage et il n'y a qu'elle et Gill à plein temps vu que Keith est en congé maladie depuis deux mois. D'où mon soulagement quand j'ai appris que tu pouvais commencer avant Noël.

Elles emportèrent leurs cafés dans le bureau de Kristin, la porte juste à côté. Comme la cuisine, c'était une pièce exiguë, pourvue d'une minuscule fenêtre dans le mur du fond qui ne laissait entrer que très peu de lumière. Un autre néon vrombissait et clignotait au plafond bas, mais au moins ça sentait meilleur. L'espace était encombré mais pas désordonné. Sur le bureau de Kristin, Freya repéra plusieurs photos encadrées de deux pré-ados, un garçon et une fille, mais pas d'autre famille. Pas de partenaire. Elle avait remarqué que Kristin ne portait pas d'alliance. Aucune photo d'animal de compagnie non plus.

— Mes enfants, Jordon et Alicia, indiqua Kristin lorsqu'elles s'assirent, car elle avait dû voir Freya regarder les portraits. Ils n'ont pas été ravis de devoir quitter Londres. Ils considèrent que je les ai traînés au bout du monde. Ils appellent les Orcades « le Caillou ».

Elle rit et Freya l'imita.

— Gill m'a dit que Fergus Muir était ton oncle, ajouta Kristin.

Le visage de Freya s'empourpra pour la centième fois de la journée.

— Non, nous ne sommes pas de la même famille. C'était un très bon ami de mon père.

— C'était ?

— Mon père est mort dans un accident de voiture quand j'étais petite.

— Oh Freya, mon Dieu, je suis sincèrement désolée. Je n'ai vraiment aucun tact.

— Non, ce n'est rien, répondit Freya qui, même si elle s'était contentée d'énoncer un fait, culpabilisa d'avoir mis Kristin dans l'embarras. C'est arrivé juste avant mes onze ans.

— Il était aussi dans la police ?

— Il était inspecteur. Il dirigeait le CID, le département de la police judiciaire.

Il y eut un blanc. Kristin s'attendait-elle à ce qu'elle le comble ou réfléchissait-elle à d'autres questions ? Freya choisit de garder le silence, dans l'expectative.

— Eh bien, reprit finalement sa supérieure, ce sera une bonne chose d'avoir nos entrées auprès de l'inspecteur actuel, surtout avec cette nouvelle affaire. Beaucoup d'informations nous proviennent directement des forces de l'ordre et nos relations n'ont franchement pas été au beau fixe ces derniers temps.

— Les policiers à Skara Brae ce matin semblaient un peu irrités contre Gill.

Kristin renâcla.

— Où que tu ailles dans les Orcades, même sur les îles peuplées uniquement par des vaches, tu trouveras quelqu'un en rogne contre Gill. L'été dernier, nous avons publié un reportage – un reportage que j'ai soutenu, bien entendu – qui n'a pas trop plu à la police. Le commissaire joue au golf avec Alistair Sutherland. Le propriétaire de notre journal.

Freya hocha la tête. Elle savait qui était Alistair Sutherland car elle avait effectué des recherches avant d'accepter le poste. Elle avait apprécié que *The Orcadian* soit toujours entre les mains d'un local et non détenu par un de ces groupes de média impersonnels. En Écosse, la presse régionale tendait à disparaître, mais les Orcades restaient l'un des rares endroits où elle perdurait. La population d'ici voulait lire des articles à propos de sujets qui la concernaient, ce qui était plus souvent la fermeture d'un centre communautaire à Stromness plutôt que n'importe quelle actualité à des centaines de kilomètres. Le journal appartenait à la famille Sutherland depuis plusieurs générations.

— Magnus en a touché un mot à Alistair et ça a suffi pour qu'il nous demande de retirer le papier, expliquait Kristin. D'après lui, nous n'avions pas de preuves pour étayer nos accusations. Sauf que les accusations ne venaient pas de nous, nous n'avons fait que rapporter ce que disaient les gens. C'est la première fois, et espérons la dernière, qu'il est intervenu.

— De quoi parlait l'article ?

— Oh, le genre de trucs qu'on n'entend nulle part ailleurs que dans nos îles, répondit Kristin en secouant la tête. Un matin, un fermier de Burray a trouvé presque la moitié de son bétail avec la gorge tranchée. C'était absolument atroce, pour être honnête. Un véritable crève-cœur. Bref, il était en bisbille avec une ferme de l'île de South Ronaldsay. Les habitants du coin et lui étaient convaincus que c'étaient ces types qui avaient fait le coup mais la police a répondu qu'il n'y avait aucune preuve et le responsable n'a jamais été trouvé. Le fermier a clamé que les autorités savaient qui c'était mais qu'elles avaient trop peur pour faire quoi que ce soit, que certaines personnes sur ces îles étaient au-dessus de la loi.

— Fergus Muir était impliqué ?

— Il a dirigé l'enquête.

Freya secoua la tête.

— Je connais Fergus depuis toujours, je doute qu'il couvre qui que ce soit.

— Et moi qui te prenais pour une journaliste affûtée, rétorqua Kristin avant de s'accouder sur son bureau. S'il y a une chose qu'on apprend dans ce métier, ma chère, c'est que les gens ne cesseront jamais de nous surprendre.

Kristin passa au sujet des réseaux sociaux du journal.

— À tous les coups, ce qui s'est passé ce matin à Skaill est déjà partout sur Facebook. Nous aurions dû poster sur place, diffuser des vidéos, attirer des lecteurs sur notre site web. Mais les réseaux sociaux, ce n'est pas le « truc » de Gill, cita Kristin en mimant les guillemets, et donc ce n'est qu'une fois qu'elle est arrivée ici que j'ai publié l'info.

Freya se rappela soudain que Kristin avait essayé de l'appeler. C'était peut-être pour cette raison. Elle tenta de se justifier, lui assura qu'elle avait eu l'intention de lui envoyer un message, mais Kristin balaya ses excuses d'un geste.

— Je voulais simplement m'assurer que tu avais trouvé Gill et qu'elle se comportait bien. Mais je vais être honnête avec toi, en décidant de t'intégrer à l'équipe, j'espérais gagner une alliée. J'aimerais te confier nos réseaux sociaux. Tout ce qui se passe dans cette affaire, tu l'annonces sur Internet avant tous les autres. Tu penses que c'est dans tes cordes ?

— Absolument.

Freya aimait ce mot, *alliée.*

On frappa à la porte. Freya tourna la tête et vit sur le seuil une jeune femme, dans les vingt-cinq ans. Ses cheveux châtains lui arrivaient aux épaules, au-dessus de son manteau en laine noire. À cause du froid, ses joues arboraient le même rose que son écharpe et ses gants.

— Ah ! Freya, je te présente Sophie Rendall, déclara Kristin. Sophie, voici Freya.

Sophie adressa un signe de tête à Freya en guise de bonjour puis reporta son attention sur Kristin.

— C'est vrai qu'un cadavre a été découvert à Skara Brae ?

— Gill est en train d'écrire un article là-dessus. Nous avons eu des renseignements avant la déclaration officielle qui doit avoir lieu cet après-midi, mais on nous a demandé de ne rien diffuser pour l'instant. Où en as-tu entendu parler ?

— Sur Facebook. En ville, tout le monde n'a que ça à la bouche.

Kristin pointa le doigt vers Freya.

— C'est exactement ce dont je voulais parler. C'est pour ça que nous avons besoin d'être plus présents sur les réseaux sociaux. Si les gens n'obtiennent pas les infos de notre part, ils les trouveront...

— Il y a une femme à la réception, la coupa Sophie. Je l'ai croisée en arrivant. Elle veut nous parler.

— À quel propos ?

— Elle raconte qu'elle était à Skaill à l'instant mais qu'on lui a dit de rentrer chez elle. Elle se plaint que la police refuse de l'écouter, alors qu'elle pense pouvoir l'aider.

— Comment ?

— Le corps, répondit Sophie. Elle prétend savoir qui c'est.

7

La femme se présenta comme Beth Campbell.

Sophie l'emmena à la cuisine, où Freya, Kristin et Gill les rejoignirent. La pièce devint rapidement étouffante, l'odeur de restes de nourriture plus envahissante que jamais. Freya plongea à nouveau le visage dans le col de son manteau pour la bloquer. Plus facile à dire qu'à faire.

Sophie invita Beth à s'asseoir à la petite table ronde pendant que Kristin rallumait la bouilloire, et Freya s'appuya contre le comptoir en Formica. Gill prit la chaise à côté de Beth et lui sortit le grand jeu.

— J'ai l'impression de vous connaître, dit-elle. On s'est déjà parlé, non ?

Beth acquiesça sans un mot. Freya lui trouva un air d'oisillon tombé du nid. Les épaules basses, cramponnée à la tasse de thé chaud que Kristin lui avait offerte, elle paraissait avoir envie de se rouler en boule. Les rides sur son visage lui donnaient dans les soixante-dix ans, mais elle avait certainement beaucoup moins. Ses yeux sombres étaient enfoncés, son visage blême. Quand elle soufflota sur son thé, elle parvint tout juste à faire onduler la surface.

Kristin s'assit sur la dernière chaise à la table avec Gill et Beth, forçant Sophie à rester debout à côté de Freya. Beth prit quelques gorgées de thé avant de décider qu'il était encore trop chaud et de reposer sa tasse. Elle leva les yeux pour regarder tour à tour chaque femme avant de les reporter sur Gill.

— C'est vous qui aviez couvert le sujet au moment de sa disparition.

— Votre petite, répondit Gill, un sourire triste sur les lèvres. C'est ça, vous êtes la maman d'Ola. Je m'en souviens.

Le cœur de Freya se retrouva comprimé dans un étau de glace.

Ola Campbell. Elle connaissait ce nom.

— Étiez-vous à Skaill ce matin ? s'enquit Beth, les yeux ronds. Avez-vous parlé à la police ?

— Oui et oui, confirma son interlocutrice. J'ai interrogé l'inspecteur Fergus Muir. Il se charge de l'affaire.

Freya fronça les sourcils. Ce n'était pas tout à fait la vérité et elle se demanda si Gill en était consciente. S'il s'avérait que le cadavre était récent, l'enquête serait transférée à la police d'Écosse, qui désignerait son propre inspecteur. Les autorités locales seraient toujours impliquées, bien sûr, mais Fergus ne serait pas aux commandes. Une autre preuve que Gill n'avait pas couvert de crime grave depuis longtemps.

— Vous a-t-il dit quelque chose ? s'enquit Beth.

Gill secoua la tête avec une grimace, comme si elle souffrait.

— Oh, ma chère, je sais ce que vous pensez, mais vous ne devriez pas. D'après l'inspecteur Muir, le cadavre est probablement très, très vieux. Ce n'est pas votre fillette, je peux vous l'assurer.

Beth gémit comme si on l'avait frappée dans le ventre. Elle fondit en larmes et son corps sembla s'effondrer sur lui-même. Gill lui pressa l'épaule.

Kristin leva la tête.

— Soph, va chercher la boîte de mouchoirs sur mon bureau, tu veux bien ? Merci, ma belle.

L'intéressée acquiesça et sortit.

— Madame Campbell, continua Kristin d'une voix douce. Je suis vraiment désolée, mais je ne suis pas sûre de comprendre ce qu'il se passe.

— Ça date de bien avant que tu ne reviennes, Kris, répondit Gill à la place de Beth, qui continuait de sangloter tout bas, les épaules tremblantes. La fille de Beth a disparu il y a une vingtaine d'années.

— Dix-sept ans, parvint-elle à corriger. Ça a fait dix-sept ans en octobre.

L'étau de glace autour du cœur de Freya se resserra. Il y a dix-sept ans, elle était au lycée, et il n'y en avait que deux dans toutes les Orcades : un à Kirkwall et l'autre à Stromness. Comme elle avait grandi à Birsay, à l'ouest de Mainland, Freya avait fréquenté ce dernier. Elle avait quinze ans lorsque la région avait été ébranlée par la disparition d'une fille d'un an de plus qu'elle. Elle s'était volatilisée avec son petit ami, un garçon de Kirkwall, et aucun des deux n'avait jamais été retrouvé. Il y avait eu de vastes opérations de ratissage des îles et Freya se souvenait, après l'école, d'avoir vu la police faire des recherches dans les rochers sur la côte près de chez elle jusqu'à la tombée de la nuit.

— Tu avais probablement déjà déménagé, expliqua Gill à Kristin, bombant le torse comme elle l'avait fait plus tôt ce matin-là. J'avais couvert toute l'affaire, à l'époque. Son petit ami et elle, c'est bien ça ? lança-t-elle à Beth. Je m'en souviens comme si c'était hier.

— Je m'en souviens, moi aussi.

Les mots échappèrent à Freya avant qu'elle ne puisse les ravaler. Tout le monde se tourna vers elle, leurs regards perçants pointés sur elle. Elle eut envie de se retrancher dans son manteau.

Beth sanglotait toujours. Elle regarda Freya avec une lueur d'espoir dans ses yeux vitreux.

— Est-ce que… est-ce que vous la connaissiez ? Elle aurait à peu près votre âge, à présent. Je veux dire, c'est l'âge qu'elle aurait eu, si…

Sophie revint avec les mouchoirs au moment où Beth craqua à nouveau. Gill lui en passa un ; elle s'essuya les yeux, laissant des traces noires de mascara sur le papier.

— Non, je suis désolée, répondit Freya. Nous ne nous connaissions pas, nous étions juste… Je me rappelle ce qui s'est passé, c'est tout.

C'était un mensonge. Freya connaissait très bien Ola Campbell.

Ola était célèbre dans leur école : blonde, jolie, populaire. Mais aussi une sacrée peste. C'était le genre de filles qui, bien que plus grande que la plupart de ses camarades et tout à fait capable de se défendre, n'avait pas besoin de malmener directement les autres élèves. Elle avait des sbires pour s'en charger à sa place. Et même si Freya était passée maîtresse dans l'art de passer inaperçue, elle s'était trouvée à quelques reprises dans le viseur d'Ola.

Un épisode l'avait particulièrement marquée : en troisième, la rumeur avait circulé que Freya plaisait à Harry Donaldson, un garçon populaire. Quant à elle, elle ne s'intéressait pas particulièrement à lui, mais pour éviter les ennuis elle était allée au point de rendez-vous : l'embarcadère près du poste de secours. C'était au cœur de Stromness, à proximité du quai où accostait le ferry pour l'Écosse. Quand elle était arrivée sur place, outre les touristes et la population locale qui se rassemblait sur cette vieille place pavée, un groupe de jeunes attendait. Et tout devant, à côté de Harry, se tenait Ola.

— Tu pensais vraiment que Harry pouvait s'intéresser à une triso comme toi ?

Autour d'elle, Freya avait entendu les ricanements moqueurs des adolescents.

— Allez, Harry, embrasse-la. Tu ne vois pas qu'elle mouille pour toi ?

Avec le recul, elle se rendait compte qu'avoir tenté de lui casser la figure était voué à l'échec. Freya avait été plaquée au sol par les amies d'Ola avant qu'elle ne puisse toucher un seul de ses cheveux, mais si c'était à refaire, même un millier de fois, elle réessayerait à tous les coups d'arracher les yeux de cette sorcière d'Ola Campbell. Et elle n'était pas la seule, d'ailleurs, raison pour laquelle elle n'avait pas compris pourquoi tant d'élèves s'étaient mis à pleurer et à se comporter comme si c'était une sainte lorsque Ola avait disparu.

C'est ce que Freya avait expliqué à sa mère lorsque celle-ci lui avait demandé pourquoi elle ne semblait pas aussi bouleversée que les autres par la mort probable d'Ola. Le bruit courait que son petit ami et elle s'étaient suicidés, et d'après sa mère, le fait de ne manifester aucune réaction face à cette tragédie rendait Freya « froide » et « dénuée d'empathie ». Mais Freya ne voyait pas les choses de cet œil ; pour elle, c'était la parfaite illustration que tous les gens n'étaient que de sales hypocrites. Même à ce jeune âge, elle savait ce que c'était de songer à mettre fin à ses jours, d'avoir l'impression que tout le monde s'en ficherait si on passait à l'acte, et honnêtement, elle ne le souhaitait à personne. Même pas à Ola. Mais celle-ci avait été tyrannique et infecte ; Freya n'allait pas tout à coup prétendre le contraire juste parce qu'elle s'était prétendument tuée. C'était absurde.

— Donc, quand vous avez entendu parler du corps, vous vous êtes dit qu'ils avaient peut-être trouvé votre fille ? demanda Kristin.

Beth s'était un peu ressaisie. Elle se redressa et but nerveusement quelques gorgées de thé. Elle hocha la tête.

— Pouvez-vous nous raconter ce qui est arrivé à Ola ? poursuivit la rédactrice en chef.

Gill ouvrit la bouche pour répondre à la place de Beth, mais sa supérieure l'arrêta d'un regard.

La femme inspira profondément. En prenant son temps et en marquant de fréquentes pauses pour ravaler ses larmes, elle leur relata ce qu'il s'était passé en octobre, dix-sept ans plus tôt. Ola était allée à une fête avec Liam, son petit ami, et on ne les avait plus jamais revus depuis. Elle et sa famille habitaient à Stromness, mais la fête avait eu lieu à Harray, une petite ville à une quinzaine de kilomètres plus au nord. Âgé d'un an de plus qu'Ola, Liam avait une voiture et était donc venu la chercher un peu avant 19 heures. La nuit tombait tôt à cette période de l'année et il faisait déjà sombre lorsqu'ils étaient partis. Beth avait demandé à Ola d'être de retour à 23 heures.

Mais 23 heures étaient largement passées.

— Ça lui arrivait, de rentrer plus tard que prévu, admit Beth en se tamponnant les yeux avec son mouchoir. Du haut de ses seize ans, elle n'en faisait qu'à sa tête, elle était parfois difficile. Mais au petit matin, j'ai commencé à passer des coups de fil aux parents de ses amis. Ils étaient tous chez eux, je ne savais pas quoi faire. J'ai alerté la police.

Des patrouilles sur toutes les îles avaient été mobilisées pour localiser la voiture de Liam. Au point du jour, ils l'avaient trouvée, abandonnée sur les falaises de Yesnaby, un endroit prisé pour les suicides au-dessus des vagues de l'Atlantique Nord, pas très loin de la baie de Skaill.

— Ce n'était pas un suicide, affirma Beth, d'une voix si tranchante que le mot fit ciller Freya. C'est lui qui l'a tuée.

Beth leva alors les yeux, d'abord vers Gill, puis vers les autres journalistes, comme pour les mettre au défi de la contredire.

— Je l'ai toujours su. Il l'a tuée puis il a disparu et personne ne l'a recherché parce que tout le monde pense qu'il a sauté de cette foutue falaise. Et ce matin, quand j'ai vu sur Facebook que la police avait découvert un cadavre à Skaill, si près de l'endroit où sa voiture avait été retrouvée, eh bien, je...

Personne ne dit rien. Mis à part le cliquetis du réfrigérateur et les faibles sanglots de Beth, on n'entendait qu'un bruit sourd et mécanique qui pulsait à travers les murs et le sol en lino. Il s'était immiscé dans le cerveau de Freya depuis qu'elle avait passé la réception tout à l'heure, il avait envahi ses pensées, et dans le silence actuel il ressortait encore plus. Ça devait venir de l'imprimerie, à l'autre bout du bâtiment.

Les vibrations s'amplifièrent alors qu'elle attendait que quelqu'un pose la question qui tombait sous le sens.

Mais aucune ne prit la parole.

— Quelles ont été les conclusions de la police, madame Campbell ? hasarda Freya.

Beth se ratatina sur elle-même. Elle se frotta à nouveau les yeux avec son mouchoir froissé.

— Au début, ils n'ont écarté aucune hypothèse, ils ont mené les recherches, ils ont parlé aux personnes présentes à la fête.

— Et qu'ont-elles dit ?

— Que Liam et Ola étaient passés et qu'ils étaient vite repartis. Mais personne ne savait pourquoi ni où ils étaient allés.

Beth releva les yeux et quand elle croisa ceux de Freya, celle-ci ressentit une secousse, comme une décharge électrique, mais elle se força à ne pas détourner le regard.

— Il y avait autre chose, mais ces gosses avaient peur de parler. Il s'est passé un truc à cette fête. Je n'aurais jamais dû la laisser… Si c'était à refaire, je ne…

— Et ce matin, Beth, intervint Gill, quand vous êtes allée à Skaill, que vous a dit la police ?

— J'ai approché une jeune femme mais elle a refusé de me laisser passer ou de me révéler quoi que ce soit. On m'a dit de rentrer chez moi et de ne pas ruminer tout ça, qu'ils viendraient me voir s'il y avait du nouveau. Mais ça fait dix-sept foutues années que je les attends, et toujours rien. Alors je me suis dit, peut-être que vous…

Elle lança un autre regard suppliant à Gill.

Celle-ci posa la main sur la sienne.

— Si c'est votre gamine qui a été déterrée, je le saurai, ne vous inquiétez pas.

Du coin de l'œil, Freya vit Kristin se tortiller sur son siège.

— L'inspecteur en chef Magnus Robertson, le commissaire de police des Orcades, doit s'exprimer cette après-midi, continua Gill. Il communiquera tout ce qu'il sait et si personne ne vous a contactée d'ici là, je vous rapporterai sur-le-champ ce qu'il m'aura dit. Qu'en pensez-vous, ma chère ?

Beth se remit à pleurer. Gill lui frotta le dos et fit des petits bruits de la langue comme si elle réconfortait un bébé. Freya sentit le regard de Kristin se poser sur elle et elle espéra que son visage ne trahissait pas le fond de sa pensée.

Après s'être ressaisie, Beth remercia tout le monde d'avoir pris le temps de l'écouter. Gill se leva en même temps qu'elle et la raccompagna à la sortie.

À la seconde où elles furent parties, Sophie bondit sur la chaise en face de Kristin.

— Je suis sur le coup, n'est-ce pas ? C'est moi qui ai fait entrer Beth. Tu ne peux pas donner aussi cette affaire-là à Gill.

— Quelle affaire ? rétorqua Kristin. Tout ce qu'on a, ce sont les théories infondées d'une vieille femme triste et désespérée.

Nous ne publierons rien tant que nous ne disposerons pas de davantage d'éléments.

Sophie se tourna vers Freya.

— Tu as remarqué que Gill parlait comme si tu n'avais pas été avec elle ce matin ?

Freya acquiesça, même si elle ne l'avait pas relevé, trop focalisée sur la mention du prénom d'Ola.

— Elle fait ça *tout le temps*, articula-t-elle. Qu'est-ce que tu en penses ? Quand tu étais là-bas, tu as vu quelque chose qui pourrait appuyer ce que Beth vient de dire ?

Freya ne voulait pas répondre à cette question, prendre part au débat entre Sophie et Kristin, mais elle avait en effet noté quelque chose. Heureusement, avant qu'elle ne tente d'esquiver, Gill réapparut à la porte de la cuisine, le front luisant et les joues rouges, comme si elle avait remonté l'escalier au pas de course.

— J'intègre ça à mon article, d'accord, boss ?

Une ombre menaçante passa sur le visage de Kristin.

— Non, pas d'accord du tout. Primo, c'est Sophie qui a fait venir Beth, alors si on publie quelque chose là-dessus, c'est son sujet. Et deuzio…

— Mais…

— Nous n'avons pas confirmé avec Beth que ses propos étaient officiels.

— Elle n'a pas non plus explicitement dit le contraire. Bon sang, elle est adulte, Kris. C'est un journal, ici, à quoi elle s'attendait ?

— Et tertio, continua Kristin en ignorant les protestations de Gill, comme je viens de le dire à Soph, nous ne publions pas ce que le premier venu nous raconte. Pas tant que nous n'avons pas vérifié les faits. Inutile de te rappeler ce qui s'est passé – je n'ai pas envie de me faire à nouveau taper sur les doigts par Alistair. En plus, tu as dit que d'après l'inspecteur Muir les ossements étaient anciens.

— Et elle, elle a dit qu'il avait tort.

Tous les yeux se posèrent sur Freya.

— Tu as dit que la zone avait été fouillée dans les années 1990 et que le corps avait forcément été enterré là-bas après, n'est-ce pas ?

Bon sang, Gill était plus attentive que ne le pensait Freya.

Un silence gêné s'ensuivit tandis que tout le monde attendait sa réponse. Elle ne voulait pas intervenir. Son idée risquait de les faire aller à l'encontre de ce que Fergus leur avait demandé. Elle impliquait de s'opposer à Kristin et de se ranger du côté de Gill, alors qu'elle était en train de sympathiser avec sa nouvelle supérieure. Mais son satané cerveau tournait à cent à l'heure, réfléchissait à des hypothèses et élaborait des théories sans qu'on lui demande.

— Il y a des chances que…

— Des chances que quoi ? demanda Kristin.

À son ton, Freya se décomposa.

— Il y a des chances que Beth ait raison. Et je crois connaître le moyen d'en avoir le cœur net.

8

Gill insista pour conduire. Ce qui impliquait de retourner dans son Audi fétide. Heureusement, elles n'allaient pas loin.

Elles empruntèrent la route qui contournait Peedie Sea, les petits lacs dans la baie à l'ouest de Kirkwall. Freya avait glissé ses mains sous ses cuisses pour s'empêcher de triturer ses piercings, mais le siège en cuir était si collant qu'elle eut envie de sauter de la voiture en marche, alors elle ferma les poings et les coinça entre ses genoux. Les pensées se bousculaient dans sa tête, mais elle était incapable de les ordonner. Les relents de tabac froid et le grésillement de la radio lui embrumaient le cerveau. Un groupe de cygnes glissait sur l'eau sombre le long de la route. Ils reflétaient l'état de Freya : au-dehors, elle respirait la sérénité (avec un peu de chance), mais sous la surface tout était en ébullition. Elle avait énervé Kristin en faisant la maligne et elle était désormais sous pression. Elle espérait avoir vu juste. Si elle voulait partir du bon pied avec sa nouvelle cheffe, elle ne devait pas se planter sur ce coup-là.

Et si c'était déjà foutu ?

— Kristin a raison. C'est bancal, dit Gill à côté d'elle.

Elle avait gardé le silence depuis qu'elles étaient sorties de la salle de rédaction. Ça aurait été trop demander qu'elle continue ainsi.

— Peut-être, se contenta de murmurer Freya.

Leur dernière conversation tournait en boucle dans son esprit.

Qu'est-ce qui te fait donner raison à Beth ?

D'abord, le drone.

Les trois femmes avaient froncé les sourcils. Trois paires d'yeux, aussi intenses que des projecteurs, attendant qu'elle s'explique. Elle détestait ça, devoir parler devant les autres, surtout devant des gens qui étaient encore des étrangers. Elle n'avait pas eu le temps de les cerner, ni d'appréhender comment se comporter en leur présence. Prise ainsi au dépourvu, elle n'avait pas pu préparer ce qu'elle allait dire, ni comment le dire. Ses pensées étaient chaotiques et elle avait besoin de temps pour les organiser. Elle avait tenté de botter en touche.

— Vous savez quoi, je me trompe sûrement.

— Non, rétorqua Kristin en se penchant en avant. J'aimerais savoir. Qu'est-ce qu'il y a de si bizarre dans le fait d'utiliser un drone ?

En temps normal, rien. Freya en avait souvent vu à Glasgow. Les équipes de la scientifique y avaient recours pour cartographier en détail une scène de crime ou pour enquêter dans une zone difficile d'accès, comme un bâtiment à l'abandon ou une des îles Clyde. Mais ce terrain à l'arrière de la plage n'avait rien d'inaccessible. En outre, il était impossible d'obtenir des mesures précises en raison des vents forts. Il ne restait donc qu'une option.

— Je crois qu'ils utilisaient du lidar.

— Du lidar ? C'est quoi ça, bon sang ? demanda Gill.

— C'est comme du radar, mais avec de la lumière. D'où le *L*.

Sophie ravala un rire et Freya se rendit compte que sa réponse avait été suffisante, même si elle n'en avait pas eu l'intention. Elle résista à l'envie de toucher ses piercings et, à la place, s'agrippa à sa tasse. Le café était déjà froid.

— En quoi ça consiste ? s'enquit Kristin.

— On s'en sert pour effectuer des mesures, mais il peut aussi cartographier le sol, identifier des endroits où il a été perturbé.

— Perturbé, c'est-à-dire…

— Creusé.

Elle contempla ses trois nouvelles collègues. En arrivaient-elles aux mêmes conclusions qu'elle ? Ces experts avaient absolument voulu utiliser un instrument très coûteux dans des conditions qui ne le permettaient clairement pas : pourquoi ? Qu'est-ce qui les avait motivés à multiplier leurs efforts ? Après avoir entendu l'histoire de Beth, Freya pensait avoir compris.

Comme sous une couche de glace qui fondrait lentement au soleil, elle vit l'idée émerger sur leurs visages.

— D'après toi, ils cherchaient Liam, dit Kristin.

— Ou Ola. Nous ignorons encore lequel ils ont trouvé, si jamais c'est l'un d'eux.

— OK, et la suite alors ? Tu as dit qu'il y avait un moyen de le savoir.

Freya déglutit.

— Nous pourrions parler à l'homme qui a découvert les ossements.

Son cœur se serra après avoir prononcé ces mots. Fergus leur avait explicitement demandé de le laisser tranquille. En échange, il leur avait donné des informations. Approcher l'homme à l'origine de la découverte ce matin allait entacher sa relation avec Fergus, mais ne pas le faire revenait à saborder son nouveau départ dans ce job. Que décider ?

— Et tu proposes quoi ? demanda Gill. Ton oncle Fergus ne nous a pas dit où il était. En fait, il a dit…

— Il est à l'hôpital Balfour.

Une pulsation martela les tempes de Freya après avoir entendu Gill utiliser à nouveau le mot *oncle*.

— Comment tu le sais ?

— Je l'ai vu monter dans une ambulance ce matin. Ils l'ont emmené quelque part. Je présume que c'est à l'hôpital.

Cette fois, Sophie ne retint pas son rire. Le commentaire fit même naître un sourire sur les lèvres de Kristin, mais là non plus, Freya n'avait pas cherché à se faire valoir, elle avait juste énoncé un fait. Toutefois, sa petite victoire lui fit du bien.

Le visage de Gill vira à l'écarlate.

— Et admettons qu'on y aille, c'est quoi ton plan ensuite ? Tu crois qu'il va accepter de te parler ? Et si oui, pour nous dire quoi ? Qu'il a vu un tas d'os par terre ?

— Et s'il y avait encore des vêtements sur les vestiges, quelque chose qui leur donnait l'air humains ? lança Freya à Kristin et non à Gill. L'homme était enveloppé dans une couverture, il avait l'air en état de choc.

Au lycée, Freya connaissait une fille qui avait été embauchée à Skara Brae. Ses collègues étaient soit déjà des étudiants en archéologie soit des jeunes qui aspiraient à poursuivre dans cette voie. Ils participaient bénévolement aux fouilles et il n'était pas rare qu'ils découvrent des ossements humains. Un crâne ou un fémur à nu ne suffisait pas à mettre quelqu'un dans un pareil état.

C'est ce qu'elle expliqua à Kristin, qui ne paraissait toujours pas convaincue.

— C'est une chose de trouver des os lors de fouilles, c'en est une autre d'en voir affleurer sur la plage un matin sombre et venteux, argua-t-elle.

— Bien sûr, mais à mon sens, s'il a été si affecté, c'est qu'il a forcément vu un os sortir de la manche d'un manteau, quelque chose dans ce genre-là. Et si c'est le cas, il pourrait l'identifier.

— C'est bancal, déclara Kristin en secouant la tête. Ça fait dix-sept ans, tout ça n'aurait pas pourri, depuis le temps ?

— Je ne sais pas, peut-être pas.

C'était un mensonge, car Freya savait pertinemment que non. Quelques années plus tôt, elle avait été fascinée par l'affaire d'une adolescente retrouvée morte à Kelvingrove Park avec une perforation étrange à l'abdomen. Les détectives ignoraient ce qui l'avait causée. Les médecins légistes avaient finalement découvert que c'était l'œuvre d'une arbalète et d'après la forme et la taille de la plaie ils avaient pu déterminer de manière précise non seulement le modèle de la flèche mais également l'angle et la distance desquels elle avait été tirée. À partir du registre des propriétaires d'arbalète et des vidéos de surveillance, la police avait arrêté le suspect en quelques heures. Freya avait été si ébahie par le fait que des minuscules détails renfermaient autant d'informations qu'elle s'était inscrite à un cours de criminalistique en ligne. Elle avait même obtenu un master dans ce domaine sur son temps libre. Mais passer un diplôme en apparence inutile en dehors du travail et parler d'autre chose que de téléréalité ou des bruits de couloir de la rédaction lui avaient valu des moqueries supplémentaires de la part de ses collègues. Une raison parmi tant d'autres pour lesquelles Freya était considérée comme « une putain de barjo ». Elle préféra ne pas partager pour l'instant sa passion pour la criminalistique avec ses nouvelles collaboratrices.

À ce moment-là, Gill s'était levée pour se diriger vers la porte.

— Où vas-tu ? avait demandé Kristin.

— Vous l'avez entendue. L'homme qui peut nous éclairer est au Balfour. Alors c'est là que je vais.

De tout ce qui avait changé depuis que Freya avait quitté les Orcades, le plus marquant était peut-être l'hôpital Balfour.

Freya le regarda à travers le pare-brise de l'Audi tandis que Gill entrait dans le parking. Avec sa façade blanche arrondie qui épousait Foreland Road, l'édifice ressemblait à une soucoupe volante qui aurait atterri dans un champ entre Scapa Flow et Kirkwall. Construit quelques années auparavant, il était à des années-lumière du petit ensemble de bâtiments en pierre où Freya se voyait encore aller à reculons pour ses rendez-vous chez le médecin. Rien que d'y penser, elle sentait presque l'odeur de désinfectant et entendait le tintement de la bonbonnière en verre remplie de sucettes dont ils se servaient pour la faire entrer dans le cabinet.

Gill se gara aussi près que possible de l'entrée principale sans emboutir les portes.

— OK, tu restes ici.

Freya fronça les sourcils.

— Pardon ?

Ce mot, à nouveau.

— Écoute, ma grande, tu connais peut-être le lidar et tous ces machins, mais moi, je connais les gens. Les gens qui travaillent ici et qui peuvent nous aider à trouver ce gars. Et ils ne vont pas me parler si tu es là.

— Tu ne peux pas simplement entrer là-dedans et demander où est le type !

— Je ne vais pas réclamer son nom ni ses antécédents sexuels, OK ? Je vais seulement me renseigner sur le service dans lequel un patient aurait été amené en état de choc ce matin.

Freya secoua la tête, bien que peu surprise.

— Alors tu m'attends là et je…

Freya détacha sa ceinture de sécurité.

9

Elles se dirigèrent vers l'entrée principale dans un silence tendu. Aux portes, un panneau indiquait les différents services : *Urgences, Radiologie, Oncologie.* Ce fut à ce moment-là que Freya ressentit le premier tiraillement au fond de son ventre.

Les portes automatiques s'ouvrirent dans un bruissement. Elles donnaient sur un immense hall qui ressemblait davantage à un terminal d'aéroport qu'à un hôpital. À droite se trouvait un café avec des tables à l'extérieur, et droit devant un comptoir d'accueil incurvé. Des spots scintillaient sur l'immense plafond courbé au-dessus d'elles. Tout brillait d'un blanc chirurgical.

Mais l'odeur… Elle frappa Freya tel un crochet du gauche imprévisible.

Elle se figea à la porte. Gill avança de quelques mètres avant de s'en rendre compte. Elle s'arrêta et se retourna.

— Tu viens ou quoi ?

Freya ne pouvait pas bouger. Elle ne pouvait pas répondre. Ses pieds étaient cloués au sol. C'étaient ces relents, ce mélange entêtant de produits d'entretien et de mort. La même odeur dans tous les hôpitaux du monde, qu'ils soient modernes ou non. Elle n'avait jamais réfléchi à ce que ça lui ferait de revenir dans un hôpital après son « accident ».

Elle fut aveuglée par une vision de cette nuit de février où elle avait été conduite de toute urgence à l'hôpital Glasgow Royal, à demi consciente, des lumières qui clignotaient devant ses yeux et des cris autour d'elle. Des visages flous. Les paroles de quelqu'un à côté de son lit, sur un ton solennel :

En toute franchise, monsieur Sinclair, elle a de la chance d'être en vie.

Lorsqu'elle s'était réveillée dans ce drôle d'endroit, au milieu de machines assourdissantes et de cette odeur épouvantable qui lui assaillait le nez et la gorge, elle avait eu de violents haut-le-cœur. Elle n'arrivait pas à respirer. Médecins et infirmières s'étaient précipités à son chevet, avaient retiré les tubes de sa gorge, et elle avait pleuré et crié jusqu'à ce qu'ils autorisent enfin Tom à venir la voir. Même en panique, elle avait repéré l'agent de police posté à sa porte. Tom et elle s'étaient longuement enlacés, sans un mot. Puis il s'était reculé et l'avait regardée.

— C'était lui, n'est-ce pas ? C'était Damien Barber.

Et son chagrin et sa culpabilité l'avaient rongée de l'intérieur.

— Freya !

Elle revint au présent.

Les gens l'observaient. Gill était quelques mètres devant elle.

— C'est quoi encore le problème ?

Freya ne dit rien. Elle en était incapable.

Elle tourna les talons et courut.

Une fois dehors, elle n'arrivait toujours pas à se débarrasser de l'odeur. Elle prit de rapides bouffées d'air. Ses voies respiratoires s'étaient contractées, son nez et sa gorge fermés. Gill ne l'avait pas suivie, Freya se tenait seule au milieu de l'allée et essayait de retrouver un souffle normal. Mais elle n'y arrivait pas. Un étau lui enserrait la poitrine et elle regardait désespérément autour d'elle, comme un naufragé à la recherche de quelque chose auquel se raccrocher à la surface.

Putain, Freya, reprends-toi.

Se concentrer sur sa respiration. Autour d'elle, les gens parlaient d'elle, la regardaient, mais qu'ils aillent se faire foutre, elle avait besoin de faire le vide et d'appliquer les techniques que sa thérapeute lui avait enseignées.

Respirer lentement, compter jusqu'à quatre.

Bloquer pendant quatre autres secondes.

Expirer.

Elle répéta l'exercice jusqu'à ce que le marteau dans sa poitrine se calme. Les mains en coupe autour de son visage comme on le lui avait appris, elle inspira par le nez et expira par la bouche jusqu'à ce que les vertiges passent.

Elle baissa ses mains, qui tremblaient toujours.

Elle perçut du bruit à sa gauche. Sur l'aire de jeux, parents et enfants aux balançoires la dévisageaient en faisant des commentaires à voix basse. Luttant contre l'envie de leur dire de s'occuper de leurs oignons, elle partit à grands pas sur le bitume. Au bout de l'allée se trouvait un banc, à l'écart. Elle se laissa tomber dessus.

Cela faisait des mois qu'elle n'avait pas fait une crise de panique pareille.

De fines gouttes de pluie se mirent à tomber. Les nuages s'amoncelaient à nouveau, de plus en plus proches. Freya ferma les yeux et pinça fort ses piercings, les comptant d'un côté puis de l'autre. Tout ce qu'elle voulait, c'était rentrer chez elle, retrouver Tom et leur petite maison au bord de la mer. Elle voulait serrer Luna contre elle. Elle voulait arriver à la fin de cette journée et se blottir sur le canapé en mangeant de la pizza devant une série qu'elle avait déjà vue mille fois sans devoir réfléchir à quoi que ce soit d'autre. Elle sortit son téléphone de sa poche pour voir la photo réconfortante de Tom et de Luna sur l'écran de veille, mais à la place, elle découvrit deux notifications. Un appel manqué et un texto. L'appel provenait d'un numéro commençant par 0141. Glasgow. Le numéro n'était pas enregistré dans son répertoire, mais elle savait qui c'était. C'était le coup de fil auquel elle s'était attendue ce matin lorsque Kristin lui avait téléphoné. Le SMS indiquait qu'elle avait un message vocal.

Elle supprima les deux.

C'était le quatrième message vocal qu'ils lui laissaient cette semaine et qu'elle n'avait pas écouté.

Des pas s'approchèrent. Freya leva les yeux et vit Gill marcher vers elle, un sourire aux lèvres. Mais il s'évanouit à la seconde où elle vit le visage de Freya.

— Bon Dieu, ça va ? Tu n'as pas l'air dans ton assiette.

— Ça va, répondit Freya en se mettant debout.

— Tu nous as fait quoi, là ?

Elle ne répondit pas. Les deux femmes retournèrent à la voiture. Freya se rendit soudain compte que Gill n'était pas restée longtemps à l'hôpital.

— Alors, qu'est-ce que ça a donné ?

— Il n'est plus là. Il est rentré chez lui il y a une demiheure.

Elles montèrent dans l'Audi ; l'odeur de cigarettes et de transpiration passait désormais au second plan par rapport au mal de tête qui se profilait derrière le front de Freya.

— On fait quoi, maintenant ?

— On lui rend une petite visite.

Freya ferma les yeux et se pinça l'arête du nez.

— Je ne leur ai pas demandé son adresse, OK ? Ils me l'ont simplement donnée. Ce n'est pas ma faute si certains membres du personnel ont la langue bien pendue.

Freya ne répondit rien. Elle avait clos les paupières non pas à cause de ce qu'avait dit ou fait Gill, mais pour bloquer la lumière, repousser la migraine qui fonçait droit sur elle comme un poids lourd aux freins cassés. Elle restait plongée dans la brume persistante de sa crise de panique, mais il n'y avait pas que ça : il lui fallait gérer Gill et supporter cette journée fluctuante où rien ne se passait comme prévu. Mais comment expliquer tout ça ?

— Écoute, ma chérie, si ma façon de faire ne te plaît pas, je peux te déposer à…

— Non, ce n'est pas ça. C'est…, répondit Freya.

Puis elle poussa un soupir et rouvrit les yeux avant de boucler sa ceinture.

— Allons voir ce qu'il sait.

10

L'informateur de Gill, peu scrupuleux des règles de confidentialité, lui avait donné le nom Kyle Laughton. Ainsi qu'une adresse à Dounby, à vingt-cinq minutes de route de Kirkwall en direction de Skara Brae.

La maison se trouvait dans une rue en retrait de la route principale qui traversait le village. Une Corsa Vauxhall rouge était garée dans l'allée. Gill s'arrêta au bord du trottoir puis tendit la main vers la banquette arrière pour attraper son sac à main et sortit son téléphone.

— Regarde, dit-elle en le brandissant. Freya dut plisser les yeux pour voir l'écran à cause de plusieurs longues rayures qui le barraient. C'est l'article que j'ai écrit à l'époque. Beth et la grand-mère de Liam nous avaient envoyé ces photos. C'est ce qu'ils portaient tous les deux le soir de leur disparition.

Deux photos figuraient côte à côte au-dessus du texte. À gauche, une adolescente blonde aux yeux gris clair souriait à l'objectif comme si elle n'avait pas le moindre souci. À droite, un garçon au regard fixe et aux cheveux noirs qui tombaient devant ses yeux marron foncé s'efforçait d'avoir l'air profond, cool et ténébreux. Ola portait une doudoune rouge ouverte avec une capuche bordée de fourrure, au-dessus d'un pull clair en laine. Liam arborait un bomber vert et une casquette blanche des New York Yankees. Freya se demanda qui avait pris ces photos. Elle avait toujours éprouvé une fascination morbide envers les portraits diffusés par les médias suite à une tragédie – ce que les victimes pensaient au moment où la photo avait été prise, si elles se doutaient de ce que l'avenir leur réservait. À voir ces deux jeunes visages, il était difficile d'imaginer que l'un ou l'autre envisageait de mettre fin à ses jours même si, évidemment, elle était bien placée pour savoir que ce n'était jamais décelable. Dans ses moments les plus sombres, Freya se demandait quelle photo d'elle la presse aurait publiée si elle n'avait pas survécu à son « accident ».

— Si tu as raison, déclara Gill, ce Kyle devrait reconnaître leurs vêtements. Ils sont assez distinctifs.

Elle rangea son téléphone dans le sac. Un sourire se dessina sur ses lèvres.

— Tu sais, ma grande, depuis tout à l'heure je réfléchis à ce que tu as expliqué à propos de ce lidar machin-truc. Sur le fait qu'il pouvait indiquer si le sol a été creusé à certains endroits.

Freya ne répondit pas, pas certaine de comprendre où Gill voulait en venir. Elle ne s'était toujours pas débarrassée de son mal de tête. Au contraire, il empirait.

— Eh bien, tu n'as pas aussi dit qu'ils avaient fait des fouilles à cet endroit récemment ?

— Dans les années 1990, en effet. 1998, pour être exacte.

Elle s'en souvenait très bien parce que son père l'avait emmenée voir le chantier. Il avait été ouvert au public, comme l'était aujourd'hui le Ness of Brodgar, un autre site archéologique de la région.

— Du coup, ton bidule de lidar ne montrera pas ça ? souligna Gill, son sourire de plus en plus large. Il révèlera sûrement juste des gros trous sur ce terrain.

Une douleur brûlante se manifesta derrière le front de Freya. Gill avait raison.

Mais les techniciens de la police scientifique ne le savaient probablement pas. Ils n'étaient pas d'ici – on les avait fait venir d'Inverness –, ils ne devaient pas être au courant des fouilles. C'est ce que Freya voulut répondre mais elle ne parvint pas à prononcer les mots. Soudain, quelque chose lui traversa l'esprit. Ce matin, elle s'était demandé si la personne qui avait enterré le corps à Skara Brae était stupide ou si elle savait quelque chose qu'elle-même ignorait – c'était peut-être la deuxième option. Gill avait raison : les fouilles induiraient le lidar en erreur et, même si le corps avait été dissimulé là avant que cette technologie n'ait été inventée, enterrer un cadavre sur un site qui avait déjà été creusé paraissait futé dans une région qui était sans arrêt explorée à cause de nouvelles découvertes archéologiques. Car il était peu probable que ce terrain-là soit à nouveau dérangé.

— J'ai bien l'impression qu'on a passé la dernière heure sur une fausse piste, dit Gill.

Freya ravala la réponse acerbe qui lui vint aussitôt à l'esprit et tendit la main vers la poignée de la porte.

Elles remontèrent l'allée vers la porte d'entrée de Kyle dans leur formation habituelle. La migraine de Freya était désormais lancinante ; elle luttait pour mettre de l'ordre dans ses pensées et encore plus pour réunir l'énergie nécessaire afin de les convertir en paroles. Elle était plus que ravie de laisser Gill prendre les rênes. Celle-ci frappa à la porte, et quelques secondes plus tard, une femme à la quarantaine bien tassée leur ouvrit, visiblement énervée. De courts cheveux noirs encadraient son visage à la peau claire et fine. Elle avait d'immenses cernes sous les yeux.

— J'espère que vous êtes venus présenter des excuses, cingla-t-elle. Vous avez malmené mon Kyle ce matin. Il n'est pas comme les autres garçons de son âge. Il n'aurait pas dû…

Elle s'interrompit et plissa ses yeux fatigués en direction des deux femmes.

— Vous n'êtes pas de la police.

— Non, madame Laughton, je suis Gill Irvine, de *The Orcadian.* J'aimerais parler à votre Kyle de…

Le battant pivota mais Gill le bloqua avec le pied. Le visage pâle de Mme Laughton vira au violet, de rage.

— Ôtez votre pied de ma porte ou je vous mets le mien au cul.

— Madame Laughton, nous sommes ici au nom d'une pauvre femme désespérée dont la fille a disparu il y a longtemps. Ola Campbell. Vous vous en souvenez peut-être ?

Gill brandit son téléphone pour lui montrer l'article.

Mme Laughton jeta un coup d'œil à l'écran. Elle croisa les bras.

— Qu'est-ce que ça a à voir avec mon garçon ?

— Nous avons des raisons de croire que le cadavre trouvé ce matin est Ola et certains de ses vêtements auraient pu résister. Nous voulons simplement l'interroger à ce propos.

— Hors de question.

— Madame Laughton, nous essayons d'aider une mère qui…

— Écoutez, je suis navrée pour cette pauvre femme, mais mon garçon a le syndrome d'Asperger et il ne gère pas bien de devoir parler à des étrangers, et encore moins à la presse. Il a suffisamment enduré pour aujourd'hui.

À ces mots, *syndrome d'Asperger,* le nœud se resserra.

— Ces médecins n'auraient jamais dû le laisser seul si longtemps sans m'appeler, continua Mme Laughton. Ces policiers auraient aussi dû réfléchir un peu. Donc je suis désolée, vous allez devoir trouver un autre…

— Maman ?

Mme Laughton se tut et se tourna vers la voix. Derrière elle, dans l'ombre, se tenait l'homme que Freya avait aperçu ce matin-là. Mais il avait l'air plus grand, plus d'un mètre quatre-vingts. Sa tignasse noire lui tombait dans les yeux et il était blanc comme un linge, comme s'il était sur le point de vomir. Les médecins l'avaient peut-être renvoyé chez lui trop vite. Ou alors, c'était son séjour à l'hôpital qui l'avait mis dans cet état.

Il regarda Freya et Gill sur le pas de la porte.

— Je veux aider.

— Pouvons-nous vous montrer une photo ? demanda Gill. C'est celle de la petite d'une maman qui veut savoir ce qui lui est arrivé.

Les paumes moites, Freya serra les poings. Cette voix. Ce satané ton. Kyle travaillait sur le site touristique le plus fréquenté des Orcades, il était assez expérimenté pour en faire l'ouverture et voilà que Gill lui parlait comme à un gamin de cinq ans qui ne savait pas s'essuyer les fesses tout seul. Elle repensa à l'appel manqué et au message vocal et se demanda si c'était ainsi que les gens s'adresseraient à elle une fois qu'ils sauraient.

Kyle arracha la peau au bord de son ongle. Lorsqu'il s'avança dans la lumière, Freya vit que l'extrémité de tous ses doigts était à vif, triturée encore et encore. Était-ce sa façon de s'autostimuler, de réguler ses émotions ? Lors de son examen de diagnostic d'autisme, quelques semaines plus tôt à Glasgow, on avait demandé à Freya si elle avait des tendances de ce genre. Elle n'avait pas trop su quoi répondre. Elle avait pensé à son habitude de compter ses piercings et de les pincer jusqu'à en avoir mal aux doigts, et au soulagement que ce geste lui procurait, mais elle n'était pas sûre que c'était ce que visait l'examinateur et donc elle ne l'avait pas mentionné.

— Je ne veux pas que mon nom apparaisse dans le journal, dit Kyle. Il y a un terme pour ça, non, quand on ne veut pas que ce qu'on dit soit cité ?

— En off, s'entendit répondre Freya, surprise par le son de sa propre voix. Nous ne divulguerons rien de ce que vous nous direz, et encore moins votre nom ni quoi que ce soit qui permette de vous identifier. Si ce que vous voyez sur la photo confirme que le corps est celui d'Ola, nous en informerons la police et nous la laisserons s'entretenir avec sa mère sans rien publier d'ici là.

Elle ignora le regard que lui lança Gill.

— Tu n'es pas obligé de faire ça, Kyle, si c'est trop pour toi, intervint sa mère.

Freya remarqua qu'elle employait le même ton que Gill avec lui.

En voyant Kyle arracher une longue bande de peau de son doigt, Freya frissonna.

Gill ne sembla pas le remarquer, elle leva simplement son téléphone.

— Qu'est-ce que vous en dites, jeune homme ? Pouvez-vous nous dire si les vêtements sur cette photo correspondent à ceux que vous avez vus ?

Kyle fit quelques pas hésitants vers la porte. Lorsqu'il arriva au niveau de sa mère, celle-ci passa le bras autour de ses épaules. Il était évident qu'elle tenait beaucoup à lui, qu'elle voulait à tout prix le protéger, et en cet instant Freya pensa à Tom et le nœud dans son ventre se contracta tant qu'elle faillit devoir se plier en deux. Les effluves du parfum de Gill et de son haleine chargée de nicotine lui chatouillèrent les narines, comme exacerbés, et pour la première fois elle remarqua l'odeur d'humidité qui provenait de la maison. Elle commença à se sentir mal et lutta contre l'envie oppressante de courir jusqu'à la voiture, mais ce n'était pas encore assez loin. Elle ne voulait pas être ici et machinalement ses doigts se portèrent vers son oreille. Quand la mère de Kyle s'en aperçut, Freya baissa la main pour la fourrer dans la poche de son manteau.

Elle s'en fichait désormais que Kyle reconnaisse quoi que ce soit, elle voulait juste partir.

Mais le jeune homme prenait son temps. Il ne montrait aucune émotion tandis qu'il fixait les visages sur l'écran. Ses yeux parcouraient leurs traits, contemplaient chaque détail, mais rien ne suscita de réaction.

Un rideau remua à la fenêtre de la maison voisine.

Ça durait trop longtemps.

Gill dévisagea Freya, qui se rendit compte qu'elle gigotait. Elle se balançait d'un pied sur l'autre. Elle se força à arrêter de bouger et se reconcentra sur le jeune homme, au moment où la carapace se fendit. Cela commença par ses yeux. Ils fixaient un point de l'écran, immobiles. Ensuite, sa lèvre inférieure se mit à trembler, comme les premières secousses à peine perceptibles d'un séisme. Un frémissement si faible qu'on pouvait facilement le manquer.

Kyle tendit la main vers le téléphone et pinça les doigts pour zoomer la photo d'Ola. Pas pour agrandir un vêtement, mais un bijou : un collier en or autour de son cou. Freya ne l'avait pas remarqué sur la couleur pâle du pull d'Ola. Il portait les lettres de son prénom.

Kyle laissa ses doigts mutilés sur l'image pixellisée du collier d'Ola, et une larme roula sur sa joue. Il ouvrit la bouche mais, comme Freya un peu plus tôt, il avait perdu la voix.

Enfin, il parla.

— Elle le porte toujours.

11

Freya détestait passer des coups de fil, pourtant elle appela Fergus dès son retour à la rédaction.

Il garda le silence un long moment avant de prendre la parole.

— Comment l'avez-vous trouvé ?

— Gill connaissait quelqu'un qui le connaissait.

— Bien sûr, ça ne m'étonne pas.

Elle sentait sa déception à travers le combiné, mais pas aussi forte que ce qu'elle redoutait. Étant donné la réputation de Gill, il s'y était peut-être attendu. D'où la question : pourquoi leur avait-il donné des informations ?

Encore maintenant, Freya était surprise que Fergus se montre aussi ouvert.

— Nous avons déjà fait le lien entre le collier et Ola Campbell, reconnut-il. Nous allons envoyer quelqu'un parler à sa mère cette après-midi.

— Nous ne publierons rien d'ici là.

Freya espérait que ça le rassurerait un peu. Tout ce qu'elle entendit en retour, ce furent des parasites.

— Et maintenant ?

— Nous allons sortir les ossements de la terre et travailler à partir de là.

— Ils n'ont toujours pas été extraits ?

Une nouvelle pause, puis :

— C'est une opération délicate.

Freya attendit qu'il développe. Il n'en fit rien.

— Combien de temps ça va prendre, à ton avis ?

— Je doute qu'on ait terminé avant la tombée de la nuit. Il est probable que nous devions nous interrompre jusqu'au matin.

— Et ensuite ?

— Les os seront envoyés à Aberdeen pour examen. Nous n'avons pas les ressources nécessaires ici.

Un nouveau silence emplit la ligne.

— Il va sans dire que tu ne peux me citer sur rien de tout ça, déclara-t-il enfin.

— Pourquoi tu nous as parlé du corps ce matin ? Tu n'étais pas obligé de nous révéler quoi que ce soit – toi et moi, on aurait pu se voir à un autre moment. Ou tu aurais pu répondre « No comment » à toutes les questions de Gill.

— Tu l'as dit toi-même : quelqu'un avait déjà vu la scène. La nouvelle allait se répandre tôt ou tard. Comme toujours ici.

Cela n'expliquait pas pourquoi il leur avait parlé de Kyle. Si elles avaient réussi à obtenir confirmation que le corps était celui d'Ola, c'était grâce à lui.

Elle entendit un profond soupir à l'autre bout de la ligne. Quelques secondes de silence passèrent avant que Fergus ne dise finalement :

— La MIT – la brigade criminelle – va prendre le relais. Ça ne sera bientôt plus de mon ressort. Félicitations pour ton grand sujet, Freya.

Puis il raccrocha.

Plus tard cette après-midi-là, il surprit Freya en la rappelant pour lui annoncer que des policiers avaient parlé à Beth et qu'elles étaient donc libres de publier ce qu'elles voulaient. Il était aussi sec qu'un peu plus tôt, mais il s'était donné la peine de passer le coup de fil, et ça montrait qu'il n'était pas vraiment fâché. Freya savait qu'elle avait tendance à croire que tout le monde était énervé contre elle pour des raisons qu'elle ne comprenait pas et elle se trompait souvent, comme avec Kristin. À présent, sa supérieure était tout sourire alors qu'elle répartissait les tâches et demandait des changements de dernière minute pour le numéro de la semaine, qui allait partir à l'impression dans les vingt-quatre heures à venir.

Une fois la nouvelle propagée sur Internet, les réseaux sociaux de *The Orcadian* s'enflammèrent. Si jusque-là les discussions portaient sur l'identité du cadavre, désormais elles se concentraient sur qui l'avait déposé là. Selon les commentaires, l'identité du responsable ne faisait pas de doute. Le déferlement de haine envers Liam effara Freya, même s'il était le suspect évident : deux disparus, un seul corps retrouvé – pas besoin d'être un génie pour en tirer des conclusions. Mais elle allait garder l'esprit ouvert. Elle était chargée d'écrire un encart sur l'enquête initiale pour l'édition papier. Avant de commencer son article, elle voulait récolter le maximum d'informations, c'est pourquoi elle descendit aux archives pour consulter les numéros de l'époque. La signature de Gill était partout, comme des taches sur un chiffon. Elle parcourut rapidement les articles en s'imprégnant de chaque mot, avide d'absorber autant de données que possible. La plupart de ce qu'elle lut se résumait à un copié-collé de déclarations de police et de formules standards que l'inspecteur de l'époque – un certain Allan Tait – avait servies à Gill. Fergus aussi était cité, sergent Muir à l'époque, ainsi qu'un certain inspecteur Jim Shearer. Freya ne reconnut ni Tait ni Shearer sur les photos qui accompagnaient les textes, mais les noms lui étaient familiers : ils avaient travaillé avec son père, qui parlait d'eux au cours de leurs dîners.

Un autre nom attira son attention : sergent Magnus Robertson. Celui-là, elle ne l'avait pas entendu de la bouche de son père, c'était Gill qui l'avait mentionné un peu plus tôt. L'actuel commissaire. À en croire l'article, c'était lui qui avait trouvé la BMW bleue de Liam abandonnée à Yesnaby. La clé était sur le contact mais le moteur était éteint, en panne sèche, et les portes laissées ouvertes. Les portefeuilles de Liam et d'Ola, le sac à main de la jeune fille et leurs téléphones traînaient à l'intérieur, sur les sièges en cuir. Ces éléments avaient orienté la police vers la théorie du suicide et, à en croire les articles de Gill, ils s'en étaient rapidement contentés. Dès que la voiture de Liam avait été découverte, en fait. Les recherches s'étaient poursuivies au cours des jours suivants, mais chaque déclaration de police était ponctuée de la même phrase de l'inspecteur Tait : « Malheureusement, nous devons envisager la forte probabilité que le couple ait tragiquement mis fin à ses jours à Yesnaby. »

Beth et le reste de la communauté avaient refusé d'y croire. Ils avaient blâmé Liam.

Et ils continuaient de le faire.

12

À la fin de son premier jour, Freya avait l'impression d'avoir travaillé toute une semaine.

Elle avait des excuses toutes prêtes quand Kristin et Sophie lui proposèrent d'aller boire un verre au bar à gin près du port dans le centre-ville. Elle les aimait bien, toutes les deux, mais elle était sur les rotules, elle avait eu sa dose de sociabilité et ne se sentait plus capable de faire la conversation dans un bar bruyant. Mais elle ne leur dit pas tout ça : elle prétexta simplement avoir des projets avec Tom et elles n'insistèrent pas. Cependant, elle savait qu'elle ne pourrait pas se défiler à chaque fois.

Apparemment, tout le monde appréciait la compagnie des autres et personne ne comprenait jamais quand Freya disait qu'elle préférait être seule. Elle ne savait pas comment expliquer que, quand elle était dans un bar, elle entendait chaque conversation, elle sentait les haleines chargées d'alcool, ainsi que tout ce qui avait été renversé par terre et collait sous ses chaussures, et tout en étant bombardée par ces informations intempestives elle devait veiller à regarder ses interlocuteurs dans les yeux – mais pas trop – et intégrer ce qu'on lui disait, puis trouver une réponse pertinente et anticiper ce qu'on allait lui dire ensuite. Quand telle était votre expérience, aller dans un bar n'avait rien d'agréable. Mais puisque les gens ne pouvaient pas, ou ne voulaient pas, le concevoir, c'était plus facile pour eux de vous stigmatiser comme asociale.

Une solitaire.

Une putain de barjo.

Ça lui était déjà arrivé ; elle savait que ce n'était qu'une question de temps avant que ça ne se reproduise.

Sur le trajet vers Orphir, un malaise familier grandit en elle. Comme toujours, elle ne savait pas trop l'expliquer, c'était juste la crainte d'avoir dit ou fait quelque chose de déplacé pendant la journée et d'imaginer Kristin et Sophie en train de siroter du gin tout en échangeant leurs impressions sur la nouvelle, cette fille vraiment bizarre, avec son lidar, ses drones et ses autres théories farfelues. Une fois sortie de la ville, le paysage au-delà des phares de sa voiture disparaissait dans la nuit bleu encre, ce qui ravivait de plus belle ses démons. L'angoisse persista jusqu'à ce qu'elle s'engage dans l'allée de leur maison et qu'elle aperçoive les lumières aux fenêtres.

Après avoir vécu les cinq dernières années dans un appartement du quartier de Southside à Glasgow, Tom et elle avaient opté pour un milieu plus rural. Ils avaient dégoté une ancienne ferme avec deux chambres près de la baie d'Orphir. Elle était entourée des eaux calmes de Scapa Flow d'un côté, des marais de l'autre, et le voisin le plus proche se situait à cinq minutes de marche. Luna avait entendu la voiture sur le chemin en terre et quand Freya ouvrit la porte d'entrée, la chienne l'attendait devant, remuant la queue si fort que son arrière-train se tortillait de droite à gauche. Quand elle sauta au cou de Freya pour lui lécher le visage, sa maîtresse ne la repoussa qu'à moitié.

— C'est toi ? appela Tom.

— Non, répondit-elle avec un sourire.

Elle le trouva dans la cuisine à l'arrière de la maison, en train de sortir du four deux énormes pizzas faites maison. Elle s'appuya au cadre de la porte et sourit en le regardant jongler avec les deux plaques avant de les poser lourdement sur le plan de travail. Cuisiner eux-mêmes et manger moins de plats à emporter faisait partie de leur projet de mener une vie plus saine ici. Et franchement, Tom s'en sortait plutôt bien. Comme il ne commençait son nouveau poste d'ingénieur au Centre européen d'énergie marine à Stromness qu'après Noël, il avait du temps. Freya constata qu'il avait déjà préparé la table et leur avait servi un verre à tous les deux. Elle remarqua aussi qu'il avait déballé quelques cartons qui traînaient encore. Depuis plusieurs mois, il faisait tout ce qu'il pouvait pour que Freya n'ait pas à lever le petit doigt. Comme une flamme prise dans un courant d'air, le sourire de Freya vacilla puis s'éteignit lorsqu'elle se rappela pourquoi.

Tom posa les pizzas sur la table de la cuisine puis vint prendre sa femme dans ses bras. Son doux pull en laine sentait le feu de bois du poêle dans le salon.

— Alors, cette première journée ?

— Mouvementée.

Ils s'embrassèrent puis Freya alla à la salle de bains, troqua ses lentilles de contact contre des lunettes et enfila son pyjama avant de retourner à la cuisine. Luna s'était installée par terre à côté de la chaise de sa maîtresse ; peu importe combien celle-ci avait faim, ou combien le plat était délicieux, jamais elle ne finissait un repas sans en donner un peu à la chienne, qui le savait très bien.

— J'ai suivi tes papiers sur votre site web cette après-midi, dit Tom lorsqu'ils commencèrent à manger. C'est hallucinant, tout ce qu'il s'est passé.

— Comment tu peux savoir que c'étaient les miens ? On ne signe pas les articles sur le site, seulement dans l'édition papier.

— Eh bien, je suis parti du principe que les bons étaient de toi.

— Flatteur, va.

— Pas mal, non ?

— Les pizzas, les compliments… Si je ne te connaissais pas mieux, j'aurais tendance à croire que tu as une idée derrière la tête.

— Et ça marche ?

Freya but une gorgée de la bière que Tom avait achetée. Elle venait de Swannay, la brasserie artisanale du coin, et comme la pizza, elle était tout à fait à son goût. Elle leva sa bouteille.

— Une ou deux de plus et on verra.

Elle se détendit alors que le sourire de Tom illuminait la pièce. Quand les choses étaient ainsi, elle se laissait presque convaincre que rien n'avait changé.

Elle raconta à son mari que le corps qui avait été découvert était celui d'Ola, puis lui répéta tout ce qu'elle avait appris au cours de l'après-midi.

— Tout le monde dit que c'est forcément Liam qui l'a tuée.

— Ça paraît logique, commenta Tom en mâchant. S'ils l'ont trouvée, elle, et pas lui.

— Oui, mais les gens pensent ça depuis leur disparition.

— Ils ont sans doute leurs raisons, non ?

De ce qu'en savait Freya, pas vraiment. Dans les articles qu'elle avait lus, on reprochait à Liam d'avoir toujours eu quelque chose de bizarre. On le décrivait comme froid, distant, réservé, mais ça ne constituait en aucun cas des preuves – Freya aussi aurait pu être présentée ainsi. Ce qui l'avait en particulier intriguée, c'étaient les témoignages selon lesquels, avant qu'il ne sorte avec Ola, Liam semblait changer de petite amie chaque mois. Et les gens s'étaient demandé, à juste titre, comment un lycéen de dix-sept ans qui vivait chez sa grand-mère avait pu se payer une BMW M3 flambant neuve.

Freya s'était posé la même question, mais elle restait prudente sur la fiabilité de ces articles, vu qu'ils avaient tous été écrits par Gill. Sa nouvelle collègue s'était apparemment contentée de parler à Beth et à des amis d'Ola, qui l'avaient tous dépeinte comme une sainte, bien entendu.

— Et alors, Ola et Liam, tu les connaissais ?

Tom souriait à nouveau. C'était sa sempiternelle blague depuis qu'ils avaient traversé le détroit du Pentland Firth – et il pouvait parler, lui qui venait d'une petite bourgade dans le massif des Southern Uplands qui comptait plus de moutons que d'habitants.

— Eh bien oui, je connaissais Ola.

— Sérieusement ?

— On était dans le même lycée.

— Vous étiez proches ?

— Pas franchement.

Sans entrer dans les détails, elle lui raconta qu'Ola était dans la classe au-dessus d'elle et qu'elle s'était moquée d'elle de temps en temps. Elle ne mentionna pas l'incident avec Harry Donaldson.

Le sourire de Tom disparut. Il tendit la main sur la table et saisit celle de Freya.

— Ça m'a tout l'air d'une connasse.

— C'est ce que j'ai dit.

— Du coup, quelqu'un d'autre que Liam avait peut-être une bonne raison de s'en prendre à elle.

Freya haussa les épaules en réfléchissant à ça. Une impression étrange la prit de court et elle eut besoin d'un instant pour la comprendre : quelqu'un de sa connaissance avait été assassiné. Freya avait couvert des événements horribles à Glasgow, elle avait rencontré des familles et des victimes (quand il ne s'agissait pas d'un meurtre ou d'un suicide). Mais prendre conscience qu'une fille qu'elle avait côtoyée personnellement, même si elle ne l'avait jamais appréciée, avait subi un destin si brutal, éveilla en elle un malaise indescriptible.

Elle releva la tête. Tom avait les yeux fixés sur son assiette, plongé dans ses pensées. La tension lui endolorit les omoplates.

— Qu'est-ce qu'il y a ? demanda-t-elle.

Il croisa son regard.

— Hmm ?

— Qu'est-ce qui ne va pas ?

— Oh, rien, c'est juste que…, hésita-t-il avec un sourire sans joie. C'est fou, non ? Tout ça.

Elle anticipait la suite.

— Ce n'est pas comme à Glasgow, tu sais.

Tom poussa un morceau de croûte de pizza sur le bord de son assiette. Il hocha la tête.

— Ce n'est pas pareil, insista-t-elle. Bien sûr, j'ai écrit un article sur ce qui s'est passé aujourd'hui, mais crois-moi, dans une semaine je me retrouverai à couvrir des foires de campagne, des réunions du conseil municipal et des disputes à la coopérative, exactement comme on se l'est imaginé.

— Comment tu le sais ?

— Où est-ce que ça peut mener ? Une conférence de presse est prévue demain matin, le commissaire va essayer d'obtenir l'aide de la population pour retrouver Liam. Mais il est parti depuis belle lurette, déclara-t-elle en pressant la main de Tom. Il s'est passé dix-sept ans depuis le dernier rebondissement dans cette affaire, il pourrait s'en écouler dix-sept de plus jusqu'au suivant.

Visiblement guère convaincu, son mari hocha tout de même la tête.

— À moins que Liam ne décide de revenir et de se venger en s'en prenant à la journaliste qui a découvert que c'était sa petite amie qui était enterrée.

Il força un rire, mais Freya savait qu'il ne plaisantait pas et elle eut envie de hurler.

Le Tom qu'elle avait rencontré dans un bar d'étudiants froid et humide à Édimbourg quatorze ans plus tôt était le type le plus décontracté du monde. Il avait toujours été le yin tranquille du yang chaotique de Freya et cela fonctionnait : ils se complétaient. Parmi les nombreuses choses qu'elle aimait chez lui, il y avait le fait qu'elle n'avait jamais besoin de s'excuser de qui elle était. Non seulement il acceptait toutes ces petites choses qui la rendaient différente, mais il les appréciait ; avec lui, elle ne se sentait jamais comme une fille bizarre ni une putain de barjo.

Mais depuis février, tout avait changé. Dix mois plus tôt, Freya avait été renversée par une voiture et avait failli ne pas s'en sortir. Après une énième dispute avec ses supérieurs, elle avait quitté l'édifice en verre et en acier du siège du *Herald* et elle s'était mise à déambuler sur le trottoir sous une pluie battante, en regardant la circulation sur Fullarton Road, quand soudain elle avait entendu un long coup de Klaxon et un crissement de pneus. Quelqu'un avait vu un piéton fuir. Comme Freya avait dit à la police qu'elle ne se souvenait pas de comment elle s'était retrouvée sur la route, le témoin avait été pris au sérieux. Tom savait que Freya effectuait des recherches pour des articles sur des gens dangereux, des gens qui n'hésiteraient pas à pousser sous une voiture quiconque les dérangeait. Il avait retenu un nom en particulier.

C'était lui, non ? C'était Damien Barber.

Tom avait supplié Freya de parler à la police de l'homme sur lequel elle enquêtait dans le cadre d'accusations d'agressions sexuelles et elle avait fini par céder. Tom ne connaissait qu'une partie de la vérité, mais depuis, il était terrifié dès qu'elle sortait de son giron. Il la surprotégeait. Ce qui donnait l'impression à Freya d'être incapable de s'occuper d'elle-même.

Une image surgit soudain dans son esprit : la mère de Kyle passant le bras autour de lui pendant que Gill lui parlait comme à un bébé.

Son expression dut la trahir car Tom s'efforça de se reprendre. Il lui serra la main et sourit.

— Hé, va voir dans le frigo.

Il se leva pour débarrasser les assiettes tandis que Freya s'approchait du réfrigérateur à côté de la porte de derrière. Sur l'étagère du haut, elle découvrit deux parts de cheesecake au caramel des Orcades sur une assiette.

— Oh, tu as carrément une idée derrière la tête.

— Je t'avais dit que j'en trouverais.

Elle prit les desserts puis referma la porte avec sa hanche. Une enveloppe posée sur le plan de travail près de la porte attira alors son regard.

— Attention !

Tom se précipita en avant et rattrapa de justesse l'assiette des mains de Freya. Il suivit son regard.

— Elle était sur le paillasson quand je suis rentré.

Freya ramassa la lettre. Dans le coin supérieur droit était imprimé le logo *NHS Glasgow & Clyde.* En dessous, les mots *Département Autisme Adulte.*

Ils se rassirent. Tom mit l'assiette de cheesecake de côté pendant que Luna léchait les mains de Freya. La chienne avait peut-être détecté son malaise et voulait l'apaiser. Ou alors elle avait senti la pizza sur ses doigts. Probablement cette deuxième option, mais peu importait. C'était agréable.

— Je ne pensais pas que tu voudrais l'ouvrir ce soir, dit Tom. Après une journée pareille.

Freya se contenta d'acquiescer.

— Je n'arrive pas à croire qu'ils ne t'aient pas appelée. Je sais qu'ils t'auraient convoquée en personne si on n'avait pas déménagé, mais ils auraient au moins pu t'informer par téléphone.

Elle ne répondit toujours rien.

— Ça n'a aucune importance, tu sais, continua Tom. Quoi qu'il y ait d'écrit, ça n'a pas d'importance.

— Si, ça en a.

— Il n'y a rien de mal à être autiste. Ça ne signifie pas que tu es moins capable que n'importe…

— Je sais ! Bon Dieu, tu ne penses quand même pas que c'est ça qui m'inquiète, si ?

— Alors c'est quoi ?

Freya retourna l'enveloppe. Elle passa son ongle sous le rabat, sans se résoudre à le décacheter. Elle ne répondit pas ; elle n'était pas sûre de parvenir à expliquer ce qu'elle ressentait. Elle-même ne le comprenait pas complètement.

Tom se leva de sa chaise pour venir s'agenouiller à côté d'elle. Il la prit dans ses bras et la serra contre lui.

— Ces résultats ne changent rien du tout, murmura-t-il à son oreille. Ils ne changeront pas qui tu es, qui tu as toujours été. La femme la plus gentille, la plus intelligente, la plus incroyable que je connaisse.

Freya s'essuya la joue du dos de la main et sourit.

— Tu as toujours ton idée derrière la tête, hein ?

Il recula et la regarda, puis sourit à son tour.

— Eh bien, tu dois au moins saluer ma persévérance.

Il se releva, prit l'enveloppe et la posa sur la table, puis il lui tendit la main.

— Allez, on n'a pas besoin de l'ouvrir ce soir. On le fera quand tu seras prête.

Tom rangea le cheesecake dans le frigo et ils allèrent se blottir sur le canapé au salon devant le feu, puis regardèrent des épisodes de *The Good Place* jusqu'à ce que Tom s'endorme.

Mais Freya était incapable de trouver le sommeil.

Elle resta assise à la lueur des braises mourantes, à ressasser le passé et à redouter le futur. Elle contempla l'âtre et caressa les douces oreilles de Luna en s'enlisant de plus en plus dans une spirale de tourmente face à tous les nouveaux démons qui l'attendaient le lendemain.

*
* *

Il se met à pleuvoir quand j'arrive au parking de l'usine. Je m'y attendais, le ciel a été menaçant toute l'après-midi, pourtant ça me surprend quand même.

Je monte sans me presser. À chaque pas, mon cœur s'alourdit et des gouttes tombent sur le lino. Dans la salle de pause, la chaleur me frappe de plein fouet. Au moins j'aurai séché d'ici à ce que je commence mon service. Glynis, notre cheffe plus toute jeune dont le bureau se trouve juste à côté, règle le thermostat très haut à cet étage.

— J'ai la peau fine, répète-t-elle. Le prix à payer quand on se fait vieux. Tu comprendras un jour.

Je souris toujours en réponse, tout en me demandant : Tu crois ?

C'est juste temporaire, je me dis, un job alimentaire en attendant que je me retourne. Ça fait cinq ans, maintenant. Tout juste. Je me souviens d'avoir vu les vieux de la vieille réunis dans la salle de pause lors de mon premier jour et de m'être dit que je préférerais encore me tirer une balle plutôt que d'accepter que ma vie se résume à ça. Il n'en reste plus qu'un : Digger. Il est à sa place habituelle et il m'adresse un signe de la tête quand je m'installe en face de lui, puis il fait un geste du menton vers la télé. Il regarde le jeu Countdown, le volume réglé si fort au-dessus du bruit des machines que la télé grésille alors que la musique résonne et que les aiguilles de la grosse horloge s'approchent de la fin du temps imparti. À l'écran, deux hommes aux sourcils froncés cherchent à former un mot à partir des lettres CENEVAGEN. Aucun n'y parvient.

— C'est dur, parfois, commente-t-il.

Je lui demande s'il a trouvé, mais il a déjà tourné le dos à l'écran et ne m'entend pas, il ne me répond pas. Je me frotte les yeux, je parcours la pièce du regard. Elle se remplit, les ouvriers s'apprêtent à aller travailler. La plupart sont des intérimaires. Ils ne sont pas beaucoup plus jeunes que moi et je vois bien les coups d'œil qu'ils nous lancent, à Digger et à moi. À une époque, j'aurais trouvé ça énervant, mais plus maintenant. Je ne me mets plus en colère comme avant. Je ne prends plus les choses à cœur comme avant. Je m'adosse à mon siège en plastique, je ferme les yeux une seconde et je laisse leurs conversations et le bourdonnement de l'atelier de production glisser sur moi alors que je m'apprête à prendre mon poste. Douze heures de plus de ma vie gâchées, à fourrer des lingettes médicales ou des sachets de sauce dans des petites boîtes. Qu'est-ce que je fous ici, bordel ?

Où est-ce que je pourrais être, à l'heure actuelle ?

À la lisière de ma rêverie, j'entends Digger me parler.

— Quelle sale affaire.

Je rouvre les yeux.

Ce n'est plus Countdown à la télévision, mais les infos. Des images d'une plage balayée par le vent et quadrillée par du ruban de police. Des monticules de terre autour de vieilles pierres.

Un frisson remonte le long de ma colonne vertébrale.

— Tu t'attendrais pas à ça, commente Digger. Pas dans un endroit pareil.

— Non, c'est vrai.

La photo d'une adolescente apparaît. Les cheveux blonds, les yeux gris. Un sourire qui dit un millier de mensonges.

Je reconnais cette veste rouge.

Le collier.

Au-dessus de l'image, le journaliste parle d'une voix si forte que je sens les vibrations dans mes dents, pourtant je n'entends pas le moindre mot qu'il prononce.

Digger parle aussi, il demande :

— C'est quoi le truc ? Me dis pas que c'était une copine à toi ?

— Non. Pas vraiment.

Ça fait dix-sept ans que j'attends ce jour, et pourtant ça me surprend quand même.

Le journal passe à un autre sujet quand la cloche sonne pour annoncer la rotation d'équipe et les ouvriers se dirigent vers l'atelier de production. C'est drôle comment l'esprit fonctionne. Juste là, à ce moment précis, je sais quel mot les hommes du jeu télévisé cherchaient.

MARDI 20 DÉCEMBRE

13

La salle de réunion exiguë du premier étage du poste de police de Kirkwall sentait le mauvais café et l'haleine du matin.

Entre la table au bout de la pièce et les équipes de télévision de la BBC Écosse et de STV News installées près de la porte, il y avait tout juste la place pour deux rangées de chaises en plastique, presque toutes dépareillées car elles avaient été récupérées à la hâte dans tous les bureaux du bâtiment. Kristin avait prévenu Freya qu'il n'y avait pas de salle de conférence réservée aux médias ni d'interlocuteurs spécialisés en relations publiques comme c'était le cas dans les commissariats du reste du pays. D'ordinaire, il n'y en avait pas besoin dans les Orcades.

Freya était assise au milieu du premier rang, luttant contre un début de mal de tête. En dépit de la chaleur ambiante, elle n'ouvrit pas son imper jaune. Le col était à nouveau relevé sur sa bouche et son nez, en partie pour bloquer l'odeur, mais surtout parce que ça la rassurait, au moins un peu. Elle avait très mal dormi, à peine une heure ou deux de sommeil perturbé par des rêves agités. Ce qui l'avait plus épuisée que si elle était restée éveillée. La fatigue la rendait paranoïaque, elle le savait, mais alors qu'elle ruminait elle s'était persuadée que Gill avait remarqué que quelque chose n'était pas « normal » chez elle, que d'une façon ou d'une autre elle était au courant de son test. Freya ne s'inquiétait pas d'être autiste ; en fait, c'était plutôt le contraire. Après son évaluation, elle avait fait des recherches sur Internet, elle avait regardé des vidéos et lu des blogs de gens qui racontaient qu'une fois diagnostiqués, ils avaient arrêté de se considérer comme des ratés pour enfin comprendre qu'ils étaient des autistes tout à fait normaux. Freya s'était tellement identifiée dans ces témoignages qu'elle en avait pleuré. Alors, s'il se révélait qu'elle n'était pas autiste, qu'est-ce que cela impliquerait ? En un sens, Tom avait raison : le courrier ne changerait pas qui elle était, ni les difficultés auxquelles elle était confrontée, mais il pourrait l'aider à les expliquer. Elle cherchait désespérément des réponses. Elle voulait ouvrir cette enveloppe et savoir. Mais si jamais la lettre ne confirmait pas le diagnostic, alors quoi ?

Après ce qui s'était passé chez Kyle hier, la façon dont sa mère leur avait dit « Il a le syndrome d'Asperger », comme si c'était une maladie, et le ton condescendant qu'avait employé Gill, Freya savait qu'être reconnue autiste ne résoudrait pas tout. Comment les gens se comporteraient-ils une fois au courant ? Tom la traitait déjà comme une sorte de bibelot fragile, est-ce que ce serait encore pire ? Pour la millième fois ce matin-là, elle plongea la main dans la poche de son manteau et passa le pouce le long des bords de l'enveloppe toujours fermée. Dans tous les cas, ce qui l'attendait là-dedans représentait un défi qu'elle n'était pas prête à relever.

Elle ne se rendit compte qu'elle avait les yeux fermés qu'au son de la voix de Gill. Elle l'entendit un peu plus loin derrière elle, en train de tenir la jambe à un pauvre bougre qui n'avait pas su l'esquiver à temps. Elle avait entraîné Freya à l'avant pour qu'elle leur réserve des places puis elle était repartie bavarder. Freya aimait autant qu'elle soûle quelqu'un d'autre plutôt qu'elle accentue son mal de tête naissant.

Elle se tourna et jeta un coup d'œil dans la petite pièce qui se remplissait, mais ne reconnut aucun visage hormis celui de Gill. Elle ne pensait pas que *The Herald* prendrait la peine d'envoyer un reporter si loin, mais cette éventualité l'avait tout de même taraudée pendant la nuit. L'histoire d'Ola Campbell attirait beaucoup l'attention depuis la veille, il y avait donc une chance pour qu'un de ses ex-collègues vienne. Qui que ce soit, Freya voulait être sûre de le voir en premier.

— Bonjour tout le monde.

Une voix forte la tira de ses pensées. Un homme en uniforme de police se fraya un passage entre les journalistes vers la table tout au bout, une pile de documents coincée sous le bras droit. Ses cheveux noirs striés de mèches grises sous sa casquette lui donnaient dans les quarante, quarante-cinq ans. Elle se l'était imaginé plus âgé, en raison de son titre d'inspecteur en chef, ainsi que du fait que Kristin avait dit que Magnus Robertson jouait au golf avec Alistair Sutherland.

Fergus suivit Robertson quelques secondes plus tard avec un ordinateur portable un peu cabossé. Il arborait le même costume noir que la veille et la barbe naissante sur ses joues était plus prononcée. Une femme d'âge moyen en tailleur gris et aux cheveux d'un brun terne, remontés en queue-de-cheval, lui emboîta le pas. Fergus et elle rejoignirent l'inspecteur en chef à la table, qui avait été placée devant un fond blanc portant l'insigne de la police écossaise et les mots *Commissariat des îles des Orcades* imprimés en bleu. Il y avait une tache dans le coin en haut à droite. Aucun doute qu'avant ce matin, ce matériel était resté remisé pendant des années.

Gill revint en vitesse à l'avant. Elle se laissa tomber sur sa chaise, prépara son stylo et son carnet de notes tandis que tout le monde s'installait. Un silence impatient régnait tandis que Robertson examinait l'assemblée réunie avec un sourire crispé. Fergus déboutonna la veste de son costume, puis ouvrit l'ordinateur. Assis juste devant Freya, il semblait tout faire pour éviter son regard. La femme au tailleur gris ouvrit l'une des bouteilles d'eau sur la table et en versa dans son verre et dans ceux des deux hommes. Elle avait l'air usée par des années de travail difficile, mais elle dégageait une autorité calme et paraissait la plus détendue des trois. Freya devina qu'elle appartenait à la MIT.

— Bonjour, mesdames et messieurs. Pour ceux qui ne me connaissent pas, je suis l'inspecteur en chef Magnus Robertson, commissaire de police des Orcades. Avec moi se trouvent l'inspectrice en chef Jess Macintosh de la MIT du secteur Nord et l'inspecteur Fergus Muir du CID de Kirkwall.

Un flash jaillit. Quelqu'un toussa. L'inspecteur en chef Robertson expliqua qu'il y avait beaucoup de choses à passer en revue et qu'il apprécierait donc que les questions ne soient posées qu'à la fin. Il revint d'abord sur les événements de la veille au matin, qui avait déjà été énoncés dans la déclaration précédente. Il ajouta que, en raison du protocole minutieux de la police scientifique, l'extraction des ossements était toujours en cours et il demanda à la presse et au grand public de ne pas s'approcher de Skara Brae.

Freya aurait peut-être dû tweeter certaines citations, conformément à sa discussion avec Kristin, mais elle avait du mal à se concentrer. Ce n'était pas juste à cause de la chaleur des projecteurs de télé et de l'odeur désagréable ; son père avait été en poste ici, il l'y avait emmenée à l'une ou l'autre occasion quand elle était petite pour lui montrer son lieu de travail. Elle se souvenait des longs couloirs gris et des minuscules pièces sombres qui n'avaient guère changé. Elle sentait le spectre de son père partout.

— Suite aux rumeurs colportées par la presse hier, continua Robertson, je confirme que des vêtements et des bijoux en partie décomposés ont été trouvés et semblent correspondre à ceux que portait Ola Campbell la dernière fois qu'elle a été vue, le 1er octobre 2005.

Les appareils photos crépitèrent, des claviers cliquetèrent. Tout le monde connaissait déjà cette information, bien sûr, mais qu'elle soit confirmée par les autorités restait important. Freya déverrouilla son téléphone pour poster sur les réseaux sociaux, sachant qu'elle allait recevoir une avalanche de messages similaires à ceux d'hier – des gens qui blâmaient Liam, furieux contre la police de lui avoir donné une avance de dix-sept ans.

Elle avait le pouce au-dessus du bouton « Envoyer » quand Robertson ajouta :

— En outre…

Les cliquetis s'interrompirent.

— Plus tôt ce matin, lorsque la police scientifique a repris son examen des lieux, une deuxième dépouille humaine a été retrouvée. Là encore, des vêtements et des effets personnels en partie décomposés ont été découverts sur les ossements, semblables à ceux que portait Liam McDonnell quand il…

Les questions fusèrent.

14

L'inspecteur en chef leva les mains. Il attendit que les voix se taisent, que l'explosion de flashs se tarisse. Une fois le calme revenu, il passa la parole à l'inspectrice en chef Macintosh.

— Merci, Magnus. Bonjour à tous, commença-t-elle. Vous aurez bientôt l'occasion de poser vos questions, mais d'abord, j'aimerais lancer un appel à la population.

Elle dirigea son regard au-dessus des journalistes vers les caméras à l'arrière de la salle. Elle expliqua que, étant donné les vêtements et bijoux retrouvés, le fait que les corps avaient été enterrés ensemble, et leur localisation près de l'endroit où la voiture de Liam avait été abandonnée, il y avait assez d'éléments pour que la police parte du principe qu'il s'agissait d'Ola Campbell et de Liam McDonnell, même si elle attendait l'identification officielle de l'anthropologue médico-légal. Par conséquent, l'affaire avait été transférée à la MIT, comme le voulait le protocole pour toute enquête de cette envergure en Écosse.

— Nous allons travailler de pair avec la police de Kirkwall car leur connaissance du terrain va s'avérer cruciale, tout comme la vôtre, continua l'inspectrice. Dans toute enquête, les quarante-huit premières heures sont primordiales, mais dans le cas présent, la ou plutôt les personnes que nous recherchons ont eu dix-sept ans pour effacer leurs traces. C'est pourquoi nous avons plus que jamais besoin de votre aide.

Elle adressa un signe de la tête à Fergus, qui enfonça une touche de son clavier. La grande télévision installée à côté de la table montra une image satellite de l'ouest de l'île Mainland, enregistrée sur Google Earth. Harray, Yesnaby et la baie de Skaill étaient marqués de petits points jaunes, et formaient une espèce de triangle allongé, comme le bout d'une lance. Harray constituait la pointe à l'est, alors que la courte distance entre Yesnaby et la baie de Skaill le long de la côte Atlantique à l'ouest dessinait la base.

Tout en se reportant de temps à autre à ses notes, l'inspectrice en chef Macintosh revint sur les événements du samedi 1er octobre 2005 tels qu'ils avaient été décrits lors de l'enquête à l'époque. D'après les témoins, Liam et Ola étaient venus à une fête à Harray, chez des amis d'Ola. On les avait vus partir ensemble entre 21 heures et 21 h 30, dans la BMW M3 bleue du jeune homme, qui avait été retrouvée par la police à Yesnaby, les portières ouvertes et la clé sur le contact, à 10 h 14 le lendemain matin.

— Nous voulons savoir ce qu'il s'est passé au cours de ces treize heures, dit Macintosh. Il est essentiel que nous découvrions les déplacements d'Ola et de Liam. Sont-ils allés directement à Yesnaby ou se sont-ils d'abord arrêtés ailleurs ? Ont-ils rencontré quelqu'un ? Et comment ont-ils fini à plus de trois kilomètres au nord de la baie de Skaill ?

Fergus appuya à nouveau sur le clavier et l'image passa aux photos que Freya avait vues la veille, celles d'Ola et de Liam diffusées par les médias au moment de leur disparition. Une troisième photo montrait la voiture de Liam avec la plaque avant bien visible.

— Quelqu'un a forcément des réponses, déclara l'inspectrice avant de croiser les doigts et de se pencher en avant. Vous les avez peut-être vus cette nuit-là. Ou vous avez vu autre chose ; une personne, un groupe de gens au comportement bizarre, dont vous n'avez jamais pensé à parler jusque-là. Tout détail, aussi minime soit-il, peut se révéler déterminant.

Un autre clic sur l'ordinateur et les moyens de contacter les enquêteurs s'affichèrent. L'inspectrice en chef Macintosh conclut en affirmant que, dans la mesure du possible, tous les témoins de l'enquête initiale allaient être réentendus et elle appela une nouvelle fois quiconque détenait des informations à se manifester.

Après quoi l'inspecteur en chef Robertson accepta de répondre aux questions.

— Comment Ola et Liam ont-ils été tués ?

Ce fut Macintosh qui reprit la parole.

— En raison du degré de décomposition, nous ne le saurons peut-être jamais exactement, mais nous devrions en avoir une idée dans les prochains jours, une fois que les corps auront été examinés par l'anthropologue médico-légal. D'ici là, nous allons étudier des pistes découvertes sur le terrain, mais nous ne les partagerons pas avec le grand public.

— Pourquoi ?

— Parce que vous n'avez pas besoin de les connaître pour l'instant. Et parce que cela pourrait heurter les familles des victimes.

— Tout à l'heure, vous avez parlé d'un ou *des* responsables, lança quelqu'un juste derrière Freya.

Au son de cette voix, son cœur tressaillit. Elle lui était familière, mais Freya préféra se dire que c'était simplement le fruit de sa paranoïa, due à la fatigue.

— Qu'est-ce qui vous fait penser qu'il puisse y avoir plus d'un meurtrier ?

À nouveau, ce fut l'inspectrice qui répondit.

— Plusieurs éléments, que je ne peux pas tous vous exposer, mais il va sans dire qu'assassiner deux jeunes gens en parfaite santé qui ont sans doute essayé de se défendre, puis enterrer leurs corps, ne serait pas facile pour une seule personne. À ce stade, nous envisageons simplement toutes les hypothèses.

La distance entre la voiture et l'endroit où avaient été cachés les corps signifiait que les victimes avaient été déplacées après avoir été tuées, songea Freya, ce qui n'aurait en effet pas été aisé pour un individu seul. La police avait hâtivement conclu au suicide à cause du véhicule. S'agissait-il d'une mise en scène ? Ça en avait tout l'air. Il était probable que Liam et Ola avaient été tués dans la baie de Skaill, ou ailleurs, et qu'ensuite la BMW avait été laissée à Yesnaby.

Elle ressentit les papillonnements familiers dans son ventre tandis qu'elle assemblait les bons mots pour formuler la question, mais quelqu'un la devança.

— N'est-il pas possible que la voiture ait été abandonnée à Yesnaby par le ou les tueurs pour brouiller les pistes et faire croire à la police que le couple s'était suicidé ? Un plan qui semble avoir parfaitement fonctionné.

Freya vit Fergus plisser les yeux à cette pique, mais le visage de l'inspecteur en chef Robertson ne trahit aucune réaction.

Macintosh se chargea une troisième fois de répondre.

— Il est tout à fait possible que la voiture ait été bougée, oui, et c'est une autre hypothèse que nous allons étudier. Même si je pense qu'elle avait été considérée lors de l'enquête initiale.

Macintosh jeta un coup d'œil au commissaire puis à Fergus, qui se pencha en avant sur sa chaise.

— Nous..., commença-t-il avant de tousser pour s'éclaircir la voix, puis il prit une gorgée d'eau. Nous l'avions envisagée, en effet. Une équipe scientifique avait passé la voiture au peigne fin et rien de substantiel n'avait été trouvé.

— Ce qui veut dire ?

— Ce qui veut dire que votre commentaire n'était pas si futé que ça.

— Ce que l'inspecteur Muir veut dire, intervint aussitôt Robertson, c'est que la voiture avait été minutieusement examinée et que, en dehors de quelques empreintes et quelques fibres, rien ne s'était révélé suspect, rien n'avait indiqué que quelqu'un d'autre était monté dans le véhicule. Il n'y avait aucun signe de nettoyage de la voiture, aucune trace de sang. Et écoutez, c'est facile de juger après coup, mais étant donné les preuves à la disposition des enquêteurs à l'époque, je crois qu'il était raisonnable d'aboutir aux conclusions auxquelles ils ont abouti.

— Qu'en est-il des signalements selon lesquels Liam était impliqué dans le trafic de drogue ? demanda quelqu'un d'autre. Est-ce pris en compte comme un mobile potentiel ?

— Ce n'étaient que des rumeurs, rien d'autre, rétorqua Robertson sur un ton égal.

Contrairement à Fergus, il parvenait à garder son sang-froid.

— Il n'y a eu aucune preuve que Liam s'adonnait à des activités illégales, de quelque nature que ce soit, reprit-il. Les témoignages et les indices d'il y a dix-sept ans suggéraient que Liam et Ola étaient deux jeunes amoureux qui avaient tragiquement mis fin à leurs jours.

— Mais de toute évidence des erreurs ont été commises, insista-t-on, une voix qui venait d'à côté de Freya. L'inspecteur en chef est-il prêt aujourd'hui à admettre que les morts tragiques d'Ola Campbell et de Liam McDonnell sont une affaire de plus bâclée par la police des Orcades ? demanda Gill.

Fergus plaqua sa langue contre l'intérieur de sa joue avant de se pencher vers le micro.

Mais heureusement pour Gill, l'inspecteur en chef prit la parole en premier.

— Madame Irvine, je vais être clair. La police a remué ciel et terre lors de cette enquête. Comme vous vous en souvenez sans doute, j'étais sergent à l'époque et je me rappelle les longues journées et les nuits que nous avons passées à chercher ces deux jeunes. Personnellement, je m'étais porté volontaire pour aider les enquêteurs à décortiquer les bandes de vidéosurveillance. Je m'étais joint à nos équipes pour ratisser la côte. Une part de moi espérait que nous allions trouver quelque chose, et une autre part encore plus grande priait pour que nous ne tombions pas sur un corps. Je sais que c'est la même chose pour l'inspecteur Muir.

Fergus fixait Gill. Il hocha la tête.

— Donc, comme je l'ai dit, il est facile de nous juger a posteriori, mais nous avons fait de notre mieux. Et gardez à l'esprit que nous ne sommes guère habitués à ce genre d'horreurs dans la région.

Il leva le regard vers les caméras de télé.

— Heureusement, ces îles restent l'endroit le plus sûr de tout le pays et c'est en grande partie grâce à l'excellent travail de mes agents au sein de notre communauté. Mais si des erreurs ont été commises, nous en tirerons les leçons.

Freya vit Fergus tendre la main pour boire de l'eau, mais son verre était vide.

Les questions se poursuivirent pendant environ une minute avant que Robertson conclue en rappelant comment la population pouvait contacter les enquêteurs.

— J'aimerais aussi demander personnellement aux journalistes de respecter la vie privée des familles et des amis d'Ola et de Liam.

Une brume déprimante s'était accumulée au-dessus de la mer. Il était 11 heures passées, mais des halos troubles entouraient encore les lampadaires du parking du poste de police. Freya était venue avec Gill et elle traversa le bitume dans un état second, absorbée par ses pensées. Au départ, la découverte du corps d'Ola avait dressé le tableau tragique d'une jeune fille tuée par son petit ami ; la mort de Liam rendait cette histoire encore plus macabre. Deux personnes – deux adolescents – avaient été assassinées. Magnus Robertson avait raison, ce genre d'horreurs n'arrivait pas ici.

Alors qu'elle s'approchait de la voiture, elle se rendit compte que Gill lui parlait.

— Tu vas devoir prendre le bus pour rentrer au bureau, ma grande. Je vais à Stromness.

Gill se pencha vers elle, comme sur le point de lui glisser un secret à l'oreille. Freya lutta contre l'instinct de s'écarter.

— Je vais m'entretenir avec Beth.

Le soudain changement de programme hérissa les poils de Freya. Une centaine de questions l'assaillirent en même temps – que faire maintenant ? Où trouver un bus ? Quelle ligne prendre pour Hatston ? Avait-elle de la monnaie ? Et comment…

— Hé ? appela Gill. Tu as entendu ce que je viens de dire ? Le bus, c'est par là.

— Est-ce que je peux venir avec toi ?

Bien que Freya déteste l'admettre, parler à Beth était en fait une bonne idée. Les articles sur la découverte du corps de Liam allaient pulluler et d'ici à ce que leur journal soit imprimé jeudi, ce serait déjà de l'histoire ancienne. Une interview de Beth offrirait un point de vue différent, leur permettrait de se démarquer.

Ou bien elle était en train de se trouver des excuses pour éviter le trajet en bus.

Gill déverrouilla son Audi et jeta un coup d'œil à Freya par-dessus le capot.

— Tu seras là pour m'assister, rien de plus. Tu ne mets pas ton grain de sel.

Freya hocha la tête et fit mine de se sceller les lèvres.

— OK, très bien, céda Gill. Viens, alors.

Freya saisissait la poignée côté passager quand elle entendit une voix derrière elle.

— Freya ?

Elle se retourna. Un homme de grande taille et d'âge moyen, au visage buriné, s'avançait vers elle. Les cheveux gras plaqués en arrière, d'un brun de coloration parsemé de touches de gris, rattrapés par la réalité. Il portait un classique jean-chemise-veste en cuir qui lui donnait l'air d'auditionner pour l'émission automobile *Top Gear*. La poitrine de Freya se comprima lorsqu'elle se rendit compte que c'était bien sa voix qu'elle avait entendue pendant la conférence de presse, celle qu'elle avait espéré ne pas reconnaître.

— Freya Sinclair, c'est bien toi !

De tous ses anciens collègues qui auraient pu être envoyés ici, Martin Fletcher – ou Fletch, comme il se faisait appeler – était probablement le pire. Fletch faisait partie de ces quelques hommes qui travaillaient pour *The Herald* depuis si longtemps qu'ils pourraient avoir une salle de conférence à leur nom. Il n'avait pas bien pris la promotion de Freya à la section des Affaires criminelles : selon lui, elle n'avait pas assez d'ancienneté pour le mériter. Un seul reportage ne faisait pas de vous un reporter, avait-il soutenu un jour. Freya avait trouvé sa remarque ironique, puisque plus elle écrivait d'articles, plus Fletch était contrarié.

— Le monde est petit, hein ? Et nous qui pensions que tu avais fini dans un programme de protection des témoins, vu ton départ précipité, sans même un au revoir. Ou alors dans une cellule capitonnée.

Il rit puis jeta un coup d'œil à Gill. Il hocha la tête.

— Enchanté. Martin Fletcher, *The Herald*.

— Gill Irvine, grand reporter pour *The Orcadian.*

Fletch sourit.

— Le canard local ? demanda-t-il en regardant Freya. C'est là que tu as atterri ?

Freya avait un tas de choses à répliquer, mais tout s'emmêla dans sa bouche et elle ne pipa mot.

Martin ricana.

— Bon sang, notre héroïne est tombée bien bas.

Freya se tourna vers Gill, dont le visage avait à nouveau viré au violacé.

— On doit y aller.

— Sérieusement, on a lancé des paris sur ce que tu étais devenue, insista Martin alors qu'elle ouvrait la portière côté passager. Et après ce qui s'est passé entre Damien Barber et toi, on s'est dit…

Elle monta dans la voiture et claqua la porte.

15

Il se mit à pleuvoir lorsqu'elles arrivèrent à Stromness. Le ciel avait noirci pendant leur trajet à travers l'île et, lorsqu'elles s'arrêtèrent au carrefour, le sommet de Ward Hill était plongé dans les nuages de l'autre côté du bras de mer de Hoy Sound, tel un mur de granite, faisant paraître la ville encore plus sombre. Le ferry NorthLink était à quai, et les voitures en sortaient en un flot continu, phares allumés. Gill dut attendre de pouvoir s'insérer dans la circulation.

Elle avait allumé la radio et tourné le chauffage au maximum, ce qui exacerbait l'odeur. Plutôt taiseuse jusque-là, elle demanda :

— *The Herald.* C'est là que tu travaillais avant ?

Freya appuya la tête contre la vitre fraîche.

— Oui.

— Tu as dû couvrir de sacrées affaires.

C'était peut-être une question, mais ça sonnait comme une affirmation aux oreilles de Freya. Elle choisit de ne pas répondre.

— T'y as été longtemps ?

— Pardon ?

— J'ai dit, est-ce que tu y es restée longtemps ?

Gill ne baissa pas le volume de la radio, elle se contenta de crier sa question par-dessus. Les mots tintèrent dans la tête de Freya comme des pièces de monnaie dans une boîte de conserve.

— Cinq ans.

— Donc ce type, c'est un ami à toi ?

— Non.

Profitant d'une ouverture dans le trafic, Gill plaqua le pied au plancher et démarra dans une secousse.

— Tu n'es pas très bavarde, hein ?

— Il n'y a pas grand-chose à dire.

Elles s'engagèrent sur Back Road qui, comme son nom l'indiquait, remontait la colline derrière les petits bâtiments en pierre près du port avant de tourner vers le lotissement de Grieveship Road. Une série de maisons mitoyennes et de pavillons en crépi gris entourait une petite parcelle d'herbe. À part un vieux monsieur en manteau de pluie qui tenait son Jack Russell en laisse, il n'y avait personne dans les parages. Gill se gara devant l'une des maisons et coupa le moteur mais elle ne fit pas mine de sortir. Le martèlement de la pluie sur le toit redoubla.

— Je ne veux pas me mêler de ce qui ne me regarde pas, dit Gill (ce qui voulait dire exactement le contraire), mais c'est quoi cette histoire ?

— Quelle histoire ?

— Ce à quoi ton gars a fait allusion. À propos d'un certain David Barker ?

Freya se frotta l'œil gauche avec sa paume.

— Damien Barber.

— Ouais, c'est ça.

La plus jeune ravala un soupir. Impossible d'esquiver. Elle avait toujours su qu'elle devrait en parler tôt ou tard et elle avait préparé son discours en se répétant qu'il n'y avait pas de mal à dire la vérité. Du moins en partie.

— Ce n'était vraiment rien. Il possédait une maison de production à Glasgow et quelques autres business – des bars dans le West End et plusieurs restaurants aussi, je crois.

— On dirait un type important.

— C'est l'idée qu'il avait de lui-même.

Elle défit sa ceinture en espérant que Gill comprenne le message. Mais non.

— Alors qu'est-ce qu'il s'est passé ?

Freya résista à l'envie de lever la main vers son oreille. À la place, elle enroula une mèche de cheveux autour de son doigt.

— Une de ses ex-employées l'a accusé d'agression sexuelle mais personne ne l'a crue.

— Et comment tu t'es retrouvée mêlée à ça ?

— Tu te souviens du scandale d'un médecin à Glasgow qui filmait ses patientes ?

— Ouais. Quel salopard. Il a fait ça pendant des années, non ?

— J'ai révélé l'affaire.

— C'était toi ?

Freya acquiesça.

Gill garda le silence pendant un long moment. Elle fixait le pare-brise, dont la vue était bouchée par les trombes d'eau. Si elle avait su qu'il n'en fallait pas plus pour faire taire Gill, Freya lui aurait tout raconté sur-le-champ.

Finalement, Gill demanda :

— Qu'est-ce que ça a à voir avec ce Barber ?

— La femme qui avait été agressée est venue me trouver à cause de cette histoire. Elle espérait que je pourrais faire la même chose pour elle, j'imagine. Pour qu'on la prenne au sérieux.

— Et ?

Freya enroula fort la mèche.

— J'ai essayé.

Elle se tourna vers la vitre côté passager et vit que Beth les attendait à la porte.

— On ferait mieux d'y aller.

Elles remontèrent l'allée au pas de course mais arrivèrent quand même trempées à la maison. Beth les fit entrer dans un petit salon sombre malgré toutes les lumières allumées. Dans la pièce au papier peint démodé, des meubles en bois foncé semblaient éteindre toute vie, comme la brume de Kirkwall. Beth s'assit dans un fauteuil à motifs fleuris à côté de la télévision pendant que les deux journalistes prenaient place sur le canapé en face de la cheminée. Si seulement il y avait eu du feu. Freya était frigorifiée, même avec son manteau, et la sueur qui s'était accumulée sous ses vêtements dans la voiture lui faisait désormais l'effet d'une couche de givre sur sa peau.

— Un grand merci d'avoir accepté de nous recevoir, madame, commença Gill de sa voix la plus mièvre. Je sais à quel point c'est difficile. Votre Ola serait fière que vous partagiez son histoire.

Freya remarqua une pile de magazines-télé à côté du fauteuil de Beth, listant des programmes qui n'étaient sans doute plus diffusés depuis des décennies. Dans plusieurs vitrines en bois au mur derrière sa tête étaient exposées des rangées de figurines qui fixaient la pièce de leurs tristes visages en porcelaine, comme si elles épiaient leur conversation. Tout empestait l'humidité. Il y avait une petite table à côté de la porte sur laquelle étaient posés un téléphone fixe et un annuaire – Freya ignorait qu'on en imprimait encore. Un sapin de Noël artificiel se trouvait dans le coin opposé et une guirlande pendait au-dessus du foyer de la cheminée, ce qui semblait être une mauvaise idée. Voilà peut-être pourquoi elle n'était pas allumée. Freya n'arrivait pas à savoir si les décorations venaient d'être mises ou si elles étaient là depuis dix-sept ans. Les deux semblaient plausibles.

— Elle a été prise à Rackwick, l'été avant que ça se produise. C'est la dernière fois que nous avons fait une excursion tous ensemble.

Freya jeta un coup d'œil à Beth, qui avait suivi son regard vers la cheminée. Elle avait cru qu'elle regardait la photo encadrée au-dessus de la guirlande, celle sur laquelle Beth et son mari étaient entourés de leurs trois enfants adolescents – Ola, ainsi qu'un garçon et une fille qui avaient l'air plus jeunes. Ola se tenait à côté de son père, qui avait le bras passé autour de ses épaules. Le sable s'étendait derrière eux jusqu'aux très hautes falaises qui surplombaient la baie. D'après l'angle de la photo, Freya déduisit qu'ils avaient posé l'appareil sur un rocher à l'arrière de la plage et s'étaient servis d'un retardateur. Même si cela faisait des années qu'elle n'était pas allée à Rackwick, elle se rappelait à quoi ça ressemblait. Le soleil dans le dos, ils étaient à contre-jour, on voyait donc mal leurs visages. Ce n'était pas une photo très réussie, mais bien sûr, Beth avait d'autres raisons de la garder.

— Vos enfants ont quitté les Orcades ? demanda Gill.

— Notre fille, oui. Hannah. Elle vit dans le Fife, maintenant. Notre Stevie est toujours là, il travaille pour les ferrys, comme son père, avant.

— Avant ? Oh, ma chère, ne me dites pas qu'il est… ?

Le visage de Beth s'assombrit. Elle secoua la tête.

— Oh, non. Il est parti peu après qu'ils ont arrêté de chercher Ola. Il s'est persuadé qu'elle était quelque part, il est allé en Écosse pour la retrouver, mais c'était perdu d'avance. Il a créé un groupe sur Facebook, en lançant un appel à témoins. La dernière fois que je suis allée voir, il existait toujours.

— Ça a dû être difficile pour vous deux.

La tête penchée sur le côté, Gill posa une main sur le genou de Beth.

— Désormais, j'ai vécu plus longtemps avec le souvenir d'Ola qu'avec elle-même, répondit Beth en posant à son tour la main sur celle de la journaliste avant de la regarder dans les yeux. Vous avez des mômes, vous aussi ?

Gill rayonna.

— Une fille de quatorze ans. Déjà une petite dame. Elle pense qu'elle a tout vu et qu'elle sait tout mieux que sa mère.

Beth lui adressa un sourire triste. Elle se tourna vers Freya, qui se décomposa.

— Et vous ?

— Non. Pas encore.

L'expérience lui avait appris que préciser « pas encore » passait mieux qu'un simple « non ».

Beth se retourna vers Gill.

— Vous comprenez, alors.

Freya serra les dents.

— Jusque-là, on ne s'était jamais vraiment disputés, continua Beth (Freya supposa qu'elle faisait référence à son mari). Je sais que c'est ce que tout le monde dit, mais pour nous, c'était le cas. Mais après, on ne supportait même plus d'être dans la même pièce.

Elle lâcha un rire las.

— C'est drôle, on aurait tendance à croire qu'un truc pareil vous rapproche, vu que très peu de gens peuvent comprendre ce qu'on traverse et que tout ce qu'il vous reste, c'est l'un et l'autre pour se soutenir. Mais c'était comme si on vivait sur des planètes différentes.

Les mots résonnèrent en Freya. À la mort de son père, sa mère, Helen et elle-même avaient réagi chacune à leur manière. Ce qui lui rappela que Tom et elle devaient dîner en ville avec Helen ce soir, et elle se demanda s'il était trop tard pour décommander.

Gill se mit à poser une série de questions sur la vie d'Ola : comment elle était, enfant, à quel point elle était populaire à l'école. Bien sûr, Beth la dépeignit comme un ange. Freya se demanda si elle avait servi le même ramassis de mensonges dix-sept ans plus tôt ; elles auraient plus vite fait de consulter les archives. Plus tard, quand elle se rejouerait les événements de la journée, elle s'en voudrait d'avoir pensé ça en se rappelant que Beth venait tout juste d'obtenir confirmation que sa fille était morte, et ce depuis longtemps, et qu'elle avait certainement juste besoin de parler d'elle. Elle croyait peut-être même à ce qu'elle disait. Mais sur le moment, Freya était concentrée sur leur travail et Gill le bâclait. Elle n'interrogea pas Beth sur sa réaction après la découverte du corps de Liam. À sa place, Freya aurait cherché à en savoir plus sur la relation des deux adolescents. Liam avait-il eu des soucis qui auraient pu provoquer leur mort ? Un certain nombre de journalistes lors de la conférence de presse en semblaient convaincus, il aurait donc été intéressant d'avoir le point de vue de Beth sur le sujet. Mais Freya respecta les consignes et garda le silence. Sa migraine n'avait fait qu'empirer au cours de la matinée, elle n'avait pas besoin d'en rajouter une couche.

Elle perdit le fil de la conversation, distraite par le clapotis de la pluie contre la vitre et par l'étrange odeur dans la maison, qui lui fit se demander si Beth avait un chat. Ses paupières lourdes commençaient à se fermer lorsque la voix soudain plus animée de la mère d'Ola la tira de sa somnolence.

— Je peux vous les montrer. Enfin, si vous avez envie de les voir ?

Freya se reprit et jeta un coup d'œil à Gill. Elle n'avait pas écouté la dernière question. Quelque chose à propos des amis d'Ola.

— Il y a des photos dans sa chambre. Des centaines. S'il y avait bien une chose qu'Ola adorait, c'était prendre des photos.

— La chambre d'Ola ? demanda Freya.

— Oui, répondit Beth. Venez.

16

Elles suivirent Beth dans une cage d'escalier peu éclairée, que le papier peint foncé rendait encore plus maussade. La chambre d'Ola était la dernière porte du palier à gauche. La seule qui était fermée.

— J'ai tout laissé en l'état, expliqua Beth en la poussant doucement, comme s'il y avait quelqu'un derrière. Vous voyez, au cas où elle…

Sa voix se brisa lorsqu'elle regarda à l'intérieur. Ses épaules s'affaissèrent, son visage se chiffonna sous les larmes. Incapable de franchir le seuil, elle recula d'un pas pour laisser Freya voir la chambre. Elle ressemblait à une capsule temporelle, scellée et figée le jour où Ola en était sortie pour la dernière fois, il y a presque vingt ans. Gill tira un mouchoir de son sac et le passa à la mère, puis elle l'entoura de son bras, sans faire mine de s'avancer.

Freya passa devant les deux femmes et pénétra dans la chambre.

Comme le reste de la maison, la pièce sentait l'humidité, mais en cent fois pire. Une puanteur si forte qu'elle prit Freya à la gorge, comme si l'air était resté le même pendant dix-sept ans. La fenêtre donnait sur le bas de la colline vers la mer, mais le rideau de pluie était tel qu'on ne voyait pas plus loin que les toits de la rue voisine. Par cette météo, la pièce était plongée dans une pénombre sinistre. Freya leva les yeux vers les posters aux murs, dont les coins étaient racornis et les couleurs délavées par le soleil. Ils représentaient des groupes de pop de l'époque où Freya était adolescente : les Pussycat Dolls et les Black Eyed Peas. Tout était décoré en blanc, rose et argenté.

Freya n'aurait su mettre des mots sur ce qu'elle éprouvait en cet instant. C'était très étrange, sans qu'elle sache vraiment pourquoi. Une angoisse indéfinissable lui comprimait la poitrine tandis qu'elle observait les photos accrochées au mur et sur les portes de la penderie avec de la pâte adhésive. Beth n'avait pas exagéré : il y en avait des centaines, pour autant de visages de jeunes filles serrées les unes contre les autres, la bouche en cœur. Freya en reconnut certaines : elle se rappelait seulement leurs coups bas, pas leurs noms. La plupart des photos étaient en extérieur, sur des bancs du centre-ville de Stromness ou avec des groupes de garçons à la plage. Seules quelques-unes semblaient avoir été prises à une fête. Il n'y en avait qu'une poignée d'Ola et de Liam ensemble.

— Depuis combien de temps Ola et Liam sortaient ensemble ? demanda-t-elle, réfléchissant tout haut.

Elle se tourna en se rendant compte qu'elle avait coupé Gill au milieu d'une phrase. Plongée dans ses pensées, elle ne l'avait pas entendue interroger Beth. Sa collègue lui lança un regard noir, ce qui rappela à Freya les instructions qu'elle lui avait données au poste de police. Elle ouvrit la bouche pour s'excuser, mais Beth parla en premier.

— Pas très longtemps. Du moins de ce que j'en sais.

Freya décida d'en rester là. Elle sourit et hocha la tête, puis Gill et Beth reprirent le fil de leur conversation. Freya se retourna vers la chambre. D'autres photos étaient affichées autour du miroir de la coiffeuse. Sur celles-ci, Ola apparaissait souvent avec Liam. Il souriait même sur certaines. Il y avait trois tiroirs sous le meuble et les yeux de Freya furent attirés par le dernier. Il avait été verrouillé par un cadenas, mais le bois tout autour était cassé.

— C'est la police qui a fait ça, déclara Beth.

Elle se tourna à nouveau vers la porte, où les deux femmes la fixaient désormais ; Gill la fusillait du regard, même si Freya n'avait rien dit, cette fois.

— Ils l'ont forcé au cas où il y aurait eu des indices dans le tiroir.

— Ça vous dérange si je jette un coup d'œil ?

— Allez-y. La police a déjà tout passé au crible.

Le tiroir contenait des carnets, ainsi que plusieurs paquets de photo dans des pochettes au logo de Sutherland's, un commerce du coin. La plupart étaient des paysages, et non des portraits : des couchers de soleil, des fleurs en gros plan, des clichés en noir et blanc de vieilles ruelles pavées autour de Stromness. Il n'y en avait qu'une poignée par paquet et Freya se demanda si Ola n'avait affiché que les photos de ses amis parce qu'elle ne voulait pas montrer celles-ci. Pour qu'on ne sache pas qu'elle les avait prises. Ça ne devait pas être cool dans son cercle d'avoir des centres d'intérêt et des loisirs.

Freya remit les photos dans le tiroir et consulta les carnets. Elle fut surprise de découvrir qu'Ola s'était essayée à la poésie. C'était très mauvais, rien que des angoisses existentielles d'ado et des lieux communs, mais entre ça et la photographie, la jeune fille avait clairement un jardin secret. Freya frissonna à l'idée qu'elles avaient peut-être eu quelque chose en commun, tout compte fait.

Le deuxième carnet renfermait le même genre de textes, accompagnés de quelques dessins, mais le contenu prenait une tournure plus macabre. En le feuilletant, elle s'arrêta sur un dessin esquissé au Bic noir sur les deux pages centrales. Il représentait une immense araignée au milieu d'une toile, entourée de dizaines de plus petites. En y regardant de plus près, Freya vit que chaque petite araignée tenait une personne ligotée dans ses fils, les yeux fermés et la bouche bâillonnée. La toile d'araignée semblait émaner du coin supérieur d'un mur en briques, sur lequel était écrit en lettres pâles « Parc de Jeux », le P à l'envers comme s'il avait été griffonné par un enfant. Ola avait appuyé si fort sur le stylo en coloriant le corps noir de l'araignée géante qu'elle avait transpercé la page.

Prise d'un frisson, Freya lâcha les carnets dans un gros bruit, ce qui lui valut un nouveau regard mauvais de la part de Gill. Elle les ramassa et rangea les deux premiers dans le tiroir. Elle vit que le dernier avait une petite boucle qui pouvait être cadenassée mais, comme le tiroir, elle avait été cassée. Freya l'ouvrit. C'était le journal intime d'Ola.

Elle faillit le refaire tomber. Elle se tourna pour voir si Beth et Gill la regardaient. Cela lui semblait mal de lire ces pages, même si en toute logique peu importait aujourd'hui, et qu'elle n'était plus à ça près dans l'atteinte à la vie privée.

Elle le feuilleta, sans vraiment lire, dans l'espoir que quelque chose en ressorte.

Vers le milieu, ce fut le cas :

Ce soir, il y avait un garçon qui m'attendait après les cours. Il savait qui j'étais, mais moi je ne le connaissais pas.

Freya s'arrêta. Son estomac se noua. Elle leva la tête et vit que Gill et Beth étaient toujours en pleine conversation à la porte.

Elle continua de lire :

Il a dit qu'on s'était croisés à la fête de Katie la semaine dernière, mais je ne me souviens pas de l'avoir vu et Katie non plus quand je lui ai posé la question plus tard, du coup soit j'étais complètement bourrée (possible !) soit il a raconté des conneries. Il a dit qu'il s'appelait Liam et il m'a proposé d'aller avec lui à une autre fête samedi. Il est pas mal, mais ce n'est pas pour ça que j'ai accepté. Je ne sais pas, il a juste l'air différent. Ça paraît con, mais il n'est pas comme les autres ploucs pathétiques de l'école. Il est plus mature, plus ouvert d'esprit. Et super sûr de lui. Ça m'a plu…

Freya se souvenait vaguement d'une Katie parmi les amies d'Ola. Elle parcourut du regard les photos autour du miroir, reconnut certaines filles qui l'avaient tapée et lui avaient craché dessus, mais elle était incapable de retrouver leurs noms. Des années d'efforts pour oublier ces connasses avaient fini par payer. Une sensation frétilla dans sa poitrine ; un mélange de honte et de colère. Elle se demanda laquelle était Katie, si elle vivait toujours dans les Orcades et ce qu'elle était devenue. Elle doutait qu'elle soit neurochirurgienne ou qu'elle œuvre pour la recherche contre le cancer. Et il y avait peu de chance que Katie se rappelle l'épisode avec Harry Donaldson aussi bien qu'elle.

Elle poursuivit sa lecture. Liam était venu chercher Ola mais il y avait eu un changement de plan. Ils n'étaient pas allés à la fête ; à la place, Liam avait décidé d'acheter des fish & chips et deux bouteilles de vin, qu'ils avaient mangés et bues dans sa voiture.

Quand Freya apprit où ils s'étaient rendus, son cœur s'emballa :

Il nous a conduits sur la falaise de Yesnaby, ce qui m'avait d'abord paru nul, mais en fait c'était plutôt romantique. Je pensais qu'il allait tenter un truc mais il a été adorable. Et en fait, je suis dégoûtée qu'il n'ait rien fait. J'aurais été d'accord...

Freya parcourut les pages suivantes. Elle voulait s'imprégner du maximum avant que Gill n'ait terminé, mais il y avait trop à lire.

— Madame Campbell, est-ce que ça vous dérange si je...

— Freya, pour l'amour du ciel, tu pourrais arrêter de nous interrompre ? Un peu de respect.

La réprimande lui fit l'effet d'une gifle.

Gill la toisait depuis la porte. À côté d'elle, Beth ne savait plus où se mettre.

— Beth essaie de me parler de sa merveilleuse fille. Tu as idée à quel point c'est encore dur pour elle ? Et tout ce que tu fais, c'est lui couper la parole.

Le cœur de Freya s'emballa. Ses joues s'enflammèrent. Sa tête se remplit de répliques, mais les mots s'emmêlèrent et restèrent coincés.

— C'est... ce n'est pas grave, intervint Beth avec un sourire contrit. Je suis sûre qu'elle ne pensait pas à mal.

Non, en effet.

Bien sûr que non. Elle était si absorbée par ses pensées qu'elle ne s'était pas rendu compte que Beth parlait.

Et se voir semoncée comme une enfant turbulente qui aurait fait une bêtise suscita en elle une émotion difficile à contenir.

Gill et Beth la dévisageaient toujours depuis le seuil, leurs yeux lui perforant la peau, et soudain elle ressentit l'envie pressante de s'enfuir le plus loin possible de cette pièce étouffante. Mais elles lui bloquaient la sortie et les murs semblaient plus proches, l'air plus dense. Elle avait du mal à respirer.

Les deux femmes se remirent à discuter. La main libre de Freya s'était portée machinalement à son oreille droite et pinçait fort ses piercings, qu'elle comptait peut-être même à voix haute. Sauf que ça ne la calmait pas, il fallait qu'elle arrête ; elle enfonça les deux mains dans ses poches et se mit à faire les cent pas. Sous le regard réprobateur de Gill, elle s'efforça de rester tranquille, malgré l'envie écrasante de taper des pieds.

Son corps bouillonnait d'un cocktail inconnu d'émotions et elle savait que la seule façon de les réprimer avant qu'elle n'explose était de s'extraire de cette situation, mais il n'y avait pas moyen d'y échapper. Elle devait sortir d'ici, bon sang. Tout de suite !

Enfin, Gill en eut terminé et il était temps de partir. Dehors, c'était toujours le déluge. Elle courut dans l'allée devant la maison pour sauter dans sa voiture dont elle alluma le moteur, mais Freya s'arrêta sur le trottoir.

Gill la scruta à travers sa fenêtre. Après une ou deux secondes où Freya resta sans bouger, elle baissa la vitre.

— Viens, pauvre folle. Tu vas attraper la mort.

Freya n'avait aucune envie de la rejoindre. Elle rechignait à se retrouver dans cet espace confiné avec cette odeur et le vacarme entêtant de la radio, mais avait-elle le choix ?

À contrecœur, elle monta dans le véhicule. Dès qu'elles eurent quitté la rue de Beth, Gill se lança.

— Il y a un truc que tu dois comprendre, ma grande, et vite fait.

Freya ferma les yeux. Assise sur ses mains, elle se mit à se balancer.

— Tu n'es pas Jessica Fletcher et on n'est pas dans *Arabesque*. Je ne sais pas comment c'était à Glasgow, mais ici on laisse le travail de détective à la police.

Il y eut une étincelle. Un instant plus tard, l'odeur suffocante de cigarette emplit les narines de Freya, lui envahit la gorge.

— Je m'en fous de tes scoops précédents, aboya Gill. Tu jouais à quoi, là, à fouiller les tiroirs comme ça ?

Elle ne pouvait plus respirer.

— Je te parle. Tu n'as rien à dire pour ta défense ?

Les essuie-glaces dansaient sur la vitre, leur *swish, swish, swish* résonnant à l'intérieur de son crâne.

— Et cette manie de m'interrompre sans arrêt. Tu crois que tu connais mieux le boulot que moi, c'est…

— Je ne…

— Quel toupet ! Tu recommences.

La voiture ralentit. Freya ouvrit les yeux, détacha sa ceinture de sécurité et ouvrit la portière à la volée.

— Bordel, qu'est-ce que tu…

Une main lui saisit l'avant-bras. Elle se débattit. Il y eut un cri, plus de surprise que de douleur.

Freya sauta de la voiture, claqua la porte et s'enfuit.

17

Les minutes suivantes, Freya ne songea à rien d'autre qu'à s'éloigner le plus possible de la voiture. Puis elle prit conscience de la pluie qui explosait comme un feu d'artifice sur sa capuche. Elle regarda en arrière. Gill s'était arrêtée au rond-point de North End Road et Freya avait couru sur au moins trente ou quarante mètres, le long de la route en direction de chez Beth. L'Audi était toujours immobile. Puis le moteur rugit et Gill démarra en trombe juste devant un autre véhicule au carrefour, avant d'accélérer dans la montée vers Kirkwall.

Freya subit l'odeur de diesel venue de la station-service de l'autre côté de la route. Elle lui donnait le vertige. La pluie tombait si drue qu'elle rebondissait sur le trottoir. Elle dégoulinait le long de son imper jaune et détrempait son jean. Elle transperçait aussi ses baskets. Freya se rendit soudain compte qu'elle était coincée ici : sa voiture était à Hatston et elle n'avait aucune idée de comment y retourner. Et dans environ une demi-heure, Gill serait de retour à la rédaction sans elle et raconterait à Kristin ce qui s'était passé. Celle-ci essaierait sans doute de la joindre. Impossible d'affronter ça. Elle ne savait pas quoi faire.

Les larmes dévalèrent ses joues comme une rivière débordant de son lit. Leur violence l'ébranla. Colère, peur, épuisement. Elle avait conscience qu'elle était seule dans un endroit public et que pleurer allait attirer l'attention, et elle n'avait qu'une envie, s'enfuir le plus loin possible, mais sans savoir où aller.

Elle ignorait quelle heure il était. Il ne devait pas être plus de 13 heures, mais les gros nuages donnaient l'impression qu'il était plus tard. Lorsqu'une voiture tourna et braqua ses phares sur elle, elle tressaillit. La situation la ramena à ce soir de février à Glasgow, où elle s'était trouvée sur Fullarton Road par une pluie battante, l'esprit empêtré dans les idées noires, comme en ce moment. Elle venait de perdre une nouvelle bataille contre ses supérieurs au sujet de Damien Barber – ils ne voulaient pas s'engager dans une histoire d'abus sexuel contre une personnalité qui faisait tant pour cette ville, avaient-ils argué. Un père de famille. Un homme qui était pressenti pour siéger au Parlement un jour et qui achetait régulièrement des espaces publicitaires dans leur journal. Ils n'avaient pas eu autant d'états d'âme quand il s'était agi du médecin de Partick.

Freya se revit debout au bord du trottoir dans le froid et sous les trombes d'eau. Elle avait fermé les yeux, la luminosité des phares lui avait paru étrangement réconfortante à travers ses paupières et elle avait voulu que son cerveau en constante ébullition se taise, juste un instant.

Aussi bien à l'époque qu'aujourd'hui, la fatigue l'accablait jusqu'à la moelle épinière. Lorsque l'émotion et l'adrénaline refluèrent, la colère et le désespoir cédèrent comme toujours le pas à la culpabilité et à la honte. Comment allait-elle expliquer ça à Kristin, bordel ? Elle frissonna : la pluie lui glaçait les os. Elle devait se mettre à l'abri.

Il y avait un café ouvert de l'autre côté de l'embarcadère du ferry NorthLink. La rue était déserte, le prochain bateau ne partait que le soir. Voire pas du tout, si la météo se dégradait encore. Le café était tranquille, juste quelques clients installés près des grandes fenêtres. Malgré les intempéries, la salle était claire, les murs décorés de vieilles photos de la ville en noir et blanc dont les cadres étaient entourés de guirlandes dorées et argentées. Sur l'un des clichés figurait la place où avait eu lieu la rencontre de Freya avec Ola et Harry Donaldson : un groupe de vieillards étaient assis sur un banc devant le poste de secours et elle reconnut parmi eux l'écrivain orcadien George Mackay Brown, qui avait vécu non loin de là. La place était également à proximité, on la voyait probablement de la fenêtre. Mais elle n'avait pas la force d'aller ailleurs. Il y avait de toute façon peu d'endroits dans cette ville qui n'étaient pas associés à des mauvais souvenirs et elle avait besoin de caféine. Ce dont elle avait vraiment envie, c'était de rentrer chez elle pour dormir, mais elle ne pouvait pas appeler Tom et lui avouer ce qui s'était passé : il paniquerait. Bon Dieu, ce n'était que son deuxième jour et elle s'était déjà mise dans le pétrin.

Elle commanda un latte au lait d'avoine. La femme derrière le comptoir l'invita à s'installer en attendant qu'elle lui apporte sa boisson. Freya trouva une table et s'essuya les yeux avec sa manche, espérant qu'ils n'étaient pas trop rouges ni gonflés, puis elle plongea la main dans sa poche. Elle devait s'occuper l'esprit. Elle sentit l'enveloppe pliée et ses sempiternelles angoisses la rattrapèrent. Était-ce pour ça qu'elle réagissait ainsi ? Est-ce que ça avait à voir avec le fait d'être autiste ? Se sentir dépassé par tous les éléments autour de soi au même moment et l'extérioriser ainsi ? Mais encore une fois, si ce courrier attestait qu'elle était autiste, qu'est-ce que ça impliquait ? Qu'elle était une adulte qui ne savait pas affronter la vie ni gérer ses émotions ? Comme elle n'était pas en mesure de traiter ces questions pour l'instant, elle laissa la lettre là où elle était et sortit à la place le journal d'Ola.

Elle n'avait pas eu l'intention de l'emporter. Ou peut-être que si, mais l'acte n'avait pas été conscient. Il avait fini dans sa poche quand elle y avait fourré les mains dans la chambre d'Ola. Elle envisagea de le rapporter, mais l'idée de revoir Beth était insoutenable. Elle ne voulait voir personne. Elle passa le pouce sur la tranche et regarda les pages s'écarter. Les lire maintenant, dans son état actuel, était une mauvaise idée, mais c'était plus fort qu'elle. En le feuilletant rapidement, elle remarqua qu'il n'était rempli qu'aux deux tiers environ. Les doigts tremblants – en partie à cause du froid, mais surtout de l'émoi dont elle ne s'était pas encore débarrassée –, elle tourna les pages tant bien que mal, jusqu'à la dernière à être remplie. Le texte datait du 9 septembre, plus de trois semaines avant la mort d'Ola et de Liam :

Il arrive que Liam soit très déprimé et ça me fend le cœur. Il devient taiseux, avec le regard vide. D'autres fois, il se met super en colère et son visage tout entier change, c'est difficile à décrire, comme s'il y avait quelqu'un d'autre dans sa tête. Je sais qu'il ne me fera jamais de mal, ce n'est pas de ça que j'ai peur. Il dit que ça n'a rien à voir avec nous et qu'il m'aime, que tout ce qu'il veut, c'est me protéger, mais il refuse de me dire de quoi.

Dès la fin du lycée, on va se tirer de ce foutu caillou. Il dit qu'on ira quelque part juste tous les deux, mais comment je peux le suivre s'il me cache des trucs ? Donc c'est décidé, ce soir je vais lui poser un ultimatum : soit il me dit ce qu'il se passe, soit c'est terminé entre nous.

C'était tout. Freya fit défiler les pages jusqu'à la fin, mais il n'y avait rien d'autre.

La serveuse lui apporta sa commande. Freya eut honte d'être surprise en train de lire le journal intime d'autrui – les gens autour d'elle l'ignoraient sans doute, mais elle se sentit quand même mal à l'aise et préféra ranger le carnet. Elle sirota son café dont la chaleur se répandit en elle, mais elle n'arrivait toujours pas à se détendre. Un million de pensées se croisaient dans son cerveau, faisaient tressauter ses jambes, et ses pieds mouillés tapotaient les dalles en pierre. Elle avait besoin d'une distraction.

Beth avait mentionné un groupe Facebook créé par le père d'Ola, ainsi qu'un frère qui vivait toujours dans les Orcades. Voilà des pistes potentielles. Mais lorsqu'elle sortit son téléphone, elle se sentit mal en voyant des dizaines de notifications s'afficher à l'écran. Son esprit se tourna aussitôt vers Kristin. Ce devaient être des textos de sa part. En songeant qu'il était impossible que Gill soit déjà rentrée à Hatston, elle se rendit compte que les messages venaient de Facebook et de Twitter. Des réactions à ses publications du compte de *The Orcadian* lors de la conférence de presse.

Malgré la découverte de son cadavre, Liam semblait toujours avoir peu de fans. Bien qu'il ne puisse plus être suspect, la plupart des gens continuaient à le tenir pour responsable. Freya pensa à la dernière entrée du journal d'Ola. Ils avaient peut-être raison.

Si Freya connaissait un peu Ola, Liam restait un mystère. Elle ne l'avait jamais rencontré et n'évoluait pas dans les cercles qu'il fréquentait. Il y avait plusieurs moyens d'en savoir plus sur Ola, mais comment se renseigner sur son petit ami ? En parcourant les commentaires sur les réseaux sociaux, elle n'en découvrit qu'un seul de bienveillant envers le jeune homme : celui d'un certain Scott Connelly. Il prétendait avoir été un ami d'école et soutenait que la colère dirigée contre lui s'expliquait par le fait qu'il était un *ferry-louper*, comme on appelait ici quelqu'un d'ailleurs qui était venu s'installer dans les Orcades. D'après Scott, comme Liam n'avait plus de famille ici depuis la mort de sa grand-mère, il n'y avait plus personne pour prendre sa défense. Freya consulta le profil de Scott, mais il n'y avait pas de photo, pas de détails sur son lieu de résidence. Elle lui répondit tout de même, en lui demandant s'il accepterait de lui en dire plus, en off si besoin. Puis elle décida d'en faire de même avec toutes les réactions.

Alors qu'elle les traitait les uns après les autres, un nom lui sauta aux yeux.

Une femme du nom de Katie Marwick avait posté un message disant qu'elle avait été la meilleure amie d'Ola au lycée. Freya se demanda si c'était la même Katie que celle du journal intime, celle qui avait organisé la fête où Ola et Liam s'étaient prétendument rencontrés. Comme pour Scott, Freya consulta les profils de Katie sur différents réseaux. Une photo montrait une femme au visage fatigué dont les cheveux sombres arrivaient aux épaules, qui forçait un sourire à côté de deux jeunes enfants, mais Freya ne l'avait pas vue sur les portraits de la chambre d'Ola.

Le compte Twitter de Katie indiquait qu'elle habitait à Kirkwall. Freya lui envoya un message privé pour lui proposer de se rencontrer, puis elle attendit. Les yeux rivés sur son téléphone, elle mettait à jour son écran dans l'espoir d'obtenir une réponse instantanée peu probable lorsqu'elle songea soudain que Kristin pourrait l'appeler à tout moment.

Le mieux était sûrement de lui envoyer un message en premier, mais un blocage familier l'en empêchait. Ce n'était pas juste qu'elle était nerveuse ou qu'elle ne savait pas quoi dire :

elle n'en avait tout simplement pas envie. S'inquiéter à propos de Kristin était une perte d'énergie quand toute son attention devait se concentrer sur cette affaire. Toutefois, elle savait que si elle ne se manifestait pas, elle s'attirerait des ennuis, or elle appréciait que Kristin cherche une alliée en elle. Elle-même n'en avait jamais eu jusqu'à présent. Elle lui envoya en vitesse un court texto, juste pour lui dire qu'elle suivait une piste et que tout allait bien. C'était à moitié vrai, au moins, et la meilleure façon d'occulter l'incident de ce matin-là était d'obtenir une information plus croustillante que l'insipide entretien de Gill avec Beth.

Il y avait peut-être un autre moyen de contacter Katie. L'image du sinistre salon de Beth surgit dans son esprit et lui donna une idée. Elle chercha sur Google s'il existait une version en ligne de l'annuaire et fut surprise de découvrir que oui. Elle fut encore plus stupéfaite quand il lui fournit un numéro de téléphone fixe et une adresse. Mais il y avait quatre Katie ou Katherine Marwick listées dans les Orcades, dont deux à Kirkwall, sans indice sur laquelle était la bonne.

Il était temps de passer à l'action et de leur téléphoner à toutes les deux.

Elle composait le premier numéro quand son téléphone bipa.

18

Il était 14 h 15 lorsque Freya arriva à Kirkwall. Heureusement, il ne pleuvait plus, mais les températures chutaient à mesure que le ciel se dégageait et que la nuit tombait. Elle était épuisée : son chauffeur de taxi n'avait cessé de lui parler même si elle l'avait ignoré à partir de Finstown. Au moment de payer, en lui rendant la monnaie, il lui avait lancé :

— Souriez, ma chère, ça ne peut pas être si grave.

Elle regrettait de ne pas avoir eu l'énergie de lui retourner autre chose qu'un air renfrogné.

Katie Marwick n'était pas encore arrivée, et Freya avait donc quelques minutes pour reprendre ses esprits. Elle se tint sur les marches devant la cathédrale Saint-Magnus et contempla les décorations de Noël des arbres le long de Broad Street. Elles lui firent penser qu'elle n'avait pas encore acheté de cadeaux à Tom ni à sa mère. Mais ce n'était pas le moment de s'attarder là-dessus ; elle repoussa l'anxiété et prépara plutôt les questions qu'elle allait poser à Katie.

Quand celle-ci apparut finalement, un peu avant 14 h 30, Freya ne la reconnut pas tout de suite ; les années depuis le lycée n'avaient pas été tendres et elle avait l'air encore plus fatiguée que sur sa photo de profil. Comme Ola, Katie avait été dans la classe au-dessus de celle de Freya, mais elle avait désormais des cernes sous les yeux et les épaules voûtées de quelqu'un de vingt ans de plus. Ses cheveux fins, noirs pour l'essentiel, étaient parsemés de quelques mèches grises. Elle était pâle et maigre. C'était comme si son âme malveillante au lycée lui avait pourri les entrailles et que ça commençait à se voir à l'extérieur. Freya eut du mal à ne pas la dévisager.

— Je n'ai que quinze minutes de pause, annonça Katie.

Elle lui avait expliqué qu'elle était directrice adjointe de Poundland, le magasin à prix unique à quelques minutes à pied sur Albert Street. Freya repéra sous son manteau un polo bleu au logo de l'enseigne.

— Je ne pourrai pas discuter plus longtemps, désolée. On m'attend.

Freya doutait que le personnel de Poundland avait besoin d'elle à ce point-là, mais elle hocha la tête.

Il y avait un café de l'autre côté de la rue, le Daily Scoop. Ça paraissait de circonstance. Elles décidèrent d'y aller.

Freya leur commanda une boisson à chacune – un autre latte à l'avoine pour elle, un mocha pour Katie –, puis elles s'assirent à une table près de la fenêtre ornée d'illuminations de Noël. Comme à Stromness, le café était calme, le coup de feu du déjeuner était déjà passé. Bien qu'installé dans un bâtiment ancien de la vieille ville, le café était moderne, avec un parquet stratifié en chêne au sol et des spots au plafond. Freya prit place en face de Katie, son téléphone posé sur la table entre elles en mode « Ne pas déranger » pour éviter de recevoir des appels ou des textos de Kristin. Elle demanda l'autorisation d'enregistrer leur conversation.

Katie acquiesça et essaya de sourire mais ses lèvres paraissaient récalcitrantes.

— C'est plutôt excitant, de parler à une journaliste. En revanche, je n'ai jamais vu votre nom dans le journal.

— Je suis nouvelle. Ce n'est que mon deuxième jour.

— Vous semblez savoir ce que vous faites.

Freya ignorait ce qu'elle était censée répondre à cela. Elle sourit et hocha la tête. Elle avait hâte d'entrer dans le vif du sujet, mais elle savait que les gens aimaient en général papoter un peu d'abord. Et que penser du fait que Katie ne se souvienne pas d'elle du temps du lycée ? Ce n'était guère surprenant ; Freya était toujours restée discrète, et heureusement, ses interactions avec la bande d'Ola avaient été rares. Ce n'était que maintenant qu'elle était assise en face d'elle que Freya se remémora avoir vu Katie parmi les gens présents ce jour-là à Stromness. Elle se demandait si celle-ci se souvenait seulement de l'incident.

— Vous savez, je n'ai toujours pas vraiment intégré tout ça, dit Katie, le regard rivé sur la mousse de son café dans lequel elle tournait lentement une petite cuillère argentée. Mais bon, ce n'est pas non plus un choc, en fait.

— C'est-à-dire ?

Katie leva les yeux.

— Pardon ?

— Qu'est-ce qui n'est pas un choc ? Qu'Ola ait été tuée ou que Liam aussi ?

Katie prit le temps de réfléchir, comme si elle avait fait ce commentaire simplement pour dire quelque chose.

— Ola, je suppose. J'ai toujours eu le pressentiment qu'il lui était arrivé malheur.

— Mais vous avez été surprise d'apprendre que Liam était mort ?

Katie hocha la tête.

— Hier, quand j'ai lu sur Facebook que le corps d'Ola avait été retrouvé, je pensais que Liam était coupable. Je le soupçonne toujours d'être impliqué.

— Comment ils étaient, ensemble ?

Un sourire se dessina sur les lèvres de Katie tandis qu'un souvenir passait dans ses yeux.

— Elle était folle de lui. Je ne l'avais jamais vue comme ça, et pourtant elle avait eu plein de petits amis.

— C'était réciproque ?

— À l'en croire, oui. Elle disait qu'ils étaient amoureux, qu'il allait l'emmener loin d'ici. Je suppose que d'une certaine façon, elle avait raison.

Un souffle brusque qui ressemblait à un rire s'échappa de ses narines.

— Pardon, j'ai l'humour noir.

— Ils se sont rencontrés à une fête chez vous, c'est ça ?

— Qui vous a raconté ça ?

— La mère d'Ola.

Freya estima que cette version valait mieux que reconnaître avoir lu le journal intime d'Ola.

Les yeux de Katie se détournèrent sur la gauche.

— Peut-être. Je ne sais plus.

— Est-il possible que vous l'ayez invité ?

— J'en doute. Avant qu'Ola et lui ne sortent ensemble, je ne l'avais jamais vu. Il allait au lycée ici, à Kirkwall.

— Quelqu'un d'autre l'aurait fait venir, à votre avis ?

— Qui sait ? Mais je suis sûre que vous vous rappelez comment c'est, les fêtes, quand on est ados. Il y avait sans arrêt de l'incruste. Tout le monde était soit trop bourré soit trop occupé à tirer son coup pour s'en préoccuper.

Katie rit et Freya fit semblant de l'imiter.

— Et qu'en est-il du soir où ils...

Freya n'alla pas au bout de sa phrase. Elle ne devait pas être trop directe.

— Le soir où vous les avez vus tous les deux pour la dernière fois, il y avait une autre fête, c'est bien ça ?

Toute trace de rire sur les lèvres de Katie s'envola. Elle jeta un coup d'œil au téléphone.

— Mhm-hum.

— Vous y étiez ?

— Oui, confirma-t-elle avant de prendre une longue gorgée de café, comme si elle essayait de se cacher derrière sa tasse.

— Et il s'est passé quelque chose ? Y a-t-il une raison pour laquelle Ola et Liam sont partis autour de 21 heures ?

— Vous parlez de la dispute ou bien... ?

Freya espéra que sa surprise ne s'était pas lue sur son visage. Non, ce n'était pas ce dont elle avait voulu parler, mais maintenant, si.

— Vous pouvez revenir dessus ?

Katie consulta sa montre.

— J'ai déjà tout raconté à la police. Ils ont dit qu'ils s'étaient penchés sur la question, donc j'imagine que ça ne s'est pas avéré important.

— Vous avez été témoin de cette dispute ?

— Je l'ai entendue de la cuisine.

— C'était physique ? Entre Liam et elle ou...

— Non, ils n'en sont pas arrivés aux mains. Que des éclats de voix.

— Ola a crié ?

Katie prit une autre gorgée avant d'acquiescer.

— Elle était dehors, je l'ai entendue hausser le ton, alors je suis sortie pour vérifier que tout allait bien. Elle hurlait sur ce type, un ami de Liam. Elle le traitait de tous les noms et il lui souriait en retour comme s'il n'en avait rien à foutre. Puis elle s'en est aussi prise à Liam, en lui aboyant : « Faut qu'on y aille, faut qu'on y aille. »

— Aller où ?

— Pas la moindre idée, répondit Katie en jetant à nouveau un coup d'œil à sa montre. Tout ce que je sais, c'est que je l'ai regardée monter dans cette satanée BMW qu'il chérissait tant et que je ne l'ai plus jamais revue. Je l'ai laissée partir avec lui. Et puis hier, je découvre que depuis tout ce temps elle est enterrée dans le sable à Skaill, et je..., hésita-t-elle d'une voix qui se brisa. J'ai raconté tout ça à la police à l'époque. Ils ont promis de vérifier, ils ont dit que ce n'était sans doute rien, mais...

— Mais quoi ?

Katie se frotta les yeux du dos de la main puis se redressa.

— Mais je sais qu'il a quelque chose à voir là-dedans. Liam. Même s'il ne l'a pas tuée lui-même, il a fait quelque chose qui a entraîné sa mort.

Elle regarda l'heure une troisième fois.

— Je dois partir.

— Connaissez-vous le nom de l'ami de Liam ?

— Je ne suis même pas sûre que c'était son ami. Je sais juste qu'aucun de nous ne le connaissait.

— Et qu'a fait Liam pendant cette altercation ? S'est-il interposé ?

— Non, il est resté là sans rien dire, comme toujours.

Katie finit son café, attrapa son sac sur la chaise à côté d'elle.

— Il ne parlait jamais beaucoup. Une des raisons pour lesquelles je m'en méfiais. Il était trop discret, vous voyez ce que je veux dire ? Comme s'il cachait quelque chose, ou qu'il se trouvait trop bien pour nous.

Freya sentit à nouveau ses mains se fermer en poings sous la table, mais elle sourit et hocha la tête. Elle en avait assez d'entendre que quelqu'un était louche simplement parce qu'il n'était pas bavard ou qu'il ne regardait pas les gens dans le blanc des yeux.

— Est-ce que vous vous rappelez à quoi il ressemblait ?

Katie se mit debout et leva les yeux au plafond tout en réfléchissant.

— Il était très grand, ça, je m'en souviens. Il avait le crâne rasé, il était assez inquiétant avec des yeux très intenses, même si Ola n'avait pas l'air de le craindre. Mais elle était comme ça, Ola. Elle n'avait peur de personne.

Dehors, la nuit était déjà presque complètement tombée, mais les sapins de Noël sur la place de la cathédrale et les illuminations se découpaient dans la pénombre. Le vent s'était amplifié et passait au travers du jean encore mouillé de Freya. Katie ne partit pas tout de suite ; elle remercia Freya pour le café puis lui demanda si son interview figurerait dans l'édition de ce jeudi-là. Freya avait oublié que c'était le but de leur entretien.

— Ça risque d'être juste, répondit-elle, tout en sachant qu'elle n'avait pas l'intention de retourner à la rédaction aujourd'hui. Mais elle sera sans doute publiée sur le site. Êtes-vous d'accord pour que je cite votre nom ?

Katie réfléchit.

— En fait, il vaut peut-être mieux pas. Ça ne pose pas de problème ?

Freya hocha la tête.

— C'est juste que…, reprit Katie en se rongeant l'ongle du pouce. Eh bien, maintenant que j'y repense, j'ignore où est cet ami de Liam à présent. Je suis sûre que la police l'a retrouvé à l'époque. On m'a dit qu'il avait été interrogé, mais je ne sais pas ce qu'il s'est passé par la suite, alors…

— Aucun souci, je vous mentionnerai comme source anonyme.

Katie sourit, hocha la tête, mais elle ne faisait toujours pas mine de partir. Les quinze minutes étaient passées depuis longtemps. Freya avait l'impression qu'il y avait autre chose qu'elle voulait lui confier. Finalement, Katie reprit la parole :

— Un enquêteur m'a appelée tout à l'heure. On m'a demandé de me présenter au poste de police.

— Ils comptent réentendre tous les témoins de l'époque.

Katie acquiesça une nouvelle fois et écarta les cheveux de son visage. Freya n'arrivait pas à déchiffrer ce qu'il se passait dans sa tête, mais il était clair qu'elle cachait quelque chose. Elle se rappela ce que Beth leur avait dit la veille, quand elle était venue au bureau. D'après elle, il y avait eu un incident lors de la fête.

Ces gosses avaient peur de parler.

Freya chercha la bonne question à poser, la formulation correcte pour débloquer ce qui se dissimulait derrière ces yeux fatigués.

Mais avant qu'elle n'ait le temps de le faire, Katie mit son sac à l'épaule et coinça ses cheveux noirs derrière l'oreille.

— Je suis ravie d'avoir fait votre connaissance, Freya, conclut-elle avant de partir, bien que ce ne soit pas la première fois qu'elles se rencontraient.

19

Prendre le bus pour retourner à Hatston ne se révéla pas aussi compliqué que Freya l'avait redouté.

Elle n'entra pas dans les locaux du journal. Elle attendit d'être sûre que personne ne la voie puis elle récupéra sa Hyundai sur le parking et fila. Vite. Kristin lui avait envoyé une réponse mais elle n'avait pas l'intention de la lire. Elle se répétait qu'elle lui enverrait un message plus tard, en prétextant que son téléphone s'était éteint. Ce n'était pas totalement un mensonge : il ne lui restait qu'environ vingt pour cent de batterie. Elle ne pouvait pas regarder sa cheffe dans les yeux pour l'instant. Le cocktail Molotov d'émotions qu'elle avait ressenties plus tôt s'était consumé pour n'en laisser qu'une : la honte. Elle n'avait aucune idée de comment expliquer pourquoi elle avait agi de la sorte. Les gens ne comprenaient pas. Au mieux, ils la qualifiaient de « difficile » – un terme souvent employé par ses supérieurs au *Herald* – ou bien d'immature, incapable de s'intégrer à la société. Au pire, on l'accusait de vouloir attirer l'attention, ce qui était le comble de l'ironie puisque c'était la dernière chose qu'elle cherchait. Ça ne faisait qu'empirer les choses.

Elle ne savait pas quoi faire : elle ne pouvait pas rentrer chez elle, au risque que Tom se demande pourquoi elle finissait si tôt. Elle se sentait en roue libre. Elle avait besoin de structure et de routine, or ses journées ici en manquaient encore puisque tout était nouveau. Elle subissait tout, sans avoir le moindre contrôle. Il fallait que ça change. Le mieux était de se concentrer sur l'affaire, mais les choses se corsaient. Elle envisagea de retrouver le frère d'Ola ; il vivait toujours dans la région et aurait pu donner une version moins enjolivée de sa sœur que celle de Beth. Elle réfléchit aussi à trouver la sœur d'Ola, Hannah, ou son père, qui œuvrait toujours pour retrouver sa fille. Ces options semblaient de bons angles d'attaque, mais ce qu'elle voulait vraiment, c'était parler à quelqu'un qui avait connu Liam. Tous les témoignages dont ils disposaient jusque-là venaient du côté d'Ola, personne n'avait parlé au nom de son petit ami. La seule personne qui avait pris sa défense, Scott Connelly, n'avait toujours pas répondu au message de Freya, et Liam n'avait plus de famille en vie dans les Orcades.

Il était presque 15 h 45 et il faisait déjà nuit noire alors qu'elle roulait vers le centre-ville. Sur les trottoirs, elle vit des grappes d'adolescents aux vêtements sombres qui portaient tous le même écusson. Cela lui donna une idée.

Cinq minutes plus tard, elle s'engagea sur le parking du lycée de Kirkwall. Il y restait quelques véhicules, ce qui voulait dire qu'avec un peu de chance certains professeurs étaient encore là. Sa mère avait travaillé en tant qu'auxiliaire à l'école primaire de Freya à Dounby, elle savait donc que le personnel finissait rarement en même temps que les élèves.

Lorsqu'elle s'approcha, les portes automatiques s'ouvrirent sur un vaste hall lumineux similaire à l'entrée de l'hôpital, l'odeur en moins. Il n'y avait personne à l'accueil, juste une page A4 collée à la vitre qui disait « Je reviens tout de suite ». Elle regarda donc autour d'elle pour trouver une place où patienter. Ses yeux se posèrent sur un pan de mur couvert de photos encadrées, d'images d'événements sportifs et de résultats scolaires. En s'en approchant, à côté d'un sapin de Noël très décoré qui se dressait jusqu'au plafond, elle découvrit les photos de toutes les classes de terminale au fil des ans. Liam était élève ici quand il avait été tué, il préparait son diplôme de fin d'études. Freya espérait qu'il figurerait ici.

Elle le repéra sur une photo de classe de juin 2005, debout à gauche, au troisième rang. Comme toujours, il avait le visage impassible, sans sourire. Son regard rappela quelque chose à Freya :

… son visage tout entier change, c'est difficile à décrire, comme s'il y avait quelqu'un d'autre dans sa tête.

Les mots d'Ola dans son journal auraient pu décrire cette photo.

Freya jeta un coup d'œil par-dessus son épaule. La dame de l'accueil était revenue mais s'entretenait avec une femme et un adolescent. Freya se retourna vers la photo et son échange avec Katie lui revint en mémoire, au sujet du garçon qui s'était disputé avec Ola à la fête. Elle avait dit qu'il était grand, qu'il avait le crâne rasé et des yeux intenses. Les plus grands de la classe se tenaient à l'arrière, mais aucun ne sortait du lot. Elle scruta les autres rangées de visages, en vain.

La femme et le garçon s'éloignèrent. Freya s'apprêtait à s'avancer vers l'accueil lorsqu'un élève sur la photo d'à côté attira son regard. C'était la classe de terminale de l'année avant celle de Liam. Au dernier rang, dominant les autres de plusieurs centimètres, un garçon avait la boule à zéro et le regard le plus perçant que Freya ait jamais vu, comme s'il la fixait à travers l'objectif. Son sourire lui glaça encore plus les os que le vent d'Arctique qui soufflait dehors.

— Excusez-moi ?

Freya se retourna. L'employée l'avait interpelée de son bureau.

— Vous attendez un élève ?

Freya s'approcha en révisant les phrases qu'elle avait préparées dans la voiture.

— Non, en fait, je suis là pour voir un professeur.

La femme d'âge moyen avec une chemise fleurie et des lunettes perchées sur la tête lui adressa un sourire.

— Vous avez rendez-vous ?

— Non, je suis… Ça va sembler bizarre, je sais, mais j'espérais pouvoir m'entretenir avec quelqu'un qui travaillait ici il y a dix-sept ans.

Le sourire de son interlocutrice s'évapora.

— Quoi, quelqu'un qui était ici… Pardon, vous avez dit il y a combien de temps ?

— Il y a dix-sept ans.

— Vous êtes un parent ? Une ancienne élève ?

— Non, je suis journaliste pour *The Orcadian*. J'aimerais parler à quelqu'un qui…

— Je suis désolée, la coupa la femme.

Il n'y avait pas de rideau à baisser sur la vitre de l'accueil mais il en était tombé un sur son visage.

— Je ne peux pas vous aider. S'il vous plaît, l'école ferme à 16 heures.

— C'est à propos de Liam McDonnell, insista Freya. Je veux trouver quelqu'un qui ait quelque chose de positif à dire sur lui. Je ne suis pas là pour colporter des ragots.

Dans le fond, derrière le comptoir, un grand homme mince aux cheveux gris clairsemés parlait à une autre femme en chemise à fleurs assise devant un ordinateur. À la mention de Liam, ils tournèrent tous les deux la tête.

— J'imagine que vous avez entendu la nouvelle ? demanda Freya.

— En effet. Et c'est terrible. Mais je ne pense pas que cette école soit le meilleur...

— Je me suis déjà entretenue avec la mère d'Ola Campbell, enchaîna Freya en empruntant à Gill sa manie d'utiliser la première personne du singulier. Il n'y a personne pour parler de Liam. Sa grand-mère n'est plus là, aucun ami ne s'est manifesté. Tout le monde sur les réseaux sociaux semble penser qu'il est responsable de ce qui est arrivé. Je... J'espérais que quelqu'un ici pourrait contrebalancer ce point de vue.

L'homme de grande taille s'était approché et se tenait désormais à côté de l'employée. Il portait un costume marron et une cravate criarde qui jurait dans ces locaux ultra modernes.

— Sheila, qui est-ce ? demanda-t-il à l'employée de l'accueil.

— C'est..., répondit-elle avant de se tourner vers Freya. Je n'ai pas retenu votre nom.

— Freya Sinclair, dit-elle en regardant directement l'homme derrière la vitre. Je suis journaliste pour *The Orcadian*.

— Et vous voulez parler de Liam McDonnell ?

Freya acquiesça.

— Comme je l'ai dit, je ne suis pas à la recherche de ragots. Tout le monde fait porter le chapeau à Liam, mais pour l'instant, de ce que nous en savons, c'est une victime lui aussi, au même titre qu'Ola. Je veux juste le point de vue de quelqu'un qui le connaissait, c'est tout.

— Entrez. Nous pouvons discuter dans mon bureau.

20

L'homme se présenta comme M. Henderson, à la manière d'un enseignant. Il était le proviseur de l'établissement.

— Mais pas à l'époque, expliqua-t-il à Freya. Il y a dix-sept ans, je dirigeais le département d'anglais. J'ai eu plusieurs fois Liam McDonnell dans ma classe au cours des années. Je pense pouvoir dire que je le connaissais aussi bien que la plupart des élèves.

À l'image du reste du bâtiment, son bureau était spacieux, lumineux et moderne. Des murs blancs et de grandes fenêtres avec vue sur le parking. Comme il faisait nuit dehors, les vitres s'apparentaient à un miroir géant. De l'autre côté de la pièce, une paroi en verre donnait sur la « Rue », comme M. Henderson l'appelait : un vaste atrium qui s'étendait sur toute la largeur de l'édifice. Il faisait plus penser à l'immense centre commercial de Braehead à Glasgow que Freya détestait qu'à un lycée.

Il y avait des photos aux murs, probablement des anciens élèves, qui semblaient pour la plupart avoir eu de beaux parcours. Elle remarqua aussi des diplômes et des lettres encadrés. Freya était assise face à M. Henderson de l'autre côté du grand bureau, une jambe pliée sous les fesses, comme souvent. Lorsqu'elle vit le proviseur la regarder, elle corrigea instinctivement sa position.

— Êtes-vous de la région ? demanda-t-il. À en juger par votre accent, je dirais que vous venez des Midlands.

— Je suis originaire des Orcades, mais j'ai vécu en Écosse pendant un certain temps.

— Vous n'avez pas fréquenté cette école, je suppose ? Je vous reconnaîtrais, sinon.

Freya se demanda si c'était vrai. Il avait dû voir défiler tant d'élèves au fil des années qu'il semblait impossible qu'il se souvienne de tous.

M. Henderson approchait de la soixantaine et ses cheveux gris se clairsemaient sur le haut du crâne mais ses sourcils étaient toujours bien fournis. Il portait des lunettes à la fine monture noire. Son sourire était détendu sur son visage mince et l'éclat de ses yeux lui donnait plus l'air d'un grand-père cultivé que celui d'un directeur de lycée.

Il voulut savoir ce qui se disait sur Liam. En écoutant Freya, il se frotta le menton, puis il s'adossa à son siège et secoua la tête.

— Liam était un personnage complexe. Un garçon futé, bien que tourmenté. Mais je me rappelle qu'il paraissait toujours très populaire.

Freya sourit et acquiesça, même si la colère bouillonnait en elle. Pourquoi le degré de popularité était-il toujours le principal critère pour définir les victimes ? Elle aimait se dire qu'elle était gentille, loyale, au moins passablement intelligente, mais personne ne mentionnait jamais ces choses-là à propos d'un défunt. Si elle avait été tuée par cette voiture en février dernier, celui ou celle qui aurait rédigé un article sur elle aurait eu du mal à trouver quelqu'un qui l'aurait décrite comme populaire.

— Qu'entendez-vous par « tourmenté » ? s'enquit-elle.

— Eh bien, il n'avait pas commencé dans la vie sous les meilleurs auspices. Vous avez mentionné sa grand-mère tout à l'heure, donc j'imagine que vous connaissez sa situation familiale ?

— Je sais juste qu'il n'était pas originaire des Orcades et qu'il est venu chez elle. C'est pour ça que j'espérais trouver quelque chose de plus significatif à dire sur lui dans notre reportage.

M. Henderson hocha la tête.

— Liam était de Wick. Il a déménagé dans les Orcades après la mort de sa mère – une overdose, je crois. Il avait treize ans. Pas l'âge le plus facile, bien sûr. Ça a été terrible pour lui de devoir affronter une telle épreuve si jeune.

— Et son père ?

— Il était en prison à Aberdeen au moment des faits, mais de toute façon je crois qu'il n'a jamais été très présent pour Liam. Sa grand-mère maternelle l'a recueilli, mais elle est tombée malade peu de temps après. Je me souviens qu'il prenait grand soin d'elle. Aujourd'hui, il obtiendrait le statut de jeune aidant et avec un peu de chance il bénéficierait d'allocations, mais en ce temps-là les choses étaient différentes.

— En quoi cette situation le tourmentait ?

— Eh bien, il…

M. Henderson hésita. Il jeta un coup d'œil au téléphone de Freya posé sur le bureau entre eux.

— J'ai peur que vous ne déformiez mes propos.

— Monsieur Henderson, je vous l'assure, je ne suis pas en train d'essayer d'alimenter les théories selon lesquelles Liam doit être tenu pour responsable dans ce qui leur est arrivé, à Ola et à lui.

Le directeur réfléchit un long moment en se tapotant le menton.

— Comme je l'ai déjà dit, Liam était très proche de sa grand-mère. À quelques reprises au cours des années, Liam s'est retrouvé mêlé à des altercations physiques à cause de commentaires désobligeants sur le fait qu'il vivait avec elle. Mais j'aimerais insister sur le fait que ces incidents ont été très rares. Je le répète, Liam était apprécié. Il était ami avec les élèves populaires, même s'il semblait bien plus complexe que la plupart d'entre eux.

Freya se nota mentalement de demander avant de partir si le grand type au crâne rasé de l'année au-dessus de Liam faisait partie de ces élèves populaires qu'il fréquentait.

— Puis-je vous demander, reprit M. Henderson, qui exactement dit ces choses à propos de Liam ?

Freya expliqua que les commentaires circulaient sur les réseaux sociaux en réponse à sa publication lors de la conférence de presse de ce matin-là.

— Des journalistes ont également mentionné des rumeurs d'il y a dix-sept ans selon lesquelles Liam aurait été impliqué dans des activités illégales.

M. Henderson secoua la tête et Freya se sentit comme l'une de ses élèves qui n'aurait pas rendu son devoir.

— Des ragots et des ouï-dire d'Internet. C'est peu convaincant, vous ne trouvez pas ? Vous voyez cette citation sur le journalisme ? Quelque chose comme « Si une personne dit qu'il pleut et une autre qu'il fait beau, le travail d'un journaliste, ce n'est pas de citer les deux, mais de regarder par la fenêtre et de déterminer qui a raison ».

Freya gigota à nouveau sur son siège.

— C'est pour ça que je suis ici.

M. Henderson sourit.

— Eh bien, je peux seulement vous dire que, d'après ce que je sais de Liam, il ne se serait pas fourré dans quoi que ce soit à l'origine de ce qui leur est arrivé, à lui et à cette pauvre fille. Tout comme il est inimaginable qu'un double meurtre soit commis dans les Orcades. Ce genre de choses, ça ne se passe pas ici.

Il était la deuxième personne à dire ça aujourd'hui.

Et pourtant, cela s'était bel et bien produit.

— D'après vous, pourquoi aucun des amis de Liam ne se manifeste pour le défendre ? demanda Freya.

— Je n'ai pas la réponse. Ils ont peut-être quitté les Orcades et ne suivent pas les informations locales.

— Tous ? Vous avez dit qu'il était apprécié, il reste forcément des personnes qui vivent ici et ont vu les critiques, mais jusqu'à présent il n'y a qu'un seul homme qui l'a soutenu.

M. Henderson se pencha en avant.

— Les gens qui publient ces commentaires, ce sont des amis d'Ola Campbell ?

— Ceux à qui j'ai parlé, oui.

Il hocha la tête.

— Je n'en connais pas la raison, mais je me souviens que leur relation n'était pas bien vue.

Il expliqua que lorsque Liam était venu passer son examen de fin d'études au mois d'août avant qu'Ola et lui ne soient tués, quelque chose avait changé. Il ne semblait plus aussi proche de ses anciens amis.

— Dans la salle des profs, nous avons vent des intrigues qui se trament entre les lycéens et je sais que sa relation avec une fille de Stromness avait créé des remous.

— Parce qu'ils fréquentaient des écoles différentes ?

— Peut-être, même si ça arrive souvent et que ça ne semble pas poser de problème. Personnellement, je pense que c'était de la jalousie.

— Les gens étaient jaloux d'Ola et Liam ?

— Je crois que les filles d'ici l'étaient, oui. Vous devez comprendre que Liam était un jeune homme calme et sensible. Plutôt introverti, je dirais. Et pourtant, il parvenait à faire partie des « élèves cool ». J'ignore si vous vous souvenez bien de vos années de lycée, madame Sinclair, mais voilà qui est plutôt rare.

Freya se contenta de hocher la tête.

— La simple raison pour laquelle il était si populaire, c'était qu'il était beau garçon. Toutes les filles voulaient être avec lui et tous les garçons voulaient être comme lui, c'est ce qu'on dit. Je crois que quand ses camarades l'ont vu sortir avec une fille de Stromness, ils ont eu l'impression qu'il les rejetait.

Freya n'était pas convaincue que ce soit aussi « simple » que ça.

Elle réfléchit à autre chose à demander, en vain. Elle regrettait de ne pas avoir eu plus de temps pour se préparer – l'idée de venir ici avait jailli dans son esprit et en temps normal elle aurait passé plus de temps à dresser une liste de questions. La conversation se tarissait et il était 16 h 30 passées, l'entretien arrivait à son terme.

Une fois dans le hall d'entrée, elle repensa au garçon de grande taille.

M. Henderson se pencha sur la photo, souleva ses lunettes et plissa les yeux. Son souffle se condensa sur la vitre du cadre.

— Jason Miller, le reconnut-il. Et non, dans mon souvenir, il ne faisait pas partie des amis de Liam McDonnell. En fait, il a terminé le lycée quelques semaines après que cette photo a été prise. Il n'a pas passé son examen de fin d'études, il est donc parti un an avant la disparition de Liam.

— J'ai entendu dire qu'il avait été vu à la fête en train de se disputer avec Ola et Liam le soir où ils ont été tués.

M. Henderson haussa les épaules.

— Nous essayons de rester à la page, mais à ma connaissance ils n'évoluaient pas dans les mêmes cercles. Toutefois, si ça se révélait être le cas…

Il s'interrompit, comme il l'avait fait plus tôt, même si Freya n'enregistrait plus leur conversation.

— Oui ? demanda-t-elle.

M. Henderson poussa un soupir. Il jeta un coup d'œil vers l'accueil. La vitre était désormais fermée et les lumières éteintes.

— Ce que je vais vous dire est tout à fait officieux.

Ce n'était pas une question, mais Freya acquiesça tout de même.

— J'aime penser qu'il y a du bon en chaque élève, mais pour certains c'est plus difficile que pour d'autres, déclara-t-il avant de marquer une pause. Je n'en suis pas fier, mais le métier d'enseignant n'est pas toujours le plus facile. Il faut parfois évacuer le stress d'une façon ou d'une autre.

Freya commença à redouter ce qu'il était sur le point de lui confier.

— Nous ne le faisons plus, continua-t-il, surtout depuis ce qui est arrivé à Liam, mais nous avions l'habitude d'organiser une cérémonie de prix non officielle en fin d'année. Nous gardions ça entre membres du corps enseignant, nous n'en avons jamais parlé aux élèves, bien sûr. C'était puéril, nous avions des catégories comme « Élève le plus susceptible de déclencher une crise diplomatique internationale » ou bien « Premier élève du lycée de Kirkwall à voyager dans l'espace ».

Il contempla la photo de Jason Miller. Si jusque-là Freya avait cru que son expression trahissait de la gêne, elle y décela désormais de l'inquiétude.

— Jason Miller avait été élu « Élève le plus susceptible d'être condamné à la perpétuité sans remise de peine », dit-il en se tournant vers Freya. En général, tout ça, c'était pour rire. Mais en ce qui concerne Jason Miller, personne ne blaguait.

21

Sitôt rentrée chez elle, Freya alla se coucher.

Ces deux derniers jours l'avaient lessivée et elle savait que ce n'était que le début. Le lendemain, elle allait devoir expliquer à Kristin l'incident avec Gill. Elle n'avait pas encore répondu à son message mais au moins, quand elle le ferait, elle ne mentirait pas en disant qu'elle n'avait plus de batterie, puisque son téléphone s'était éteint peu après son entretien avec M. Henderson. Elle avait quelque part un chargeur compatible avec l'allume-cigare de sa voiture, mais elle n'y avait pensé qu'une fois au volant. Elle devrait vraiment se mettre un rappel de le prendre, mais elle savait par expérience qu'elle ne le ferait pas, ou alors qu'elle oublierait à la seconde où elle éteindrait l'alerte sur son écran. Tout comme elle savait qu'elle ne lirait pas la réponse de Kristin à son texto. Ça attendrait le lendemain.

Lorsqu'elle se réveilla, il faisait nuit noire dans la chambre. Elle n'avait aucune idée de l'heure qu'il était, mais à travers la porte lui parvint une odeur de nourriture, ainsi que de la musique. Elle reconnut la chanson : c'était Moy, un groupe de Glasgow qu'elle était allée voir en concert avec Tom et des amis à lui. Elle se représenta son mari en train de préparer le dîner à la cuisine et une pointe de colère aiguisée lui piqua le ventre, suivie par le sentiment familier de culpabilité. Il ne voulait qu'être gentil, la chouchouter après une journée difficile. Mais elle se détestait pour la réaction que ses petits soins suscitaient en elle.

Il y eut un léger grattement à la porte de la chambre. Dieu seul savait comment, mais à la seconde où Freya ouvrait les yeux, cette chienne le sentait systématiquement.

Ils mangèrent de la pizza un deuxième soir de suite mais Freya ne s'en plaignit pas. Bien au contraire. Si elle le pouvait, elle en mangerait tous les soirs – c'était son plat préféré, alors pourquoi s'en priver ? Avec la pizza, aucune mauvaise surprise. Alors qu'ils étaient à table, Luna à sa traditionnelle place stratégique aux pieds de Freya pour récupérer les miettes, Tom expliqua qu'il avait appelé sa mère pour reporter leur dîner à plus tard.

— Tu as téléphoné à ma mère au lieu de lui envoyer un message ? C'est courageux de ta part.

Tom haussa les épaules en regardant ailleurs.

— Ce n'est pas comme si je parlais à beaucoup de gens de toute la journée.

— Qu'est-ce que tu lui as dit ?

— Que tu souffrais d'une intoxication alimentaire à cause d'un de mes plats.

— Je crois que c'est le prétexte qu'on a utilisé la semaine dernière.

— Eh bien, elle n'a pas bronché. Elle doit savoir à quel point je cuisine mal.

Il sourit et Freya l'imita. Elle se pencha au-dessus de la table et l'embrassa, toujours aux prises avec cette légère culpabilité.

— Merci.

— Il n'y a pas de quoi. En toute honnêteté, elle l'a mieux pris que ce à quoi je m'attendais. Elle semblait surtout déçue de ne pas pouvoir te raconter son « scoop », précisa-t-il en mimant les guillemets avec ses doigts.

— Un scoop ?

Freya sourit. Quand elle était petite, sa mère rentrait toujours à la maison avec un tas d'histoires de son travail. C'était sûrement quelque chose du même acabit. Freya et son père échangeaient des sourires de connivence au-dessus de la table pendant qu'Helen relatait un drame de la salle des profs comme si ça avait été la crise des missiles de Cuba. Le père de Freya ponctuait son récit de « Tu rigoles ? » ou de « C'est pas vrai ! » en lançant des clins d'œil à Freya. Elle sourit à ce souvenir.

— Alors, tu veux entendre le scoop, ou j'ai pris des notes pour rien ?

— Tu as vraiment pris des notes ?

Tom rit en secouant la tête.

— Non, mais tu ne veux pas savoir ?

— Si, vas-y.

N'importe quoi pour oublier sa journée et l'incident avec Gill. Elle avait déjà décidé qu'il valait mieux ne rien dire à Tom.

— Donc, apparemment, hier soir, ta mère est allée à une conférence sur l'archéologie.

— Elle aime l'archéologie, maintenant ?

— Une présentation du Ness of Brodgar par le type qui a supervisé les premières fouilles. Ça avait l'air super intéressant, d'ailleurs. J'aurais bien voulu y aller.

C'est vrai que ça avait l'air passionnant, d'où la surprise de Freya que sa mère y ait assisté. Enfant, Freya était passée par une phase très sérieuse où elle se destinait à devenir archéologue – après sa sortie scolaire à Skara Brae, en fait. Raison pour laquelle son père l'avait emmenée voir les fouilles, mais Helen ne l'avait jamais encouragée dans cette voie ni n'avait montré un quelconque intérêt pour le domaine.

Freya n'avait rien contre sa mère, mais elles n'avaient jamais été proches. À la mort de son père, elle s'était encore plus renfermée dans sa coquille ; elle n'avait pas envie de jouer avec les autres enfants, elle était contente de rester toute seule, mais sa mère n'approuvait pas.

— Ce n'est pas normal, déplorait-elle. Une gamine doit vouloir être avec d'autres enfants. Va donc jouer avec tes amis, fais un effort.

Helen avait envoyé Freya chez d'innombrables médecins pour essayer de mettre le doigt sur ce qui n'allait pas chez elle, mais ils avaient attribué son comportement à la perte brutale de son père. Sa mère pleurait et s'énervait chaque fois que Freya rechignait à se montrer affectueuse avec elle, et donc, au bout d'un certain temps, elle s'était forcée à se blottir dans ses bras juste pour avoir la paix. Mère et fille ne s'étaient jamais comprises, et ne se comprendraient sans doute jamais.

— Eh bien, la prochaine fois, je suis sûre qu'elle se fera une joie de t'y emmener, commenta Freya avec un sourire.

— Oui, enfin bref, répondit Tom en esquivant, il se trouve que le conférencier ne s'est pas pointé. Sans même prévenir. Tout le monde l'attendait, mais il n'est jamais venu.

Freya attendait la suite.

— C'est tout ?

— À peu près. Elle a ajouté qu'une de ses amies est mariée à l'un des secrétaires de la Société d'Archéologie et qu'ils cherchent à joindre le type depuis hier soir. Aucune nouvelle. D'après elle, ça ne peut pas être une coïncidence.

— Quoi donc ?

— Qu'il disparaisse le jour où un cadavre est retrouvé.

Freya secoua la tête. Elle imaginait parfaitement sa mère dire ça.

— Quelqu'un est allé voir chez lui ?

— Je présume que oui. Elle ne l'a pas précisé.

Freya fut envahie par une pointe d'inquiétude pour l'homme. Elle ne tirait pas les mêmes conclusions hâtives que sa mère, mais elle était d'accord qu'il se tramait peut-être quelque chose. Elle espérait surtout qu'il allait bien.

Une fois qu'ils eurent fini la pizza, vint le cheesecake qu'ils n'avaient pas mangé la veille. Il valait l'attente. Après s'en être régalés, Freya et Tom emmenèrent Luna en promenade le long de la côte. En début de soirée, la pluie avait viré au grésil, mais elle avait désormais cessé et les nuages se dissipaient. On ne voyait tout de même pas la lune et la pénombre était implacable, mais cela ne dérangeait pas Freya. Elle aimait bien cette ambiance. Quand le froid et la nuit s'installaient, c'était comme s'ils avaient le monde rien que pour eux, tous les trois. Tom portait une lampe frontale et ils marchèrent sur des chemins déserts jusqu'à la plage de sable de la baie de Swanbister. La marée était basse et Freya se tint là à écouter les vagues lécher le rivage dans le noir, le visage enfoncé dans son manteau face au froid mordant. Elle repensa à sa journée et la gêne la rattrapa lorsqu'elle se rejoua l'épisode avec Gill. Elle s'efforça de l'écarter pour se concentrer sur le reste.

Elle avait toujours du mal à cerner Katie Marwick. Elle cachait clairement quelque chose sur la fête à Harray, quelque chose qu'elle ne voulait pas révéler à la police. À l'heure actuelle, elle avait sans doute déjà été à nouveau entendue. Freya réfléchit à comment découvrir de quoi il s'agissait et se demanda si elle devait évoquer le sujet avec Fergus. Elle s'interrogea aussi sur Liam et Jason Miller : étaient-ils impliqués tous les deux dans quelque chose et, si tel était le cas, pourquoi Jason s'était-il disputé avec Ola et pas avec Liam ? Et où avait-elle voulu aller après lui avoir parlé ?

— Tu crois que je verrai un jour des aurores boréales ?

La voix de Tom interrompit ses pensées. Il se tenait quelques mètres plus loin mais comme il avait éteint sa lampe frontale, Freya le distinguait à peine dans la nuit sans lune. Elle repéra sa silhouette, son visage levé vers le ciel vide où les nuages obstruaient la plupart des étoiles.

Elle fit abstraction de son travail et s'approcha pour passer les bras autour de son torse. Elle ne lui arrivait qu'à la poitrine et elle aimait sentir sa veste d'hiver chaude contre sa joue. Elle percevait les mouvements réguliers de sa respiration et entendait Luna fureter non loin dans l'obscurité. Il n'y avait aucun bruit à part celui du vent et des vagues et, peut-être pour la première fois depuis qu'elle était de retour, elle était contente d'être là.

— Nous les appelons les Joyeuses Danseuses.

— Pardon ?

— Les aurores boréales, c'est comme ça qu'on les surnomme dans les Orcades, expliqua-t-elle. Les Joyeuses Danseuses.

— Ça me plaît.

— Tu ne les verras sans doute pas si tu regardes directement le ciel. À cette latitude, il faut un horizon bas et dégagé au nord. Tu es un scientifique, non ? Tu devrais savoir ça.

— Je suis ingénieur, pas astronome.

— Eh bien, tu as de la chance, parce que je m'intéressais à l'astronomie quand j'étais petite et je connais les meilleurs endroits où aller voir les aurores boréales. Dès qu'on a une nuit claire, je t'y emmène, je te le promets.

— Y a-t-il une seule chose à laquelle tu ne t'intéressais pas quand tu étais petite ?

— Les garçons. C'est toujours le cas, d'ailleurs.

Tom sourit.

— Bonne réponse. Les garçons sont tous des nuls.

De retour à la maison, elle enfila son pyjama puis ils s'installèrent à nouveau sur le canapé avec Luna devant un feu de cheminée. Après le froid extérieur, les mains de Freya la picotèrent dans la chaleur et la pièce se remplit de la douce odeur des bûches qui se consumaient et des pommes de pin du sapin de Noël près de la fenêtre. Freya eut envie de continuer à lire le journal intime d'Ola – elle voulait voir si Jason Miller y était mentionné –, mais elle décida que ça suffisait pour aujourd'hui. Ne pas ramener de travail à la maison était une règle d'hygiène de vie et elle s'efforçait de la respecter. Elle vérifia quand même une dernière chose.

Elle n'avait pas obtenu de réponses aux messages privés qu'elle avait envoyés plus tôt sur les réseaux sociaux, mais il y avait eu d'autres commentaires à ses publications suite à la conférence de presse, la plupart de la même teneur que les précédents. Elle chercha un Jason Miller parmi les profils mais, n'en trouvant pas, elle tapa son nom directement. Rien n'apparut sous « Jason Miller Orcades » et il y avait beaucoup trop de Jason Miller dans le monde pour espérer tomber sur le bon.

Elle jeta un coup d'œil à Tom et passa les doigts dans ses cheveux. Il lisait quelque chose sur son iPad qu'il tenait d'une main tout en caressant la tête de Luna sur ses genoux de l'autre. La scène fit sourire Freya. Elle regarda ce qu'il lisait. Comme la lampe au bout du canapé se reflétait sur l'écran, elle se pencha plus près et posa la tête sur son épaule pour mieux voir. Une photo attira son regard.

— C'est quoi ?

Tom était si absorbé par sa lecture qu'il continua une ou deux secondes avant de répondre.

— C'est à propos du type dont parlait ta mère. Gordon Tulloch, expliqua-t-il avant de lui adresser un sourire. Je voulais en savoir plus sur lui. Je dois avouer qu'elle a piqué ma curiosité. Je comprends mieux d'où te vient ton goût pour les histoires à relater.

Il lisait un post de blog sur le site du département d'Archéologie de Highlands & Islands University. L'article n'était pas à proprement parler sur le conférencier mais sur les fouilles entreprises à Skara Brae.

— Comment tu as trouvé ça ? demanda Freya.

— J'ai tapé le nom du type sur Google et c'est l'un des premiers résultats qui est apparu.

Il fit défiler la page vers le bas pour lire la suite, masquant la photo qui avait attiré l'attention de Freya.

— Attends, tu peux remonter juste une seconde ?

Une photo en noir et blanc d'un groupe d'hommes et de femmes en T-shirts et en shorts agenouillés dans la terre, les yeux plissés face au soleil, illustrait le texte. Elle reconnut la bande de sable en croissant de lune derrière eux. Sous l'image, la légende indiquait : « Pr Gordon Tulloch, troisième à gauche, a dirigé les fouilles pendant les années 1990. »

Sa bouche s'assécha.

Elle se redressa et posa le doigt sur le troisième homme en partant de la gauche. Elle sut que c'était celui de l'histoire de sa mère avant même d'avoir lu la légende. Il avait de longs cheveux qui lui tombaient aux épaules sous son chapeau de soleil, et elle l'avait déjà vu quelque part, mais impossible de se rappeler où.

— Je connais ce type.

— Tu le connais ? Comment ?

— Je ne sais pas. Je peux… ?

Elle tendit la main vers l'iPad.

— Oui, bien sûr. Tiens.

Elle revint à la liste des résultats. Tom avait simplement tapé les mots « Gordon Tulloch Archéologie » et le premier lien renvoyait au portrait d'un Pr Gordon Tulloch, membre du personnel à l'université. Elle cliqua dessus. La page, qui datait de quelques années, avait été archivée, car le Pr Tulloch avait pris sa retraite entretemps, après avoir été doyen du département d'Archéologie un certain nombre d'années. Mais il y avait une photo de lui, plus récente que les années 1990. Sur celle-ci, il avait l'air d'avoir au moins soixante ans.

Freya sentit des fourmillements dans ses doigts lorsqu'elle reconnut ses cheveux blancs hirsutes. Elle l'avait bel et bien déjà vu.

Et elle se souvenait très bien où.

*

* *

Je serre la feuille pliée dans mon poing froid. J'ai regardé si longtemps chacun des noms qui figurent dessus que même quand je ferme les yeux je continue de voir l'encre bleue sur le papier blanc froissé.

Il a plu pendant presque tout le voyage, ça ne s'est arrêté qu'une fois que j'étais sur la A9, quelque part entre Inverness et Thurso. Le vent s'est levé quand le ciel s'est dégagé et quelques minutes après avoir quitté l'embarcadère de Scrabster, le ferry commence à tanguer. Je me souviens de la dernière fois que j'ai fait ce trajet, dans le sens inverse. Le passage du détroit de Pentland Firth avait été houleux, mais ça ne m'avait rien fait. Après cette nuit-là, il m'a fallu pas mal de temps avant de ressentir à nouveau quoi que ce soit.

Le bateau bifurque vers la gauche. On a l'impression qu'il va chavirer, puis un fracas retentit, le bruit sourd d'une gerbe d'eau contre le métal, et le monde vacille. Je sens le bateau se dérober sous mes pieds et mon estomac suit le mouvement. Quand je rouvre les yeux, je m'agrippe si fort au siège que mes phalanges ont viré au blanc. De l'autre côté de l'allée, deux vieux avec des bonnets en laine et des gilets de sauvetage m'observent, sans même essayer de cacher qu'ils se foutent de moi. Je songe à dire quelque chose, mais je ravale mes paroles, comme je sais si bien le faire, et je me détourne vers la fenêtre. Sur la vitre noire, je ne vois que des gouttes et mon propre reflet.

J'espérais que mon estomac se calme une fois de retour sur la terre ferme, mais descendre du bateau puis conduire dans les rues de Stromness ravive ma nausée. Je roule tranquillement jusqu'à ce que les lampadaires disparaissent, puis j'enfonce la pédale pour m'éloigner rapidement. Après tout ce temps, c'est très bizarre d'être de retour dans les Orcades, comme pénétrer en territoire ennemi. Quelqu'un va me repérer, me reconnaître, appeler la police. En réalité, je sais que c'est peu probable, mais je vais me tenir à distance de Kirkwall ce soir.

Après avoir tenté ma chance dans cinq maisons d'hôtes, je suis sur le point de renoncer. Soit elles sont fermées pour l'hiver soit elles affichent complet. Les touristes venus pour Noël. Je me demande pourquoi, putain. Cet endroit ne m'a pas manqué un seul instant. Je n'avais pas envie d'y remettre les pieds, mais j'ai fait une promesse que j'ai l'intention de tenir. Je revois ce visage au journal télévisé, mais aussitôt il est remplacé par le nom sur ma liste. C'est tout ce que j'ai alors que j'ai eu dix-sept ans pour me préparer. J'aurais dû mieux faire, je n'aurais pas dû baisser les bras, me laisser distraire par cette idée à la con de me construire une pseudo-vie. Toutes mes chances de bonheur ont été gâchées par l'homme dont le nom est griffonné sur ce bout de papier. Lui, et les autres. Putain, je ne sais même pas combien ils sont mais je vais tout faire pour le découvrir.

C'est lui *qui va me le dire.*

À la sixième pension, j'hésite à frapper à la porte. Une grande maison en bois dans les environs de Houton, encore trop près de Stromness à mon goût. Je ne vois aucune lumière aux fenêtres lorsque je remonte l'allée en gravier. Je m'arrête, coupe le moteur. Il n'y a qu'une autre voiture garée devant ; ça sent un échec de plus. Je jette un coup d'œil à l'horloge. Il est à peine un peu plus de 21 heures, mais j'ai l'impression qu'il est minuit. Le silence est si dense que c'en est troublant, comme si les îles retenaient leur souffle. Une image de Digger dans la salle de pause me vient à l'esprit, le volume de la télé si fort que je pourrais l'entendre jusqu'ici. Ça me manque presque. Qu'est-ce que je fous, bordel ? Comment je vais réussir à faire ça ? Une nouvelle fois, l'envie de faire demi-tour me rattrape.

Une lumière blanche jaillit à travers le pare-brise.

Je lève une main pour me protéger les yeux.

Quelqu'un se tient sur le porche devant la maison, une simple silhouette qui se découpe dans la clarté derrière elle. Aucun moyen de savoir si c'est un homme ou une femme, jusqu'à ce que la personne parle.

— Je peux vous aider ?

Une femme. Un accent américain. Pas étonnant.

Je sors de la voiture.

— J'espérais trouver une chambre.

— Juste pour une nuit ?

— Plus longtemps, si possible.

Une pause. Je ne vois pas son visage. Et puis :

— Vous avez de la chance. Nous avons eu une annulation ce matin.

Je vais chercher mon petit sac dans le coffre avant de suivre la femme à l'intérieur.

Elle a l'air plutôt avenante : un visage rond aux joues rouges à cause du vent. Elle se détend un peu une fois qu'elle me voit à la lumière.

— C'est une horrible nuit à passer dehors. À cette époque de l'année, peu de gens arrivent sans avoir réservé.

— Ça s'est décidé à la dernière minute.

Elle me conduit dans un escalier en bois qui craque sous chaque pas. En haut se trouve une salle commune avec une télé, deux canapés, une bouilloire et des mugs. Trois portes donnent sur cet espace. Elle en ouvre une avec une grosse clé en fer qui a l'air lourde.

— J'imagine que c'est le travail qui vous amène ici inopinément ? demande-t-elle.

— Exactement.

— Ça doit être important, pour devoir venir en urgence à l'approche des fêtes.

— Je repousse le déplacement depuis longtemps, mais ça ne pouvait plus attendre.

Elle acquiesce comme si ça tombait sous le sens.

Je scrute la chambre : un lit double douillet, un bureau, une grande salle de bains attenante. Un épais tapis par terre et une baie vitrée qui laisse voir la nuit. Les sols, les murs et le plafond sont en pin, comme une cabane de chasseur au milieu de la forêt suédoise. C'est plus joli que ce à quoi je m'attendais.

— C'est combien ?

Elle m'indique le prix pour une nuit.

— Combien de temps allez-vous rester ?

— Elle est libre jusqu'à quand ?

— Les gens qui viennent d'annuler l'avaient réservée pour la semaine. Ils devaient passer Noël chez nous mais le prix augmente lors…

— Une semaine, ce sera très bien.

Je lui tends une carte de crédit à débit différé que je n'ai aucune intention d'approvisionner. La femme la contemple comme si elle n'était pas sûre de savoir quoi en faire, puis elle m'annone qu'elle va chercher le terminal de carte bancaire. Je souris, hoche la tête et ferme la porte derrière elle.

Je pose mon sac sur le lit, m'assieds au bord du matelas ferme et observe à nouveau la chambre. J'ai besoin d'un plan, d'un moyen de mettre la main sur les autres noms au cas où il ne les connaît pas – ou prétend ne pas les connaître – mais je ne peux pas rester là toute la nuit à réfléchir, sinon je risque de perdre les pédales. Ou alors de revenir à la raison et de partir.

En dépliant une énième fois le morceau de papier, je fixe le nom. Ce connard m'a tout pris et il ne l'a pas fait seul. Et maintenant, le temps presse.

C'est décidé.

Je vais trouver cette enflure dès ce soir.

MERCREDI 21 DÉCEMBRE

22

Freya quitta la maison avant que Tom ne se réveille. Elle avait à nouveau à peine fermé l'œil de la nuit et c'était inutile de rester plus longtemps allongée là à se tourner et à se retourner. Elle s'était habillée, avait donné une caresse sur les douces oreilles de Luna, lui avait versé des croquettes dans sa gamelle, puis elle était sortie sans prendre de petit déjeuner. Dans sa précipitation, elle avait oublié de laisser un mot à Tom pour lui dire que Luna avait déjà eu à manger, même si elle doutait que cette chienne insatiable voie un problème à recevoir un deuxième service.

Il était un peu plus de 7 heures et il était encore loin de faire jour. Les nuages s'étaient dissipés pendant la nuit et de légères nuances turquoise pointaient au sud-est. Le ciel était clairsemé d'étoiles. Il faisait si froid que l'air lui brûlait les poumons. Freya conduisait aussi calmement que le lui permettait son impatience, vers l'ouest sur la route d'Orphir, battue par le vent, en espérant ne pas rencontrer de plaques de verglas. Même s'il faisait encore sombre, le paysage baignait dans la lueur de la lune et de la voûte céleste bleue et une fine couche de neige était visible sur les hauteurs. La veille, quand le temps s'était couvert, les îles lui avaient fait l'effet d'une prison, mais sous ce ciel, l'horizon s'étirait à l'infini.

Elle se rendait à Quoyloo, à l'ouest de l'île. Hier soir, elle s'était souvenue d'où elle avait reconnu le Pr Gordon Tulloch : c'était l'homme qu'elle avait vu se promener sur la plage de Skaill lundi matin avec son chien, celui qui observait les agents de la police scientifique monter les tentes. Il les avait regardés fouiller l'endroit où les corps avaient été enterrés, puis plus tard ce jour-là, il avait disparu sans un mot. Lorsqu'elle avait cherché son adresse dans l'annuaire en ligne, Freya avait découvert qu'il y avait trois G. Tulloch dans les Orcades, dont deux près de Skara Brae. Un seul avait le titre de professeur.

Une fois qu'elle passa l'embarcadère du ferry de Houton, la route se déroula en ligne droite et Freya accéléra. Il n'y avait pas de voiture devant elle, seuls quelques véhicules occasionnels en sens inverse. Sans doute des ouvriers du terminal pétrolier en route pour Flotta. Moins de trente minutes plus tard, elle longea la baie de Skaill et passa devant la chapelle en pierre de Northdyke un peu plus loin, jusqu'au carrefour. Quoyloo était composé de cottages et de fermes isolées. Seules quelques maisons étaient éclairées. Sur le siège passager à côté d'elle, son téléphone affichait Google Maps et une voix robotique de femme lui dit de tourner à droite. Elle cahota sur une route non goudronnée sur environ cinq cents mètres jusqu'à arriver en face d'une grande maison au milieu d'un vaste terrain. Elle s'arrêta devant le portail fermé de la large allée en gravier qui menait au garage. Aucune lumière aux fenêtres. Apparemment, il n'y avait personne.

Elle se sentit bête. Dans son lit, elle s'était convaincue que venir tôt était une bonne idée parce que, même si Gordon cherchait à se faire discret, il serait sûrement là à cette heure-ci. Mais pourquoi voudrait-il rester discret ? Sa présence sur la plage lundi matin et sa défection à une conférence ne signifiaient peut-être rien du tout. Il avait certes ce lien avec Skara Brae, mais était-elle en train de se faire des idées ? Bon Dieu, elle ne valait pas mieux que sa mère.

Maintenant qu'elle était là, autant frapper à la porte. Une voiture était garée devant la maison, donc il y avait peut-être tout de même quelqu'un. Cependant, les rideaux n'étaient pas tirés et, dans le silence après qu'elle eut coupé son moteur, elle entendit un tapotement creux répétitif, un bruit métallique, et elle remarqua que le portillon de l'autre côté de l'allée n'était pas bien fermé. Il heurtait le poteau à cause du vent.

Freya attrapa son téléphone et sortit. Elle remonta son manteau sur son menton, repoussa ses cheveux derrière ses oreilles et s'accorda un instant pour laisser le temps à ses yeux de s'habituer à la pénombre. Avec le cliquetis du portillon qui grinçait dans le vent, l'ambiance était encore plus sinistre que depuis l'habitacle de la voiture. Ça aurait été judicieux d'avoir apporté la lampe frontale de Tom. Elle ne lui avait pas dit, ni à lui ni à personne, où elle allait. Elle regarda son téléphone.

Pas de réseau.

Elle poussa le portillon et le referma derrière elle, puis se tint sans bouger dans l'allée et tendit l'oreille. Plus aucun bruit, à part le vent et le fracas régulier des vagues au loin. Il flottait une légère odeur de feu de bois dans l'air immobile et elle regarda autour d'elle : les voisins les plus proches se trouvaient à quelques centaines de mètres. Là-bas, il y avait de la lumière et un pâle filet de fumée s'échappait de la cheminée. Les gens se réveillaient et se préparaient à aller au travail. Elle alluma la torche de son téléphone. Dans le calme du matin, le crissement de ses pas sur le gravier lui sembla aussi fort que des coups de canon. Lorsqu'elle s'approcha de la maison, claquant des dents à cause du froid, elle remarqua quatre ornières dans l'allée : deux paires de traces de pneus. L'une menait à la voiture, l'autre au garage.

Freya frappa à la porte d'entrée, pas trop fort, puis attendit.

Rien.

Elle sonna, mais aucune lumière ne s'alluma, personne ne se manifesta.

Elle testa la poignée de la porte et fut soulagée de la trouver verrouillée. Elle ne pensait pas qu'elle aurait eu le courage d'entrer, mais sa curiosité ne l'aurait pas non plus laissée simplement repartir.

Le givre sur la vitre de la porte d'entrée obstruait la vue. Les fenêtres adjacentes donnaient sur un salon plongé dans la pénombre. La lumière de son téléphone se réverbérait sur le verre et empêchait de voir autre chose que son propre reflet, c'est pourquoi elle l'éteignit, le rangea dans la poche de son manteau puis mit les mains en coupe autour de ses yeux pour regarder à l'intérieur. Elle vit une cheminée éteinte avec un panier pour chien vide juste devant et des photos sur le manteau, mais elles étaient petites et il faisait trop sombre pour les distinguer. Deux canapés, un tapis et une table basse. Au fond de la pièce se découpaient les contours d'un sapin de Noël, à côté d'une porte ouverte. Une faible lumière venait de là-bas.

Son cœur tambourinait dans son cou. Elle contourna la maison en longeant le garage. Elle y jeta un coup d'œil à travers une fenêtre. Une fois que ses yeux se furent ajustés à l'obscurité, elle vit qu'il était plus ou moins vide. Des étagères encombrées, quelques pots de peinture. Elle aperçut une grande ombre sur le sol en béton. Une tache d'huile, très certainement.

Elle recula de la fenêtre, sur laquelle son souffle avait créé de la condensation, puis se dirigea vers l'arrière de la bâtisse, où le souffle du vent persistait. Pas de voitures. Pas de chant d'oiseau. Elle remarqua une faible lueur à l'une des fenêtres et, en s'approchant, elle découvrit que c'était la cuisine. La lumière provenait du réfrigérateur, dont la porte avait été laissée ouverte. Il ne restait presque plus rien dedans, ni dans les placards, béants eux aussi.

Un bruit.

Léger, mais réel.

Un raclement métallique. Elle se figea, les battements de son cœur lui martelant les tempes. Elle avait les yeux fixés sur le coin du mur, à côté de l'allée, mais il ne se passa rien. Personne ne vint. Plus aucun bruit.

Elle sortit à nouveau son téléphone de sa poche.

Toujours pas de réseau.

Le silence devint plus oppressant. Plus elle restait ici longtemps, plus elle risquait d'être vue. Elle marcha lentement le long de la maison et se retrouva nez à nez avec un homme dans l'allée.

Elle cria.

L'homme cria aussi, les mains sur la poitrine.

Il lui braqua une lumière droit dans les yeux. Freya se protégea le visage d'une main. Elle voulait courir, mais elle était aveuglée et l'homme lui barrait le chemin jusqu'au portail.

— Qu'est-ce que vous fichez là ? tonna-t-il.

— Je suis désolée.

— Qui êtes-vous ?

— Freya. Freya Sinclair, *The Orcadian.*

— Une journaliste ? fit l'homme, puis il baissa le faisceau de lumière. Qu'est-ce que vous faites à fureter chez Gordon ?

Freya garda la main levée et cligna des paupières pour se débarrasser des taches jaunes qui flottaient devant ses yeux.

— J'ai dit, qu'est-ce que vous...

— Je cherche Gordon Tulloch.

— Vous cherchez Gordon Tulloch ? Pourquoi ?

Elle aurait aimé se reprendre plus vite, trouver une réponse, mais la lumière et le choc lui embrouillaient l'esprit.

Comme elle ne disait toujours rien, l'homme poussa un profond soupir.

— Vous m'avez fichu une de ces trouilles. Je vous ai prise pour un voleur.

— Savez-vous où est Gordon ?

Son champ de vision s'éclaircit peu à peu et elle distingua les traits de l'homme. Il portait un gros manteau, un chapeau en laine, un jean et des bottes en caoutchouc. Elle lui donnait dans les quarante ans. À voir son visage marqué, Freya déduisit qu'il était fermier, ou tout du moins qu'il travaillait dehors la plupart du temps.

— Qu'est-ce que vous voulez savoir ? demanda-t-il.

— Je devais écrire un article sur sa conférence organisée par la Société d'Archéologie lundi soir, répondit Freya, maintenant qu'elle avait eu le temps de réfléchir. Il n'est jamais venu. Les gens s'inquiètent.

L'homme hocha la tête. Il s'était légèrement radouci.

— Je l'ai vu lundi matin revenir à pied de la route de Northdyke avec Thorfinn – c'est son chien.

— Lui avez-vous parlé ?

— J'en ai pas eu l'occasion. Il prend de l'âge, il se déplace désormais avec une canne, mais ce jour-là il a remonté la pente comme un jeunot de vingt ans. Thorfinn traînait la patte derrière lui, ce qui est rare. J'étais sur le quad, je lui ai fait signe en passant, mais il ne m'a pas vu. Vingt minutes plus tard, j'ai aperçu son van sur le chemin, il se dirigeait vers la route.

— Son van ?

— Un vieux campeur Volkswagen. Il le garde dans son garage. Des années que je ne l'avais pas vu dehors. J'étais surpris qu'il roule encore.

Freya songea au portillon ouvert. Gordon ne s'était même pas arrêté pour le fermer derrière lui.

— Vous connaissez Gordon depuis longtemps ? demanda-t-elle.

— On est voisins depuis que je suis gosse. Ma famille est propriétaire de la ferme là-bas. Gordon habitait déjà ici avant que je prenne le relais.

— Avez-vous entendu parler des corps retrouvés dans la baie de Skaill lundi ?

— Bien sûr.

— Savez-vous si Gordon les connaissait, l'un ou l'autre ? Ils s'appelaient Ola Campbell et Liam McDonnell.

L'homme se raidit.

— Je croyais que ça concernait une conférence.

— Mais savez-vous si…

— À moins qu'ils n'aient été ses étudiants, je ne vois pas pourquoi un homme comme Gordon serait lié à deux adolescents, affirma-t-il, d'un ton plus sec. Je crois qu'il est temps que vous partiez

Elle préféra ne pas insister.

— Freya, l'appela l'homme lorsqu'elle atteignit sa voiture.

Elle n'appréciait guère qu'il l'appelle par son prénom, et se maudit de le lui avoir donné.

— Je ne veux pas voir quoi que ce soit de cette conversation dans votre journal, continua-t-il. Gordon est un chic type. Quelle que soit sa raison de partir si vite, ça n'a rien à voir avec ces pauvres gosses, vous m'entendez ?

Freya acquiesça. Elle monta dans sa voiture et verrouilla les portes tandis que l'homme fermait le portail derrière lui. Il se tint sur le chemin, les bras croisés, pendant qu'elle faisait demi-tour, et il ne la quitta pas des yeux jusqu'à ce qu'elle rejoigne la route principale.

23

Freya arriva au siège du journal un peu avant 8 h 30. Le ciel virait au rose mais le parking était toujours désert.

Elle se gara en bataille à la place la plus en retrait de la route, d'où elle verrait les autres arriver, puis elle resta assise un instant, tout en tapotant des doigts sur le volant, à écouter le cliquetis du moteur qui refroidissait et les battements de son cœur qui cognaient à ses tempes. Sa nervosité était peut-être due à ce qui s'était passé chez Gordon Tulloch, ou alors à la discussion imminente sur l'incident de la veille.

Elle n'avait jamais renvoyé de texto à Kristin. Elle espérait que ça n'aurait plus d'importance une fois qu'elle lui aurait révélé ce qu'elle avait découvert. Elle prévoyait de minimiser l'accrochage avec Gill, de faire comme si elle l'avait déjà oublié, puis de mettre rapidement Kristin à la page à propos de Gordon et de Jason Miller.

Au bruit d'un moteur, elle leva la tête. Une voiture passa devant elle, en direction de la zone industrielle. Elle compta ses piercings dans un sens puis dans l'autre en repensant aux événements de la matinée. Tulloch était donc parti précipitamment après avoir vu la police scientifique à Skara Brae en train de creuser le terrain dont il avait dirigé les fouilles quelques années avant la mort d'Ola et Liam. Elle n'arrivait pas encore à faire le lien avec la dispute entre Ola et Jason Miller, mais cet élément semblait crucial.

Elle sortit son téléphone de sa poche. Après avoir préparé ce qu'elle allait dire, elle composa le numéro avant de risquer de se dégonfler. Une femme à la voix fatiguée répondit.

— Poste de police de Kirkwall.

— L'inspecteur Muir, s'il vous plaît.

— C'est à quel sujet ?

Elle avait déjà décidé de ne pas mentionner Ola et Liam, au cas où on voudrait la transférer à l'un des enquêteurs de la MIT.

— Je m'appelle Freya Sinclair. Il m'a demandé de le rappeler.

Il n'y eut pas d'autre commentaire. Freya fut mise en attente. Quelques secondes plus tard, elle entendit à nouveau une tonalité. Fergus répondit à la deuxième sonnerie.

— Je ne me souviens pas t'avoir demandé de me rappeler.

— Je ne savais pas quoi dire d'autre pour être sûre de te parler.

— Eh bien, ça a marché. Que puis-je faire pour toi ?

Il n'avait pas l'air aussi agacé que lundi après-midi. Mais pas non plus aussi cordial que le matin de ce même jour.

— J'ai appris deux ou trois choses que j'aimerais partager avec toi.

— OK.

— Savais-tu qu'Ola s'est disputée avec un type du nom de Jason Miller le soir où Liam et elle ont été tués ?

Techniquement, elle ne savait pas si c'était Jason Miller – à ce stade-là, ce n'était encore qu'une hypothèse – mais il y eut un blanc à l'autre bout de la ligne. Freya entendait d'autres voix dans le fond. Le commissariat était en pleine ébullition. Est-ce que cela signifiait qu'il y avait du nouveau ou était-ce le niveau sonore normal lorsque tant d'enquêteurs s'entassaient dans le minuscule bureau du CID de Kirkwall ?

— Tu n'as pas perdu ton temps, commenta Fergus.

— Ça veut dire oui ?

— Puis-je te demander un service ?

— Bien sûr.

— Garde ça pour toi pour l'instant, dit Fergus d'une voix plus basse, sur un ton moins abrupt. On aura peut-être besoin que tu communiques là-dessus plus tard mais pour le moment… pas un mot, d'accord ?

Freya savait ce que cela voulait dire : la police cherchait Jason et ne voulait pas qu'il s'affole en voyant son nom dans la presse. Il y avait donc peut-être bel et bien du nouveau. Ce n'était pas la première fois qu'on lui demandait de ne pas divulguer des pistes. Son estomac se noua ; quelque chose se tramait. L'un des témoins réentendus par la police au cours des vingt-quatre dernières heures leur avait peut-être révélé davantage que Katie.

— Aucun problème, répondit-elle. Écoute, ma source a dit qu'elle en avait parlé à la police il y a dix-sept ans. Et que vous aviez interrogé Jason à l'époque.

Fergus garda le silence. Elle entendit à nouveau du brouhaha. Les voix semblaient proches. C'était probablement pour cette raison qu'il parlait tout bas. Elle repensa à l'article que Kristin avait évoqué lundi, celui que *The Orcadian* avait publié l'été précédent et qui remettait en question l'efficacité de la police locale pour faire respecter la loi. Jason faisait-il partie des gens qui leur avaient filé entre les doigts il y a dix-sept ans ou cette piste avait-elle été scrupuleusement étudiée ? Dans les deux cas, ce serait une sacrée révélation. Mais si elle la publiait maintenant, Fergus ne lui adresserait plus jamais la parole.

— Y a-t-il autre chose ? demanda-t-il.

Elle remarqua qu'il évitait d'utiliser son prénom.

— Oui. Est-ce que le nom Gordon Tulloch te dit quelque chose ?

Une autre pause, puis :

— Oui. Pourquoi ?

Sa réponse la surprit. Pas le fait qu'il connaisse Gordon, mais qu'il réponde pour la première fois à une de ses questions.

— D'où tu le connais ?

— Il dirigeait les fouilles au Ness, si je ne me trompe pas. Il enseignait à la fac. Il a aussi participé à pas mal d'œuvres caritatives. Il est connu dans le coin.

— Tu te souviens quand j'ai dit que quelqu'un vous regardait de la plage, lundi matin ?

— Mhm-hum.

— C'était lui. Et maintenant il s'est volatilisé.

— Qu'est-ce que tu veux dire par « volatilisé » ?

Freya lui expliqua qu'elle s'était rendue chez lui pour lui parler mais qu'il n'était pas là.

— Son voisin l'a vu partir dans son van, dès qu'il est rentré de la plage. Apparemment, ce n'était pas prévu. Il a emballé vite fait ses affaires et a filé.

— Et comment tu le sais ?

— Il n'a même pas pris la peine de fermer le portail derrière lui et j'ai...

Elle s'interrompit en se demandant si elle devait continuer, pour finalement décider qu'elle n'avait pas commis d'infraction.

— J'ai regardé par ses fenêtres et j'ai vu les placards et le frigo ouverts. Vides.

Elle fut à la fois surprise et soulagée d'entendre Fergus éclater de rire.

Des phares balayèrent l'habitacle de sa voiture. Elle leva les yeux vers le véhicule qui entrait sur le parking. Lorsqu'il tourna et cessa de l'aveugler, Freya le vit mieux. Ce n'était pas une Audi. Ce n'était pas Gill.

Elle expira doucement.

— Écoute, tu as quelque chose de prévu au déjeuner ? demanda Fergus.

Une autre question qui la prit au dépourvu. Elle ne répondit pas tout de suite et Fergus poursuivit :

— Si tu es libre, ce serait bien de se voir plus qu'en coup de vent. L'autre jour, on n'a pas eu l'occasion de vraiment discuter.

Une femme sortit de la voiture et regarda dans la direction de Freya. À la lumière du lampadaire, elle constata que c'était Kristin. Celle-ci fixait sa Hyundai pour essayer de voir si elle était dedans. Elle remarqua peut-être la lueur de l'écran de son téléphone, car elle lui fit un geste de la main. Freya espéra que c'était bon signe. Elle lui rendit son salut.

— Tu es toujours là ?

— Euh, oui. Ce serait sympa, répondit-elle.

— OK. À plus tard alors.

Fergus raccrocha.

Kristin se tenait toujours à côté de sa voiture, l'air d'attendre Freya. Cette dernière eut envie de vomir, surtout quand un autre véhicule arriva, mais trop petit pour être l'Audi monstrueuse de Gill.

Elle se rendit compte que Fergus avait raccroché sans convenir d'un endroit ni d'une heure. Alors qu'elle sortait de sa voiture, son téléphone bipa dans sa main.

Le camion à burger de Finstown. À midi.

Elle n'avait pas le numéro de portable de Fergus, mais elle partit du principe que c'était lui.

Un autre texto suivit aussitôt.

La prochaine fois que tu as besoin de me contacter, utilise ce numéro. F.

Freya essaya de calmer la tempête d'émotions qui tourbillonnait en elle pendant qu'elle traversait le parking. Cette conversation ne s'était absolument pas passée comme prévu, ce qui la déstabilisait. Elle n'avait pas besoin de ça en plus de tout le reste. Elle rangea le téléphone dans sa poche et se concentra sur l'expression de son visage tandis qu'elle marchait, s'efforçant d'afficher un air désolé de ne pas avoir répondu au message de Kristin la veille, mais sans paraître fautive pour autant.

Sophie était à côté de Kristin. Sa voiture était le petit modèle qui venait d'entrer sur le parking. Freya aurait préféré gérer ça en tête à tête.

— Bon sang de bonsoir, te voilà de retour ! s'exclama Sophie avec un sourire tandis que Freya approchait.

Freya lâcha un rire. Non pas parce qu'elle trouvait ça drôle, mais, nerveuse comme elle l'était, ça lui avait échappé. Elle comprit immédiatement que c'était inapproprié.

Kristin tapota le bras de Sophie. Elle avait l'air énervée.

— Kristin, je suis vraiment désolée pour hier, commença Freya. Mon téléphone s'est éteint avant que je puisse lire ton message, mais j'ai rencontré de bonnes sources. Tu ne vas pas en revenir de ce que j'ai découvert.

Kristin n'avait pas l'air aussi impressionnée que Freya l'avait espéré.

Des phares l'éblouirent à nouveau et elle se tourna pour voir une grosse voiture s'engager sur le parking. Ce devait être Gill. Mais quand elle se protégea les yeux, elle vit que ce n'était pas une Audi. On aurait dit une Mercedes.

— Il fait un froid de canard, commenta Kristin. Venez, allons à l'intérieur.

24

Freya se dirigeait vers la grande table au milieu de la salle de rédaction quand elle sentit une main sur son bras.

— Par ici, dit Kristin en indiquant son bureau.

La rédactrice en chef ferma la porte et aussitôt la pièce se rétrécit. Freya prit la même place que lundi et elle perçut à nouveau le grondement de l'imprimerie à travers le sol. Il faisait écho aux battements de son cœur.

Kristin ne s'assit pas, elle préféra se percher au bord de son bureau. Elle surplombait Freya, beaucoup trop près d'elle. Son parfum lui emplit les narines. Freya sentit son goût sucré sur sa langue.

Elle sentit les larmes lui monter aux yeux mais elle s'efforça de les retenir. Depuis hier après-midi, elle avait imaginé plusieurs scénarios de leur conversation mais tous se terminaient par Kristin qui l'obligeait à s'excuser auprès de Gill et Freya qui l'envoyait paître avant de sortir en furie. Elle savait qu'elle ne pouvait pas faire ça dans la réalité. Elle devait garder son sang-froid.

Elle échoua aussitôt.

— Freya, hier je...

— Je suis vraiment désolée.

Des larmes chaudes et salées dévalèrent ses joues. Elle n'était pas triste, elle n'était même plus fâchée ni gênée. Elle était simplement dépassée par les événements.

Kristin lui passa la même boîte de mouchoirs que celle qu'elle avait offerte à Beth. Freya en prit un et s'essuya les yeux.

— Qu'est-ce qu'il s'est passé ?

Freya voulut répondre. Elle ouvrit la bouche, mais son esprit était si embrouillé qu'elle ne parvint pas à sortir une suite cohérente de mots.

— Gill m'a raconté que tu t'étais emportée contre elle.

Freya leva les yeux.

— C'est ce qu'elle a dit ?

— Je paraphrase. « Elle a pété un putain de câble » est plus proche de la réalité.

OK, Freya était à nouveau en colère. Elle serra les mains en poings, ses ongles s'enfonçant dans la chair tendre de ses paumes.

— J'aimerais entendre ta version des faits. Je connais Gill. Elle a…, hésita Kristin avant de passer la langue sur ses lèvres. Elle n'a pas toujours eu la vie facile, mais ça n'excuse rien. Elle peut être une vraie emmerdeuse, alors si elle a dit ou fait quelque chose pour te provoquer, j'aimerais le savoir.

Freya se frotta les yeux. Que dire ? Que Gill lui avait reproché à tort de s'être interposée ? Ça ne semblait pas suffisant pour justifier une telle réaction.

Ce n'était pas seulement ça, c'était *tout.*

C'était la manie de Gill de se tenir tout près d'elle, son haleine fétide, la façon dont elle lui prenait tout le temps le bras. C'étaient ses tentatives répétées d'intimidation, les allusions permanentes à son oncle Fergus et le raffut de cette foutue radio. C'était le ton de Gill quand elle s'était adressée à Kyle, sans compter le fait d'avoir revu Fletch, et puis ce courrier dans la poche de son manteau, et tous ces visages sur les photos dans la chambre d'Ola.

C'était toute une vie de commentaires sarcastiques et de détails qui en eux-mêmes étaient insignifiants, mais qui, mis bout à bout, formaient un ensemble pesant et lui retombaient dessus d'un seul coup.

Sauf que Kristin ne pouvait pas comprendre, alors à quoi bon dire quoi que ce soit ?

On frappa à la porte.

Un homme de grande taille aux cheveux gris passa la tête dans le bureau. Derrière lui, à travers l'entrebâillement, Freya vit Sophie, assise à son ordinateur dans la salle de rédaction, qui tendait le cou sans même essayer d'être discrète.

— Je peux me joindre à vous ? demanda l'inconnu à Kristin.

Elle hocha la tête et il entra dans la pièce au milieu d'effluves d'après-rasage. Il portait un costume bleu sur mesure, des mocassins en cuir souple et une élégante chemise grise au col ouvert. Même si l'odeur de cigarette n'était pas très prégnante, c'était toujours trop et, combinée au parfum entêtant de Kristin, elle fit grimacer Freya.

L'homme tira une chaise de la salle de rédaction et s'assit si près de Freya que leurs jambes se touchaient presque. Sa proximité provoquait de l'électricité statique sur sa peau. Il sourit en tendant la main.

— Ravi de vous rencontrer enfin, Freya. Je suis Alistair.

Alistair Sutherland. Le propriétaire de *The Orcadian*.

Qu'est-ce qu'il foutait là, bordel ?

Alistair était svelte, ses cheveux gris et sa barbe soignés. Elle savait qu'il avait la soixantaine mais il faisait plus jeune. Il avait cette confiance typique soit des gens riches soit des gens beaux et on pouvait sans doute dire qu'il était les deux.

Il dut lire la panique sur le visage de Freya, car il dit :

— Ne vous inquiétez pas, je ne suis pas là pour virer qui que ce soit. En général, je laisse à Kristin le soin de gérer les embauches et les licenciements. Ne vous laissez pas abuser par ses manières amicales : elle peut être un vrai pitbull.

Il sourit à nouveau et lâcha un petit rire que Kristin se força à lui retourner. Freya sentait sa cheffe nerveuse. Les visites d'Alistair ici devaient être rares.

Il regarda la rédactrice en chef.

— Où en étiez-vous ?

— Freya était sur le point de me raconter sa version des faits.

Il se retourna vers l'intéressée et la dévisagea de ses yeux bleu ciel, soulignés par son costume. Ni lui ni Kristin ne dirent plus rien. Freya en déduisit que c'était à son tour de parler.

— J'étais en train d'expliquer que j'étais en vadrouille toute l'après-midi à creuser une piste et que je n'avais plus de batterie. J'ai perdu la notion du temps.

— Une piste sur l'affaire des corps de la plage ? Un scoop ?

Alistair souriait toujours. Il ne posait pas la question pour remettre sa parole en doute, il avait l'air sincèrement intrigué. Le contraste entre son humeur détendue et le sérieux évident de sa présence était troublant.

Sans donner le nom de Katie, Freya expliqua qu'elle avait retrouvé une ancienne amie de lycée d'Ola.

— Tu te souviens que Beth nous a dit qu'Ola et Liam s'étaient rendus à une fête le soir où ils ont été tués ? lança-t-elle à Kristin. Ma source était présente. Elle m'a révélé qu'Ola s'était disputée avec quelqu'un, et puis que Liam et elle étaient partis dans la précipitation, et plus personne ne les a jamais revus.

— Ta source t'a-t-elle dit avec qui Ola s'était disputée ?

— Non, mais je l'ai découvert.

Elle leur raconta son entretien avec le proviseur du lycée de Kirkwall, qui lui avait donné le nom de Jason Miller.

— Jason Miller ? répéta Kristin. Bon sang, je le connaissais. J'étais une classe au-dessus de lui.

— M. Henderson m'a confié que tous les professeurs étaient inquiets à son sujet.

— M. Henderson, le prof d'anglais, commenta Kristin en secouant la tête. Bon Dieu, ça me rappelle des souvenirs. Et oui, dire qu'ils étaient inquiets, c'est un euphémisme : ce type était un vrai psychopathe. Il a eu le toupet de m'inviter à sortir un jour, j'ai eu la trouille quand je lui ai répondu d'aller se faire foutre…

Elle jeta un coup d'œil à Alistair.

— Quand je lui ai répondu non.

Kristin garda le regard rivé au sol pendant un instant, perdue dans ses pensées. Elle finit par reprendre :

— Eh bien, ça ne m'étonnerait pas du tout qu'il soit impliqué là-dedans. J'imagine que la police est au courant ?

— J'ai parlé à l'inspecteur Muir tout à l'heure, répondit Freya. Il n'a ni confirmé ni infirmé quoi que ce soit, mais il nous demande d'attendre avant d'en parler publiquement.

— Ça veut dire ce que je pense ?

Freya ignorait si Kristin était arrivée à la même conclusion qu'elle, mais elle acquiesça.

— Je crois qu'ils sont sur sa trace, oui. Quand les autorités nous demandaient de ne pas communiquer sur quelque chose de ce genre-là au *Herald*, en général ça signifiait que le type était recherché et qu'elles ne voulaient pas lui mettre la puce à l'oreille. S'ils le trouvent, on aura une longueur d'avance sur les autres médias, et sinon, ils finiront par demander de l'aide à la presse. Et nous pourrons publier pourquoi.

Pour la première fois de la matinée, un sourire sincère se dessina sur le visage de Kristin. Elle regarda Alistair.

— Je vous avais dit qu'elle était douée.

— Et je n'en ai jamais douté, rétorqua-t-il avant de se tourner vers Freya. La personne à laquelle vous avez parlé connaissait-elle la raison de la dispute ?

— Non, mais...

Elle s'interrompit, sans dire que Katie avait raconté tout ça à la police au moment de la disparition d'Ola et de Liam et qu'il pouvait s'avérer que, dix-sept ans plus tôt, la police avait laissé s'échapper un tueur. Sachant que c'était Alistair qui avait fait barrage l'été dernier contre l'article de Gill à propos des erreurs des forces de l'ordre, elle préféra se taire.

— Mais quoi ? insista Alistair.

— Mais on aurait dit que ma source cachait quelque chose. Si je lui parle à nouveau, ou à d'autres amis d'Ola, je réussirai peut-être à découvrir ce dont il s'agit.

Alistair lança alors un regard appuyé à Kristin. Un message tacite passa entre eux.

— Écoute, dit Kristin, il vaut peut-être mieux que tu transmettes à Soph tout ce que tu as pour le moment.

Freya fronça les sourcils.

— Pourquoi ?

— Quand nous demandions ce qui s'est passé hier, enchaîna Alistair, nous ne parlions pas juste du fait que personne n'a eu de vos nouvelles de toute l'après-midi. Ce que nous voulions savoir, c'est ce qui s'est passé entre Gill et vous.

Freya gigota sur son siège.

— Ce n'est rien. Elle me criait dessus, je lui ai demandé de cesser, mais elle refusait.

— Et c'est pour ça que vous l'avez frappée ?

La question d'Alistair terrassa Freya. Privée de tout air, elle fut incapable de répondre.

— Quand Gill est revenue hier à l'heure du déjeuner, elle avait une marque sous l'œil gauche, poursuivit Kristin d'une voix posée. Elle a dit que tu lui avais coupé la parole pendant l'interview de Beth et que, quand elle a abordé la question sur le trajet de retour, tu lui avais hurlé dessus avant de sauter de la voiture en marche.

Freya avait la tête qui tournait. Chacun des mots que Kristin venait de prononcer lui faisait l'effet d'un coup de couteau dans le ventre.

— Elle a expliqué qu'elle avait essayé de t'arrêter mais que tu… Elle a dit que tu l'avais giflée avant de t'enfuir.

Le cri qu'elle avait entendu quand elle avait repoussé Gill… Mon Dieu, l'avait-elle vraiment frappée ? Elle n'en avait pas eu l'intention. C'était un accident. Elle essayait de se libérer et cette connasse ne la lâchait pas.

Freya tenta de dire ça à voix haute, même de le crier, mais les mots restèrent coincés dans sa gorge.

— Nous comprenons que vous ayez eu envie de le faire, poursuivit Alistair.

Kristin émit un rire et Alistair lui adressa un regard sévère. Elle leva la main en signe d'excuse.

— Nous savons pourquoi vous êtes revenue dans les Orcades. Je me suis entretenu avec votre ancien chef avant que vous nous rejoigniez. C'est la procédure standard, bien sûr, rien de plus. Tout ce qu'il nous a dit sur votre travail était exemplaire. Mais il a mentionné le fait que vous avez passé du temps à l'hôpital.

— Freya, intervint Kristin, d'un ton qui appelait au calme et à la paix. D'après lui, il y avait des rumeurs qu'un homme sur lequel tu enquêtais pour un reportage avait essayé de te tuer, qu'il avait engagé quelqu'un pour te pousser sous les roues d'une voiture. Apparemment, tu as eu de la chance de t'en sortir. Enfin, c'est juste… c'est affreux. Je ne peux même pas imaginer…

Freya ferma les yeux et sentit à nouveau de chaudes larmes monter.

Elle n'en croyait pas ses oreilles.

— Nous nous serrons les coudes ici, Freya, entendit-elle Alistair dire doucement à côté d'elle. Nous voulons veiller sur vous. Nous savons que vous avez été suivie psychologiquement pendant plusieurs mois après votre hospitalisation, mais un truc pareil, on ne s'en remet pas si aisément. Alors…

— Alors, sachant cela, continua Kristin, nous pensons qu'à partir de maintenant il vaudrait mieux que tu ne travailles plus sur l'affaire d'Ola Campbell.

Freya rouvrit les yeux d'un coup.

— Quoi ?

— C'est dans ton intérêt. Ça ne doit sans doute pas être facile de…

— Non. C'est des conneries, tout ça ! J'ai…

Elle se plaqua la main sur la bouche et regarda Alistair et Kristin à tour de rôle avec de grands yeux. Elle aurait voulu que le sol s'ouvre et l'avale tout entière. Elle aurait voulu disparaître. Rembobiner, remettre les compteurs à zéro et recommencer cette journée, cette foutue semaine, du début.

— Nous compatissons, dit Alistair, brisant le silence. J'imagine que vous avez à peu près l'âge qu'aurait eu Ola aujourd'hui. J'ai entendu dire que vous fréquentiez la même école. D'après Kristin, vous vous souveniez très bien de sa disparition quand sa mère est passée ici lundi. Revivre tout ça ne doit pas être bon pour votre santé mentale, mais nous ne pouvons tolérer tout comportement agressif comme le vôtre hier…

— Mais je ne…

— S'il vous plaît, laissez-moi terminer, la coupa Alistair sur un ton qui la fit tressaillir. Quand j'ai dit qu'on veille les uns sur les autres ici, j'étais sincère. Et Gill Irvine fait partie de notre famille d'aussi longtemps que je m'en souvienne. Vous, vous n'êtes là que depuis quelques jours. Vous êtes toujours en période d'essai, ne l'oubliez pas.

Devant l'expression de Freya, Alistair lui adressa à nouveau un sourire rassurant.

— Je l'ai déjà dit, je ne suis pas là pour vous taper sur les doigts. Cet entretien est informel. Mais ce serait mieux pour tout le monde si nous pouvions tomber d'accord que vous ne travailliez plus sur cette histoire. Est-ce que ça semble équitable ?

Non, pas le moins du monde. Mais familier, oui.

C'était le même désastre qu'avec Damien Barber.

Alistair sortit de la pièce. Il revint dix secondes plus tard avec Gill Irvine.

Sa collègue arborait la mine la plus contrite que ses traits lui permettaient.

— J'admets que nous étions toutes les deux en tort hier. Je t'ai poussée dans tes retranchements, tu as réagi au quart de tour. Sans rancune, d'accord ?

Freya vit l'égratignure sous son œil. Elle était à peine visible, même si Gill ne s'était pas barbouillée de maquillage aujourd'hui.

Gill tendit la main vers elle et, comme la veille, Freya eut envie de prendre ses jambes à son cou. De crier. Mais elle ne le pouvait pas. Elle lui serra la main et au contact de sa paume moite elle sentit de la bile remonter dans sa gorge.

Freya fut priée de mettre Sophie au parfum sur ce qu'elle avait découvert à propos de Jason Miller et cette après-midi elle traiterait d'un nouveau sujet.

— C'est le solstice d'hiver, dit Kristin sur un ton qui se voulait enthousiaste. On espère que le soleil illumine la grotte de Maeshow tout à l'heure. Pour la première fois depuis des années, il fait plutôt clair, alors il y a des chances que ça se produise, expliqua-t-elle avec un sourire. Il n'y a pas que des affaires de meurtre et des carnages ici, tu sais.

Dès qu'elle en eut l'occasion, Freya s'excusa et alla se réfugier aux toilettes du rez-de-chaussée. Elle avait besoin de solitude, d'espace, de temps pour se reprendre. Elle s'enferma dans la cabine la plus loin de la porte et s'assit sur le couvercle des toilettes, écoutant les vibrations des machines à travers les murs. Elle s'attendait à pleurer, mais non.

Elle sortit son téléphone, vit la photo de Luna et de Tom. Elle fut sur le point de l'appeler, mais se ravisa. S'il savait qu'elle avait déjà les mêmes ennuis qui l'avaient menée au bord du gouffre à Glasgow, il paniquerait, or elle avait besoin de tout sauf ça en cet instant. Elle resta assise ainsi, le téléphone posé sur les genoux, puis elle entendit la porte s'ouvrir.

Des talons cliquetèrent sur le sol carrelé. Les pas s'arrêtèrent devant sa cabine.

— J'espère que tu sais dans quel pétrin tu t'es mise, ma grande.

La voix désincarnée de Gill résonna dans la pièce. Une odeur pernicieuse de cigarette l'accompagnait.

— Pleure autant que tu veux. Ça marche peut-être avec Kristin, mais moi, je ne suis pas dupe, et Alistair non plus. Alors écoute-moi bien : si tu t'avises de me refaire un coup comme hier, je te bousille.

25

Freya maintint son déjeuner avec Fergus. Il y avait la queue devant chez Leigh – le food truck était installé de manière permanente sur le front de mer à Finstown et attirait un flux régulier de clients. Elle regarda la rangée de voitures stationnées devant la mer. Il était midi moins cinq et comme elle ne voyait pas Fergus, elle sortit de sa petite Hyundai turquoise et alla l'attendre à l'une des tables de pique-nique, en tapotant ses ongles l'un après l'autre sur son pouce, le regard perdu vers l'océan.

Les rayons du soleil se reflétaient sur la surface saphir de la baie. La journée restait fraîche et de la neige persistait sur les versants nord des collines Firth, ceux qui sont en permanence à l'ombre. L'odeur d'oignon frit fit gronder l'estomac de Freya. En apparence, elle semblait sans doute aussi sereine que la mer sous le soleil, mais dans son esprit déferlait une véritable tornade.

Une des choses qu'elle avait retenues des témoignages d'autistes sur Internet était le fait que pour eux, rien n'était acquis. Tout leur demandait un effort. Un million de pensées et de sensations différentes pouvaient surgir au même moment et chacune d'entre elles réclamait de l'attention, les empêchant de se concentrer sur la plus simple des tâches. C'était ce qu'elle éprouvait en cet instant.

Elle songeait à Tom.

Elle songeait à son enfance ici.

Elle songeait à Ola, à Liam, à Glasgow et à ce satané Damien Barber.

L'ironie de la situation lui sauta aux yeux. Tom et elle avaient quitté leur vie à Glasgow pour éviter des affaires comme celle-ci et la voilà qui se jetait à nouveau dedans la tête la première. Le parallèle entre sa discussion de ce matin et son expérience au *Herald* était vertigineux, sauf que là-bas, il lui avait fallu trois ans pour en arriver là ; ici, elle y était parvenue en moins de trois jours.

Environ dix-huit mois plus tôt, Freya avait été contactée par une femme du nom d'Amara Choudhry. Amara travaillait comme cadre supérieure dans la maison de production de Damien Barber avant de démissionner à contrecœur. Elle avait approché Freya après avoir repéré son nom au bas des articles sur le médecin de Partick un an et demi plus tôt. Amara soutenait que Barber lui avait fait des avances déplacées à plusieurs reprises. Ce qui avait commencé par des messages sur WhatsApp s'était peu à peu intensifié, jusqu'au jour où Amara avait dû fuir du bureau après une tentative d'attouchements. Elle était allée trouver la police mais comme, à part les messages, elle n'avait aucune preuve qu'elle n'avait pas immédiatement repoussé Barber, trop effrayée des conséquences potentielles sur son emploi, les autorités avaient refusé de donner suite.

— Je ne dois pas être la seule, avait-elle dit à Freya. Il y a certainement d'autres femmes à qui il a fait subir la même chose.

Freya était d'accord avec elle. Alors elle s'était mise à chercher ces victimes.

En quelques semaines, elle avait retrouvé quatre autres femmes. Toutes avaient de nombreux messages de Barber, mais à nouveau la police n'avait rien fait et aucune d'elles ne travaillait plus pour lui. Freya avait présenté le sujet à ses supérieurs, mais ils s'étaient montrés réticents.

— C'est leur parole contre la sienne, lui avaient-ils répondu. Si nous voulons révéler cette affaire, nous avons besoin de preuves solides, irréfutables.

Avec le médecin, cela avait été relativement simple. Freya s'était fait passer pour une patiente et l'avait enregistré en train de l'inciter à procéder à un examen intime qui n'était pas nécessaire. Elle avait réussi à convaincre des membres du personnel de son cabinet à collaborer et elle avait mis la main sur les caméras que ce sale pervers avait cachées dans sa salle de consultation. Pour coincer Barber, elle savait qu'elle avait besoin d'une taupe au sein de son entreprise, c'est pourquoi elle avait approché des employés que les femmes lui avaient conseillés. Non seulement ils avaient refusé de l'aider, mais ils avaient tout répété à Barber.

À partir de là, aux yeux du *Herald*, le sujet était clos. Barber avait déposé une plainte pour harcèlement et une note disciplinaire avait été enregistrée dans le dossier de Freya. Ses supérieurs lui avaient demandé de laisser tranquille l'homme d'affaires ainsi que tous ses collaborateurs ou quiconque ayant travaillé pour lui. Mais elle savait qu'ils avaient tort, c'est pourquoi elle avait ignoré leurs directives.

Elle avait encouragé Amara et les autres femmes à s'exprimer ensemble en public. À faire circuler leur histoire sur les réseaux sociaux, à attirer l'attention. Elle se privait ainsi de l'occasion de révéler elle-même le scandale, mais Freya n'en avait plus rien à faire, ce n'était pas l'objectif. Les femmes s'étaient alors rétractées. Que ce soit par peur ou sous la menace, Freya ne le saurait jamais, car plus aucune ne voulait parler. Mais elle n'avait pas abandonné.

Freya croyait ces femmes : Barber avait abusé d'elles et il recommencerait. Elle ne comprenait pas pourquoi personne ne réagissait. Sa frustration était devenue telle qu'elle en avait perdu foi en sa profession et que ses relations avec ses collègues, très bonnes jusque-là, s'étaient dégradées. Cela affectait aussi sa vie personnelle, sa relation avec Tom ; tout allait de travers. En plein burn-out, elle avait touché le fond et, au bord du trottoir ce soir pluvieux de février, elle avait voulu oublier tout ça.

Un coup de Klaxon la tira de ses pensées. Une Passat Volkswagen noire se rangea à côté de sa Getz. Fergus était au volant.

Alors qu'il s'approchait de sa table, elle n'avait toujours pas décidé si elle allait lui avouer qu'on lui avait retiré l'affaire d'Ola et Liam. Fergus lui adressa un petit sourire, mais pas d'embrassade aujourd'hui. Sa barbe s'épaississait, ses yeux étaient rouges.

— Tu as déjà mangé ici ? lança-t-il.

— Je ne crois pas.

— Tu t'en souviendrais. Les meilleurs burgers du monde entier. Prends le Fumé, tu ne le regretteras pas.

Ils bavardèrent, mal à l'aise, en attendant dans la file. Fergus prit des nouvelles de Tom, demanda comment il trouvait la vie dans les Orcades et comment elle s'ajustait à son retour.

— Il doit se sentir seul, le pauvre. Il n'a pas d'amis ici, il n'a pas encore commencé son nouveau travail et tu es absente toute la journée.

Freya répondait comme si elle participait à un jeu télévisé. C'était presque leur tour de commander lorsqu'elle songea à l'interroger elle aussi sur sa vie privée, mais elle savait que Fergus n'était pas marié et que pour toute famille, il lui restait sa mère âgée qui vivait à Westray. Elle jeta un coup d'œil discret à sa main. Toujours pas d'alliance.

Ils retournèrent à la table avec leurs burgers. Une petite famille de canards eiders était sortie de l'eau et cheminait entre les bancs, en quête de nourriture. Freya n'avait encore rien mangé de la journée et mourait de faim. Elle mordit dans son burger et, bon sang, Fergus avait raison.

— Je ne mentais pas, hein ? dit-il, lisant dans ses pensées.

La bouche pleine, elle secoua la tête.

— Écoute, Red…

Il l'appelait Red. C'était bon signe.

Fergus reposa son burger sur la barquette en carton et s'essuya les doigts sur une serviette.

— Je tenais à te présenter mes excuses pour mes manières au téléphone ce matin. Si je me suis montré un peu sec, c'est parce que je ne voulais pas qu'on sache à qui je parlais.

— Et je suis désolée qu'on soit allées trouver Kyle alors que tu nous avais priées de ne pas le faire. Mais tu sais, c'est mon boulot. Et je t'ai prévenu avant qu'on publie l'article.

— C'est vrai. Et mon boulot, c'est d'arrêter le type qui a tué ces deux jeunes, et certains de mes collègues sont d'avis que la presse ne fait qu'interférer.

— Mais pas toi ?

— Vous n'êtes pas tous inutiles, répondit-il avec un sourire. D'ailleurs, j'aimerais savoir comment tu as déniché le nom de Jason Miller.

— Je ne peux pas te dévoiler ma source.

— Bien sûr.

— Mais je peux te dire que j'ai parlé avec d'anciens amis d'Ola.

— Nous aussi. La plupart se souviennent d'avoir vu Miller à cette fête à Harray, mais personne ne connaissait son nom.

— Je suis allée au lycée de Kirkwall pour m'entretenir avec des professeurs. Je l'ai repéré sur une photo dans le lobby à partir d'une description que j'avais de lui.

Fergus sourit.

— Tu es bien la fille de ton père.

Freya se sentit rougir. Elle prit une nouvelle bouchée de son burger.

— Bref, continua Fergus, c'est dans ce genre de situation que les journalistes se révèlent précieux. Il y a de grandes chances pour qu'on vous demande de diffuser un avis de recherche pour Miller.

— Vous ne l'avez pas trouvé ?

— Nous connaissons son adresse – il vit maintenant à Aberdeen –, mais il n'a pas répondu hier soir quand la police locale a frappé à sa porte. Et il n'était toujours pas là ce matin.

— Est-ce que vous disposez d'assez d'éléments pour obtenir un mandat et tracer son téléphone ?

Fergus sourit encore et Freya s'empourpra une nouvelle fois.

— On l'a eu ce matin. Bizarrement, son portable est éteint depuis hier après-midi. La dernière fois qu'il a borné, c'était sur l'A9 au nord d'Inverness. De toute évidence, notre homme est en vadrouille.

— Tu crois qu'il vient ici ?

— Je ne vois pas trop pourquoi il le ferait, mais nous surveillons les ferries et les aéroports, au cas où.

— Qu'est-ce que ça signifie, à ton avis ?

— À ce stade, rien. Nous voulons juste lui parler, éclaircir certains points.

— Si personne à la fête ne connaissait son nom, comment l'avez-vous obtenu ?

— À partir des vieux dossiers. Un portraitiste avait travaillé avec les témoins lors de l'enquête initiale, c'est comme ça que nous avons réussi à l'identifier. À l'époque, nous avions recueilli sa déposition, mais Jim…

Il marqua une pause et se passa la langue sur les lèvres.

— J'aurais dû le préciser tout de suite, mais tu comprends bien que tout ceci doit rester entre nous ?

Freya envisagea à nouveau de lui dire que ça n'avait plus vraiment d'importance, mais elle se contenta de hausser les épaules.

— Bien sûr.

Comme lundi, Freya était un peu troublée par le fait qu'il partage tout ça, alors qu'en même temps il semblait frileux que la moindre information ne fuite. Elle ne comprenait pas ses motivations, mais elle décida de s'en accommoder. Elle était contente qu'il se confie à elle.

— Il y a dix-sept ans, les forces de l'ordre de l'île n'avaient rien à voir avec ce qu'elles sont aujourd'hui. Tu le sais certainement grâce à ton père, mais il n'y avait pas de Police d'Écosse en ce temps-là, ni de MIT. Nous étions la Gendarmerie du Nord et, quand ces gosses ont disparu, nous avons été livrés à nous-mêmes pour les retrouver.

Freya acquiesça. Elle mordit à nouveau dans son burger tout en l'écoutant.

— Je ne sais pas si tu te le rappelles, mais mon chef à l'époque était un type du nom de Jim. Jim Shearer.

Freya se souvenait de lui. Elle avait aussi vu son nom dans les archives.

— Il a succédé à mon père.

— Il a été promu inspecteur, en effet. Et après Neill, la barre était haute. Ça aurait été compliqué pour n'importe qui, mais Jim ne lui arrivait pas à la cheville. Loin de là.

— Alors pourquoi a-t-il été promu ?

— Ça fonctionnait ainsi en ce temps-là. Il était copain avec l'inspecteur en chef, un type du nom de…

— Allan Tait, le devança Freya. Je me souviens aussi de lui.

Fergus hocha la tête.

— Ouais, eh bien, Allan a soutenu Jim et ça a suffi. Jim a dirigé l'enquête avec moi et deux autres enquêteurs qui travaillaient au CID à l'époque. Nous pouvions aussi compter sur nos agents de police, mais c'était à peu près tout.

— Quel rapport avec Jason Miller ?

— Une fois qu'on l'a identifié, Jim est allé interroger Miller. Dans le dossier, il y a un rapport qui date de deux jours après la disparition d'Ola et de Liam. À en croire Miller, il avait été invité à cette fête par Liam et tout se passait bien jusqu'à ce qu'Ola prenne la mouche suite à une de ses blagues. Il a raconté qu'elle s'était montrée hostile envers lui toute la soirée et qu'elle avait mal interprété sa plaisanterie, ensuite Liam et elle étaient partis, et c'était tout.

— Et où était allé Jason ensuite ?

— Eh bien, nulle part. Selon ses dires, il était retourné directement chez ses parents peu après. Il a assuré être rentré à 22 heures et ne plus avoir bougé de la nuit. Mais il n'y a rien dans le dossier qui montre que Jim ait creusé la question.

— Donc personne n'a confirmé sa déposition ? Son alibi n'a pas été vérifié ?

Fergus secoua la tête.

— Ses parents vivent toujours ici. Nous les avons interrogés et ils affirment avoir la certitude que Miller est resté à la maison.

— Bon sang, on parle d'une nuit il y a dix-sept ans. Comment peuvent-ils en être si sûrs ?

— C'est pourquoi nous voulons à nouveau lui en toucher un mot.

Freya avait désormais la conviction – tout comme Fergus, apparemment – que Jason Miller était un suspect. Il avait eu les moyens et l'opportunité de commettre les meurtres ; il restait juste à découvrir son mobile. Mais s'il était coupable, en quoi Gordon Tulloch était-il impliqué ? Les deux pistes ne semblaient pas converger. Lorsque Freya avait été obligée de transmettre son travail à Sophie tout à l'heure, elle ne lui avait pas confié ce qu'elle savait sur Tulloch, espérant creuser cette piste elle-même. Elle craignait désormais que cela se révèle inutile.

— Donc, reprit Fergus, tiens-toi prête pour la conférence de presse cette après-midi, d'accord ? Tu peux informer ta rédactrice en chef – comment elle s'appelle déjà ? Flett ? –, tu peux la prévenir.

Fergus dut percevoir quelque chose dans l'attitude de Freya.

— Qu'est-ce qu'il y a ? s'enquit-il.

Elle devait cracher le morceau.

— Techniquement, je ne suis plus en charge du sujet.

Fergus ouvrit la bouche pour dire quelque chose, puis s'interrompit.

— Laisse-moi deviner. Gill Irvine ?

Freya acquiesça.

— Je savais que ça n'allait pas coller entre vous. Je pensais quand même que vous tiendriez plus que deux jours. Qu'est-ce qui s'est passé ?

— Je l'ai frappée.

Fergus éclata de rire. D'un rire franc qui venait droit du cœur.

— C'était un accident.

— Personne ne frappe Gill Irvine par accident, répondit-il et Freya ne put s'empêcher de sourire à son tour. Comment c'est arrivé ?

— Elle m'a attrapé le bras. J'ai essayé de me libérer. J'imagine que je l'ai heurtée. Et maintenant, Kristin et Alistair, c'est le propriétaire du journal…

— Alistair Sutherland. Je le connais bien.

— Kristin et lui jugent préférable que je ne sois plus sur le coup. Ils pensent que ça a réveillé quelque chose en moi, un truc du genre.

Ils se turent un moment. Tout à coup, Fergus parut ailleurs. Freya entendait la soufflerie du générateur du camion de Leigh, le battement des cordes sur le poteau de la jetée où flottait un drapeau des Orcades – une croix nordique bleue et jaune sur fond rouge.

— J'imagine que c'est arrivé en fin de matinée, reprit finalement Fergus, étant donné que tu t'es d'abord introduite par effraction chez Gordon Tulloch ?

Elle le regarda, soulagée de le voir sourire.

— Je me suis entretenue avec eux tout de suite après notre appel.

— Eh bien, personne n'a signalé la disparition de Gordon Tulloch.

Il avait donc vérifié.

— Tu crois que ça cache quelque chose ?

— J'en doute.

Il s'essuya les doigts sur sa serviette en papier, la roula en boule et la lâcha sur la barquette en carton maculée de gras.

— Mais je suis quand même curieux : comment as-tu su que c'était l'homme que tu as vu à Skaill lundi ?

— Je l'ai reconnu sur la photo d'un article à propos de Skara Brae.

— Que tu lisais par hasard ?

— C'est Tom qui le lisait. Ma mère lui a raconté que Tulloch n'était pas venu à la conférence de la Société d'Archéologie.

— Et comment le savait-elle ?

— Elle y était.

— Helen aime l'archéologie, maintenant ? commenta-t-il avant de ricaner. Plus rien ne devrait m'étonner.

Freya sourit également.

— J'ai dit la même chose.

— Eh bien, je toucherai un mot à John Denison, de la Société d'Archéologie, pour voir s'il s'inquiète, déclara Fergus en s'étirant le dos. Mais étant donné ce que nous avons sur les bras, je ne peux pas passer beaucoup de temps là-dessus à moins que sa disparition ne soit signalée. Macintosh piquerait une crise, ajouta-t-il avant de consulter sa montre. En parlant du loup…

— Et si je signalais la disparition ?

Fergus secoua la tête.

— Je vais parler à John.

— Mais je pourrais juste…

— Fais-moi confiance, Red. Je contacte John. On verra à partir de là.

Son ton sans appel venait clore le débat. Freya n'était pas sûre de comprendre, mais elle acquiesça.

Fergus se leva. Il était temps de partir.

Tandis qu'ils traversaient l'herbe, Freya avait encore des dizaines de questions ; par exemple, la police avait-elle découvert comment Liam avait pu se payer cette voiture ? Et un autre détail la tracassait depuis un moment.

— Je peux te demander quelque chose ?

Fergus s'arrêta à côté de sa Passat.

— Ça dépend quoi.

— À la conférence de presse hier, l'inspectrice en chef Macintosh a évoqué des preuves médico-légales concernant les circonstances de la mort d'Ola et de Liam.

— Et quelle est ta question ?

— Ça ne peut pas venir des corps – elle a dit qu'ils étaient dans un tel état de décomposition qu'on ne connaîtrait peut-être jamais la cause des décès –, je présume donc qu'il n'y avait pas d'indices sur les ossements en eux-mêmes. En plus, ils n'avaient pas encore été entièrement extraits hier matin, si ?

— Nous finissons le travail sur le site en ce moment. La météo d'hier ne nous a pas aidés. Les corps devraient bientôt être en route pour Aberdeen.

— Du coup, j'en déduis qu'il y avait quelque chose sur les vêtements, ou un autre élément que vous avez trouvé, non ?

Fergus jeta un regard alentour. Il n'y avait personne à proximité qui risquerait de les entendre.

— Si je te le dis, que vas-tu faire de cette information ?

— Rien. Je suis juste curieuse.

C'était la vérité, elle détestait rester sans réponses, faire face à des énigmes. Un autre aspect sur lequel elle était bien la fille de son père, ainsi que l'avait dit Fergus. Elle voulut le lui dire, songeant qu'il comprendrait et que ça l'inciterait à lui répondre, mais il ne le lui en laissa pas le temps.

— Tu ne t'en serviras pas pour essayer de redorer ton image auprès de ta supérieure ?

Si elle se sentit d'abord offensée, la contrariété passa vite. C'était une question légitime. Après tout, elle l'avait dit elle-même, c'était son boulot.

— Non, si Kristin pense que Gill Irvine peut faire du meilleur travail, bonne chance à elle.

— Alors pourquoi ai-je le sentiment que tu ne vas pas lâcher l'affaire ?

Elle ne répondit rien.

Fergus se passa la langue sur les lèvres.

— Ce n'est pas ce que nous avons trouvé, mais plutôt ce qui manquait.

Elle attendit qu'il développe.

— Sais-tu à quelle vitesse les vêtements se décomposent, Freya ?

Parfaitement.

— Plus ou moins.

— Les fibres naturelles – le coton et similaires, le cuir –, ça ne dure pas longtemps, mais les métaux et les matériaux manufacturés comme le plastique ou les matières élastiques, ils peuvent mettre des décennies à se décomposer sous terre, même en présence de tissus organiques.

Freya hocha la tête sans rien dire. Où voulait-il en venir ?

— Il n'y avait aucun reste de matière élastique de sous-vêtement sur Ola. Ni d'armatures. De ce que j'en sais, on n'en a toujours pas retrouvé.

Après un moment, Freya demanda :

— Elle ne portait pas de sous-vêtements ?

Fergus fit non de la tête.

— Ni de chaussures. Celles-ci avaient été enterrées au-dessus d'elle, mais les sous-vêtements ont complètement disparu. Son legging était aussi déchiré, au niveau de la taille. Je ne veux pas te faire rendre ton déjeuner, Red, mais même les gonflements dus à la décomposition n'auraient pas causé ça.

Il l'observait tandis qu'elle comprenait peu à peu.

Il n'y avait qu'une conclusion logique.

— Elle a été violée ?

— Nous n'en aurons jamais la certitude, mais nous pouvons supposer qu'il y a au moins eu une tentative de viol.

Le vent de la mer redoubla et Freya ressentit le froid jusqu'à la moelle épinière.

— Comme Jess l'a dit, il est vrai que nous ne connaîtrons peut-être jamais les causes exactes du décès, mais nous pouvons émettre des hypothèses.

Fergus se frotta le front avec la paume de sa main, comme s'il voulait se débarrasser de quelque chose. Un souvenir, ou une vision atroce.

— Ils avaient tous les deux des sacs en plastique sur la tête. Je pensais que Kyle te l'avait dit, mais soit il ne s'en est pas aperçu soit il essaie de l'effacer de sa mémoire. On ne peut pas le lui reprocher. Les crânes étaient en morceaux à l'intérieur, fracassés avec une pierre ou quelque chose comme ça. Celui qui a fait ça…

Fergus s'interrompit, déglutit.

— L'individu qui a fait ça à ce jeune couple, il devait avoir une rage innommable en lui. Leurs têtes sont en miettes. Je veux dire, je n'ai jamais…

Il baissa le regard sur ses pieds, comme s'il était de retour à la baie de Skaill et revoyait les ossements affleurer.

Plusieurs minutes passèrent jusqu'à ce qu'il se reprenne. Il regarda Freya, les yeux rouges.

— Voilà pourquoi nous aimerions vraiment reparler à Miller. Ta cheffe a peut-être raison, tu sais. Cette affaire n'est pas jolie, personne ne te jugerait si tu décidais de la laisser à quelqu'un d'autre.

Freya ne répondit rien et un sourire triste se dessina sur les lèvres de l'inspecteur.

Il fit un signe de la tête.

— Oui. C'est bien ce que je pensais.

26

Depuis Finstown, Freya roula pendant cinq minutes jusqu'au parking de Tormiston Mill. De l'autre côté de la nationale, un tumulus de sept mètres de haut se dressait dans un champ. À l'intérieur se trouvait Maeshowe : la chambre funéraire vieille de cinq mille ans qui serait ramenée à la vie par la lumière dorée du coucher du soleil. Si les conditions ne se liguaient pas pour tout gâcher.

Au sud, le soleil déclinait entre les deux points culminants de Hoy. En s'éloignant de la côte, Freya avait vu des nuages s'accumuler au nord, mais le reste du ciel demeurait clair, d'un bleu cobalt vif. Il semblait que ce fameux phénomène du solstice d'hiver allait avoir lieu cette année, mais Freya ne savait pas comment elle allait parvenir à se concentrer dessus après ce qu'elle venait d'entendre.

Une autre voiture entra sur le parking. Freya vérifia l'horloge sur son tableau de bord et vit qu'il était un peu plus de 13 heures. Il restait sans doute une demi-heure avant que les gens ne commencent à affluer. Elle avait du temps devant elle pour réfléchir. Elle enroula puis déroula une mèche de cheveux autour de son doigt tout en se rejouant la conversation avec Fergus. À la section des Affaires criminelles du *Herald*, elle avait souvent traité des cas où les meurtriers, peut-être dans un accès de honte suite à leur acte innommable, avaient caché ou défiguré les cadavres. Freya repensa au regard vide et au sourire sadique qu'elle avait vus sur la photo de Jason Miller et se demanda s'il était capable de telles atrocités.

Si oui, avait-il agi seul ?

Avait-il laissé Liam en vie pour qu'il assiste à ce qu'il faisait subir à Ola ou l'avait-il tué en premier ?

Il valait mieux ne pas y réfléchir et elle essaya donc de se focaliser sur autre chose, par exemple pourquoi ils s'étaient retrouvés à Skara Brae. Et pourquoi Jason était-il allé à cette fête à Harray où personne ne le connaissait ? Visiblement pour embêter Ola, mais pourquoi ? Simplement parce qu'il avait un petit faible pour elle ? Jason avait peut-être des vues sur Ola sans que ce soit réciproque.

La fête rappela à Freya un passage du carnet d'Ola. Trois semaines avant leur mort, elle avait écrit que Liam devait lui révéler ce qu'il lui cachait ou alors ce serait fini entre eux. Comme ils étaient allés à cette fête ensemble, ils n'avaient pas rompu, ce qui signifiait qu'il était passé aux aveux. Mais quoi qu'il lui ait dit, Ola ne l'avait pas écrit. En fait, elle n'avait plus jamais écrit dans son journal intime.

Un autre véhicule arriva. Freya s'affola en se rendant compte qu'elle avait sous-estimé cet événement et que les lieux allaient rapidement se remplir. Elle décida de s'approcher de l'entrée de la tombe et lorsqu'elle sortit son téléphone en chemin, elle tomba sur plusieurs notifications. En haut de la liste figurait un message de Tom accompagné d'une photo. Luna était sur une plage, son pelage noir soyeux mouillé et une balle de tennis dans la gueule, et à l'arrière-plan la coque marron rouillée d'un bateau se découpait sur les eaux turquoise. Elle reconnut la baie d'Ingarness, aux environs de Kirkwall.

Tu nous rejoins pour le déjeuner ?

Une pensée jaillit. Juste un bref instant, mais elle s'en mordit les doigts. *Il veut vérifier que je tiens le coup.*

Tout de suite après, une autre possibilité lui traversa l'esprit : et s'il se sentait vraiment seul, comme l'avait suggéré Fergus ? Sur le moment, elle ne s'était pas attardée sur sa remarque. Elle manquait peut-être à Tom. Ou alors il avait besoin de compagnie. Une pointe de culpabilité familière lui lacéra les entrailles. Elle devait faire des efforts. Noël était dans moins d'une semaine et elle ne lui avait toujours rien acheté.

Mais la simple idée de trouver le temps de s'occuper de ça lui provoqua des fourmillements dans le ventre et la fit agiter les mains.

Elle ne pouvait pas penser à cela maintenant. Elle lui renvoya un texto d'excuses en leur souhaitant de bien s'amuser. Elle gèrerait ça plus tard.

Elle passa à autre chose avant que sa culpabilité ne devienne trop écrasante. La notification suivante l'informait qu'il y avait des réponses aux messages privés qu'elle avait envoyés la veille. Sur le compte Twitter de *The Orcadian*, elle vit que plusieurs personnes étaient revenues vers elle. La première réponse était du seul qui avait dit des choses positives sur Liam : Scott Connelly.

Le début apparut : « Je connaissais Liam mieux que personne. Je peux vous dire… »

Intriguée, elle ouvrit le message.

« Je connaissais Liam mieux que personne. Je peux vous dire tout ce que vous voulez savoir, mais comment avoir la garantie que vous n'allez pas déformer mes propos ? »

Pas aussi excitant qu'elle l'avait espéré.

Un petit groupe s'était rassemblé dans l'herbe près du portail à l'entrée de la tombe, mais comme il n'y avait encore aucun signe des gardes-forestiers en charge du monument, Freya se plaça sur le côté et entreprit d'écrire une réponse. Elle commença à taper, s'interrompit, effaça ses mots. Ce fil était ouvert à tout le personnel du journal, donc si elle répondait, ils le verraient. Même si Gill avait dit que les réseaux sociaux, ce n'était pas « son truc », quelqu'un d'autre pourrait y jeter un œil. Kristin avait peut-être déjà demandé à Sophie de prendre le relais, mais à en croire toutes les réponses listées comme non lues, elle ne s'en était pas encore occupée. Toutefois, si Kristin surprenait Freya en train de poser des questions sur Ola et Liam, ça risquait de lui coûter cher. Comme Alistair avait tenu à le souligner ce matin-là, elle était toujours en période d'essai.

« Vous avez commencé à écrire, vous êtes là ?? »

Scott Connelly était en ligne.

Eh merde. Elle tapa rapidement : « Je suis là. »

Elle n'avait aucune idée de ce qu'elle était en train de faire, mais ça valait au moins la peine de découvrir ce qu'il avait à dire. Si ce n'était pas intéressant, ou si c'était juste un troll anonyme qui cherchait à se foutre d'elle, elle lui donnerait l'e-mail et le numéro de Gill.

Trois points apparurent à côté de l'image de profil de Scott, signalant qu'il était en train d'écrire.

« Vous n'avez pas répondu à ma question. »

Elle poussa un soupir.

« Je n'ai pas de mauvaises intentions, je veux simplement la vérité. Je sais… »

Elle marqua une pause pour réfléchir.

« Je sais que Liam n'était pas tel qu'on le décrit. Certains se méfiaient de lui parce qu'il était réservé et sensible. Je sais ce que c'est. Je veux m'assurer qu'on dresse un portrait de lui juste. »

Elle appuya sur « Envoyer » puis se demanda si elle ne perdait pas son temps. Elle suivit sa réponse par :

« Comment savoir que je peux vous faire confiance ? Dites-moi quelque chose sur Liam. »

Les trois points réapparurent. Ils restèrent sur l'écran un long moment. Scott écrivait apparemment tout un roman. Freya se mit à tapoter du pied – plus ça durait, plus il y avait de risques que quelqu'un d'autre se connecte et la surprenne. Elle se nota mentalement de supprimer cette conversation à la fin.

En entendant de nouvelles personnes arriver, elle leva les yeux. Quand elle les rebaissa sur son téléphone, Scott avait répondu. Il avait écrit que la grand-mère de Liam s'appelait Eileen et qu'ils habitaient tous les deux sur King Haakon Street à Kirkwall. Que les parents de Liam s'appelaient Sharon et Mark et que Sharon était morte d'une overdose à Wick quand Liam était jeune adolescent. Freya connaissait la plupart de ces informations grâce à sa conversation avec M. Henderson. Tout était juste, mais ça ne signifiait pas que Scott savait quoi que ce soit d'intéressant.

« Tout ça, je le sais déjà, répondit-elle. Que pouvez-vous me dire dont personne d'autre n'est au courant ? »

À nouveau les trois points. Freya résolut que c'était la dernière chance de Scott. Elle se mit à se balancer d'un pied sur l'autre, frissonnant à cause du froid qui s'accentuait. Ses doigts qui dépassaient de ses manches pour tenir le téléphone étaient engourdis.

Finalement, Scott répondit :

« J'étais à la fête ce soir-là à South Ronaldsay. Je sais ce qui s'est passé. »

Elle relut le message plusieurs fois. Venait-il vraiment de commettre une erreur si basique ? Elle était surprise de la déception qu'elle éprouva en comprenant que ça n'allait mener à rien.

« La fête était à Harray », rectifia-t-elle.

Elle rédigeait un autre message disant que c'était inutile de lui faire perdre davantage son temps lorsqu'il répondit :

« La première, oui. Je parle de celle où ils sont allés après. »

Son cœur s'emballa.

Avant que ses doigts frigorifiés ne puissent taper une réponse, Scott enchaîna :

« Vous êtes au courant de la dispute qu'a eue Ola à Harray ? »

Freya effaça le début de son message pour envoyer à la place :

« Oui. »

« Elle s'est disputée avec un garçon du nom de Jason Miller. Il lui avait dit que des amis à lui avaient emmené sa petite sœur dans une maison à South Ronaldsay. C'est là qu'Ola et Liam sont partis. Je parie que vous ne le saviez pas, ça ! »

Freya s'efforça de contenir son excitation. Comment faire confiance à ce type ? Impossible. Mais s'il connaissait le nom de Jason Miller, cela valait la peine de creuser.

« D'où tenez-vous ces informations ? »

« Je vous l'ai dit, j'y étais. J'étais dans la maison quand ils ont débarqué tous les deux. J'ai parlé à Liam. Je peux vous raconter ce qui s'est passé. »

Elle réfléchit une seconde. De toute évidence, Fergus et la MIT n'étaient pas au courant de ça.

« En avez-vous parlé à la police ? »

Rien. Pas de trois points.

Une vague de murmures excités parcourut l'assistance et Freya leva la tête. Les gardes-forestiers remontaient le chemin le long de la tombe.

Elle consulta à nouveau son téléphone. Toujours rien.

Elle devait supprimer rapidement cette conversation du compte de *The Orcadian*. Elle se connecta à son propre compte Twitter et envoya un nouveau message à Scott. C'était encore plus dangereux : cet inconnu dont elle ne savait rien aurait un accès direct à sa vie privée. Mais elle ne publiait presque rien d'intime sur les réseaux sociaux, de toute façon. C'était un risque à courir.

« C'est mon compte personnel, écrivit-elle. Nous pouvons échanger ici en toute confidentialité, personne d'autre ne verra cette conversation. Oubliez ce que j'ai dit sur la police. Tout ce que vous me confierez restera entre nous. »

Elle se rendit compte que cette dernière phrase était un mensonge ; s'il lui révélait quelque chose d'incriminant, elle devrait le rapporter à Fergus. Mais pour l'instant, c'était aussi proche de la vérité que nécessaire.

Elle repassa au profil de *The Orcadian*. Toujours pas de réponse là non plus. Elle fit des captures d'écran des messages de Scott pour garder les informations puis elle effaça la conversation. Elle retourna à son compte personnel pour y trouver un message non lu :

« Je ne veux pas vous parler ici. »

Son cœur se serra.

Puis les points réapparurent.

« Mieux vaut discuter en personne. Le front de mer de St Margaret's Hope. Ce soir à 18 heures. »

27

Freya retint son souffle et attendit.

Les nuages qui avaient menacé le ciel plus tôt s'étaient dissipés et lorsque le soleil plongea entre les collines de Hoy, la magie opéra. Un fragile rayon de soleil, le dernier de ce jour le plus court de l'année, transforma tout ce qu'il touchait en or. Le Barnhouse Stone, un monolithe au milieu d'un champ à quelques centaines de mètres au sud de Maeshowe, prit soudain vie quand le soleil effleura son sommet, concentrant la lumière en un rai qui filtrait dans la longue entrée étroite de la tombe. Depuis toute petite, Freya était fascinée par la sépulture, par ses runes gravées dans les murs en pierre mille ans plus tôt par les Vikings décrits dans la *Saga des Orcadiens*, qui s'étaient retrouvés piégés là par une tempête de neige. Cet endroit était vraiment spécial et lorsque le dernier rayon de soleil dessina un portail à l'arrière de la chambre sombre, déversant sur les vieilles pierres une lumière spectaculaire, presque surnaturelle, un silence révérencieux s'abattit sur la foule. Freya retint sa respiration et savoura cet instant féérique.

Puis l'obscurité revint.

Même si elle avait eu du mal à se concentrer avant le coucher du soleil, elle avait récolté de bonnes citations des gardes-forestiers et de quelques personnes de la foule, et à 17 heures son article pour le site du journal était prêt. Ce n'était pas forcément le genre de sujets qu'elle voulait traiter, mais elle était déterminée à montrer à Kristin que ses talents étaient sous-exploités. Puis elle envoya un texto à Tom pour le prévenir qu'elle rentrerait tard, qu'elle devait rencontrer une source à South Ronaldsay. Elle omit de préciser que c'était un inconnu. Il savait où elle allait et l'appellerait s'il n'avait pas de nouvelles d'ici 20 heures. Elle était sûre que tout se passerait bien.

Lorsqu'elle quitta le siège du journal, les nuages s'étaient amoncelés et les étoiles ne les perçaient que par endroits. Tandis qu'elle laissait l'île principale derrière elle et traversait la digue de Churchill Barriers, le monde s'assombrit encore. Ici, les habitations se faisaient rares, il y avait plus de mer que de terre. Les eaux noires s'étendaient de chaque côté de la route : l'immensité faussement sereine de Scapa Flow sur sa droite et la mer du Nord agitée à sa gauche. Les vagues se brisaient sur les énormes cubes de béton de part et d'autre de la chaussée et éclaboussaient le bitume.

Bien que connecté à Mainland par la route depuis plus d'un demi-siècle, South Ronaldsay donnait l'impression d'être coupé du monde. Lointain. À peine peuplé. À l'écart de Kirkwall tant dans l'espace que dans le temps. Il était bientôt 18 heures, mais il aurait tout aussi bien pu être minuit passé. Il n'y avait pas de lumière dans les fermes qu'elle croisait, si peu nombreuses qu'elles se confondaient toutes. South Ronaldsay était une langue de terre étroite qui s'étendait presque exactement le long de l'axe nord-sud de la boussole. St Margaret's Hope, le seul village de l'île, se situait tout au nord : une petite grappe de vieilles maisons en pierre autour d'une jetée dans une baie abritée. Le terminal de ferry pour la liaison vers la baie de Gills, au nord de la côte écossaise, se trouvait à environ huit cents mètres de la ville. Freya le voyait de l'autre côté de l'eau depuis Front Road, où elle s'était garée. Le village était plongé dans une obscurité quasi totale, seuls deux lampadaires illuminaient le front de mer, mais le quai moderne était bien éclairé et elle voyait des ouvriers avec des casques et des gilets jaunes qui s'affairaient en prévision du retour du ferry. Cela la rassura un peu.

Il n'y avait pas d'autres voitures, aucun signe de vie. Un coup d'œil à l'horloge lui apprit qu'il restait dix minutes avant l'heure du rendez-vous. Elle était en avance. Elle songea à effectuer des recherches sur Scott Connelly – son compte Twitter ne lui avait pas révélé grand-chose et elle n'avait pas eu le temps de regarder ailleurs sur Internet –, pour décider finalement d'économiser sa batterie. Contrairement à la veille, son téléphone avait survécu à la journée, mais il n'était chargé qu'à moins de trente pour cent. Alors elle attendit simplement dans sa voiture, à regarder les lumières du ferry projeter des stries jaunes à la surface de l'eau, tout en comptant les piercings à son oreille dans un sens puis dans l'autre, dans un sens puis dans l'autre.

Et attendit encore.

18 heures passèrent et toujours aucun signe de Scott.

À 18 h 05, elle vérifia qu'elle n'avait pas reçu de messages. Rien. De l'autre côté de la baie, elle vit une voiture remonter la route étroite vers le terminal de ferry et il lui traversa l'esprit qu'elle avait peut-être mal compris ; Scott avait dit le front de mer, mais ça pouvait aussi être le quai. C'était un point de rendez-vous moins inquiétant. Il travaillait peut-être pour l'entreprise de ferry et finissait à 18 heures.

Elle prit les jumelles dans la boîte à gants et sortit de la voiture. Le vent l'agressa : il était beaucoup plus froid ici qu'à Kirkwall. Elle observa la baie, essaya de repérer quelqu'un seul ou en train d'attendre dans un véhicule.

Elle ne vit personne.

De dehors, le village lui paraissait plus sombre, plus inerte. Une enseigne indiquait une maison d'hôtes de l'autre côté de la rue, mais c'était fermé, avec un panneau « À vendre » à la fenêtre. Le petit village avait un jour attiré des touristes qui arrivaient par le bateau, mais plus aujourd'hui. Tout était mort.

Les poils de sa nuque se hérissèrent lorsqu'elle sentit des yeux sur elle. Mais elle ne voyait toujours personne. Elle retourna dans sa voiture, verrouilla les portes. Comme plus tôt ce matin-là, elle prit soudain conscience de son imprudence : elle n'avait aucune idée de qui était ce type ni de ce qu'il lui voulait. Elle aurait au moins pu donner son nom à Fergus. Mais quand l'aurait-elle fait ?

Dans la pénombre et le silence, des idées absurdes l'assaillirent.

Et si Scott était en réalité Jason Miller ?

Et si Jason était encore en contact avec Katie, ou quelqu'un du lycée de Kirkwall, et qu'il avait eu vent que Freya posait des questions à son sujet ?

Et s'il savait que la police le recherchait et qu'il la tenait pour responsable ?

Fergus lui avait dit que Jason avait été localisé pour la dernière fois hier après-midi au nord d'Inverness ; selon l'heure à laquelle la police avait donné l'alerte dans les ports, il pouvait déjà être ici.

Il était 18 h 10. Freya sentit un goût de métal sur sa langue : elle s'était mordu la lèvre jusqu'à se l'ouvrir. Elle suça le sang, tout en attrapant son téléphone. Un dernier coup d'œil.

Bien entendu, il y avait un message non lu :

« C'était une erreur. J'ai changé d'avis. »

28

— Merde !

Son téléphone rebondit sur la portière côté passager avant de tomber par terre. Scott n'était pas un psychopathe, juste un connard qui lui faisait perdre son temps.

Freya se pencha pour récupérer le portable. Une immense fissure barrait l'écran. Génial. Heureusement, il fonctionnait toujours et elle rouvrit l'application Twitter pour écrire à Scott, ses pouces martelant avec colère la vitre fendue.

« Demain, mon journal va publier une interview de la mère d'Ola Campbell en première page. Elle accuse toujours votre copain Liam d'avoir causé la mort de sa fille, malgré le fait qu'il semble être une victime, lui aussi. Vous ne voulez pas que les gens connaissent sa version des faits ? »

À sa surprise, Scott répondit aussitôt.

« Comment ça, "il semble être une victime" ? C'est lui la plus grande victime, dans cette histoire. »

Freya secoua la tête. Ça voulait dire quoi, bordel ?

« C'est-à-dire ? »

Elle contempla l'écran, dans l'expectative, tout en se demandant pourquoi elle se donnait cette peine. Elle n'allait jamais rencontrer Scott, ne serait jamais en mesure de confirmer s'il était une source fiable ou non. Le lapin qu'il venait de lui poser suggérait le contraire. Il avait très bien pu mentir à propos de la deuxième fête à South Ronaldsay quand Freya avait relevé son erreur.

Pourtant, il était au courant de la dispute. Et il connaissait le nom de Jason Miller.

Finalement, sa réponse arriva :

« Pourquoi votre nom ne figure pas dans le journal parmi ceux des autres journalistes ? »

Ce n'était pas ce qu'elle espérait. Mais la question révélait tout de même un indice : il avait accès à un exemplaire de *The Orcadian.* Qui que soit ce type, il était probablement ici, dans les Orcades.

Elle réfléchit un long moment, hésitant toujours à rentrer chez elle car toute cette histoire paraissait être une très mauvaise idée. Mais s'il savait vraiment où étaient allés Ola et Liam après leur départ d'Harray ? Et s'il avait raison à propos de la dispute ? Ce que Fergus lui avait dit sur le fait de ne pas utiliser les informations qu'il lui avait confiées comme moyen de se revoir affectée à l'affaire lui avait trotté dans la tête toute l'après-midi. Elle ne lui ferait pas un coup pareil, mais si elle pouvait obtenir autre chose ? Si elle découvrait ce qui était arrivé à Ola et à Liam entre Harray et la baie de Skaill, Kristin n'aurait pas d'autre choix que de revenir sur sa décision. Sans compter que ça remettrait aussi Gill à sa place.

Je te bousille.

— Ah ouais ? marmonna Freya tout haut. C'est ce qu'on va voir.

« Je suis nouvelle. C'est ma première semaine. L'édition de demain me mentionnera. »

Elle envoya le message puis pensa aussitôt à autre chose.

« Cherchez mon nom sur Google, vous verrez que je travaillais avant pour *The Herald.* »

« Je l'ai déjà fait. Vous avez écrit l'article sur ce médecin pervers. C'est pour ça que je pense que vous êtes la bonne personne. Mais à partir de maintenant on ne se parle qu'ici, c'est à prendre ou à laisser. »

La bonne personne pour tout ça, c'est la foutue police, songea-t-elle, mais puisqu'elle lui avait fait peur tout à l'heure en évoquant les autorités, elle préféra ne pas l'écrire. Elle se frotta les yeux. Elle était fatiguée et fixer son écran dans l'obscurité n'aidait en rien.

« OK, marché conclu. On se parle ici. »

Elle remarqua que son écran s'assombrit légèrement : sa batterie était tombée à vingt-cinq pour cent.

« Dans ce cas, je rentre chez moi, répondit-elle. Je n'ai presque plus de batterie. Si vous m'écrivez pendant que je suis au volant, je vous répondrai à mon arrivée. »

Elle posa le téléphone sur le siège passager et alluma le moteur. Du coin de l'œil, elle vit que Scott avait déjà répondu.

« Non ! Attendez ! »

Les trois points apparurent à nouveau à côté de son image de profil, qui n'était qu'un simple rond bleu.

« Que savez-vous au sujet d'un homme du nom de Graham Linklater ? »

Avec un soupir, elle ramassa l'appareil. En quoi était-ce si urgent ? Scott paraissait vouloir la retenir. Avant qu'elle n'ait répondu qu'elle n'avait pas la moindre idée de qui était ce Linklater, Scott écrivit à nouveau. Cette fois, il envoya un lien. Freya cliqua dessus et Google Maps s'ouvrit sur son écran, montrant l'itinéraire vers un endroit à sept minutes de là. Elle regarda la destination, désignée par une épingle sur le plan. C'était dans un champ près de la côte à l'est de l'île, au milieu de nulle part. Lorsqu'elle passa en mode satellite, une grappe de petites bâtisses autour d'une cour apparut, au bout d'un chemin privé, à quelques mètres des falaises de la mer du Nord.

Les pensées fusèrent en tous sens dans son cerveau. Que faire ? Connaissait-elle le nom de Graham Linklater ? C'était un patronyme assez commun dans les Orcades mais il ne lui disait rien. Elle songea à le taper sur Google mais elle n'avait vraiment presque plus de batterie.

Elle retourna sur Twitter. Scott avait écrit un autre message.

« Si vous voulez savoir où Ola et Liam étaient ce soir-là, allez voir par vous-même. »

*
*   *

L'adrénaline me picote la peau.

Ma voiture est garée à l'abri des regards mais j'ai une vue dégagée sur la maison. Elle est plongée dans l'obscurité, il n'y a personne, mais ça ne fait rien – cet enfoiré va bien rentrer à un moment ou à un autre, ça ne me dérange pas d'attendre. J'ai attendu dix-sept ans, je ne suis pas à une ou deux heures près.

C'est à nouveau une nuit sombre, les nuages se sont accumulés dans le ciel au fil de la soirée mais je sais que la maison est là parce que je l'ai vue tout à l'heure. Plusieurs fois, en fait. L'homme sur ma liste possède des propriétés dans toutes les Orcades, donc je devais aller à la bonne adresse, et la seule façon d'en avoir le cœur net était de voir ce salopard de mes propres yeux. Ça m'a pris une bonne partie de la nuit dernière et presque toute la matinée pour le trouver. La maison est isolée – une grande ferme près de la côte. Il y a quelques voisins, à distance raisonnable. Chez certains, il y a de la lumière, mais je suis trop loin pour qu'on me repère. Les yeux fermés, je me pose la sempiternelle question :

Est-ce que je suis capable de le faire ?

L'encre bleue sur le papier blanc surgit dans mon esprit. L'image de son visage rejoint son nom. J'ai déjà tué, dans un accès de colère. Juste une fois, mais je pourrais recommencer. Alors oui, j'en suis capable. Aucun doute là-dessus.

Des phares apparaissent au-devant, une voiture s'approche de la maison sur la route.

Quelqu'un arrive.

29

Freya quitta St Margaret's Hope et se dirigea vers le sud. En quelques secondes, elle fut seule en rase campagne, dans l'obscurité totale.

Au bout de cinq minutes, elle s'engagea sur une petite route qu'elle remonta sur environ cinq cents mètres avant de tourner à gauche. Le bitume céda bientôt la place à la terre. Le chemin devenait de plus en plus étroit. Heureusement qu'elle savait, grâce à la carte, qu'elle était près des hautes falaises à l'est de l'île, car il était impossible de le déterminer en regardant à travers le pare-brise. Rien devant elle, si ce n'était du noir complet.

Elle arriva à un embranchement. La voie à gauche était barrée par un portail en métal fermé à l'aide d'une grosse chaîne cadenassée qu'elle distingua dans le faisceau de ses phares. Il y avait aussi un panneau en bois avec la mention *PROPRIÉTÉ PRIVÉE, DÉFENSE D'ENTRER*, peinte en grosses lettres capitales. À droite, un autre chemin menait à une ferme à moins d'un kilomètre. Des lumières filtraient aux fenêtres et un grand feu brûlait dans le jardin. Freya consulta à nouveau son téléphone : l'épingle sur la carte indiquait le chemin à gauche, derrière le portail fermé. Elle allait devoir laisser sa voiture là et parcourir le reste du trajet à pied.

Une notification surgit : « Mode économie d'énergie ». Plus que vingt pour cent de batterie. Et pas de réseau.

Génial.

Elle se gara sur le bas-côté pour ne pas bloquer la route vers la ferme puis sortit. Le froid s'infiltra à travers son jean ; le paysage vallonné et dénué d'arbres donnait libre cours aux bourrasques venues de la mer. Un coup de vent particulièrement fort la fit reculer tandis qu'elle verrouillait sa portière. Maintenant que ses phares étaient éteints, elle se rendit compte combien il faisait sombre dans cet endroit reculé ; une pénombre épaisse et oppressante, de celle où l'on pouvait venir vous surprendre par-derrière en vous plaquant les mains sur les yeux. De la route, elle voyait à peine la barrière.

C'était peut-être à cause du noir, ou alors du grondement de la mer qui s'écrasait sur les falaises non loin de là, mais une peur immense la submergea. Freya se tint immobile, espérant que ses yeux s'habituent à la faible luminosité, mais cela prenait beaucoup trop de temps à son goût. Elle envisagea sérieusement de reprendre sa voiture et de revenir de jour le lendemain, mais cela impliquerait plus de risques d'être vue. Le panneau sur le portail ne laissait aucune place au doute, elle n'était pas censée être là. Si elle était surprise à fureter et que ça remontait aux oreilles d'Alistair et de Kristin, elle leur devrait des explications. Elle n'avait pas encore suffisamment d'éléments pour qu'ils se rangent de son côté, et non de celui de Gill. Si elle s'embarquait là-dedans, autant y aller maintenant.

Elle n'osa pas utiliser la lampe torche de son téléphone, par peur de vider en quelques secondes la batterie restante. Il y avait un petit panneau à côté du chemin menant à la ferme voisine. Elle y jeta un coup d'œil dans l'obscurité, y distingua le mot *Cleat*. Certainement le nom de la famille qui habitait là. À part la pancarte en bois, il n'y avait aucune indication à la barrière fermée, aucun nom. Elle l'enjamba et atterrit sur le chemin de l'autre côté, puis elle avança.

Elle sentait l'odeur du feu chez les voisins. La fumée était empreinte d'émanations toxiques, comme s'ils brûlaient du plastique ou du caoutchouc. Des sacs d'ordures, peut-être. Elle regardait le néant devant elle, avec l'impression de flotter dans le vide. Mais elle entendait le fracas de la mer contre les falaises. Il devint plus fort, semblable à des pas de géant devant elle. Elle ne savait pas si c'était le noir qui lui jouait des tours ou si les falaises étaient vraiment très proches. Elle veilla à rester sur le chemin.

Au bout d'une minute environ, une nouvelle forme surgit dans la nuit. Freya ne percevait ni détail ni couleur, juste les contours de ce qui lui semblait être le mur d'une bâtisse. Elle en vit bientôt d'autres. Il y avait un grand bâtiment et deux autres plus petits à proximité. De plus près, elle distingua une maison, puis des dépendances et une grange de l'autre côté de la cour. Elle s'immobilisa et tendit l'oreille, à l'affût de bruits d'animaux, mais elle n'entendit que le hurlement du vent à travers les interstices entre les briques. La cour était vide, ni engin agricole ni voiture. Cet endroit était à l'abandon.

La maison était une ferme à un étage : une structure relativement récente, sans doute moins de cinquante ans. Il y avait probablement, quelque part sur la propriété, une bâtisse plus ancienne qui avait été désertée et tombait en ruines depuis que celle-ci avait été construite. Freya se demandait si quelqu'un vivait ici : peut-être ce Graham Linklater que Scott avait cité.

Elle entendit alors un bruit.

Distant, mais grandissant. On aurait dit un petit véhicule, comme un motocross ou un quad.

Elle regarda autour d'elle mais ne vit aucune lumière et bientôt le son se fondit dans le souffle du vent. Elle se retourna vers la maison ; elle formait un L sur deux côtés de la cour carrée. Comme chez Gordon Tulloch, elle jeta un coup d'œil à travers les fenêtres et fut surprise de découvrir que la maison était meublée. Alors qu'elle s'aventurait plus avant dans la cour, le vent reflua un peu et l'obscurité s'accentua. Freya ne pensait pas que c'était possible. Elle vit une porte.

Le métal froid de la poignée lui brûla la peau lorsqu'elle la saisit.

*

* *

Des phares inondent ma voiture.

Je me recroqueville et j'attends que les faisceaux s'éloignent avant de redresser lentement la tête. Un véhicule passe devant moi et se dirige vers la maison.

C'est l'heure.

Je me penche au-dessus du siège passager et j'ouvre la boîte à gants, en sors le long couteau de cuisine que j'ai emporté avec moi du trou à rats humide qui me sert d'appartement. Celui que j'ai acheté il y a des années, dans l'intention de m'ouvrir les veines. Mais quand le métal froid a commencé à brûler, j'ai eu une meilleure idée : ce n'est pas moi qui allais souffrir sous cette lame.

Ce n'est pas moi qui ai causé tout ça.

Alors que le sang coulait sur mes paumes, chaud et poisseux, j'ai décidé que si les corps étaient retrouvés un jour, si l'étau commençait à se resserrer, alors ce serait le moment de faire ce que j'ai promis : revenir ici et tuer ces hommes, jusqu'au dernier.

Une image de la grosse horloge sur l'écran de télévision de la salle de pause surgit dans mon esprit, son tic-tac assourdissant, la chaleur qui fait perler la sueur sur ma nuque. Ce n'était pas censé être ça, ma vie. Un feu explose dans ma poitrine lorsque je repense à tout ce que j'avais il y a dix-sept ans. À ce qu'on m'a pris. À ce qu'ils ont fait à…

La voiture s'arrête. Quelqu'un en descend. Je le regarde se diriger vers la maison.

Je serre le couteau dans ma main gantée et j'ouvre ma portière.

30

La porte était ouverte.

Freya sursauta. Elle s'attendait à la trouver fermée. Le battant pivota sous la force du vent, grinçant sur ses gonds, ne révélant que du noir à l'intérieur. Une odeur d'humidité et de moisi lui agressa les narines. Ça empestait le renfermé. Cela lui rappela la chambre d'Ola.

Un million de scénarios plus effroyables les uns que les autres défilèrent dans son esprit. Son imagination était son pire ennemi, elle en avait conscience. Un coup de vent poussa la porte, l'envoyant cogner contre le mur. Freya voyait le hall d'entrée, et maintenant que ses yeux s'étaient ajustés à la pénombre, elle distingua le motif du papier peint à fleurs. Elle s'avança à pas prudents, passa la tête dans le petit vestibule et vit des portes de part et d'autre, vers chaque aile du bâtiment. Elle alluma son téléphone pour utiliser la torche. Le niveau de batterie avait encore chuté à cause du froid. Plus que seize pour cent.

Elle bloqua la porte à l'aide d'une brique de la cour. Si besoin, elle voulait être en mesure de sortir rapidement. Elle voulait aussi éviter que quelqu'un revienne et ne l'enferme à l'intérieur, si jamais l'occupant des lieux était juste sorti faire une course et avait oublié de fermer la maison à clé. Mais lorsqu'elle maintint la porte en place, elle remarqua que la poignée et la serrure avaient été cassées. Quelqu'un d'autre était déjà venu. À voir la rouille sur le verrou, Freya déduisit que la dernière visite remontait à longtemps.

Elle opta pour la porte à sa droite.

Derrière, elle découvrit une grande chambre. Freya ne voyait pas les murs ni le plafond mais l'écho de ses pas sur le plancher en bois lui indiqua que c'était un vaste espace. À l'affût des bruits de la maison, elle sentit un courant d'air. Elle entendait le vent contre les fenêtres, son sifflement dans une cheminée à proximité.

Au loin, il y avait un léger tapotement, difficile à discerner au-dessus du tambourinement de son cœur contre ses tempes. Elle se concentra dessus. Trop régulier pour venir d'un animal. Ou d'une personne. Il se répétait à chaque coup de vent et Freya préféra donc partir du principe qu'il y avait une fenêtre ouverte à l'étage. C'était une porte qui battait dans le courant d'air, rien de plus, se convainquit-elle.

Elle alluma la torche et vit qu'elle était dans une grande cuisine ouverte. Une table en chêne au milieu de la pièce était entourée d'une dizaine de chaises. De légers ronds blancs apparurent sur la surface : des marques de verres posés à même le bois. Il y avait une cuisinière Aga et un frigo américain. Devant elle, une double porte et, immédiatement sur sa droite, un escalier. Freya leva le faisceau de sa lampe et vit une mezzanine courir tout autour de la pièce. Des portes supplémentaires se découpaient là-haut. L'espace était vaste et elle imaginait bien des fêtes organisées ici, en se demandant qui était l'hôte. Quelqu'un qui avait beaucoup d'argent, de toute évidence.

Elle inspecta les placards et les tiroirs pour les trouver vides. Une épaisse couche de poussière couvrait tout et quand Freya tourna les robinets au-dessus de l'évier, les tuyaux grognèrent. Elle les referma aussitôt. Avant de poursuivre à l'étage, elle ouvrit la double porte au fond de la pièce : elle menait à un salon assez grand pour accueillir deux canapés d'angle et une autre immense table. Pas de télévision en vue. Il y avait des rideaux aux fenêtres et elle repéra un interrupteur au mur mais, même si l'obscurité était terrifiante, elle préférait ne pas allumer au cas où la maison serait visible depuis la ferme voisine. Elle entendit la cheminée avant de la voir à cause du vent qui hurlait dans le foyer vide.

La lueur bleuâtre de sa torche envoyait sur les murs de grandes ombres qui la suivirent lorsqu'elle monta l'escalier. Elles dessinaient des monstres qu'elle voyait du coin de l'œil. Quand elle regarda en bas depuis la mezzanine, son esprit lui joua des tours et elle crut soudain voir des gens assis à la table. Le tapotement qu'elle avait entendu était plus fort là-haut, le courant d'air aussi. Elle explora chacune des trois portes du palier. Elles donnaient sur des chambres, toutes meublées. Les lits étaient faits mais les tissus paraissaient délavés, même si c'était difficile à dire dans cette pénombre. Le tapotement provenait d'une porte de douche dans la salle de bains attenante à la plus grande des chambres et Freya remarqua que la fenêtre était entrouverte. Elle songea à la fermer, tout en se demandant si quelqu'un le remarquerait. Elle résolut de tout laisser intact et se dirigea vers l'escalier.

C'était un peu décevant. Quoi qu'il se soit passé ici, il n'y en avait plus aucune trace. Pourquoi Scott l'avait-il menée ici ? Qu'avait-elle à y gagner ? Elle retourna dans le vestibule où la porte d'entrée était toujours bloquée par la brique et elle contempla l'autre porte. Jeter un œil au reste de la maison, ou repartir ?

Elle consulta son téléphone : dix pour cent de batterie.

Au point où elle en était, ça aurait été bête d'en rester là.

31

Freya ouvrit l'autre porte et aussitôt l'ambiance changea.

Il faisait plus froid ici, et encore plus sombre. Elle se trouvait dans un espace confiné au plafond bas. Un plancher nu, des murs en pierre et des poutres noires en bois. Même si ce n'était pas en sous-sol, ça ressemblait à une cave et l'odeur de moisi était prononcée.

Ce devait être la vieille ferme ; l'autre aile était une extension plus récente, plus moderne. Cet espace n'était pas meublé et, même avec la torche allumée, tout semblait noir, comme si des forces en présence aspiraient toute la lumière. Elle sentit la chair de poule lui couvrir la peau, et les cheveux sur sa nuque se dresser contre sa veste. Il y avait une porte à sa diagonale : un panneau de bois brut avec une poignée ronde en acier. L'écho sourd de ses pas lui parut beaucoup trop fort lorsqu'elle traversa la pièce pour aller l'ouvrir.

Elle déboucha dans un couloir. Un frisson la parcourut lorsque le faisceau de sa lampe éclaira une rangée de chaises d'un bout à l'autre. Le corridor était si étroit qu'il y avait à peine la place pour circuler. Les sièges lui rappelèrent un hôpital ou un cabinet médical. Des gens qui s'asseyaient ici en attendant d'être reçus. Mais pour quoi faire ? Il y avait trois autres portes tout au bout, une de chaque côté du couloir et une au fond, mais aucune fenêtre. Freya n'avait jamais expérimenté un noir aussi total.

Elle remonta lentement le corridor, le long des chaises vides. Elle atteignit les portes en bois, le cœur au bord des lèvres.

Puis elle toucha chacune des poignées en acier en espérant avoir un pressentiment de ce qui se cachait derrière, mais elle n'éprouva rien d'autre que de la peur. Elle voulait tout arrêter, rentrer auprès de Tom et de Luna et ne jamais découvrir ce qu'il y avait de l'autre côté de ces battants, mais elle savait qu'elle ne pouvait pas.

Sa main s'était arrêtée sur la première porte à sa droite.

Elle la poussa.

Elle aperçut la silhouette sur le matelas avant que son cerveau ne puisse assimiler ce que c'était. Elle cria, les mains plaquées sur la bouche, et lâcha son téléphone, ce qui la plongea dans le noir. Elle se rua vers le sol pour chercher l'appareil à tâtons sur le plancher. Dès qu'elle l'eut récupéré, elle le brandit vers la pièce pour être sûre que la silhouette n'avait pas bougé, mais dans la lueur bleuâtre elle vit qu'elle était toujours étendue sur le matelas sale, bras et jambes attachés de part et d'autre avec du gros ruban adhésif. Bien que la forme ait l'air humaine, quelque chose clochait, mais les neurones de Freya ne fonctionnaient pas assez vite pour comprendre quoi. Quelque chose sur le visage. Les yeux.

Elle tomba en arrière dans le couloir en pointant la torche vers la silhouette. C'est alors que son attention fut attirée vers le mur. Elle se força à se remettre debout.

La silhouette sur le matelas n'était pas humaine. C'était une poupée gonflable, flasque et rabougrie là où l'air avait fui avec le temps. Ses jambes étaient écartées, révélant une fente à l'entrejambe, barbouillée de ce que Freya espérait être de la peinture rouge. Sa bouche était béante, comme une expression de choc, et ses yeux vides fixaient le plafond. Freya leva le faisceau de sa lampe vers le mur ; un message avait été tagué sur le papier peint à l'aide de cette même peinture rouge, avec des coulures sous chaque lettre.

On connaît votre sale petit secret.

Elle lutta pour reprendre son souffle et essaya d'intégrer ce qu'elle voyait. Elle devait prendre une photo.

Il lui restait un pour cent de batterie quand elle ouvrit l'appareil photo. Elle cadra, il y eut un flash, puis l'écran devint noir.

L'obscurité s'abattit sur elle comme une capuche tirée sur ses yeux.

Sa respiration se coinça dans sa gorge. Elle plaqua la main sur sa bouche, s'efforçant désespérément de garder son sang-froid et de ne pas crier. Si elle se laissait sombrer dans cette spirale, elle ne s'en sortirait jamais. Elle devait revenir sur ses pas jusqu'à la porte d'entrée. Ce n'était pas loin. Ça avait l'air loin dans le noir épais qui faisait naître des pointillés blancs dans son champ de vision, mais ça ne l'était pas. *Continue de te dire ça.* Elle rangea son téléphone dans la poche de son manteau et tâtonna le mur.

Il y eut un bruit à l'autre bout du couloir. Un raclement par terre.

32

L'espace d'une demi-seconde qui lui sembla durer une éternité, Freya ne fit rien.

Elle resta figée, paralysée par la peur, l'oreille tendue.

Tout ce qu'elle entendait, c'étaient son cœur affolé et sa forte respiration. Elle ferma les yeux et une part d'elle se mit à prier que ce ne soit pas réel. Elle espérait que quand elle les rouvrirait, elle serait à la maison et se rendrait compte qu'elle s'était juste endormie devant le feu et avait fait un cauchemar.

Puis elle sentit un filet d'air froid, comme si quelqu'un soufflait sur sa nuque.

Elle rouvrit les yeux d'un coup et courut.

Elle se prit les pieds dans les chaises, tomba et se cogna la tête par terre. Un énorme fracas résonna dans le couloir et une douleur irradia dans sa jambe, mais elle n'avait pas le temps d'y penser. Avec la sensation épouvantable de ne pas être seule dans cette maison, elle se remit debout, incapable de dire avec certitude qu'elle avançait dans la bonne direction. Elle palpa le mur à la recherche de la poignée de la porte. Sa hanche la brûlait, sa tête pulsait, chaque partie de son corps allait lui faire horriblement mal plus tard mais pour l'instant c'était le cadet de ses soucis.

Après avoir passé la porte, elle traversa la pièce en courant jusqu'au hall d'entrée. C'était comme courir sous l'eau. Comme donner des coups dans un rêve. Tout était plus lent qu'elle ne le voulait.

La porte d'entrée était presque fermée, la brique ne l'avait pas retenue. Il venait peut-être de là, le raclement qu'elle avait entendu ? La raison lui soufflait que ce devait être ça, qu'il n'y avait personne dans la maison, mais elle n'allait pas s'attarder ici pour en avoir le cœur net. Elle poussa la porte et se précipita dans la cour, remplit ses poumons d'air froid et ne s'arrêta pas pour vérifier si quelque chose avait bougé.

Elle se contenta de courir.

Sa respiration était bloquée dans sa gorge. Elle avait la poitrine en feu et envie de pleurer mais elle devait tenir bon. Un peu plus loin à sa droite, la mer rugissait contre les falaises. Elle semblait toute proche. Bien que consciente que le moindre faux pas pouvait l'envoyer à la mort, elle continua de courir. Elle sentit des cailloux sous ses pieds : elle était à nouveau sur le chemin, elle atteindrait bientôt sa voiture et pourrait foutre le camp d'ici.

Elle jeta un coup d'œil par-dessus son épaule. Personne. C'était peut-être le soulagement, ou alors le choc, mais elle se mit à rire. Elle ralentit l'allure jusqu'à s'arrêter pour se plier en deux, les mains sur les genoux, hors d'haleine. Rattrapée par l'odeur de plastique brûlé, elle cracha un épais mollard par terre. Elle s'essuya les lèvres avec sa manche puis elle se redressa.

Elle était dehors.

Saine et sauve.

Un peu plus loin, elle vit la barrière, distingua le capot de sa voiture. Ainsi que des silhouettes sombres qui erraient autour.

Elle se figea et regarda encore. C'étaient peut-être ses yeux qui lui jouaient des tours.

Les silhouettes noires bougèrent.

Son cœur s'emballa à nouveau. Elle dénombra trois personnes : deux grandes et une beaucoup plus petite. Elles étudiaient son véhicule.

Elle se rendit compte que ses mains étaient plaquées sur sa bouche. Elle retenait à nouveau sa respiration. La plus petite des silhouettes s'approcha du portail et resta debout là, à scruter l'obscurité.

Elles la regardaient.

Elle ne bougea pas. Peut-être était-elle trop loin pour être vue, mais dans son manteau jaune vif, elle en doutait. Et si elle, elle les voyait…

— Vous avez trouvé ce que vous cherchiez ?

Une voix de femme. Un fort accent orcadien. Elle était si calme, si peu menaçante que Freya ne sut que répondre. Elle ne comprenait pas ce qu'il se tramait.

— Vous n'êtes pas la première personne à venir ici. Et certainement pas la dernière.

— Vous êtes la propriétaire de cette maison ? cria Freya.

Elle ne distinguait pas son visage, rien que sa silhouette. L'inconnue était appuyée à la barrière, flanquée de ses deux acolytes à quelques pas derrière elle. Désormais, ils fixaient aussi Freya.

La femme ne répondit pas à la question.

— Nous avons noté le modèle de votre voiture et votre plaque d'immatriculation.

Freya fronça les sourcils. Sa jambe lui faisait terriblement mal, à présent. Elle sentait du sang couler sur sa cheville et la substance visqueuse commençait à sécher sur sa peau. Elle ne savait pas où cette conversation les menait. Elle voulait rentrer chez elle.

La femme parut s'éloigner de la barrière. Freya entendit la chaîne racler sur le poteau en métal.

— Ne revenez jamais ici.

Quelqu'un siffla, comme pour appeler un chien, et soudain Freya entendit le ronronnement d'un petit moteur, le même que celui qu'elle avait perçu avant d'entrer dans la maison. Des lumières surgirent, les phares de deux véhicules, tels des projecteurs dans le noir. Freya se couvrit les yeux, entendit le grondement des moteurs et quand elle baissa la main, elle vit les faisceaux disparaître sur le chemin de la ferme voisine où le feu crépitait toujours dans la cour. Elle observa des braises rouges et orange s'élever dans le ciel vide et virevolter dans le vent.

Comme si elle sortait d'une transe, elle prit conscience des éléments qui l'entouraient. Le rugissement de la mer, la morsure du vent hurlant. Le froid l'avait envahie jusqu'à la moelle épinière et elle se rendit compte qu'elle tremblait. Elle ne pouvait pas rester ici une seconde de plus.

Elle se mit à courir.

33

Freya verrouilla les portières et remonta le chemin en sens inverse, bien plus vite que l'état de la route ne le permettait.

La boule d'angoisse était toujours logée au fond de son ventre lorsque Freya arriva sur la portion bitumée de la voie. Et elle ne s'en était pas débarrassée quand elle atteignit la route principale, où elle put enfin vraiment accélérer. Les battements de son cœur ne commencèrent à se calmer qu'une fois qu'elle eut franchi la digue de Churchill Barriers et qu'elle fut de retour sur l'île principale où il y avait des lampadaires, des maisons et d'autres automobilistes.

Puis l'angoisse se mua en excitation.

Maintenant qu'elle était libérée de la peur écrasante, les pensées fusaient dans son cerveau. Scott savait-il ce qu'elle allait trouver ? L'avait-il envoyée là-bas pour qu'elle voie cette scène ? Elle était trop bouleversée pour assembler les pièces toute seule et elle voulait lui poser des questions, mais elle ne pouvait pas. Son téléphone était déchargé. Elle devait rentrer à la maison, le brancher, puis découvrir de quoi il retournait. Et prier pour que la photo ait été prise avant que l'appareil ne s'éteigne.

Depuis l'allée de leur maison, elle aperçut le léger scintillement des illuminations de Noël à travers la fenêtre du salon et son excitation diminua, remplacée par la culpabilité.

— C'est toi ? appela Tom lorsqu'elle entra.

Toujours la même question.

Luna se précipita à sa rencontre. Mais au lieu de se laisser tomber sur le dos pour demander des caresses sur le ventre, la chienne s'arrêta net et huma l'air. Elle s'approcha de Freya avec précaution, tête et queue baissées, puis lécha la jambe de sa maîtresse.

— Tu as reçu mon message ? demanda Tom. J'espère que tu nous as rapporté un truc bon pour le…

Il se tut lorsqu'il émergea du salon et la vit. La bouche ouverte, il la scruta de la tête aux pieds, comme pour évaluer les dégâts. Freya voulait dire quelque chose, s'expliquer, mais trop de pensées et de sensations se bousculaient en même temps.

Tom marcha jusqu'à elle, écarta une mèche de cheveux devant son front et fronça les sourcils en voyant une plaie qu'elle avait dû se faire en tombant dans le noir. Sa main tremblait. Il baissa le regard et Freya le suivit jusqu'à Luna qui léchait avec zèle une tache de sang sur le genou gauche de son jean. La plaie avait goutté sur sa chaussure. Freya repoussa Luna mais la chienne revint aussitôt.

— Qu'est-ce qu'il s'est passé ? demanda Tom.

Elle perçut les trémolos dans sa voix. Chez n'importe qui d'autre, elle ne les aurait pas remarqués. Elle se jeta dans ses bras, le serra fort, blottit sa tête contre son torse. Elle l'entendit renifler l'odeur de fumée dans ses cheveux. Elle ferma les yeux et espéra qu'ils en resteraient là, qu'il ne l'interrogerait pas davantage. Qu'ils iraient juste au lit et se réveilleraient le lendemain matin comme si rien de tout ça ne s'était passé. Mais ce fut Tom qui brisa leur étreinte en premier. Il recula, la regarda droit dans les yeux et elle savait qu'il la suppliait en silence de tout lui raconter.

Elle voulait le faire. Vraiment.

— Freya, que…

— Je n'ai pas envie d'en parler.

Elle passa devant lui, retira son manteau, l'accrocha puis se réfugia à la salle de bains. Ses yeux la piquaient à cause de la fumée. Elle avait besoin de retirer ses lentilles de contact, de se laver le visage. Tom la suivit dans le couloir. Il resta à la porte pendant qu'elle se penchait au-dessus du lavabo après avoir jeté un coup d'œil dans le miroir. De la crasse noire tachait son visage et la plaie sur son front était bien pire que ce qu'elle s'était imaginé. C'était une vraie coupure, pas une simple égratignure, et du sang maculait ses cheveux.

— Je ne comprends pas, dit Tom. Tu as dit que tu allais rencontrer une source. C'est elle qui… c'est cette personne qui t'a fait ça ?

Elle ferma les yeux et secoua la tête.

— Je suis tombée.

— Tu es tombée ? Freya, arrête, ton visage et ta jambe sont salement amochés et tu sens… c'est quoi cette odeur ? Du plastique brûlé ?

Elle ne répondit pas.

— Pourquoi tu refuses de me parler ? Tu me fais peur.

Bon sang, tout lui faisait peur, ces derniers temps. Elle ferma les yeux alors que la culpabilité lui tordait les entrailles. *Pourquoi tout lui fait peur, Freya ? Qu'est-ce que tu as fait ?* Elle ne voulait pas lui parler parce qu'elle serait obligée de mentir, et elle en avait marre de mentir. Avant, Tom était la seule personne au monde à qui elle n'avait jamais besoin de mentir, mais maintenant…

Si elle lui expliquait qu'elle s'était rendue dans une maison abandonnée, d'après les indications d'un total inconnu, il paniquerait, parce qu'il était toujours convaincu que, moins d'un an auparavant, quelqu'un avait essayé de la tuer. Depuis février, il l'enveloppait dans un cocon, il la traitait comme une petite chose fragile qui devait être manipulée avec délicatesse, et ça la rendait dingue. Il avait abandonné ses amis, quitté son travail, déménagé ici, et tout ça pour rien. Et le pire, c'était que c'était la faute de Freya. C'était elle qui avait décidé de mentir.

C'était lui, hein ? C'était Damien Barber.

Elle n'avait pas eu d'autre choix que de dire oui. Sinon, elle aurait dû avouer qu'elle s'était jetée sur la route. Elle n'avait pas vraiment voulu mourir, du moins c'est ce qu'elle pensait, elle avait simplement voulu se débarrasser du bruit, des lumières et des idées noires. Juste pendant un instant. Ce n'était pas seulement ses supérieurs et ce foutu Damien Barber, c'était tout. Elle avait voulu que disparaisse cette impression permanente d'être incomprise, de subir les décisions stupides des autres, ainsi que ce sentiment d'impuissance d'être enfermée dans un esprit qui ne s'arrêtait jamais de mouliner, qui ne lui permettait jamais de lâcher prise. Elle avait eu besoin d'une pause de toute une vie à parler une langue étrangère. Elle avait aspiré à un peu de répit. Alors elle avait fermé les yeux et s'était avancée devant les phares comme si elle acceptait l'invitation d'un vieil ami.

Mais elle ne pourrait jamais dire ça à Tom. Au risque de l'effrayer encore plus. Il ne comprendrait pas, voire il le prendrait personnellement et la quitterait, ce qui était impensable. Et depuis que le mensonge avait été dit, il était difficile de revenir dessus. Tom l'avait suppliée d'aller trouver la police et elle les avait volontairement fourvoyés, elle avait été à l'origine d'une enquête pour tentative de meurtre qui n'était qu'une farce, tout ça pour ne pas devoir avouer à Tom ce qu'elle avait fait. Comment rétablir la vérité, après ça ?

— Freya ?

Elle ouvrit les yeux. Il se tenait à présent derrière elle. Il posa la main sur son épaule.

— Tu peux tout me dire, déclara-t-il doucement. Tu le sais, n'est-ce pas ?

Freya sentit les murs de la minuscule salle de bains se refermer sur elle. Elle n'avait plus d'espace pour respirer. Elle avait les oreilles qui sifflaient, il lui fallait sortir. Elle poussa Tom sans un mot et se dirigea vers le salon. Luna était sur le canapé mais elle sauta par terre pour aller à la cuisine lorsque Freya s'assit. Celle-ci ferma à nouveau les yeux, se prit la tête entre les mains. Elle avait juste besoin d'une seconde, d'un moment pour réfléchir.

Mais il la suivit.

— La plaie sur ta jambe est vilaine. Il faut la nettoyer. Allez viens, je vais...

— Non, Tom. Juste... laisse-moi.

— Attends une minute, je m'inquiète pour toi et tout à coup c'est moi qui ai le mauvais rôle ?

— Je n'y arrive pas. C'est trop. Tu dois me laisser faire mon boulot.

— Ce n'est pas ton boulot, ça !

Quand elle rouvrit les yeux, Tom s'était assis sur le canapé à côté d'elle. Il essaya de passer le bras autour d'elle mais elle le repoussa et se leva.

— Pourquoi tu réagis comme ça ? demanda-t-il.

Le ton implorant de sa voix poignarda Freya en plein cœur.

— Je te l'ai dit, je n'ai pas envie d'en parler.

— Ah ouais ? Eh bien, tu sais quoi ? Moi si. Parce qu'on ne se parle *jamais*, putain, s'emporta-t-il en se levant à son tour. Il y a quelque chose qui te ronge depuis des mois. Au début, j'ai mis ça sur le compte du traumatisme de l'accident, donc je n'ai rien dit, mais je crois… Je crois que ça va au-delà. Tu me caches quelque chose et ça… ça me terrifie au plus haut point, merde !

Freya sentit ses poings s'ouvrir et se refermer. Elle tapotait du pied si fort que ses chevilles étaient douloureuses.

— Bon sang, je pensais que venir ici mettrait un terme à tout ça, continua-t-il. Ça ne me dérangeait pas de quitter nos amis et abandonner tout ce qu'on avait à Glasgow pour nous installer ici parce que…

— Ça ne te dérangeait pas ? C'était *ton* idée.

— Oui, parce que je voulais que…

— Je n'ai jamais voulu revenir ici, le coupa Freya.

Malgré elle, elle avait crié. Elle ne pensait pas ce qu'elle disait, mais elle ne pouvait pas s'arrêter.

— Je me suis barrée d'ici quand j'avais dix-huit ans et je n'ai jamais eu l'intention de revenir. Je n'ai accepté que pour que tu arrêtes d'en parler en permanence. Si on est ici, c'est à cause de toi.

Ce n'était pas vrai et elle se détestait de lui avoir balancé ça. C'était à cause d'elle qu'ils étaient ici. À cause de ce foutu mensonge.

— C'était la seule façon de te protéger.

— Tu ne peux pas me protéger !

À voir son expression, ses mots avaient fait l'effet d'une gifle à Tom. Il recula d'un pas, l'air si choqué qu'elle se demanda si elle ne l'avait pas vraiment frappé.

— Ce qui m'est arrivé à Glasgow, ce qui m'est arrivé ce soir… ça va se produire encore et encore parce que le problème, c'est *moi*. Moi et mon cerveau déglingué. Je serai toujours comme ça et je ne vais pas changer. Si ça te terrifie, si tu ne peux pas t'y faire, alors…

— Alors quoi ?

Tom avait parlé si doucement, si calmement, qu'elle crut avoir rêvé.

— Alors quoi, Freya ? Qu'est-ce que tu sous-entends ?

Silence. Elle entendait les bûches crépiter dans la cheminée, elle avait l'impression d'entendre Luna gémir à la cuisine. La chienne s'était réfugiée sous la table, comme toujours quand elle avait peur ; l'imaginer ainsi, en plus de l'expression du visage de son mari, rongea Freya comme si on lui versait de l'acide sur la poitrine.

Elle ne pouvait pas rester ici plus longtemps.

Elle passa en trombe devant Tom et se précipita dans le couloir. De retour dans la salle de bains, elle claqua la porte derrière elle si fort que le plancher vibra. Elle se laissa tomber par terre contre la baignoire et fondit en larmes – des larmes de colère, de regret. Et un million d'autres émotions indéfinissables se déchaînèrent en elle.

Ses sanglots la firent trembler en silence.

Elle fixait les serviettes accrochées à la porte, à l'affût des craquements des pas de Tom, espérant qu'il vienne tout régler.

Elle finit par s'endormir sur le sol froid de la salle de bains.

*

* *

Une lumière jaillit quelques instants après que j'ai frappé à la porte d'entrée.

Une silhouette se dessine derrière la vitre, de plus en plus grande à mesure qu'elle approche. Pour la première fois depuis que je suis hors de la voiture, le vent froid me glace la peau, mais tout de suite après, une bouffée d'air chaud me caresse les joues. Un petit gros, la soixantaine bien tassée, se tient dans l'embrasure de la porte et me regarde d'un air troublé. Son expression vire bientôt à l'agacement.

— Oui ? Je peux vous aider ?

Je me suis joué ce moment si souvent au fil des années. J'ai rêvé de ce que je ferais, de ce que je dirais. Maintenant que je suis devant lui, j'ai la bouche sèche, je suis à court de mots. La sueur perle entre mes doigts et je les serre encore davantage sur la poignée du couteau caché derrière mon dos. Il porte un manteau en laine noir, un pantalon noir élégant, des chaussures bien cirées – il est peut-être sorti dîner et vient de revenir, seul, dans cette grande et vieille maison. Sa femme l'a quitté il y a bien longtemps et ses enfants sont partis s'installer ailleurs. J'ai lu en ligne tout ce qu'il y a à savoir sur Graham Linklater. Ils se sont tirés parce qu'ils savent ce qu'il a fait. Ils savent, comme tant de gens sur ce foutu petit caillou, et ils n'ont rien dit à personne.

Face à mon silence, son agacement se mue en colère à peine dissimulée. Il se balance d'une de ses chaussures luisantes à l'autre.

— C'est une plaisanterie ? Qu'est-ce que vous…

— Tu ne me reconnais pas, Graham ?

J'ignore pourquoi j'ai lancé ça. La panique, sans doute. Nous ne nous sommes jamais rencontrés, pas que je sache. Et même si c'était le cas, les dix-sept dernières années ont fait leur œuvre sur moi.

Mais il a un déclic.

Un éclair de lucidité dans ses yeux.

Ça me plaît. Cet éclair fait courir l'adrénaline dans mes veines. Ce n'est pas mon visage qu'il reconnaît, c'est la façon dont j'ai prononcé son nom. Il assemble les pièces du puzzle pour aboutir à la seule conclusion possible. Les plis de son front, la colère plaquée sur ses traits vacillent. Il transpire désormais la peur.

Il recule.

— C'est impossible… Tu ne peux pas être…

Peut-être qu'il m'attend depuis qu'il a entendu parler des corps.

Peut-être que lui aussi s'imagine ce jour depuis dix-sept ans.

Pas comme moi. Personne n'a espéré ce jour autant que moi.

Je sors le couteau de derrière mon dos, franchis le seuil et il devient livide. Je ferme calmement la porte derrière moi, l'entends cliqueter.

J'avais préparé un plan ; je comptais prendre mon temps avec lui, le faire parler, le forcer à me donner tous les autres noms que je veux connaître.

Mais quand dix-sept ans de rage refoulée s'embrasent en moi, le plan change.

JEUDI 22 DÉCEMBRE

JEUDI 22 DÉCEMBRE

34

Pour le deuxième jour d'affilée, Freya quitta la maison pendant que Tom dormait encore. Après s'être réveillée par terre dans la salle de bains, elle l'avait trouvé dans la chambre d'amis. Tout du moins, la porte de la chambre d'amis était fermée. Elle avait pressé l'oreille contre le battant, à l'affût d'un signe qu'il était éveillé, et avait même levé la main pour frapper. Mais elle ne l'avait pas fait. À la place, elle était allée à la cuisine, où Luna, pour éviter de choisir son camp, dormait sous la table. Elles s'étaient assises un moment ensemble sur le carrelage froid, Freya caressant les oreilles de Luna, la chienne léchant la jambe blessée de sa maîtresse, et celle-ci avait à nouveau pleuré en silence.

Ce matin, il n'y avait pas d'étoiles dans le ciel. Le trajet vers Kirkwall était froid, sombre et déprimant. Elle arriva en ville vers 7 h 30, bien avant ses horaires de bureau, mais la perspective de rejoindre ses collègues l'emplissait d'appréhension. Elle avait des égratignures sur le visage et une coupure sur le front, et on allait forcément lui demander des explications. Elle songea à se faire porter pâle mais elle n'avait pas la force de téléphoner à Kristin. En plus, si elle ne venait pas, Gill le verrait comme une victoire. Freya ne voulait pas donner une telle satisfaction à cette connasse.

Elle se gara derrière la supérette coopérative sur Albert Street. Le ciel était encore aussi noir qu'en pleine nuit et les rues plongées dans un silence surnaturel. Les illuminations de Noël qui pendaient au-dessus de la rue se reflétaient sur les pavés humides mais les vitrines des commerces étaient éteintes. Tout était fermé. C'était peut-être parce qu'elle était fatiguée ou stressée, mais le monde lui semblait oppressant. Le vent froid lui brûlait la peau, les dalles scintillantes du trottoir mouillé lui donnaient le vertige, comme si le sol sous ses pieds risquait de se dérober. Même le silence semblait trop fort. Elle enfonça le menton dans le col de son manteau et plongea les mains dans ses poches, où elle sentit l'enveloppe ; son cœur se fendit encore un peu plus lorsqu'elle songea à ce sujet supplémentaire à gérer. Elle avait l'impression de se briser en mille morceaux. Quelle différence le verdict ferait-il, de toute façon ? Elle l'avait dit elle-même la veille, elle serait toujours comme ça, que ce soit parce qu'elle était autiste ou non. En quoi des mots couchés sur le papier y changeraient quoi que ce soit ?

Elle passa devant la cathédrale Saint-Magnus et son immense sapin décoré d'illuminations de Noël, jusqu'à ce qu'elle trouve enfin un petit café ouvert. Elle n'avait pas mangé depuis le déjeuner de la veille, mais la simple idée d'avaler quoi que ce soit la rebutait, alors elle commanda son traditionnel latte au lait d'avoine et s'installa près de la fenêtre, d'où elle contempla la rue déserte et sombre. Elle avait l'endroit pour elle toute seule et la jeune femme derrière le comptoir ne lui prêtait pas attention, elle pouvait donc réfléchir en toute tranquillité, sauf que son angoisse était à son comble. Depuis le début de la semaine, elle se sentait à la dérive. Les journées ne respectaient aucune structure ici, aucune routine, ce qui rendait toujours les choses mille fois pires. Elle avait besoin de se raccrocher à quelque chose, une rive à l'horizon comme objectif.

Elle sortit son téléphone, qu'elle avait heureusement pensé à recharger quand elle était descendue à la cuisine. Son pouce resta en suspens au-dessus du nom de Fergus sur l'écran. Depuis mardi matin, la police s'entretenait avec des témoins, elle recherchait Jason Miller ; ils avaient sans doute de nouveaux éléments, à présent. Les premières conclusions de l'expertise scientifique devaient aussi être arrivées. Fergus lui communiquerait peut-être des informations en échange de la photo qu'elle avait prise à South Ronaldsay. Elle l'avait regardée ce matin, elle montrait assez bien la pièce, mais qu'est-ce que ça prouvait ? Et si Scott apprenait qu'elle avait parlé à la police…

Elle n'avait pas encore décidé quoi faire lorsqu'une notification s'afficha sur son écran. Un texto de Tom, pensa-t-elle, qui avait dû voir qu'elle était partie et qui voulait prendre de ses nouvelles. Elle fut déçue en constatant que c'était Twitter. Un message de Scott :

« J'imagine que vous avez des questions. »

Elle balaya la déception et commença par la question la plus évidente, ravie de se concentrer sur autre chose :

« Que s'est-il passé dans cette maison ? »

« Vous avez vu la chambre ? », répondit aussitôt Scott.

Elle n'avait pas besoin de lui demander de quoi il parlait.

« Oui. C'est vous qui y avez mis cette poupée et peint ce message sur le mur ? »

« Non. Ça se voit que c'est là depuis un moment, vous ne trouvez pas ? »

C'est ce qu'elle s'était dit sur le moment. La peinture était ternie et s'estompait. Ce qui signifiait qu'il y avait au moins une autre personne qui savait ce qui s'était passé là-bas mais qui avait décidé de laisser cette poupée dans la maison abandonnée au lieu de prévenir la police.

Quand elle regarda à nouveau son téléphone, il y avait un message non lu.

« Ils appelaient cette pièce le “Parc de Jeux”. »

Freya frémit. Après ce qu'elle avait vu, les mots faisaient froid dans le dos, mais ils étaient aussi familiers. Elle les avait déjà entendus ou vus quelque part cette semaine. Elle n'arrivait plus à se souvenir où.

« Qui l'appelait comme ça ? »

« Les hommes qui payaient pour les soirées. Hier, je vous ai demandé si le nom de Graham Linklater vous disait quelque chose. À l'époque, il possédait Sigurd Holdings, une entreprise à laquelle appartenait Eastwynd Farm et quelques autres endroits. Linklater y organisait des soirées pour des vieux pervers riches qui… »

Freya arrêta de lire et reposa son téléphone. Submergée par toutes ces nouvelles informations, en plus de tout le reste, elle avait besoin d'un moment pour les digérer. Elle prit une gorgée de café et remarqua qu'elle comptait ses piercings lorsqu'elle surprit du coin de l'œil la femme au comptoir en train de l'observer. Freya s'en fichait. Elle continua de compter, tapotant aussi du pied alors qu'elle récapitulait tout ce qu'elle savait jusque-là.

La veille, Scott avait dit qu'Ola et Liam étaient allés dans cette maison pour chercher Hannah, la petite sœur d'Ola, après que Jason Miller lui avait dit que ses amis l'y avaient emmenée. Mais, si Hannah avait été emmenée de force quelque part la nuit où Ola avait disparu, elle l'aurait sans nul doute raconté à quelqu'un. Ni Beth ni Fergus n'avaient jamais rien évoqué à propos de Hannah. Alors, Scott se trompait-il ? Ou Miller avait-il menti à Ola ?

Freya reprit son téléphone. Le dernier message de Scott, qui s'inquiétait de ne plus obtenir de réponses, disait :

« Vous êtes toujours là ? »

« Je suis là. À quoi servait le "Parc de Jeux" ? En quoi consistaient ces fêtes, exactement ? »

Les trois points clignotèrent. Freya s'attendait à recevoir une longue réponse. Pendant ce temps-là, elle ouvrit l'explorateur Internet sur son téléphone et tapa le nom de Graham Linklater. Jusqu'à son départ à la retraite il y a quelques années, Linklater avait été à la tête de Linklater Ferries, une société qui assurait des liaisons maritimes entre les îles des Orcades, ainsi que quelques traversées dans le détroit de Pentland Firth. Un article dans *The Orcadian*, vieux de dix ans, décrivait un nouveau centre communautaire à l'est de Mainland que Graham avait financé. Comme tous les articles en ligne, il n'était pas signé, mais ça sentait le travail de Gill Irvine à plein nez. Il y avait une photo de deux hommes corpulents d'âge moyen en costume qui se serraient la main, dont la légende indiquait qu'il s'agissait de Linklater et du directeur du Conseil des îles orcadiennes de l'époque. Graham était légèrement plus petit et moins chevelu que l'autre.

Elle retourna sur Twitter. La réponse de Scott était beaucoup plus courte que prévu :

« C'est là qu'ils emmenaient les filles. »

Freya sentit de la bile remonter dans sa bouche.

« Quelles filles ? »

« Celles que les hommes réclamaient. »

Plusieurs messages s'enchaînèrent.

« C'est pour ça que les invités payaient. Linklater avait un système : il versait de l'argent à un petit groupe de lycéens de Kirkwall pour qu'ils ramènent des filles à des fêtes. C'étaient les mecs cool, les plus populaires, et bien sûr les filles acceptaient. Elles ne savaient pas dans quoi elles se fourraient. Elles pensaient sortir avec un garçon, mais, en gros, Linklater proposait à ses invités des lycéennes à la carte. Tu avais envie d'une blonde de quinze ans ? Il t'en trouvait une, moyennant finances. C'était un sale tordu. Il avait même le culot d'appeler ces types ses "chasseurs de talents". »

Freya se couvrit la bouche. Elle était sur le point de vomir.

Scott continua :

« Ils emmenaient ces filles aux fêtes, les saoulaient, glissaient quelque chose dans leur verre puis les faisaient descendre dans le Parc de Jeux. Vous n'êtes pas bête, Freya, vous avez compris ce qu'il se passait ensuite. »

Elle lâcha son téléphone sur la table et la femme derrière le comptoir la dévisagea.

— Tout va bien ?

Freya acquiesça, même si elle n'était pas certaine que ce soit le cas.

Ses pensées défilaient trop vite pour qu'elle puisse les contrôler mais les pièces du puzzle commençaient à s'assembler. Elle plongea la main dans la poche de son manteau pour en sortir le journal d'Ola et le feuilleta jusqu'à retrouver le passage qui décrivait sa rencontre avec Liam :

Il a dit qu'on s'était croisés à la fête de Katie la semaine dernière, mais je ne me souviens pas de l'avoir vu et Katie non plus quand je lui ai posé la question plus tard, du coup soit j'étais complètement bourrée (possible !) soit il a raconté des conneries.

Aucune d'elles ne se souvenait d'avoir vu Liam chez Katie parce que Ola avait raison : il racontait bel et bien des conneries.

Liam avait été payé pour l'attirer à l'une des soirées de Linklater. Il l'avait abordée après les cours en la visant spécifiquement. Cette idée donna la chair de poule à Freya.

Elle reprit son téléphone.

« Liam était l'un de ces chasseurs de talents, n'est-ce pas ?

La réponse de Scott fut rapide : un simple émoticône de pouce levé.

Le dégoût se mêla à l'adrénaline. Tout s'éclaircissait. Cela expliquait d'où venait l'argent de Liam, comment il s'était payé une voiture. Bon Dieu, ça expliquait même pourquoi les gens disaient qu'il changeait de petite amie chaque mois. De nouvelles interrogations et hypothèses surgirent dans l'esprit de Freya, mais elle s'efforça de se concentrer. Elle comprit soudain que si Jason était au courant de la fête, c'était que lui aussi devait faire partie des chasseurs de talents. Ainsi que Scott, s'il était présent à la fête à South Ronaldsay la nuit du drame.

D'ailleurs…

« Que s'est-il passé lorsque Ola et Liam sont arrivés à Eastwynd Farm ? Vous avez dit que vous y étiez, que vous avez parlé à Liam. »

« Liam m'a raconté que Miller avait débarqué chez l'amie d'Ola à Harray. Il a dit qu'il était allé à Eastwynd chercher Hannah, la sœur d'Ola, mais qu'elle n'était pas là. Miller avait donc menti. »

« Et Ola ? Vous l'y avez aussi vue ? »

« Non, juste Liam. Ola est restée dans la voiture. Il ne voulait pas qu'elle entre dans cette maison. Vous comprenez pourquoi. »

« Et Miller, il était là ? »

« Non. »

Jason avait donc fabulé à propos de la sœur d'Ola pour les attirer dans cette maison, Liam et elle. Pourquoi ? Freya repensa à ce qu'elle avait vu dans cette pièce la veille, la poupée et le matelas, et à ce que Fergus avait dit à propos des sous-vêtements manquants d'Ola et de ses leggings déchirés.

« Que s'est-il passé ensuite ? demanda-t-elle. Après que vous avez dit à Liam que Hannah n'était pas là, il est parti ? »

Il y eut une pause. Cette fois, les trois points ne s'affichèrent pas tout de suite. Freya consulta sa montre : il était plus de 8 heures. Elle avait à peine touché à son café, qui était complètement froid désormais.

« Pas tout de suite, répondit enfin Scott. Environ cinq minutes plus tard, je l'ai surpris en train de se disputer avec l'un de ces vieux pervers. »

« Qui ça ? »

« Je ne sais pas. On ne connaissait pas leurs noms. Linklater avait recours à un intermédiaire, un type qu'il payait et qui nous payait à son tour en nous remettant une liste de filles. Parfois ils nous indiquaient des filles en particulier, d'autres fois ils nous donnaient juste une description générale de ce que les pervers voulaient, mais on ne savait jamais rien sur eux. Je n'avais le nom de Linklater que parce qu'il était enregistré en tant que propriétaire de Sigurd Holdings et que j'avais trouvé l'entreprise dans le cadastre. Ça n'a pas été difficile. »

Freya eut une idée. Elle retourna sur Google pour chercher une photo de Gordon Tulloch, dont elle finit par dénicher un portrait quelques années plus jeune. Elle copia l'image et la colla dans la discussion.

« C'était lui ? »

Une autre longue pause. Que faisait Scott ? Un courant d'air froid lui effleura la peau lorsque la porte s'ouvrit sur un couple qui entra en se frottant les mains pour se réchauffer. La rue commençait à s'animer.

« Non », répondit-il.

« L'avez-vous vu à une des fêtes ? »

« Non, je ne le reconnais pas. »

Les chances avaient été minces, mais ça avait valu le coup d'essayer. Même si elle trouvait bizarre que Scott ne lui ait pas demandé qui était Gordon ni pourquoi elle l'interrogeait à son sujet.

Une douleur vive lui traversa la mâchoire et Freya se rendit compte qu'elle serrait les dents. « Chasseurs de talents », « Parc de Jeux » : cette affaire dépassait désormais le cadre d'un reportage, ça allait outre toute tentative de se faire bien voir par Kristin. Même outre le fait de découvrir qui avait tué Ola et Liam.

Elle savait que ce qu'elle était sur le point d'écrire allait effaroucher Scott, mais elle n'avait pas le choix.

« Vous devez aller voir la police. »

Cette fois, il n'y eut pas de pause.

« Je ne peux pas. »

« Ça ne concerne pas que vous, Scott. Vous devez assumer ce que vous avez fait à ces filles. Ces hommes doivent être punis. »

En tapant son message, elle martelait l'écran fissuré si fort qu'elle risquait de l'endommager encore plus.

« Ce n'est pas pour ça que je ne veux pas aller voir la police. Elle est déjà au courant, bordel !! Parmi les hommes qui participaient à ces soirées, certains étaient de la police. Que vous alliez leur parler de cette affaire, ou que ce soit moi, ou n'importe qui, ça sera étouffé. Voilà pourquoi je vous raconte tout ça, Freya. Une journaliste. C'est VOUS qui devez le révéler ! »

« Comment savez-vous qu'ils étaient de la police si vous n'avez pas de noms ? »

Plus rien. Elle lui avait peut-être fait peur, mais elle n'en avait plus rien à faire. Ce n'était pas une menace. Elle avait toujours protégé ses sources – sinon elle ne serait pas allée très loin dans son métier –, mais si elle découvrait des activités illégales, surtout quelque chose de cette ampleur, c'était son devoir d'en référer aux autorités.

Scott finit par répondre :

« Tout le monde le savait, ce n'était pas un secret. Tous les mecs disaient qu'il y avait des membres des forces de l'ordre haut placés qui étaient impliqués. De même que des élus, des députés, des hommes de pouvoir. Ils en blaguaient tous ensemble. Comment croyez-vous qu'ils s'en soient sortis pendant toutes ces années ? »

À ces mots, Freya sentit son cœur chavirer. Scott commençait à parler comme un complotiste et elle s'en voulut de s'être laissée emporter par les dires d'une source anonyme. L'histoire de Scott était convaincante et semblait expliquer d'où Liam tenait son argent, comment il avait rencontré Ola et ce qu'il lui cachait, mais Freya n'avait jamais rencontré cet inconnu et ne pouvait pas se contenter de le croire sur parole. Elle posa son téléphone et parcourut à nouveau le journal d'Ola, jusqu'à la toute dernière entrée :

... soit il me dit ce qu'il se passe, soit c'est terminé entre nous.

« Ce qu'il se passait », c'était tout ça. Freya savait au fond d'elle-même que Scott lui avait raconté exactement ce que Liam avait confié à Ola le soir où elle lui avait posé cet ultimatum. Mais même si elle le croyait, elle avait besoin de preuves.

Elle reprit son téléphone et fit une recherche rapide sur Google sur *Eastwynd Farm South Ronaldsay.* Elle tomba sur un site qui recensait les transactions immobilières. Eastwynd Farm y figurait, vendue en 1997, mais pas le nom de l'acheteur. La fiche était accompagnée d'une photo : une ferme indépendante avec une nouvelle extension bien en évidence à l'avant, les anciennes ailes à l'arrière. Il y avait des dépendances autour de la cour et, au-delà, des falaises à la merci d'une mer sauvage et agitée. Même si elle n'avait vu les lieux que dans l'obscurité, elle savait que c'était cet endroit. Au moins Scott avait dit vrai là-dessus.

Elle chercha aussi des informations sur Sigurd Holdings et en trouva sur le registre des sociétés, mais Graham Linklater n'en était plus le propriétaire. L'entreprise avait été cédée quelques années plus tôt, sans doute au moment où il avait pris sa retraite. Mais elle existait, Scott ne l'avait pas non plus inventée.

Un nouveau courant d'air froid lui parcourut les doigts jusqu'à la colonne vertébrale. Une vieille femme dans un gros manteau d'hiver et un bonnet en laine était entrée sans refermer la porte derrière elle. Avec quatre clients à l'intérieur, le petit café se remplissait. Freya allait bientôt devoir partir. Elle retourna sur Twitter et trouva un nouveau message.

C'était comme si Scott avait lu dans ses pensées.

« Écoutez, je sais qu'il vous faut plus que ma simple parole et je pense qu'il y a un moyen d'obtenir quelque chose de plus concret, mais c'est risqué. »

« Alors il est temps de se lancer. Vous le devez à Ola et à Liam. Vous le devez à toutes les filles qui ont été violées à vos horribles soirées. »

Elle n'en était plus à prendre des pincettes.

« Vous avez mal compris, répondit Scott. C'est pour vous que c'est risqué. »

Freya soupira et frotta ses yeux fatigués. Elle repensa à sa dispute de la veille avec Tom. Toujours aucun texto de sa part, alors qu'elle était sûre qu'il était réveillé, à présent. Elle ne se souvenait pas de la dernière fois qu'ils étaient restés fâchés si longtemps sans que l'un d'eux présente ses excuses. Et depuis février, c'était toujours Tom qui craquait en premier. Mais pas cette fois. Peut-être que cette fois, elle avait réussi à le pousser à bout.

Elle regarda le message de Scott. Il attendait sa réponse.

« Dites-moi quoi faire. »

35

Elle prit vers l'est après Kirkwall, dans la brume qui s'épaississait.

« Paul Thomson, à Deerness, lui avait écrit Scott. Il a un garage à la sortie de la ville. Il devrait être là aujourd'hui. Allez le voir de ma part. »

« Que va-t-il pouvoir me dire de plus que vous ? »

« Ce n'est pas tant ce qu'il peut vous dire, mais ce qu'il peut vous montrer. »

Il était presque 8 h 30 et le ciel devenait moins sombre plutôt qu'il ne s'éclaircissait, passant du noir au gris foncé. Après St Ola, la route s'incurvait. Au-devant, le balisage lumineux rouge et blanc de la piste de l'aéroport clignotait dans le brouillard. Elle allait être en retard à la rédaction, mais elle n'avait pas eu la force d'appeler Kristin. Elle avait composé puis effacé plusieurs messages. Peu importait ; si elle réussissait son coup, son retard n'aurait plus aucune importance. Même si ça signifiait que personne, à part Scott, ne savait où elle allait.

« Et qu'est-ce qu'il peut me montrer ? »

« Des photos. »

Scott avait expliqué que l'homme en question possédait déjà, il y a dix-sept ans, un téléphone avec appareil photo, avant l'ère des smartphones. Les invités aux fêtes ne s'étaient pas rendu compte qu'il les photographiait.

« Je ne sais pas s'il a pris ces photos dans le but de leur faire du chantage ou si c'était une simple assurance. Il s'était peut-être dit que s'il était un jour inquiété pour ses activités, à duper ces filles, ces photos de gens influents lui permettraient de faire retirer n'importe quelles charges contre lui. »

« Qu'est-ce qui vous fait croire qu'il les a toujours ? »

« Comme je l'ai dit, c'était une assurance-vie. Il les a encore. »

« Alors pourquoi vous n'allez pas les chercher vous-même ? »

« Parce que vous voulez des preuves et que c'est la façon la plus rapide d'en avoir. Et ne vous inquiétez pas, il vous les donnera. Si vous lui dites que c'est moi qui vous envoie, il fera tout ce que vous lui demanderez. »

Freya avait relu ce message-là plusieurs fois. Elle avait cru que Scott Connelly était un pseudonyme, mais s'il était si confiant que son nom lui ouvre des portes avec Paul, ça ne devait pas être le cas, en fin de compte.

Tandis qu'elle se dirigeait vers l'est, la brume bouchait de plus en plus la vue. Des champs s'étendaient autour d'elle à l'infini. Elle atteignit l'isthme qu'il fallait traverser pour rejoindre Deerness, cette bande de terre entre les eaux calmes de la baie de St Peter d'un côté de la route et les dunes de la plage de Dingieshowe de l'autre, avant que la chaussée ne grimpe à nouveau. Elle passa devant un minuscule hameau sans aucune pancarte. Un bureau de poste, une poignée de petites maisons. Tout au bout, avant que la route ne poursuive en rase campagne, Freya repéra le garage.

Elle ralentit mais continua de conduire. Elle voulait d'abord inspecter les lieux. Il y avait deux voitures devant l'atelier dont la porte était ouverte et elle vit un autre véhicule sur la rampe à l'intérieur. Ce n'était pas grand : une pompe à essence, quelques pneus entassés dans la cour à l'avant. Elle s'arrêta sur le bas-côté une minute plus tard et s'efforça de rassembler ses esprits, de réfléchir à ce qu'elle allait dire.

« En quoi est-ce risqué ? », avait-elle demandé.

« Paul est le cousin de Jason Miller. Dans cette famille, ce sont tous des connards finis. Mais ne tombez pas dans le panneau, c'est que de l'esbroufe. »

Voilà qui n'avait pas vraiment rassuré Freya. Mais ça n'avait pas non plus suffi à la décourager. L'enjeu allait au-delà de sa rivalité avec Gill, au-delà de sa volonté d'être à nouveau dans le coup. Au début, personne n'avait écouté les femmes qui avaient tiré la sonnette d'alarme contre le médecin de Partick. Au début, personne n'avait écouté non plus celles qui s'étaient dressées contre Damien Barber. Personne n'en avait jamais rien à foutre, raison pour laquelle ce genre d'affaires se répétait encore et encore. Freya avait l'impression d'avoir abandonné Amara Choudhry et les autres femmes dont Damien Barber avait détruit la vie, et ça la rongeait. Si Scott disait la vérité, elle ne comptait pas baisser les bras, cette fois.

« Et s'il m'accuse de bluffer ? avait écrit Freya avant de partir. S'il me demande comment je vous connais, à quoi vous ressemblez ? Je ne sais absolument rien sur vous. »

« Il ne le fera pas. »

« Mais si jamais il le fait ? »

« Alors dites-lui que je mesure un mètre quatre-vingts, que j'ai les cheveux blonds, les yeux marron et que je suis un petit salopard tout maigrichon. Ça suffira, mais vous n'en aurez pas besoin – à la seconde où vous lui donnerez mon nom, il vous mangera dans la main. Faites-moi confiance !! »

Elle n'avait pas vraiment le choix.

Désormais, à cause du brouillard, elle voyait à peine le garage dans son rétroviseur. Il n'y avait aucune autre voiture sur la route, personne ne s'aventurait dehors par ce temps. Le silence régnait, comme si la brume aspirait tous les sons, à tel point que les oreilles de Freya sifflaient.

Avant de risquer de se dégonfler, elle passa la première vitesse et fit demi-tour. Elle retourna au village, se gara dans la cour devant l'atelier. Lorsqu'elle sortit de sa voiture, elle entendit une radio qui diffusait un morceau de l'époque de ses études dont elle avait oublié le titre. Le seul bruit à des kilomètres à la ronde. Elle s'approcha du véhicule sur la rampe surélevée, mais personne ne travaillait en dessous. Une forte odeur d'huile de moteur la prit à la gorge, l'étourdit. Elle avait préparé ce qu'elle allait dire mais la radio, l'odeur de métal et de gaz lui embrumaient l'esprit comme le brouillard qui s'accrochait au paysage.

— Je peux vous aider ?

Elle se retourna. À sa gauche, une petite partie du garage était cloisonnée pour servir de bureau. Un grand homme mince aux épais cheveux noirs se tenait dans l'embrasure de la porte, un mug fumant à la main. Il avait l'air d'avoir dans les trente ou trente-cinq ans, le bon âge pour compter parmi les amis d'école de Liam, même si des rides au coin de ses paupières suggéraient qu'il n'avait pas eu la vie facile. Et ses yeux étaient du bleu le plus clair qu'avait jamais vu Freya. Comme ceux de Jason. Un violent frisson la traversa. Elle ne put s'empêcher de se détourner.

— Je cherche Paul Thomson.

— Vous avez de la chance, vous l'avez trouvé.

Elle essaya de se remémorer le petit discours qu'elle avait répété, en vain.

Paul jeta un œil dans la cour.

— Des soucis avec la Hyundai ? En général, elles tiennent bien la route, ces Getz. C'est quoi le problème ?

— Je ne suis pas là pour ma voiture.

— Ah non ?

— Je suis ici parce que quelqu'un m'envoie.

— La recommandation d'un client satisfait ? Qui ça ?

— Scott Connelly.

Le mug se brisa aux pieds de l'homme et il poussa un juron. Il releva la tête sans rien dire, il fixa juste Freya.

Elle déglutit, en espérant qu'il ne s'en soit pas aperçu.

— Scott m'a envoyée pour récupérer des photos que vous avez prises à la fête de South Ronaldsay, il y a dix-sept ans.

Ses yeux bleu glace s'écarquillèrent.

Puis il s'avança vers elle.

Elle recula, sortit son téléphone et le brandit.

— Cette conversation est enregistrée. Le fichier est sauvegardé à distance et reste accessible même si vous le supprimez de mon téléphone. S'il m'arrive quoi que ce soit, ils sauront que c'était vous, Paul Thomson.

Répéter son nom pour l'enregistrement produisit l'effet escompté. Il s'arrêta dans son élan ; une colère impuissante exsudait de ses narines alors qu'il prenait de profondes inspirations. Il cherchait peut-être à savoir si elle mentait. Ce n'était pas le cas : elle enregistrait depuis qu'elle était sortie de sa voiture et tout ce qu'il y avait sur son téléphone était sauvegardé sur le cloud. Que quelqu'un pense à le consulter si jamais elle disparaissait, ça, c'était une autre affaire.

— Vous êtes qui, putain, et comment vous connaissez Scott ?

— Je suis journaliste, je travaille pour *The Orcadian*. Je vais vous faire la même offre que j'ai faite à…

Il rit, mais d'un rire mal assuré. Freya ignorait si c'était de peur ou de soulagement.

— Une journaliste ? Allez vous faire foutre, je n'ai rien à vous dire.

— Pas de problème, Scott m'en a déjà dit assez. Je fais un reportage sur ces fêtes. Je vais tout révéler sur les chasseurs de talents et sur ce qui s'est passé dans le Parc de Jeux.

Paul blêmit.

Freya mobilisait tous ses efforts pour ne pas gigoter. Elle suait abondamment sous sa grosse veste et espérait que les tremblements de sa voix ne s'entendaient pas. À voir le regard de Paul, ça fonctionnait.

— J'ai promis à Scott de ne pas citer son nom s'il m'aidait. Il m'a menée à vous, il m'a dit que vous aviez des photos, alors je vais vous faire la même offre. Donnez-moi des copies de ces photos et je vous promets de ne pas révéler votre identité.

Paul secoua la tête.

— Vous lui faites confiance, hein ?

Freya repensa au dernier message de Scott : *Faites-moi confiance !!*

Elle hocha la tête, consciente que le mensonge percerait dans sa voix si jamais elle parlait.

— Vous ne pouvez pas écarter le nom de Scott dans cette affaire. C'est par lui que ça a commencé, que ça s'est fait et que ça s'est fini.

— C'est-à-dire ?

Il ricana.

— Si vous ne le savez pas, c'est qu'il ne vous a pas tout raconté. Loin de là ! Pourquoi ça ne me surprend pas ? Comment vous l'avez retrouvé, d'ailleurs, cet enfoiré ?

Freya ne répondit pas et Paul se fendit d'un sourire dénué de toute joie.

— Laissez-moi deviner, il a pointé le bout de son nez quand les corps ont été retrouvés à Skaill, c'est ça ? Cette foutue Ola Campbell. Le trophée. Celle qu'ils voulaient tous, et que Liam refusait de leur donner.

— Savez-vous ce qui leur est arrivé ?

C'était au tour de Paul de garder le silence.

— Savez-vous qui les a tués ?

Quand Paul sourit à nouveau, un frisson la parcourut, comme si un nuage passait devant le soleil.

— Écrivez votre article. Nommez-moi si ça vous chante. De toute façon, Scott ment à propos des photos, je nierai. Mais pour votre information, si vous publiez tout ça, attendez-vous à des répercussions.

— C'est une menace ?

— Un avertissement. Vous débarquez ici, vous balancez ces trucs, sans avoir la moindre idée de jusqu'où certains sont allés pour étouffer tout ça. Avec un article pareil, ils vont se sentir traqués. Ils seront à vos trousses.

Il s'avança à nouveau vers elle. À pas lents, mesurés. Cette fois, Freya ne bougea pas. Il la toisa, empiétant sur son espace personnel, à tel point qu'elle ressentit sa présence comme des fils barbelés sur sa peau. Elle perçut les effluves de mauvais café dans son haleine.

— Si vous prenez ça pour un jeu, un simple fait divers à raconter, vous vous mettez le doigt dans l'œil.

Il leva la main et elle tressaillit en fermant les yeux. Quand elle les rouvrit, il souriait à nouveau, clairement content d'avoir fait peur à une femme. Peut-être même que ça l'excitait. Il passa devant elle et attrapa un balai appuyé contre le mur. Il retourna vers la porte du bureau et se mit à rassembler les débris d'émail par terre.

Freya s'éclaircit la voix.

— Vous refusez de me donner ces photos ?

— Quelles photos ?

Freya hocha la tête sans trop savoir quoi faire d'autre. Elle se dirigea vers la sortie. À la radio, qui semblait encore plus forte, une chanson pop enjouée résonnait dans le garage, en contraste total avec leur discussion. Freya avait envie de courir mais elle s'en empêcha. Elle devait réfléchir. Une fois dans la cour, dans l'air froid et dans la faible lumière de cette triste journée, elle gagna en confiance.

Elle se retourna.

— Simple question : ces gens qui selon vous s'en prendront à moi si je publie mon article, que vous feront-ils à vous, quand ils apprendront que vous détenez des photos qui permettent d'identifier les hommes qui ont baisé toutes ces lycéennes ?

Les mots firent mouche. Paul la dévisagea sans rien dire.

— Je vais faire éclater cette histoire. C'est mon boulot de révéler au grand jour les ordures dans votre genre et les types pour qui vous travailliez, et j'en assumerai les conséquences. Mais si vous, vous ne voulez prendre aucun risque, mon offre tient toujours. Vous me trouverez au siège de *The Orcadian* à Hatston. Apportez-moi ces photos. Je vous donne une heure.

36

Elle s'arrêta sur le parking derrière les dunes de Dingieshowe, sortit de la voiture et vomit dans le sable. Elle tremblait tant qu'elle avait eu du mal à passer les vitesses. Elle aspira l'air de la mer dans ses poumons comme si elle venait de réémerger à la surface de l'eau et elle tenta désespérément de se calmer.

Merde, ça avait été intense !

Ses muscles étaient tendus comme si elle avait couru un sprint. Elle monta tant bien que mal les marches en bois jusqu'en haut de la dune, espérant que la vue des vagues de l'autre côté lui éclaircirait les idées, mais la marée était basse et la brume si dense qu'elle voyait à peine le bord de l'eau.

Et maintenant ?

Elle n'avait pas les photos, Paul l'avait accusée de bluffer et il avait remis en question tout ce qu'elle pensait savoir sur Scott. Il essayait peut-être de la déstabiliser mais Freya sentait qu'il y avait autre chose. Elle avait beaucoup menti aux gens les dix derniers mois, mais elle ne pouvait se mentir à elle-même : Scott ne lui donnait que sa version des faits et elle s'était laissée entraîner là-dedans dans l'espoir que ça la mène quelque part.

C'est par lui que ça a commencé, que ça s'est fait et que ça s'est fini.

Ça voulait dire quoi, ce charabia ?

Son téléphone vibra dans la poche de son manteau. Elle le sortit et vit que Kristin l'appelait. Il était 9 h 15. Elle était en retard et allait désormais arriver les mains vides. Elle ne savait pas si les informations qu'elle avait pour l'instant suffirait à convaincre sa supérieure de la garder, et encore moins de la remettre sur l'affaire. Elle laissa l'appel basculer sur la boîte vocale puis ouvrit Twitter et vérifia ses messages privés. Il y en avait un de Scott.

« Vous les avez ? »

« Non. »

Il répondit aussitôt.

« Retournez-y et dites-lui que vous savez, pour Becca. »

« Paul dit que vous mentez. Que vous êtes plus impliqué là-dedans que vous ne le laissez entendre. »

À nouveau, la réponse fut rapide, comme si Scott s'y était attendu.

« Il essaie de vous intimider. Ne l'écoutez pas. »

Freya leva la tête vers la mer du Nord. Elle entendait ses flots agités derrière la brume, le fracas et le sifflement des vagues qui venaient frapper les falaises de l'autre côté de la baie. De l'écume glaciale lui couvrait les cheveux, la peau, la ranimant peu à peu. Elle pensa à la réaction de Paul quand elle avait prononcé le nom de Scott Connelly, la peur évidente dans ses yeux, à tel point qu'il en avait lâché son mug. Dans quoi s'était-elle embarquée ?

Quand elle rebaissa les yeux sur ton téléphone, Scott lui avait réécrit.

« Retournez là-bas, mentionnez Becca. Il fera tout ce que vous lui dites. »

« C'est qui, Becca ? »

De l'humidité recouvrait l'écran fissuré de son téléphone, elle avait du mal à taper. Elle se demandait si elle avait vraiment envie de connaître la réponse.

« C'était un leurre, répondit Scott. Les intermédiaires avaient eu l'idée d'amener aux fêtes des filles qui n'étaient pas sur la liste. Des mecs, aussi. On avait pour instruction de faire boire ces leurres autant que les autres, sans glisser de pilules dans leurs verres, et sans qu'ils voient le Parc de Jeux. Pour eux, c'était une fête normale, mais ils voyaient à quel point les filles de la liste étaient bourrées. Le but, c'était que si le bruit commençait à se répandre… »

Freya n'avait pas besoin de lire la suite. Ce que Scott expliquait était très clair : ces autres gamins servaient au cas où une des victimes se mettait à parler, pour saper ses allégations. Ils diraient qu'ils avaient vu ces filles à la fête, qu'elles étaient complètement ivres, prêtes à tout. Ils affirmeraient que personne ne leur avait rien fait, que c'était juste une soirée délurée. Leurs témoignages immisceraient assez de doute dans la tête des gens pour que les filles agressées finissent par retirer leurs accusations et que les autres renoncent à s'exprimer. La même chose s'était produite avec Damien Barber.

Comme ses supérieurs du *Herald* le lui avaient dit : « C'est leur parole contre la sienne. »

Et leur parole ne valait rien.

Le niveau d'organisation, les mesures qu'avaient prises ces scélérats pour couvrir leurs arrières et pour organiser une opération qui leur permettait de commander des adolescentes pour les violer déchaînèrent la colère en Freya. Elle se serait bien passé des messages suivants de Scott, mais lorsqu'elle consulta à nouveau son téléphone, elle lut que Paul avait essayé d'agresser Becca.

« Ça avait presque fait tout capoter et les intermédiaires étaient furieux, avait expliqué Scott. J'imagine que c'est à ce moment-là que Paul a commencé à prendre des photos, au cas où ils s'en prendraient à lui. »

« Et Becca ? Où est-elle aujourd'hui ? Je veux lui parler, à elle ou aux autres filles qui ont été amenées à ces soirées. On s'en fout de Paul et de ses photos, on ne sait même pas s'il les a toujours. »

« Il les a, Freya ! Et on en a besoin ! »

« Donnez-moi les noms des filles. Laissez-moi leur parler. »

Son écran resta inerte. Elle attendit presque une minute de plus. Scott ne répondait pas.

Freya se frotta le front, prit une profonde inspiration. La perspective de retourner menacer Paul ne lui disait rien qui vaille, mais elle ne voulait pas non plus aller à la rédaction. Pas tant qu'elle n'avait pas du solide. Elle envisagea à nouveau d'appeler Fergus, malgré ce que Scott avait dit sur la police, mais quelque chose la freinait. Elle savait que jamais Fergus ne serait mêlé à un truc pareil ; la simple idée qu'il soit au courant, sans parler de celle qu'il ait participé à l'une de ces fêtes, était ridicule. C'était tout aussi dingue d'imaginer que son propre père ait été impliqué. Mais le commentaire de Kristin lors de son premier jour lui revint en mémoire : *S'il y a une chose qu'on apprend dans ce métier, c'est que les gens ne cesseront jamais de vous surprendre.*

Plus de deux minutes s'écoulèrent. La conversation avec Scott était clairement terminée. Freya se retourna, contempla les eaux peu profondes de la baie de l'autre côté de la route et la brume stagnante à la surface, puis elle jeta un coup d'œil en haut de la colline vers le garage. Bien qu'à quelques centaines de mètres à peine, les premières maisons du village étaient invisibles à cause du brouillard.

Elle entendit la voiture avant de la voir.

Une Subaru Impreza bleue émergea dans un rugissement de moteur, filant sur la route bien au-delà de la vitesse autorisée. Elle dépassa la voiture garée au pied des dunes avant d'écraser la pédale de frein pour s'arrêter. Les pneus crissèrent sur le bitume. Les feux blancs de la marche arrière s'allumèrent.

Freya dévala les marches en bois au-dessus du sable et sauta dans sa voiture. Elle venait de verrouiller les portes quand la Subaru s'arrêta devant la sortie du parking, lui barrant le passage. Paul descendit, contourna son véhicule et se planta devant celui de Freya.

— J'ai changé d'avis, cria-t-il, hors d'haleine. Je vais vous aider.

Le cœur de Freya tambourinait contre ses côtes. Paul s'approcha du côté conducteur et la regarda à travers la vitre de ses yeux de glace.

— Je suis désolé de vous avoir fait peur tout à l'heure. Vous m'avez pris au dépourvu, OK ? Quand vous avez dit que c'était Scott qui vous envoyait, j'ai juste..., hésita-t-il en secouant la tête. Écoutez, je ne vais pas laisser cet enfoiré m'entraîner là-dedans. Surtout que c'est sur lui que vous devriez écrire votre article. Si je vous donne ce que vous voulez, vous devez me protéger. Laissez mon nom en dehors de tout ça. Je serai une source anonyme, un truc comme ça, d'accord ?

Freya réfléchit une seconde. Elle hocha la tête.

— Et vous n'irez pas voir la police, hein ? insista-t-il.

— Si je livrais tous mes informateurs à la police, je ne ferais pas long feu en tant que journaliste.

Un autre mensonge, même si celui-là était déguisé en vérité.

Paul acquiesça en se passant la main dans les cheveux.

— OK, OK. Et je ne veux plus jamais vous voir traîner dans les parages, c'est compris ?

Elle ne demandait pas mieux.

Paul poussa un long soupir.

— Très bien, ajouta-t-il en hochant la tête, toujours en pleine réflexion. Très bien. J'habite là-bas. Ce n'est pas loin.

Il pointa le doigt dans la direction de laquelle il était venu, où la route continuait vers les falaises de Mull Head.

Il se retourna et trottina vers sa voiture.

— C'est un peu hors des sentiers battus, cria-t-il pardessus son épaule. Suivez-moi.

37

Malgré la brume, Paul conduisait sans phares. Freya devait lui coller au train pour ne pas le perdre de vue, même s'il n'y avait pas tant d'endroits que ça où il aurait pu aller.

Son téléphone était posé sur le siège passager à côté d'elle. Elle alluma l'écran et y jeta un coup d'œil. Soixante-cinq pour cent de batterie. Mieux que la veille. Elle vit aussi deux appels manqués et deux messages vocaux. Les deux de Kristin, aucun de Tom.

Elle reporta son attention sur la voiture devant elle. La route montait et le temps ne semblait pas se dégager. Elle ne voyait rien d'autre que le néant gris derrière les grillages de part et d'autre de la chaussée. Elle se rassurait avec le fait qu'ils étaient toujours sur la route principale, lorsque Paul enclencha son clignotant et tourna, obligeant Freya à freiner brusquement pour éviter d'emboutir sa voiture. Tandis qu'ils roulaient sur un chemin à voie unique, un million de scénarios se bousculèrent dans son esprit, mais dans aucun elle ne repartait de là avec les photos. Il lui fallait un plan, un moyen d'obtenir ce qu'elle voulait sans se mettre en danger. Rien ne lui venait à l'esprit.

Ils passèrent devant deux maisons isolées en pierre.

La tête inquisitrice d'une vache apparut au-dessus d'une barrière au bord de la route, seule âme qui vive dans ce bout du monde.

Freya sursauta et finit presque dans le fossé lorsque son portable vibra en rebondissant sur le siège. C'était sans doute à nouveau Kristin, mais lorsqu'elle baissa les yeux elle ressentit un coup à la poitrine. C'était Tom. Elle voulait répondre mais elle ne pouvait pas conduire et parler au téléphone en même temps. Si elle s'arrêtait, Paul serait englouti par la brume. Il ne devait pas y avoir grand-chose ici, peut-être que si elle se garait elle pourrait le rattraper par la suite, mais au moment où elle arrivait à cette conclusion, les vibrations cessèrent. Les barres de réseau avaient disparu. Le téléphone ne captait plus. Tom allait penser qu'elle avait rejeté son appel.

Le chemin tourna à quatre-vingt-dix degrés à droite mais Paul continua tout droit sur une piste plus étroite, avec rien en vue. Aucun point de repère n'indiquait où ils allaient. La mer devait être proche, elle n'était jamais loin sur ces îles, mais Freya ne la voyait ni ne l'entendait par-dessus le bruit de sa voiture qui cahotait sur le gravier. Trente secondes plus tard, les contours d'une maison émergèrent devant eux. Un cottage en pierre grise, morne et isolé comme les autres des environs. Une bâtisse à un étage, des plus quelconques. Une grande cour jonchée de pneus et de vieilles pièces détachées. Un abri en tôle ondulée dont la porte ouverte laissait entrevoir l'épave d'un véhicule, capot ouvert, auquel il manquait les phares comme si on lui avait arraché les yeux.

Paul se gara d'un côté, essayant clairement d'obliger Freya à passer devant lui dans la cour. Au lieu de quoi elle s'arrêta directement derrière lui et bloqua le passage. Personne ne sortirait ni n'entrerait à part elle.

Paul descendit de sa voiture et traversa lentement la cour en béton vers la porte d'entrée. Une fois devant, clé en main, il se retourna.

— Vous venez ou quoi ?

Elle resta dans sa voiture, les portières verrouillées, le moteur allumé.

Il sourit. Ça ne plaisait pas à Freya. Comme s'il savourait le piège qu'il lui tendait. Il tourna la clé et laissa la porte entrouverte, puis revint vers Freya.

— Les photos sont sauvegardées sur un vieil ordinateur. Il n'est pas connecté à Internet. Comme ça, personne ne peut le hacker, vous voyez.

Il passa sa main tachée d'huile sur sa bouche.

— Écoutez, je n'aime pas trop que vous emportiez des copies. Je ne suis pas d'accord. Mais vous pouvez les regarder.

Elle s'efforça de ne pas laisser transparaître la peur et la colère sur son visage.

— Apportez l'ordinateur ici. Je les consulterai dans la voiture.

Elle se demanda si Tom avait vérifié sa localisation sur son téléphone avant de l'appeler.

— Je viens de vous le dire, c'est une vieille bécane. C'est un ordinateur de bureau, pas un portable. Il est dans la chambre d'amis.

Merde, tout ça ne lui disait rien qui vaille. Ça faisait longtemps que ce n'était plus une bonne idée. Mais elle avait besoin de ces photos. Sans preuves, personne n'allait la croire.

Paul commença à s'éloigner.

— C'est comme vous voulez. Si vous vous décidez, vous me trouverez en haut, je vais allumer l'ordinateur.

Elle se pinça l'oreille. L'hésitation lui paralysait le cerveau. Il y avait une série d'étapes à suivre afin d'obtenir ce qu'elle voulait et de se tirer de là indemne, mais elle n'arrivait pas à décider dans quel ordre faire les choses pour que ça fonctionne. Si elle entrait, elle devait pouvoir sortir rapidement ; était-il plus sûr de laisser la voiture ouverte et le moteur allumé ? Ainsi elle pourrait filer en vitesse. Mais s'il y avait quelqu'un d'autre et qu'il subtilisait les clés ?

Paul avait déjà disparu à l'intérieur.

Freya coupa le moteur et résolut de garder les clés avec elle.

38

Lorsqu'elle sortit de la voiture, il tombait une bruine froide. Elle rabattit la capuche de son imper jaune sur sa tête et traversa la cour au pas de course. La peinture noire s'écaillait sur la porte en bois qui donnait sur un hall étroit. Même avant d'avoir passé le seuil, elle remarqua l'odeur : ça sentait l'humidité et autre chose de tout aussi désagréable, qu'elle ne sut identifier. Elle vit un escalier sur sa droite, de la moquette foncée et du papier peint, sombre également. Une fenêtre sur le palier laissait passer de la lumière à l'étage, mais pas beaucoup. Elle entendait Paul en haut.

Elle posa le pied sur la première marche, qui grinça.

Son cœur s'emballa. Elle le sentit dans sa gorge, elle entendait le sang affluer à ses tempes. Son cerveau carburait, elle luttait pour rester concentrée. Arrivée en haut de l'escalier, elle vit trois portes fermées. Une quatrième était ouverte. Derrière celle-ci, on entendait le ronronnement et le sifflement d'un disque dur qui tournait au démarrage d'un ordinateur, mais de là où elle était, elle ne voyait pas la pièce. La lumière projetée sur la partie du mur qu'elle apercevait paraissait anormalement vive, comme si elle émanait d'une ampoule et non du jour. Une seconde plus tard, une ombre passa. Puis la carrure élancée de Paul apparut dans le cadre de la porte.

Il fit un signe de la tête sur le côté.

— C'est prêt.

Freya resta immobile.

Paul poussa un soupir.

— Écoutez, c'est vous qui m'avez supplié, putain. Vous voulez les voir ou pas ?

— Après vous.

Il secoua la tête, comme s'il la trouvait pathétique, et recula.

Freya le garda à l'œil pendant qu'elle avançait sur le palier. Elle regarda à travers la porte en veillant à rester derrière Paul pour pouvoir sortir d'ici, puis elle scruta la pièce encombrée de choses qui devaient s'y être accumulées depuis des dizaines d'années. Froide et exiguë, la chambre paraissait encore plus petite avec toutes les boîtes et les piles de papiers entassées sur le lit défait et par terre. L'odeur était encore plus forte ici. Elle s'insinuait jusque dans la bouche de Freya, et la déstabilisait. Elle ne put réprimer un air de dégoût.

Alors qu'elle s'efforçait de garder les idées claires, elle constata qu'elle avait vu juste : les rideaux élimés étaient fermés et la lumière provenait d'une ampoule nue qui pendait au plafond. Les sens malmenés par la puanteur ambiante, Freya avait presque perdu de vue ce qu'elle était venue faire ici lorsque son regard se porta sur l'ordinateur.

Elle s'éloigna de la porte, oubliant ses précautions.

Le PC était sur le bureau contre le mur du fond. Paul n'avait pas menti sur le fait qu'il était très vieux : un écran à tube cathodique volumineux surmontait une unité horizontale munie de lecteurs de disquettes et de CD-ROM. Aucun signe de port USB, sans parler du Bluetooth. Il était de cette couleur crème typique des ordinateurs des années 1990, mais au fil des années la teinte avait viré au marronnasse. Sans connexion à Internet, Paul ne pouvait pas avoir transféré les photos sur le disque dur depuis son téléphone, il les avait forcément gravées sur un disque à l'aide d'un autre appareil. En toute logique, il détenait une copie de ces fichiers ailleurs. Elle contempla le désordre, qui l'indisposa encore plus.

Elle se concentra sur l'écran, comme un marin atteint du mal de mer fixe les yeux sur l'horizon. Le bureau gris de Windows 98 lui rappelait l'école primaire, faisant ressurgir des souvenirs dont elle se serait bien passée. Une fenêtre était ouverte à l'écran, un explorateur de fichiers. Il n'y avait qu'un seul dossier, simplement appelé « X ». Soudain, elle se rendit compte qu'elle ne savait plus où était Paul. Elle se retourna d'un bond, mais il n'avait pas bougé. Ils étaient à présent à la même hauteur, à équidistance de la porte. Le regard qu'il lui adressait lui donna la chair de poule.

— J'aimerais les consulter seule, s'il vous plaît.

— Non.

— Je ne suis pas à l'aise à l'idée d'être avec vous dans cette pièce.

La lèvre supérieure de Paul se tordit. Il serra les dents.

— Je m'en fous. J'étais peinard jusqu'à ce que vous débarquiez, alors soit vous regardez ces photos soit vous foutez le camp. C'est à vous de voir.

Elle porta le bout du doigt entre ses dents. Rongé à ras, l'ongle se mit à la picoter. Elle ne pouvait pas lui tourner le dos pendant qu'elle regardait ces photos. Il devait y avoir un moyen de se débarrasser de lui mais, avec ses sens bombardés de toutes parts, elle ne savait pas comment. Son esprit tressautait comme un disque rayé, tiraillé entre l'envie de voir les photos, la nécessité de ne pas baisser la garde et l'urgence d'obtenir une copie de ce qu'il y avait dans ce dossier, alors qu'en même temps un brouillard toxique lui engourdissait le cerveau, à cause de la puanteur de cette pièce, de la pagaille, du mauvais éclairage et de la distance qui la séparait de la porte d'entrée. Elle percevait la saleté sur le tapis à travers ses semelles, comme si c'était dans ses chaussettes. Elle avait l'impression d'avoir la bouche emplie du goût des taches sur les draps crasseux. Elle devait sortir de là.

Mais elle ne pouvait pas. Pas sans preuves.

— S'il vous plaît, j'ai juste besoin de cinq minutes.

— Ça change quoi que je sois là ou pas ? Sauf si vous avez l'intention de tenter un truc.

— Comme quoi ?

— J'en sais rien, vous pourriez prendre des photos de l'écran avec votre téléphone.

C'était une bonne idée, à laquelle elle n'avait pas pensé dans son état de stress. Elle plongea la main dans sa poche mais elle n'y trouva que l'enveloppe froissée. Son cœur se serra.

— J'ai laissé mon téléphone dans la voiture. Il est sur le siège passager.

— Ah ouais ?

— C'est vrai, vous pouvez aller vérifier.

— C'est ça, bien essayé.

— Je sais, pour Becca, dit-elle soudain, sans vraiment y avoir réfléchi. Voilà pourquoi je ne suis pas à l'aise d'être seule avec vous. Je sais quel genre d'homme vous êtes.

Ses narines se dilatèrent. Il passa la main dans ses cheveux puis tapa du poing contre le mur et Freya poussa un cri. Il s'approcha.

— Vous ne savez absolument rien sur moi, espèce de salope, alors ne prétendez pas le contraire !

Freya recula, l'arrière de ses chaussures heurta le bureau. Elle était coincée.

— Ce que vous avez fait, ça m'est franchement égal, dit-elle d'une voix tremblante.

Elle ne mentait pas, elle ne cherchait pas à l'apaiser : c'était la vérité.

— Ce n'est pas pour vous que je suis ici. Ce sont les hommes sur les photos qui m'intéressent. S'il vous plaît, donnez-moi cinq minutes pour les parcourir, ensuite je partirai et vous ne me reverrez plus jamais. Je ne citerai jamais votre nom.

Elle vit les yeux de Paul cligner vers la droite puis se reposer sur elle. Très vite. Il ne s'en était peut-être même pas rendu compte.

— S'il vous plaît. Cinq minutes. Puis je m'en vais.

Il se frotta à nouveau la bouche.

— Vous avez le temps qu'il me faut pour aller vérifier que votre téléphone est dans votre voiture.

Freya hocha la tête, soulagée, comme si elle était libérée d'un nœud coulant autour de sa gorge.

— Je reviens tout de suite, dit-il. Je laisse cette porte ouverte.

— Laissez aussi ouverte celle de la maison.

Il opina et sortit. Freya écouta le grincement des marches sous ses pas.

Une fois certaine qu'il était en bas, elle se mit au travail.

Elle écarta les rideaux, soulevant des nuages de poussière. Elle toussa, s'étrangla sur des dizaines d'années de saleté alors qu'elle essayait désespérément d'ouvrir la fenêtre. Tant qu'elle n'aurait pas d'air frais, elle ne pourrait pas penser correctement, mais les deux petits loquets de chaque côté étaient verrouillés. Elle avait l'impression de nager sous une surface gelée, à l'affût d'une trouée où reprendre son souffle.

Désormais, Paul avait dû atteindre sa voiture et voir son téléphone.

Elle avait gaspillé la moitié de son temps.

En s'efforçant de surmonter sa peur, elle se concentra sur les photos. Mais elle ne regarda pas l'ordinateur, pas encore.

Elle se tourna à droite du bureau, là où Paul avait inconsciemment jeté un coup d'œil. Il y avait une pile de boîtes de chaussures. Freya les ouvrit. Elles étaient pleines de disquettes et de CD, la plupart non étiquetés. Ainsi que des enveloppes. Des enveloppes fermées sur lesquelles Paul avait écrit des noms et des adresses, sans les avoir jamais envoyées.

Un nom attira le regard de Freya.

Elle s'étonna de le voir griffonné sur une des enveloppes, mais malgré son trouble, elle comprit. Il ne pouvait y avoir qu'une seule explication. Elle tendit la main vers la lettre mais un bruit en bas lui rappela que le temps lui était compté.

Paul était déjà de retour dans la maison.

Et merde. Tout ce qu'elle pouvait faire désormais, c'était regarder autant de photos que possible. Elle passa la souris sur le dossier marqué « X » au moment où elle entendait le premier pas de Paul dans l'escalier.

Elle double-cliqua et le dossier s'ouvrit, révélant des dizaines de fichiers. La barre de déroulement latérale montrait qu'il y en avait beaucoup d'autres. Paul avait pris des centaines de photos. Elle n'aurait pas le temps d'en consulter plus d'une ou deux. Les pas résonnaient dans l'escalier. Elle était sur le point de cliquer sur l'une d'elles au hasard quand son regard tomba sur le nom du fichier dans l'explorateur. La source était D:\.

Elle appuya sur le bouton d'éjection du lecteur CD.

Un disque se trouvait dedans.

Aucune indication dessus, comme les autres dans les boîtes à chaussures. Étaient-ce tous des copies ? En avait-il fait des centaines ?

Elle y réfléchirait plus tard. Elle fourra le CD dans sa poche, puis songea à le remplacer par un autre, mais il n'y avait plus le temps. Elle tourna les talons et courut.

Elle arriva sur le palier lorsque Paul émergea en haut des marches.

— Déjà fini ?

Freya acquiesça.

— Vous avez trouvé ce que vous cherchiez ?

Son cœur battait la chamade. Des pointillés blancs apparurent devant ses yeux. Elle voulait juste partir. Sans un mot, elle essaya simplement de passer devant lui dans l'escalier.

Il lui attrapa le bras. Son contact lui fit l'effet d'un fer rouge lui brûlant la peau.

— Vous avez fait quoi, putain ?

Elle secoua le bras. À sa surprise, il la lâcha.

Pendant une seconde, elle se sentit flotter. Elle se demanda ce qu'il lui arrivait jusqu'à ce que son estomac se soulève et qu'elle comprenne qu'elle était en chute libre. Elle écarta les bras, s'agrippa à tout ce qu'elle pouvait, parvint à se retenir à la rampe juste à temps pour ne pas culbuter dans l'escalier, mais elle trébucha tout de même, sentit un craquement au niveau de sa cheville. Elle ne s'arrêta pas.

Elle courut.

Une fois en bas, elle se précipita vers la porte ouverte et jaillit dans la cour.

Elle ne regarda pas derrière elle.

Il n'y avait pas de bruit dans son sillage.

Tout à coup, elle prit conscience de l'air frais dans ses poumons, de la pluie sur son visage, du vent glacial qui lui mordait la peau. Sa cheville gauche était en feu, mais elle continuait de courir.

Les hurlements lui parvinrent alors. Pareils à ceux d'une bête blessée, tout près derrière elle, lui intimant de s'arrêter. Lorsqu'elle atteignit sa voiture, elle chercha maladroitement ses clés avec ses doigts congelés qui réagissaient quelques secondes plus tard que son cerveau, mais enfin elle réussit à ouvrir et se laissa tomber sur le siège passager. Elle claqua la portière, la verrouilla, arriva à mettre la clé dans le contact à la deuxième tentative et alors que le moteur rugissait, il y eut un coup à sa fenêtre.

Elle leva les yeux pour voir Paul, le visage déformé par la colère, qui fulminait avec l'énergie d'une supernova tandis qu'il martelait la vitre de son poing.

Il postillonnait sur la fenêtre tandis qu'elle enclenchait la marche arrière. La boîte de vitesse crissa comme des bris de verre. Elle enfonça le pied sur l'accélérateur et le véhicule bondit en arrière, ce qui envoya Paul par terre.

Il se remit debout, la poursuivit sur le chemin en terre, mais Freya ne le voyait plus. Elle gardait la tête tournée et les yeux fixés sur la route derrière elle en continuant en marche arrière bien plus vite qu'elle ne la maîtrisait ; son véhicule empiéta sur l'herbe du bas-côté et brinquebala à gauche et à droite alors qu'elle bataillait d'une main avec le volant.

Au-dehors, il s'égosillait toujours.

Son moteur couina.

Pas le temps de réfléchir. Elle se concentra sur le carrefour où Paul avait conduit tout droit un peu plus tôt.

Quelque chose heurta le capot.

Puis un objet frappa le parebrise dans un craquement épouvantable.

Au virage, elle bifurqua à droite, l'élan faisant tomber son téléphone du siège passager et projetant sa tête contre la vitre. Elle enclencha la première vitesse, accéléra.

Lorsqu'elle jeta un coup d'œil dans le rétroviseur, elle vit la silhouette d'un homme brisé debout sur le chemin, en train de lancer des projectiles inutiles dans sa direction, de plus en plus petit jusqu'à disparaître complètement.

39

Son téléphone sonnait. La sonnerie lui parvint comme un réveil qui s'infiltrait dans un rêve.

Freya prit conscience qu'elle était assise dans sa Hyundai sur le parking d'Albert Street à Kirkwall. Elle avait conduit jusqu'ici en pilote automatique et son moteur tournait toujours, les essuie-glaces continuaient d'aller et venir. Il avait dû s'arrêter de pleuvoir il y a un moment car ils tressautaient en raclant la vitre sèche. Elle s'accrochait au volant comme si elle voulait le casser en deux.

Elle arrêta les essuie-glaces, coupa le moteur, attendit que son téléphone se taise puis elle consulta l'écran fissuré. Un autre appel manqué de Kristin. La notification d'un nouveau message vocal suivit quelques instants plus tard et le nœud familier se resserra dans son ventre. Elle vérifia l'horloge digitale sur le tableau de bord : il était presque 11 heures. Elle avait deux heures de retard et Kristin l'avait appelée neuf fois. D'après la liste des notifications, Tom avait également cherché à la joindre cinq fois. Kristin avait peut-être essayé son numéro de téléphone fixe, avait demandé à Tom où elle était, ce qui l'avait fait paniquer. Le mieux aurait été de les contacter tous les deux, de leur confirmer qu'elle allait bien, mais son cerveau s'y refusait. Elle n'allait pas dévier de son objectif tant qu'elle n'aurait pas fini ce qu'elle avait commencé.

Elle plongea la main dans la poche de son manteau. Elle sortit le CD.

Il n'y avait pas de brouillard en ville. L'air semblait plus pur et il y avait des petites trouées claires dans le ciel bleu ardoise. Sa cheville la lançait mais elle l'ignora, certaine que ce n'était qu'une entorse. La fatigue se cramponnait à ses membres comme un naufragé au rivage, mais l'air mordant de la mer la réveilla lorsqu'elle marcha. Elle n'allait pas loin.

La bibliothèque des Orcades se trouvait sur Junction Road, où Kirkwall jouxtait un jour la mer. Lorsqu'elle s'approcha du bureau d'accueil, une jeune fille aux cheveux roses et avec un anneau en argent dans le nez lui sourit. Freya lui demanda s'il y avait des ordinateurs qu'elle pouvait utiliser pour lire un CD-ROM et la fille la dévisagea comme si elle venait de descendre d'une machine à voyager dans le temps.

— Des CD ? Tellement rétro. Je crois que nos ordinateurs ont encore des lecteurs. Suivez-moi.

En lui emboîtant le pas, Freya repéra du coin de l'œil un présentoir à journaux. Il y avait plusieurs exemplaires de *The Orcadian*, l'interview de Beth annoncée en une. Déjà de l'histoire ancienne.

Freya choisit un poste tout au bout de la table, l'écran dirigé vers le mur. Consulter ces images dans un endroit public était loin d'être idéal mais elle devait savoir exactement ce qu'elle allait apporter à Kristin. Il n'y avait qu'une autre personne sur un ordinateur : un vieux monsieur plongé dans un article du site de *BBC Orkney*. Lorsqu'elle passa derrière lui, elle aurait pu jurer apercevoir une photo du gros visage rougeaud de Graham Linklater et elle songea soudain qu'elle n'était peut-être pas la seule journaliste à qui Scott avait parlé. Mais le vieil homme fit défiler la page vers le bas avant qu'elle ne puisse mieux voir et elle se rappela que peu importait qui révélait l'affaire en premier. L'important, c'était que la vérité jaillisse, pas que ce soit elle-même qui la publie.

La fille lui créa un compte d'invité puis la laissa à sa tâche. En se reconcentrant, Freya inséra le disque et ressentit une poussée d'adrénaline lorsqu'elle entendit le lecteur ronronner. La fenêtre s'ouvrit et elle cliqua sur le dossier marqué « X ».

La longue liste de fichiers apparut à nouveau. Sur cet ordinateur plus récent, un aperçu des images s'affichait, elle pouvait donc voir ce dont il s'agissait avant de les ouvrir. Elle remarqua qu'elles étaient très sombres et son excitation reflua : Paul avait privilégié la quantité sur la qualité lorsqu'il avait pris ces photos à la dérobée, et seules vingt pour cent d'entre elles semblaient exploitables. Elle repensa aux disques et aux enveloppes dans les boîtes à chaussures et réfléchit aux motivations de Paul. Chantage ? Vengeance ? Dans tous les cas, il n'avait apparemment pas eu le cran d'aller jusqu'au bout. Le nom qu'elle avait vu sur l'une des enveloppes ressurgit dans son esprit et elle se demanda ce qu'elle ferait s'il figurait sur ces photos. Si tel était le cas, la suite deviendrait beaucoup plus compliquée.

La première photo fut une déception. L'image était floue et pixellisée, même si les visages au premier plan étaient assez nets. Ça ressemblait à une fête normale : trois adolescents sur un canapé, un garçon de chaque côté d'une cible blonde dans une robe rouge courte. Elle n'avait pas l'air d'avoir plus de seize ans. Elle ne paraissait pas très ivre ; c'était peut-être un leurre plutôt qu'une fille de la liste. Cette idée raviva la colère en Freya. Tous ces calculs froids étaient écœurants. Elle constata que le nom des fichiers était une série de neuf chiffres suivis de *.jpg* à la fin. Freya devina que les six premiers chiffres correspondaient à la date, et les trois suivants au nombre de photos prises ce jour-là. Celle qui était ouverte s'appelait *030704001.jpg*, la suivante *030704002.jpg*, et ainsi de suite. Elles avaient été prises début juillet 2004, quinze mois avant qu'Ola et Liam aient été tués. C'était peut-être à ce moment-là que toute cette opération scandaleuse avait démarré, ou alors c'était simplement le soir où Paul avait commencé à prendre des photos.

Freya ferma l'aperçu et consulta à nouveau la liste. Elle parcourut rapidement les photos en étudiant les dates. Elles avaient été prises par séries tous les trois mois. Était-ce le rythme auquel avaient lieu ces fêtes ou simplement les fois où Paul y était allé ? Il y avait encore tellement de choses qu'elle ignorait, notamment le lien avec les meurtres d'Ola et de Liam.

Elle se connecta à son compte Twitter dans l'explorateur web et ouvrit ses messages personnels. Il n'y en avait aucun de Scott.

« Vous êtes là ? J'ai les photos. »

Elle attendit une minute entière. Rien.

Peu importait. Si elle pouvait découvrir quelque chose sur ce disque pour prouver ce qu'il lui avait dit, elle n'aurait besoin de rien d'autre pour le moment.

Freya ouvrit des photos d'autres fêtes. Rien ne lui rappela Eastwynd Farm, mais Scott avait dit que Linklater changeait d'endroit à chaque fois. Si Paul avait eu l'intention d'utiliser ces clichés pour faire chanter ceux qui avaient payé pour être là, il ne serait pas allé très loin : ces hommes brillaient par leur absence. Les photos devenaient plus nettes à mesure que Paul s'améliorait, mais elles ne montraient toujours que des adolescents plus ou moins éméchés. De temps à autre, une silhouette se découpait dans le fond, mais l'appareil photo n'était pas assez performant pour capturer des détails dans la faible luminosité. Freya était de plus en plus nerveuse et tapait violemment du pied par terre, lorsqu'elle se figea soudain devant une photo. Une fois de plus, elle ne représentait qu'un groupe de jeunes en train de boire, mais l'un des visages la frappa.

Ils étaient assis autour d'une table jonchée de bouteilles et de canettes. La photo avait été prise à la hauteur de la table, à travers tout ce qui traînait dessus. Paul avait dû essayer de cacher le téléphone quand il l'avait prise – une grande partie en bas du cliché ne montrait que les contours flous et sombres de la table – mais entre les verres sales et les bouteilles de vodka bas de gamme, deux visages nets apparaissaient. L'un était un type blond à la figure étroite et aux yeux marron, un peu plus âgé que les autres. Pas assez vieux pour être l'un des hommes, mais certainement pas un lycéen. La petite trentaine, sans doute. Elle l'avait vu sur d'autres photos et se demanda si c'était Scott. Il correspondait à la description qu'il avait faite de lui-même.

Mais ce n'était pas lui qui avait attiré son regard. C'était son voisin.

Le blond avait le bras passé autour des épaules du gamin à côté de lui et lui glissait quelque chose à l'oreille. Il le serrait fort, presque comme s'il l'étranglait. Il riait, mais pas le garçon : il avait le regard fixé droit devant lui, le visage vide de toute émotion. Une tignasse noire lui tombait dans les yeux, couvrant ses yeux marron ténébreux.

Liam.

Le tressautement du pied de Freya se propagea à ses doigts. Mais ceci ne prouvait rien. Pas encore. La photo d'un adolescent à une fête ne montrait en rien les horreurs qui y avaient été commises. Freya passa plus rapidement en revue les fichiers suivants. Liam apparaissait plusieurs fois, tout comme le type qu'elle devinait être Scott. Personne d'autre ne semblait correspondre aussi bien à la description. En parcourant les images, elle sentit un poids dans sa poitrine, de plus en plus lourd, comme si chacune ajoutait une pierre à l'édifice. Elle pensa d'abord que c'était de la colère mais, alors que la sensation grandissait en elle, elle comprit que c'était plus proche de la tristesse. Ou de la pitié.

Ou de la peur.

Les visages des filles défilèrent, leur expression passant d'une euphorie étourdie à un état comateux. Freya repensa aux photos sur le mur de la chambre d'Ola. Ça aurait pu être n'importe lesquelles de ces filles. Ça aurait même pu être les amies de lycée de Freya.

Ça aurait pu être elle.

Les photos se brouillèrent sous ses yeux tandis que son esprit dérivait vers ce jour-là à Stromness avec Harry Donaldson. Elle n'avait pas eu envie d'y aller parce que, de nature angoissée, elle pressentait que c'était un piège. Harry la laissait indifférente, mais l'idée qu'un garçon comme lui puisse être attiré par elle avait été trop tentante. Elle détestait l'admettre aujourd'hui, mais ça avait été exaltant. Sur le trajet en bus vers le centre-ville, elle avait été pétrifiée, mais au fond d'elle il y avait eu une graine d'espoir. Si Harry lui avait témoigné de l'intérêt ce jour-là, s'il lui avait proposé de l'emmener à une fête, aurait-elle accepté ? Elle avait beau essayer de se convaincre du contraire, elle savait que la réponse était oui.

Alors que Freya observait ces filles, elle se demandait qui elles étaient et où elles étaient aujourd'hui. Ce dont elles se souvenaient de ces soirées. Ce qu'elles étaient devenues. Tous les trois mois, des vies avaient été anéanties par ces vieux salopards de pervers qui pensaient avoir assez d'argent et de pouvoir pour faire tout ce qui leur plaisait. Elle avait juste besoin d'une photo nette.

Son téléphone sonna à nouveau. Il était en mode silencieux mais la vibration était assez forte pour que le vieil homme à l'autre bout de la table lui lance un regard désapprobateur. Freya l'ignora et jeta un coup d'œil à l'écran : c'était Tom.

Elle ferma les yeux. Un étau lui serra le ventre. Elle avait désespérément envie de lui parler, d'arranger les choses, mais une fois de plus elle ne put se résoudre à décrocher. C'était comme si son cerveau était lancé sur des rails, focalisé sur les photos, et qu'elle ne pouvait rien faire pour le dévier de sa trajectoire. Quand l'appel prit fin et que l'écran d'accueil réapparut, elle vit un texto de Kristin. Elle n'avait pas besoin de l'ouvrir pour le lire. Il ne faisait que trois mots. Tout le message rentrait dans l'aperçu :

Appelle-moi immédiatement !

Le vieil homme la fustigea à nouveau, cette fois à cause du bruit de ses ongles que Freya grignotait.

Elle ne lui prêta pas attention, ni aux messages de Kristin, et se remit à l'ouvrage.

Sur les photos d'une fête en janvier 2005, elle dénicha enfin quelque chose. Paul perfectionnait sa technique : les formes sombres en arrière-plan avaient désormais des visages.

Et surtout, des visages qu'elle connaissait.

Une série de clichés montrait deux hommes debout devant une porte. Sur la plus nette, le visage rond et rougeaud de celui à droite était celui de Graham Linklater. Mais le deuxième aussi lui était familier.

Elle ferma les yeux pour essayer de retrouver où elle l'avait déjà vu. Sur une photo, dans un article. Ce n'était pas le conseiller municipal de l'article de Gill sur Graham Linklater.

Elle rouvrit l'explorateur web et rechercha celui que Tom avait trouvé sur Gordon Tulloch et Skara Brae. Elle descendit jusqu'à la photo de Tulloch, les yeux plissés face au soleil de la baie de Skaill avec un groupe d'archéologues, mais les visages ne correspondaient pas. Elle se creusa les méninges – qu'avait-elle lu d'autre ? Il y avait les articles des archives de *The Orcadian* de l'époque où Liam et Ola avaient disparu. Ils étaient consultables en ligne et elle les passa en revue, quand soudain ça lui revint.

Elle retrouva la photo, juste pour être sûre.

Il n'y avait pas de doute possible.

Elle revint à ses messages. Toujours rien de la part de Scott. Elle lui envoya la photo des deux hommes.

« Celui sur la gauche, est-ce que c'est celui que vous avez vu se disputer avec Liam ? »

À sa surprise, et pour son plus grand soulagement, les trois points apparurent.

« Non. C'est qui ? »

Elle se redressa sur son siège en se rendant compte peu à peu de ce à quoi elle se frottait. Pour la première fois, elle avait peur.

« Vous aviez raison, la police est impliquée là-dedans. Cet homme est Allan Tait. À l'époque, il était inspecteur en chef. »

Le chef des forces de l'ordre des Orcades, le supérieur de son père, avait été au cœur de toute cette affaire écœurante.

Scott tapait une réponse, mais l'esprit de Freya était déjà ailleurs. Elle pensa aux articles qu'elle avait lus, à la rapidité avec laquelle la police avait conclu qu'Ola et Liam s'étaient suicidés. Depuis le début, Tait devait savoir qu'ils étaient morts, et pourquoi.

La question qu'elle redoutait n'arrêtait pas de poindre dans son esprit : Fergus était-il au courant ?

Elle se rejoua leur conversation de la veille. Il lui avait parlé de l'inspecteur précédent, Jim Shearer.

Il était copain avec l'inspecteur en chef à l'époque...

Shearer n'avait jamais vérifié l'alibi de Jason Miller. Il avait dirigé l'enquête sur la disparition d'Ola et de Liam sous l'influence de Tait. Toute l'affaire avait été étouffée – Fergus était *forcément* au courant. Ou alors il était vraiment idiot. Ce qui la ramenait à l'interrogation qui l'avait taraudée depuis toute la semaine : pourquoi s'était-il tant ouvert à elle ?

Le téléphone de Freya sonna à nouveau. Elle ne prit même pas la peine de regarder l'écran.

L'ampleur du scandale lui donna le vertige ; elle devait se ressaisir ou elle risquait de craquer. Elle compta ses piercings, d'un côté puis de l'autre.

Un, deux, trois, quatre, cinq. Cinq, quatre, trois...

Elle avait dû compter à voix haute, car le vieil homme la fixait à nouveau, mais qu'il aille se faire foutre. Ça fonctionnait. Elle avait presque tout ce dont elle avait besoin, mais pas tout à fait. Une dernière pièce manquait.

Elle ouvrit la photo intitulée *0110050001.jpg.*

La première image de la fête à Eastwynd Farm.

Elle reconnut aussitôt la grande cuisine, l'immense table en chêne, la double porte vers le salon au fond. La chair de poule lui recouvrit les bras. Elle cliqua rapidement sur les images, à l'affût. Elle aperçut des hommes qui auraient pu être Linklater, Tait, Scott Connelly, mais aucun signe de Jason Miller. Ni la personne qu'elle cherchait.

Vers la fin de la liste, presque arrivée à la dernière photo, elle s'arrêta. Ce n'était pas l'homme qu'elle espérait trouver. D'ailleurs, ce n'était pas le visage de l'individu qui avait attiré son regard.

C'étaient ses cheveux.

Mi-longs, jusqu'aux épaules. Blonds, virant au gris argenté.

L'homme se tenait de côté, dans une pièce vide. Un espace exigu au plafond bas. Un sol nu, des murs en pierre et des poutres noires en bois. C'était la première pièce de la vieille aile de la ferme et en cet instant, tout comme la veille, cette simple vision glaça le sang de Freya.

Même de profil, elle savait que c'était Gordon Tulloch. Il regardait vers la porte à l'autre bout de la pièce. Celle qui menait au couloir du Parc de Jeux. Freya étudia la scène jusqu'à comprendre ce que regardait Tulloch.

Deux hommes étaient dans l'embrasure de la porte : l'un tenait l'autre, comme s'il le forçait à sortir. À sortir du Parc de Jeux. Les hommes apparaissaient aussi de profil, mais elle savait qui c'était.

Elle envoya la photo à Scott.

« C'est la scène que vous avez vue ? »

Celui sur la gauche, le garçon qu'on retenait, c'était Liam.

« Oui !!! répondit Scott. C'est l'enfoiré qui gueulait sur Liam. C'est qui ? Vous connaissez son nom ? »

Elle le connaissait, oui.

C'était l'homme dont le nom était griffonné sur une enveloppe dans la pièce humide de Paul.

Le dernier homme qu'elle aurait voulu voir là.

40

Sur le palier sombre devant la salle de rédaction de *The Orcadian*, Freya rassemblait son courage pour entrer. Au-dessus du vrombissement habituel du bâtiment, elle entendait du tapage de l'autre côté de la porte. La voix de Gill s'élevait au-dessus des autres. Il semblait y avoir une dispute.

Freya connaissait la sensation d'être complètement isolée, coupée des autres. Parfois ça ne la dérangeait pas, parfois ça la terrorisait. Comme en ce moment. Même si Kristin croyait ce que Freya était sur le point de lui révéler, pourraient-elles y faire quelque chose ? Peut-être que non, étant donné ce qu'elle venait de voir.

Son téléphone vibra à nouveau dans sa poche, la troisième fois depuis qu'elle était partie de la bibliothèque. Elle le laissa sonner et poussa la porte. À la table, Gill était en train d'aboyer sur Sophie au-dessus des écrans. Impeccablement habillée comme toujours, un téléphone collé à l'oreille, Kristin était appuyée contre le bureau à côté de Gill. Lorsqu'elle aperçut Freya par-dessus ses lunettes à la monture noire, elle raccrocha et les vibrations dans le manteau de Freya cessèrent.

— Où étais-tu, bon sang ?

Toutes les voix se turent. Tout le monde se retourna vers Freya. Elle se gratta le dos de sa main qui la chatouillait par cette chaleur.

— Il faut qu'on parle.

— Et pas qu'un peu, oui. Qu'est-ce que tu…

Kristin s'interrompit. Son regard passa du visage de Freya à sa cheville.

— Que s'est-il passé ? Pour l'amour du ciel, où étais-tu ? On était tous morts d'inquiétude, et avec raison, apparemment.

Freya leva la main vers les égratignures sur son visage. Elle les avait oubliées. Baissant les yeux, elle vit une petite tache de sang frais à la cheville de son jean bleu clair. Elle avait dû rouvrir la plaie à sa jambe en trébuchant dans l'escalier chez Paul.

— Je suis tombée. Mais je vais bien.

— Ce n'est pas l'impression que ça donne, Freya.

Le ton de Kristin était passé de la colère à l'angoisse.

— J'ai flanqué la trouille de sa vie à ton pauvre mari. Comme tu n'étais pas là ce matin, j'ai appelé chez toi, mais il ne savait pas non plus où tu étais. Est-ce que tu as pris la peine de répondre à ses appels ou tu l'as ignoré, lui aussi ?

Freya secoua la tête. Elle avait espéré ne pas pleurer mais elle sentait les larmes lui monter aux yeux.

— Oh, ma grande, soupira Kristin.

Elle s'approcha de Freya et la prit dans ses bras, ce qui ne fit qu'empirer les choses.

Puis elle s'écarta et la regarda dans les yeux.

— Est-ce que… ça va ?

— Est-ce qu'on peut se parler dans ton bureau ?

— Bien sûr, mais Alistair y est, pour l'instant.

Le cœur de Freya manqua un battement.

— Pourquoi ?

— Si tu avais daigné te pointer ce matin, tu le saurais, intervint Gill. Ce n'est pas le boulot qui manque. Ça aurait été sympa de nous filer un coup de main. Ce n'est pas comme si c'était ton travail, après tout.

Kristin leva les yeux au ciel.

— Tu as entendu la nouvelle ?

— Quelle nouvelle ?

Freya avait envie de toucher ses piercings, mais Kristin lui tenait toujours les bras.

— Un homme a été tué à Swannay. La MIT était censée nous faire un point sur l'enquête d'Ola et Liam ce matin, mais c'est passé à la trappe. On dirait bien qu'il s'agit d'un meurtre ; apparemment, des enquêteurs supplémentaires de la MIT sont en train d'arriver d'Inverness.

— On ne *dirait* pas, Kris, c'est un meurtre, rectifia Gill en se retournant vers son écran d'ordinateur. Le pauvre bougre qui l'a trouvé a dit que c'était un véritable bain de sang.

— C'est qui ? demanda Freya.

— Un ami d'Alistair, répondit Kristin. Alistair est un peu secoué, comme on peut s'y attendre. C'est pour ça qu'il est venu ici. Sa femme est en voyage et quand il a appris la nouvelle, je suppose qu'il voulait...

— C'est qui ? insista Freya.

— Un vieil ami d'affaires d'Alistair, un acolyte du club de golf. Il possédait l'une des compagnies de ferry. Gr...

— Graham Linklater ?

Kristin plissa les yeux.

— Tu le connais ?

Freya regarda par-dessus l'épaule de Kristin vers la porte du bureau ouverte.

— J'ai besoin de te parler en privé. J'ai... j'ai quelque chose.

— Tu as quelque chose ? Mais qu'est-ce qu'il se passe ?

Freya serra les poings. Pourquoi Kristin ne l'écoutait pas ?

— J'ai quelque chose à te montrer et c'est... c'est du lourd. Linklater, Ola, Liam, tout est lié. C'est la même chose.

— Qu'est-ce qu'elle raconte ? intervint Gill. Elle prétend que ça a quelque chose à avoir avec l'affaire Campbell ? Parce que je te jure, si elle essaie de...

Kristin la fit taire d'un regard mauvais et d'un geste de la main.

— Freya, nous avons décidé qu'il valait mieux que tu ne t'occupes plus de cette histoire. Nous étions d'accord, tu te souviens ?

— Non, nous n'étions pas d'accord. Tu m'as dit de me retirer parce que Alistair t'a convaincue de le faire, mais tu avais tort.

Freya sortit le téléphone, afficha la photo qu'elle avait prise de la poupée sur le matelas et du message gribouillé sur le mur du Parc de Jeux. Elle la montra à Kristin.

— Bon sang, Freya, c'est quoi ça ?

— C'est l'endroit où Ola et Liam ont été emmenés la nuit où ils ont été tués.

Elle regarda ses collègues la fixer, bouche bée et sourcils froncés. C'était peut-être une bonne chose que tout le monde soit là. Plus de gens sauraient la vérité, mieux ce serait.

— Le plus simple, c'est que je vous montre.

Elle s'installa à l'ordinateur le plus proche, celui à côté de Gill. Kristin se tint derrière elle, bientôt rejointe par Sophie. Gill fit rouler sa chaise vers Freya.

Le CD ronronna en commençant à tourner. La première photo qu'elle ouvrit était celle de Liam et Scott.

— C'est…

— Liam McDonnell, oui.

— Où est-ce que tu as eu ça ? demanda Kristin.

Sans donner son nom, Freya expliqua que Scott l'avait contactée la veille, en réponse à son tweet de la conférence de presse.

— Il m'a dit être un ami proche de Liam. Et il m'a donné des informations pour le prouver.

— Comme quoi ?

— Des détails sur sa grand-mère, sur ses parents, et il savait ce qui s'était passé à Harray. Tu te souviens que je me suis entretenue avec une amie d'Ola qui m'a parlé de la dispute entre Ola et Jason Miller, ce soir-là ?

Kristin hocha la tête.

— Eh bien, cette amie ne connaissait pas le nom de Jason, mais cet informateur, oui. Et en plus, il savait sur quoi portait la dispute et où étaient allés Ola et Liam ensuite. Il m'a dit qu'il avait cherché mon nom sur Google, qu'il avait vu que j'étais à l'origine des révélations sur le médecin à Partick. Et donc il a décidé de me confier tout ça.

Elle ignora le regard critique de Gill et continua de rapporter tout ce que Scott lui avait dit. Eastwynd Farm, Sigurd Holdings, Graham Linklater. La liste des filles et les chasseurs de talents, les intermédiaires et le Parc de Jeux. Toute cette affaire abjecte.

— Les garçons sur cette photo, ils ont été payés par les intermédiaires de Linklater pour amener les filles, poursuivit-elle. Vous vous souvenez de la BMW de Liam, celle qui a été retrouvée à Yesnaby ? C'est comme ça qu'il se l'est payée. C'est aussi comme ça qu'il a connu Ola.

— Comment tu le sais ? demanda Gill.

Freya déglutit, sachant ce qui l'attendait. Elle sortit le journal intime d'Ola de la poche de son manteau et l'ouvrit à la page où Ola évoquait sa rencontre avec Liam.

Elle le passa à Kristin, qui gardait toujours le silence.

— C'est ce qu'Ola a écrit dans son journal sur ce jour-là.

— Tu l'as pris ? s'indigna Gill. Tu l'as volé chez Beth ?

— Je ne l'ai pas volé, c'était un accident.

— Quoi, il est tombé dans ta poche ? J'ignore si c'est comme ça que tu procédais dans ton job précédent, ma chère, mais ici on ne…

— Je l'ai mis dans ma poche quand tu t'es mise à me crier dessus. Je n'avais pas les idées claires pendant que tu…

— Je ne t'ai crié dessus que parce que tu…

— Qu'en dit l'inspecteur Muir ? les coupa Kristin.

Sa voix était calme, froide. Freya la regarda mais elle avait les yeux baissés sur les pages du journal d'Ola.

— Je ne lui en ai pas encore parlé.

— Pourquoi ?

— Parce que…, commença Freya avant de se tourner vers Gill. Votre article de l'été dernier, celui que n'a pas apprécié Magnus Robertson…

Gill renâcla.

— Oui ?

— Il disait quoi ?

— Des vérités désagréables, voilà ce qu'il disait. J'ai écrit que les forces de l'ordre des Orcades n'étaient plus gérées par la police, mais par des politiciens qui fermaient les yeux sur des infractions graves commises dans ces îles parce que soit ils ne voulaient pas faire peur aux touristes soit ils étaient trop effrayés et fainéants pour réagir.

Freya ouvrit la photo de Graham Linklater et d'Allan Tait.

— C'est qui, ça ? demanda Sophie.

— *C'est qui, ça ?* répéta Gill en s'approchant de l'écran.

Lorsque Gill s'appuya contre elle, Freya sentit son corps se tendre, son cerveau s'embrumer, étourdie par l'odeur de son parfum et de cigarette.

— C'est qui ? Cet homme-là...

Gill pointa le doigt sur l'écran, à droite.

— Ça, c'est ton Linklater. Et ça...

Elle déplaça le doigt vers celui à gauche.

— C'est l'inspecteur en chef Allan Tait, l'homme qui était à la tête de la police avant Magnus. Tu dis que ça a été pris lors de l'une de ces fêtes ?

Freya acquiesça.

— Alors ils sont au courant depuis tout ce temps ? déclara Gill avant de regarder par-dessus son épaule vers sa supérieure. Oh, il faut qu'on publie ça, Kris. Il n'y a pas moyen qu'ils s'en sortent, cette fois.

Kristin ne répondit rien. Elle se contentait de fixer l'écran.

— Pourquoi maintenant ? demanda Sophie. Je veux dire, pourquoi ta source ne révèle tout ça que maintenant, si elle est au courant depuis dix-sept ans ?

Freya hocha la tête. Elle s'était posé la même question.

— C'est évident, non ? répondit Gill. S'il avait parlé plus tôt, qui l'aurait écouté ? Personne n'avait la certitude que ces gamins étaient morts. Les gens n'ont sûrement pas pensé à cette histoire depuis des années et maintenant tout le monde n'a plus que ça à la bouche. Ça semble être le moment idéal.

Sophie hocha la tête mais Freya ne la trouvait pas complètement convaincue, et elle-même ne l'était pas non plus. Scott avait eu dix-sept ans pour parler des fêtes de Linklater, et il avait choisi de ne pas le faire. La peur avait pu être un facteur, mais révéler la vérité n'était pas devenu moins dangereux depuis que les corps avaient été retrouvés. Au contraire, désormais ces hommes devaient être plus désespérés que jamais de cacher ce qu'ils avaient fait.

Et puis il y avait le meurtre de Linklater, forcément lié aux abus commis sur ces filles. Le message sur le mur d'Eastwynd Farm montrait que d'autres personnes étaient au courant. La question de Sophie s'appliquait aussi au tueur de Linklater : s'il avait su pendant tout ce temps, pourquoi ne passer à l'acte qu'aujourd'hui ? La découverte des corps d'Ola et de Liam dans la baie de Skaill avait enclenché quelque chose que Freya ne comprenait pas.

À moins, bien sûr, que le timing ne soit qu'une coïncidence.

Mais comme son père avait l'habitude de le dire, *les coïncidences n'existent pas, il n'y a que des liens qui n'ont pas encore été découverts.*

Gill se retourna vers Kristin, qui était toujours cramponnée au journal d'Ola. Elle fixait la couverture, mais elle semblait ailleurs.

— Alors, cheffe ? Comment tu veux la jouer ? Si on divulgue ça aujourd'hui, ça risque de se perdre dans le reste de l'actualité. On ferait peut-être mieux d'attendre quelques jours pour garantir un effet maximal. Mais s'il y a un risque que quelqu'un en parle avant, on…

— Il y a autre chose, l'interrompit Freya.

Quelque chose qui limitait peut-être leurs choix sur la marche à suivre.

Freya cliqua sur la photo qu'elle avait vue avant de partir de la bibliothèque.

— Ma source m'a dit que la nuit où Liam et Ola sont morts, il a vu Liam se disputer avec l'un des types qui payaient pour aller aux fêtes. L'un de ceux qui payaient pour coucher avec les filles.

Ses trois collègues se penchèrent devant la photo de l'homme aux prises avec Liam. L'homme dont le nom figurait sur une enveloppe chez Paul Thomson. L'une après l'autre, elles l'observèrent, puis se tournèrent vers le bureau de Kristin où Alistair Sutherland se tenait dans l'embrasure de la porte.

— Alistair, dit Gill, le doigt pointé sur l'écran. C'est vous.

41

Alistair était appuyé contre le cadre de la porte du bureau de Kristin, les yeux enfoncés, la mine blafarde.

— C'est moi ?

— Sur cette photo, répondit Gill. En train de vous disputer avec Liam McDonnell.

Alistair s'approcha lentement de l'ordinateur de Freya. Il regarda la photo. Freya ne perçut pas la moindre émotion sur son visage.

— Eh bien, reprit-il, je me doutais qu'on finirait par en arriver là. Je ne pensais pas que ça irait si vite.

Il poussa un soupir, un soupir qu'il avait l'air d'avoir retenu pendant dix-sept ans.

Il regarda Kristin.

— Je vous avais prévenue qu'elle représentait un risque, non ?

Kristin regardait par terre sans rien dire.

Le trouble emplit le cerveau de Freya comme de la ouate. Était-ce là un aveu ? Que voulait-il dire, *elle représentait un risque* ?

— Alistair, reprit Gill. Comment expliquez-vous cela ?

Il désigna l'écran.

— Savez-vous qui c'est, là ?

— C'est Liam Mc...

— Pas lui. L'autre.

— Gordon Tulloch, répondit Freya.

Alistair lui adressa un regard las. Ses yeux bleu clair étaient injectés de sang.

— Gordon Tulloch, oui. L'ancien doyen du département d'Archéologie à la faculté. Un homme bien. Notre amitié remonte à plus loin que je me le rappelle. Si mes souvenirs sont bons, ce soir-là, j'aidais Gordon à se préparer pour une conférence qu'il donnait dans le cadre d'une soirée caritative à Stromness quand ce petit crétin et ses copains ont débarqué, complètement beurrés, à vouloir causer du grabuge. Je n'avais aucune idée jusqu'à aujourd'hui que c'était le garçon qui avait disparu, ni que son pote prenait des photos.

Freya sentit à nouveau le feu de rage dans son ventre.

— Vous mentez. Je suis allée dans cette pièce. Hier soir. C'est un endroit du nom de…

— Eastwynd Farm, c'est ça ? Le repaire de Graham, compléta Alistair avant de secouer la tête. J'ai entendu votre histoire depuis le bureau de Kristin. Elle était plutôt convaincante, je le reconnais.

Il tira une chaise du bureau et s'assit.

— Et si vous en racontiez une autre, Freya. Et si vous racontiez à tout le monde ici présent comment vous avez perdu votre emploi au *Herald*. Ou voulez-vous que je m'en charge ?

La sueur s'accumula dans la nuque de Freya dans le col de son manteau. Elle avait anticipé que ce ne serait pas facile. Elle s'y était préparée.

— Vous pouvez toujours essayer de changer de sujet, rétorqua-t-elle. J'ai des centaines de ces photos. Et les gens savent ce qu'il s'est passé. J'ai des témoins qui vous ont vu à ces fêtes, qui peuvent dire à tout le monde ce que vos amis et vous avez fait.

— Vraiment ? Qui sont ces témoins ?

— Je ne vais pas vous le dire.

— Bien sûr, fit-il en souriant. Après tout, l'éthique de journaliste est très importante pour vous, n'est-ce pas ?

Freya jeta un coup d'œil aux autres. Elle décela le doute dans leurs yeux.

— Pourquoi ne pas nous parler de Damien Barber et de ce que vous lui avez fait, hein ? reprit Alistair.

— Ça n'a rien à voir.

— Un brillant homme d'affaires que vous avez accusé d'agressions sexuelles mais sans fournir la moindre preuve ? Je dirais au contraire que ça a tout à voir avec ça. À croire que ce sujet est une sorte d'obsession maladive chez vous.

— J'ai des preuves, j'ai…

— Oh, ces photos, oui. Et que révèlent-elles, exactement ? Montrez-m'en une seule sur laquelle on voit une femme être agressée, Freya. Montrez-m'en une qui prouve votre théorie sur les… chasseurs de talents, c'est ça ? Donnez-moi cette satanée preuve.

À ce moment-là, quelque chose changea dans le regard d'Alistair. Il comprit qu'il avait marqué un point. Ces photos soutenaient les dires de Scott, mais elles ne prouvaient rien. Tout ce que Freya avait, c'était la parole de Scott et lui-même ne lui avait pas dit toute la vérité. Si personne d'autre ne venait corroborer tout ça, elle n'avait rien.

Et Alistair le savait.

— J'attendais vraiment mieux de votre part, Freya. Sincèrement, je fondais beaucoup d'espoir en vous. Souvenez-vous quand nous nous sommes entretenus hier, je vous ai dit que j'avais discuté avec votre ancien supérieur à Glasgow et qu'il ne tarissait pas d'éloges à votre encontre ? Eh bien, ce que je n'ai pas dit, parce que je ne voulais pas vous chambouler encore plus, c'est que j'ai senti un truc bizarre. Vous voyez, il était *trop* dithyrambique, presque comme s'il avait hâte de vous refourguer, c'est pourquoi j'ai un peu creusé.

Il se pencha en avant, les doigts croisés. Freya perçut les effluves de cette eau de Cologne entêtante, plus autre chose. L'haleine de quelqu'un qui avait bu.

— Ce qu'il m'a vraiment dit, c'est que vous avez eu votre gros scoop il y a quelques années et que, depuis, vous essayiez de vous raccrocher à votre carrière. Il a dit que la pression vous rattrapait et que les failles commençaient à se voir. D'après lui…

Il marqua une pause, peut-être pour ménager son effet. Ou alors il hésitait vraiment.

— D'après lui, votre accident n'en était pas un. Il m'a dit qu'il n'aurait pas été surpris d'apprendre que vous vous étiez jetée sur la route.

Ces mots furent tel un coup de poignard entre les côtes, lui transperçant les poumons, la privant d'oxygène.

— Et le pire dans tout ça, continua Alistair, c'était qu'il craignait que vous soyez si désespérée que vous l'ayez fait pour accuser Barber, parce que c'est ce qui s'est passé, non ? Faute de pouvoir prouver le scandale que vous aviez monté de toutes pièces contre lui, vous l'avez accusé d'avoir tenté de vous tuer.

Freya ferma les yeux, sentit les larmes chaudes rouler sur ses joues. Elle ne voulait jamais les rouvrir car elle ne supporterait pas l'expression des visages autour d'elle. Pas des expressions qui trahissaient la colère, ni la déception, mais une expression qu'elle connaissait trop bien. La pitié. La pitié envers une femme qui n'avait pas toute sa tête.

— Gill, vous l'avez vous-même dit mardi, ajouta Alistair. Elle a clairement besoin d'aide, mais ce n'est pas à nous de la prendre en charge.

Quand elle rouvrit les yeux, Alistair se tenait debout. Son ton était acerbe.

— Je ne vais pas rester assis là à vous écouter calomnier un honnête homme avant même que son corps ne soit froid. Vous avez le culot de venir ici avec l'histoire la plus tordue, la plus absurde que j'aie entendue de toute ma vie, juste pour nous prouver que nous avions tort de vous retirer un foutu sujet. Comment osez-vous !

Il lança un regard à Kristin.

— J'ai besoin d'un autre verre. Quand je reviendrai ici, elle ferait mieux de ne plus être là.

Il se dirigea vers le bureau de Kristin.

Freya regarda les autres, à l'affût de leur soutien. Toutes baissèrent les yeux.

Elle se leva.

— Vous ne pouvez rien faire pour arrêter ça, Alistair. Les gens savent et Graham Linklater s'est déjà fait rattraper. Ça ne va pas mettre longtemps à…

— Assez !

Alistair fit volte-face. Ses yeux étaient encore plus rouges, exsudant la colère.

— Vous avez raison, je ne peux pas vous empêcher de colporter vos insanités, Freya, mais je ne vais certainement pas continuer à vous payer pour le faire.

— Ce qui veut dire ?

— Ce qui veut dire que vous ne travaillez plus ici. Je ne veux pas au sein de ma rédaction une journaliste violente, insubordonnée, non fiable et, à vrai dire, carrément dangereuse. Vous êtes virée. Maintenant, tirez-vous.

42

Dans le silence qui s'ensuivit, Freya entendit le cliquetis des néons. Le tic-tac de l'horloge. Le vrombissement permanent de l'imprimerie.

Il atteignit un paroxysme assourdissant, un sifflement dans ses oreilles qui fut brisé par une main sur son épaule.

— Je suis sûre que ton informateur était très convaincant, et avec ces photos, je dois reconnaître que même moi je me suis laissée prendre au jeu, déclara Gill.

Elle parlait de la même voix mielleuse qu'elle avait employée avec Beth. Mais elle ne se réjouissait pas de la situation.

D'une certaine façon, ça empirait encore les choses.

— Écoute, si j'étais toi, je m'accorderais un peu de temps, je me poserais, et puis…

Freya tourna les talons et se précipita vers la porte.

Une fois dehors, elle monta dans sa voiture, effectua une marche arrière puis appuya sur l'accélérateur. Elle n'avait aucune idée d'où elle allait, elle avait juste besoin de foutre le camp d'ici. Des pensées terrifiantes la submergaient et elle luttait pour garder la tête hors de l'eau.

Comment allait-elle raconter ça à Tom ?

Ils venaient d'acheter une maison : ils ne pouvaient pas simplement la revendre et partir ailleurs. Ni vivre grâce aux seuls revenus de Tom ; elle *devait* travailler et elle ne connaissait rien d'autre que ce métier. Les postes de journaliste n'étaient pas si nombreux dans les Orcades et Alistair lui mettrait des bâtons dans les roues. Et il n'allait pas la laisser finir son travail : lui et tous les autres hommes impliqués dans ces fêtes étaient désormais au courant qu'elle connaissait toute l'affaire. Ils allaient la détruire. Elle se remémora ce que lui avait dit Paul Thomson : *Ils vont se sentir traqués. Ils seront à vos trousses.*

Soudain, quelqu'un se planta devant sa voiture et elle pila.

Kristin posa la main sur le capot. Elle ouvrit la portière côté passager et entra.

— Prends à gauche, dit-elle en attachant sa ceinture.

Kristin guida Freya sur le court trajet vers un food truck à la périphérie de Hatston, où elle alla leur acheter deux cafés noirs, puis elle demanda à Freya de conduire jusqu'au restaurant routier dans Grainshore Road qui surplombait le port de Kirkwall. Elles restèrent assises dans un silence gêné pendant une minute qui sembla en durer dix, les yeux braqués vers la mer à travers la vitre embuée, jusqu'à ce que Kristin dise :

— Ici, je n'y arrive pas. Allons marcher.

Elles traversèrent Ayre Road jusqu'à la route qui longeait la côte de Peedie Sea. Des illuminations en forme de bonhomme de neige et de sapin de Noël ornaient les lampadaires, et au loin la flèche de la cathédrale Saint-Magnus pointait au-dessus des toits. Il était presque 13 h 30. Il ne pleuvait pas, mais le temps était couvert et un vent froid balayait le port. Il y avait peu de monde dehors. Elles passèrent devant un homme coiffé d'une casquette et une femme emmitouflée sous un bonnet et une écharpe, entourée de deux chiens qui trottaient calmement de chaque côté : un labrador et un labradoodle. Le premier fit penser Freya à Luna, puis à Tom, à qui elle n'avait toujours pas parlé depuis leur dispute de la veille, ce qui la ramena à ce qui venait de se passer et ses idées commencèrent à s'emmêler et…

— Mes chaussures ne sont franchement pas adaptées, pesta Kristin, extrayant Freya de sa spirale.

Elle baissa les yeux et vit les talons hauts de la rédactrice en chef. Elle n'avait aucune idée de la marque, mais elle était sûre qu'elles étaient chères.

Il y avait un banc devant elles.

— Tu veux t'asseoir ?

Freya s'étonna de s'entendre si calme, comme si la dernière demi-heure n'avait pas eu lieu.

Kristin secoua la tête.

— Je préfère marcher. Le mouvement m'aide à réfléchir.

Elle regarda Freya pour la première fois depuis qu'elles avaient quitté le journal.

— Pendant mon divorce, j'attendais que les enfants soient endormis puis je sortais marcher dans les rues de Londres pendant des heures. Sûrement pas la chose la plus maligne que j'ai faite, mais j'avais besoin d'espace, tu comprends ?

Freya acquiesça, même si elle se demandait où elle voulait en venir.

— Mon ex-mari, cet enfoiré, je l'ai laissé me tromper trois fois avant de demander le divorce, poursuivit Kristin, l'air de rien. Il avait le chic pour me faire douter de ce que je voyais de mes propres yeux. Les deux premières aventures n'étaient que le fruit de mon imagination. Quand je soulevais le fait qu'il passait beaucoup de temps avec une de ses collègues, je me montrais irrationnelle. Quand je trouvais des additions de dîner à deux dans des restaurants chics les soirs où il m'avait dit qu'il travaillait, j'étais parano. Ou trop émotionnelle, une autre de ses rengaines préférées. Le truc, quand on te dit plusieurs fois que tu es folle, c'est que tu commences à y croire. Tu te souviens que je t'ai dit hier que Jason Miller m'avait invitée à sortir mais que je l'avais envoyé sur les roses ?

Freya fronça les sourcils. La question ne semblait pas avoir de rapport avec ce que Kristin venait de dire. Elle n'était pas sûre de la suivre.

Mais sa cheffe continua :

— Environ une semaine plus tard, un autre garçon m'a proposé la même chose. James Buchanan. Lui, il était canon, rien à voir avec Jason Miller. Grand, la peau mate et les yeux marron les plus doux du monde. Je pensais qu'il ne savait même pas que j'existais, ajouta-t-elle, avant de sourire. J'ai cru que j'avais le vent en poupe, ou alors le parfum que j'avais reçu en avance pour mon anniversaire sentait vraiment très bon.

Elle rit, puis elle se frotta la joue du dos de la main. Freya vit qu'elle pleurait.

— J'ai essayé de la jouer cool pendant un jour ou deux, mais pour finir j'ai accepté. Il m'a dit qu'il m'emmenait à une fête.

Freya s'arrêta, mais Kristin avança.

— S'il te plaît, continuons à marcher, la pria-t-elle sans regarder en arrière.

Le vent redoubla, et fit frissonner Freya. Il creusait des ridules à la surface de l'eau à côté d'elles, comme autant de froncements inquiets. Freya rattrapa Kristin. Elle ne dit rien. Elle sirota son café, qui était déjà froid, et la laissa poursuivre.

— Je ne me souviens pas d'être allée à une fête. Je ne me souviens pas d'être arrivée dans une maison, ni d'où c'était, de qui était là, de rien du tout. Tout ce que je sais, c'est que James est venu me chercher en voiture, qu'on a commencé à boire – il m'a eue avec un *snakebite*[1], bordel – et quand je me suis réveillée le lendemain matin, je savais qu'un truc clochait. Je… j'avais mal partout et je savais qu'il s'était passé quelque chose de mal. Je n'avais encore jamais couché avec personne et je…

Elle s'immobilisa. Une femme aux courts cheveux foncés et à l'air fatiguée passa à côté d'elle. Incapable de compléter sa phrase, Kristin se couvrit le visage avec ses mains et se mit à trembler. Freya lui prit les épaules et Kristin se tourna alors pour se jeter dans ses bras.

Elles restèrent ainsi un long moment ; Kristin pleurait en silence et Freya avait aussi les larmes aux yeux, mais elle s'efforçait de les retenir. Ce n'était pas elle qui avait vécu ce traumatisme et elle aurait eu l'impression d'usurper Kristin si elle craquait aussi, même si elle savait que la plupart des gens ne raisonnaient pas ainsi et que la peine et la colère qu'elle ressentait étaient sincères.

Quand Kristin s'écarta finalement, elle s'essuya les yeux et jeta un regard penaud aux alentours, espérant peut-être que personne autour d'elles n'avait assisté à la scène.

Freya se frotta aussi les yeux. Les questions fusaient dans sa tête.

---

1. Cocktail répandu au Royaume-Uni, composé à moitié de bière et à moitié de cidre, connu pour ses rapides effets enivrants. (*NdT*)

— Quand est-ce arrivé ?

— Au début du mois de juillet, en 2003, répondit Kristin. Je ne l'oublierai jamais, merde. C'était le début des vacances d'été, huit jours avant mes seize ans.

Un an avant les premières photos du CD de Paul. Plus de deux ans avant qu'Ola et Liam ne se fassent tuer.

Pendant combien temps tout ça avait-il duré ?

Kristin se remit en marche.

— Je n'en ai parlé à personne de tout l'été. James ne m'a jamais rappelée. Et je ne pouvais rien raconter à mes parents, de toute façon je n'aurais pas su quoi dire. Je n'étais pas très proche de mon père, et ma mère... eh bien, je pensais que si elle apprenait que sa précieuse petite fille était sortie boire avec des garçons, elle m'aurait juste rétorqué que c'était ma faute, que je l'avais cherché. Elle m'aurait dit qu'elle m'avait assez mise en garde. Et puis quand je suis retournée au lycée à l'automne, plus personne ne m'adressait la parole. Je ne comprenais pas pourquoi.

Elle se sécha à nouveau les joues puis prit une gorgée de café.

— Il se trouve que Jason Miller et quelques autres avaient crié sur tous les toits pendant l'été que je l'avais supplié de coucher avec moi ce soir-là. Que je n'étais qu'une salope, que je m'étais jetée sur lui et sur tout ce qui bougeait. Mais le truc, c'était que je ne me souvenais de rien. Ça pouvait très bien être vrai, et comme James m'évitait...

Kristin se tut lorsqu'elles passèrent à côté d'une jeune mère avec un enfant dans sa poussette qui s'était arrêtée pour regarder les oies.

— Ma source m'a expliqué que c'était comme ça qu'ils procédaient, dit Freya une fois qu'elles furent un peu plus loin. Ils faisaient circuler des rumeurs sur les filles afin de les fragiliser. Ils invitaient même d'autres jeunes pour qu'ils soient témoins d'à quel point elles étaient bourrées. Ils les appelaient les « leurres ».

Kristin secoua la tête.

— Les leurres, les chasseurs de talents... Ce sont des putains de détraqués, jura-t-elle avant de s'arrêter pour faire face à Freya. Je te crois, tu sais. Je t'ai tout de suite crue et j'aurais dû te soutenir face à Alistair, mais j'étais si… Enfin, imagine s'il était là, à la même fête que moi ?

— Qui ça ? Alistair ?

Kristin acquiesça.

— Ça aurait pu être lui qui…

— Non, objecta Freya.

Si au début elle n'avait dit ça que pour la rassurer, plus elle y réfléchissait et plus elle était persuadée que c'était la réalité.

— Je doute qu'il t'aurait embauchée s'il savait que tu avais été à l'une de ces fêtes.

— Mais comment le saurait-il ? Il ne se souviendrait probablement pas de moi. C'était un samedi soir parmi tant d'autres, pour ces enfoirés de pervers.

Kristin se tourna vers la mer et croisa les bras sur sa poitrine.

— On va révéler au grand jour cette putain d'affaire. Je vais parler à Sophie et aux autres. Je vais les convaincre. Qu'est-ce qu'il va faire, Alistair, toutes nous virer ? Il n'aura plus de journal.

— Il va sûrement essayer.

Freya parvint à sourire et Kristin l'imita.

— Eh bien, qu'il aille se faire foutre. On a les photos. Il y a peut-être quelque chose à en tirer. Elles n'ont pas des balises méta ? Des indications de lieu et de date ? Elles peuvent peut-être prouver qu'Alistair…

— Merde, la coupa Freya.

— Quoi ?

— Les photos. J'ai laissé le CD dans l'ordinateur.

La peur lui noua la gorge alors qu'elle se rendait compte que la seule trace physique du lien de ces hommes avec les fêtes, avec Ola et Liam, se trouvait toujours dans le lecteur de CD-ROM à Hatston.

De retour au journal, il n'y avait pas signe de la Mercedes d'Alistair sur le parking, mais Freya ne voulait tout de même pas entrer. Kristin proposa d'y faire un saut pour vérifier. Elle revint deux minutes plus tard.

— Le CD n'est plus là, annonça-t-elle en remontant dans la voiture de Freya. Sophie m'a dit qu'il l'avait pris.

Freya ferma les yeux. Le vertige l'envahit, comme si elle se tenait au bord d'une corniche très étroite en haut d'une falaise et que le moindre faux pas provoquerait sa perte.

— Merde, ça va être plus compliqué de dévoiler l'affaire, dit Kristin. Mais on peut quand même le faire. Il suffit qu'une personne tombe sur l'article et se manifeste pour confirmer le tout. Sauf que, sans ces photos, tout ce que nous avons, ce sont les allégations d'une source anonyme. J'imagine qu'on ne peut pas obtenir une autre copie ?

Freya secoua la tête, mais pas en réponse à sa question. Elle s'était déjà retrouvée dans ce genre de situation et elle savait qu'il était inutile de publier quoi que ce soit.

Ça n'allait pas marcher.

Des hommes comme Alistair, Linklater, Tait, ces hommes de pouvoir ne toléreraient aucun risque de se faire prendre. Ils avaient de l'argent, des relations et de l'influence, et ils utiliseraient toutes les armes de leur arsenal pour étouffer cette affaire. Peu importait combien de témoins se manifesteraient. Il y aurait toujours un moyen de réduire les victimes au silence, de faire encore plus de mal à tous ceux dont ils avaient déjà bousillé la vie et, en voyant cela, les autres auraient trop peur pour parler. C'est ainsi que l'histoire allait se tasser jusqu'à mourir comme une flamme sans oxygène. Elle allait simplement être enfouie ailleurs, plus profondément à chaque fois.

Tout ce qu'elle avait vu et entendu se carambolait dans son esprit. Elle savait que la solution résidait quelque part, mais elle ne parvenait pas à avoir une image claire du tableau. Une question ressurgissait sans cesse :

Pourquoi maintenant ?

Quand Sophie avait demandé ça, elle n'avait fait que répéter une interrogation qui taraudait Freya. Quand elle était allée au garage de Paul, sa réaction en entendant le nom de Scott l'avait distraite et elle avait failli rater autre chose : il avait voulu savoir comme elle l'avait trouvé. Plus précisément, il avait dit : *Laissez-moi deviner, il a pointé le bout de son nez quand les corps ont été retrouvés à Skaill.*

Freya rouvrit les yeux et sortit son téléphone.
— Qu'est-ce que tu fais ? demanda Kristin.
— Juste… une minute et je t'expliquerai.
Elle ouvrit sa discussion avec Scott. Il y avait deux nouveaux messages depuis qu'elle lui avait répondu pour la dernière fois à la bibliothèque.
« Vous reconnaissez les autres ? »
« Allô ?? Vous êtes toujours là ? »
Elle remonta le fil et trouva celui qu'elle cherchait :
« On ne savait jamais rien sur ces hommes. Je n'avais le nom de Linklater que parce qu'il était enregistré en tant que propriétaire de Sigurd Holdings et que j'avais trouvé le nom de l'entreprise dans le cadastre. Ça n'a pas été difficile. »
Des pensées sombres l'envahirent.
— Freya ?
Elle se tourna vers Kristin.
— Tu sais où Alistair habite ?
— Pourquoi ?
Freya ne répondit pas. Elle regarda son téléphone. Ce qu'elle projetait de faire horrifierait Kristin. Elle ne serait sans doute pas d'accord.
— Freya, je viens de te raconter quelque chose que je garde pour moi depuis presque vingt ans. Je ne l'ai pas dit à mon ex-mari, même pas à mes parents. Quand Gill a fait son numéro mardi, tu aurais dû me le dire. Quand tu es partie toute seule ce matin, pour chercher ces photos, jusqu'à en arriver à faire… ce qui a causé ça, dit-elle en désignant les écorchures sur son visage, tu aurais dû me le dire. J'ai conscience de ce qu'il s'est passé à Glasgow. Je sais comment tu as été traitée. Quand je t'ai embauchée, Alistair m'a répété tout ce que ton ancien chef avait dit sur toi. Je ne peux même pas imaginer ce que ça a dû être d'évoluer dans un tel environnement, mais tu ne travailles plus pour eux.
— Je ne travaille plus non plus pour toi.
Freya essaya de rire, d'alléger l'atmosphère, mais Kristin eut l'air déçue.
— Pourquoi tu m'as engagée ? demanda Freya. Si tu avais entendu tout ce mal à mon sujet, pourquoi m'as-tu confié le job ?

— Parce que j'ai considéré que soit c'étaient des conneries et que les hommes pour lesquels tu travaillais se sentaient menacés, soit tu étais le genre de femme prête à aller très loin pour faire tomber un enfoiré réputé intouchable, répondit Kristin avec un sourire. Dans les deux cas, tu m'avais l'air plutôt balèze.

Freya sourit. Elle avait envie de dire à Kristin que son ancien rédacteur en chef avait à moitié raison : elle s'était bel et bien jetée sur la route ce soir-là. Mais ça n'avait pas été dans l'intention d'accuser Damien Barber. Cette idée ne lui avait jamais traversé l'esprit.

À cet instant où elle avait touché le fond, tout ce qui l'avait frappée, c'était combien elle était seule.

— J'ai l'adresse d'Alistair en haut, dit Kristin. Mais si tu la veux, tu vas devoir me révéler ton plan. Je ne te laisserai pas faire ça toute seule.

43

Freya expliqua son idée à Kristin, mais seulement dans les grandes lignes. Si elle partageait en détail le plan d'attaque précis qui prenait forme dans sa tête, Kristin n'accepterait jamais.

— Je veux lui parler.

— Ne vaudrait-il pas mieux attendre un peu ? Si tu te pointes sur le pas de sa porte cette après-midi, il ne va certainement pas t'inviter à prendre le thé et des scones, souligna Kristin avant de pousser un soupir en voyant que ses mots ne faisaient pas mouche. Écoute, je tiens autant que toi à coincer ces salopards. Même plus, en fait. Mais tu dois vraiment faire ça maintenant ?

Oui.

Parce que... elle le devait, c'était tout. Si elle baissait les bras, ce serait comme avoir une démangeaison qu'elle ne pouvait pas gratter. Non, c'était pire : elle aurait l'impression de laisser une plaie s'infecter, contaminer son système sanguin. Au bout du compte, tout son organisme serait touché. Elle ne savait pas comment expliquer ça à Kristin. L'analogie semblait mélodramatique, mais c'était ce qu'elle ressentait quand elle avait une idée en tête et qu'elle trouvait des obstacles sur son chemin.

Elle s'efforça d'utiliser des mots acceptables aux oreilles de Kristin.

— Je ne peux pas rentrer chez moi. Je ne peux pas encore affronter Tom, lui raconter ce qui s'est passé. Sans compter qu'Alistair doit être au téléphone avec ses copains en ce moment même. Ils vont se préparer. Nous devons agir vite.

— Remonte avec moi au journal, insista Kristin. J'étais sincère, tout à l'heure. Je compte bien faire éclater cette affaire au grand jour. Et au moins, on peut révéler le lien de Linklater avec Sigurd Holdings et avec Eastwynd Farm ; voilà qui devrait être facile à étayer. On peut dire que des informateurs nous ont appris que c'était là qu'Ola et Liam sont allés la nuit de leur mort. On n'est pas obligées de faire le rapprochement avec les fêtes, ça suffira pour commencer.

Ça ne suffirait pas. Pas pour Freya.

— Il est en colère, dit-elle. Si je lui parle seule, peut-être que je réussirai à l'amener à commettre une erreur. Je peux l'enregistrer.

— Comment ?

Freya se pencha au-dessus des genoux de Kristin et ouvrit la boîte à gants. Il y avait un dictaphone à l'intérieur.

— Je l'enregistrerai à la fois sur mon téléphone et là-dessus. Il soupçonnera que je l'enregistre, alors je lui montrerai le téléphone, je ferai comme si j'avais été prise la main dans le sac, mais il ne se doutera pas qu'il y a un deuxième appareil.

— Sérieusement, Freya ? Ça me semble bancal.

— Tu avais dit ça lundi aussi, tu te souviens ?

Elle hasarda un sourire, même si dans le fond elle était d'accord avec Kristin. C'était une idée stupide et ça ne marcherait jamais.

Mais ça n'avait pas besoin de marcher. Ça devait juste lui permettre de gagner du temps.

— Si j'obtiens quelque chose, je transmettrai l'enregistrement à la MIT. Les flics n'auront qu'à creuser, enquêter sur Alistair. Tu ne pourras jamais rien écrire sur cette affaire tant qu'il possède le journal.

— Pourquoi n'as-tu pas encore parlé de tout ça à l'inspecteur Muir ?

— Je fais confiance à Fergus. Vraiment. Mais il a travaillé sous Tait. Il a fait partie de l'enquête initiale sur la disparition d'Ola et Liam, il sait forcément qu'il y a quelque chose de louche. Je ne pense pas qu'il soit impliqué là-dedans, mais…, s'interrompit-elle en regardant Kristin. Tu l'as dit toi-même l'autre jour, les gens ne cesseront jamais de vous surprendre.

Utiliser ses propres mots sembla fonctionner. Kristin poussa un soupir et regarda à travers le pare-brise la lumière jaunâtre à la fenêtre de son bureau.

— Si tu y vas cette après-midi, il refusera de te parler. Tu as raison, pour l'instant il est furieux. Et… je n'arrive pas à croire que je dois te dire ça, mais il est impossible de prévoir sa réaction. Je ne l'aurais jamais pensé du genre à violer des jeunes filles, mais qui sait de quoi il est capable.

C'était exactement ce que Freya espérait qu'elle dirait.

— Je te préviendrai quand j'arriverai là-bas et si je ne te donne pas de nouvelles au bout d'une heure, contacte la police.

— Bon sang, Freya, tu ne peux…

— Appelle le 999 et dis-leur que tu as entendu des coups de feu. Que tu as entendu une femme crier. N'importe quoi qui les fasse venir.

Kristin secoua la tête.

— Beaucoup de choses peuvent se passer en une heure.

C'est ce qu'espérait Freya.

Kristin fixa à nouveau sa fenêtre. Elle acquiesça. Puis elle se pencha au-dessus du frein à main et serra Freya dans ses bras, qui se laissa faire.

Elle sortit enfin, la regarda à travers la portière ouverte du côté passager.

— Je t'envoie l'adresse par texto. Mais, Freya, promets-moi d'être prudente.

— Je te le promets.

*

*   *

La blonde sort de la voiture une deuxième fois, reste debout devant la portière pour dire quelque chose.

Je sirote mon café tiède et je l'observe dans mon rétroviseur. La journaliste ne fait pas mine de la suivre. C'est bon signe. Ça veut dire qu'elle repart. Je les ai surveillées toutes les deux lorsqu'elles se sont promenées à Peedie Sea, j'ai eu l'impression qu'elles mijotaient un truc. Avec un peu de chance, un truc qui me sera utile.

Jusqu'ici, la journaliste a fait du bon boulot : elle a récupéré les photos et elle va me fournir les noms des gens qui figurent dessus. Il faut juste qu'elle le fasse rapidement. À la radio, on ne parle que de la mort de Linklater. À chaque heure qui passe, la police a de nouveaux éléments. Ils n'étaient pas si rapides il y a dix-sept ans, mais quand un riche et gros pervers meurt, c'est clairement différent. Une enquêtrice, une femme du nom de Macintosh, a annoncé à la presse qu'ils avaient une piste prometteuse et j'ai tout de suite su ce que ça voulait dire : j'ai marché dans le sang. Quand ce salopard saignait, j'ai avancé pour voir la panique se peindre sur son visage, la vie quitter ses yeux, et j'ai laissé une empreinte de pas derrière moi. Je ne sais pas ce qu'ils peuvent apprendre à partir de ça, ni à quelle vitesse ça va les mener à moi, mais j'ai quand même arrêté la voiture sur le bas-côté et j'ai frappé le volant jusqu'à ne plus sentir mes mains.

Une portière de voiture claque.

Je lève les yeux vers le rétroviseur.

La blonde traverse le parking et entre dans le bâtiment. Je pose mon café dans le porte-gobelet, la main sur la clé, mais la Hyundai turquoise de la journaliste ne bouge pas. Elle reste assise là pendant dix minutes de plus et j'en ai des picotements, à force d'attendre. Qu'est-ce qu'elle fout ? Elle a compris qu'elle était surveillée ? Je réfléchis à un plan B lorsque ses phares s'allument et qu'elle s'en va enfin.

J'allume mon moteur.

La journaliste prend à gauche au carrefour sur la route principale, vers Finstown. J'enclenche la première, quand soudain, dans mon rétroviseur latéral, je repère une Skoda noire à quelques mètres derrière moi qui s'engage dans la circulation sans mettre son clignotant. Elle passe devant moi et prend aussi à gauche. Et je suis.

Nous nous dirigeons vers l'ouest. La route décrit une courbe qui remonte le long de la côte de la baie de Firth. Je garde la journaliste dans mon champ de vision derrière quelques véhicules. La Skoda noire est à deux voitures d'intervalle. La nuit tombe déjà et les véhicules devant moi ont leurs feux arrière allumés.

À Finstown, je vois un clignotant orange indiquer que la journaliste a pris à gauche en direction de Birsay, mais elle continue sur la A965 jusqu'au panneau de la baie de Skaill et la route de Brodgar. La Skoda fait de même.

Nous passons à côté des grands rochers qui bordent la route. J'essaie de savoir qui est cette deuxième filature et si la journaliste l'a repérée. Au milieu de ce paysage vallonné, je sens mon adrénaline refluer, mon niveau d'énergie baisser pour la première fois depuis hier soir. Depuis ma visite chez Graham Linklater, je plane. Je dois faire perdurer cette sensation.

Mais si jamais tout ça était un coup monté ?

Et si on savait qui j'étais ?

La rage brûlante en moi reprend de plus belle à la pensée que je me fasse arrêter alors que seul un de ces enfoirés est dans une housse mortuaire. Il m'en faut plus. La journaliste met son clignotant pour tourner, mais la Skoda noire continue tout droit et je l'imite pour ne pas me faire remarquer. La Skoda accélère et je me maudis d'être si bête, si parano. Il y a peu de routes sur cette minuscule île. Au carrefour suivant, je m'arrête : le virage qu'a pris la journaliste donne sur une route étroite qui mène à une impasse sur les falaises de Yesnaby. Il sera facile de la retrouver.

Je suis sur le point de faire demi-tour quand l'écran de mon téléphone s'illumine sur le siège passager. La journaliste m'a envoyé un nouveau message.

Une adresse.

44

Elle repéra la maison d'Alistair bien avant que la voix robotique de son téléphone lui annonce qu'elle s'en approchait.

Seule dans la lande déserte au-dessus de l'océan Atlantique Nord, la bâtisse se découpait dans la semi-pénombre. Il n'était même pas 14 h 30 mais la nuit tombait déjà : la lumière déclinait dans le ciel à un rythme vertigineux. Depuis la route, elle distinguait des flèches et des cheminées qui se dressaient dans le ciel sombre comme les doigts d'une main tendue.

Un mauvais pressentiment la gagna, mais elle s'efforça de repousser la paranoïa. Avant de tourner sur la route de Yesnaby, elle avait remarqué deux voitures derrière elle, elle avait cru être suivie, mais lorsqu'elles avaient continué tout droit, elle s'était trouvée ridicule. Les mots de Kristin lui étaient revenus à l'esprit : *Qui sait de quoi il est capable.*

Peu importait ; elle ne serait pas seule avec lui très longtemps, des renforts arriveraient. Elle n'avait aucune intention de recontacter Kristin après lui avoir confirmé être bien arrivée. Elle voulait que la police vienne, mais avant cela elle avait besoin d'un peu de temps.

Sur le parking du journal, une fois que Kristin était retournée à l'intérieur, elle avait appelé M. Henderson au lycée de Kirkwall. La première partie du plan, celle qu'elle avait confiée à Kristin.

— C'est une façon audacieuse de vous présenter, avait commenté le proviseur, après que Freya s'était fait passer pour une mère inquiète auprès de la réceptionniste.

— Je suis désolée, j'avais peur qu'on ne me laisse pas vous parler si je donnais le véritable objet de mon appel, et c'est important.

Elle lui avait demandé s'il connaissait un élève, ami de Liam, du nom de Scott Connelly.

Un silence s'en était suivi à l'autre bout de la ligne. Freya ignorait pourquoi. Réagissait-il comme Paul ? Se creusait-il les méninges ? Elle détestait ne pas l'avoir en face d'elle.

— Monsieur Henderson ?

— Je réfléchis, avait-il répondu. Je ne me souviens pas que Liam ait fréquenté quiconque du nom de Connelly. Savez-vous à quoi il ressemblait ?

Freya lui avait répété la description que Scott avait donnée de lui-même.

— Je suppose que ça pourrait correspondre à un certain nombre de garçons, mais ça ne me dit rien. Et certainement pas un proche ami de Liam. Pourquoi cette question ?

Freya lui avait expliqué que Scott leur fournissait des informations sur Liam.

— Je me demande à quel point je peux lui faire confiance, sans savoir s'il est celui qu'il prétend être.

Ce n'était pas un mensonge.

Elle avait entendu le bip d'un message arriver lorsque M. Henderson avait dit :

— Il y avait un Connelly ici du temps de Liam, mais je suis certain que son prénom était Andrew. Il avait les cheveux noirs et quelques années de moins que M. McDonnell. Comme je vous l'ai dit lors de notre entretien, madame Sinclair, en général j'ai bonne mémoire concernant nos élèves et je suis quasiment sûr qu'il n'y avait personne du nom de Scott Connelly ici du temps de Liam. Est-il possible que cet homme mente sur son identité ?

— Ça m'en a tout l'air, avait confirmé Freya.

Elle activa son clignotant pour s'engager sur l'allée de la maison d'Alistair avant que son téléphone ne lui indique de le faire.

Un rapide coup d'œil dans le rétroviseur : personne derrière elle.

Le gravier crissa sous ses pneus tandis qu'elle s'approchait d'un portail. Elle ralentit en réfléchissant à ce qu'elle allait faire, mais à cet instant les portes tressautèrent et commencèrent à s'ouvrir.

La nausée la rattrapa.

Il savait qu'elle venait.

Ou peut-être pas. Les portes pouvaient être automatiques. Elle devait se calmer, garder les idées claires.

L'allée débouchait sur une vaste cour devant les quelques marches menant à l'imposante demeure. La famille Sutherland était certainement implantée dans les Orcades depuis l'arrivée des propriétaires terriens écossais à la fin de la domination scandinave, il y a six cents ans. La bâtisse était vieille, d'une architecture qui semblait dater du XVIIIe ou du XIXe siècle. De style gothique. S'il n'avait pas fait si sombre, elle aurait vu des gargouilles la surplomber sur le toit.

Le vent fit trembler la voiture avant qu'elle ne s'arrête. Il n'y avait pas d'autres véhicules dans la cour, mais de la lumière brillait à certaines fenêtres et un mince filet de fumée s'échappait en biais de l'une des cheminées. Elle scruta la porte d'entrée et sa gorge se serra quand elle vit qu'elle était ouverte, Alistair appuyé contre le cadre. Il portait toujours son pantalon gris élégant et sa chemise blanche au col ouvert, et il semblait avoir une boisson dans la main. Il paraissait détendu, sûr de lui. Tout se passait comme il l'avait prévu.

Elle n'aimait pas ça.

Elle avait projeté d'envoyer un texto à Tom avant d'entrer, mais elle n'en avait plus le temps. Il y avait tant de choses qu'elle voulait lui dire, ça allait devoir attendre. À la place, elle écrivit rapidement un message à Kristin pour lui confirmer qu'elle était arrivée.

N'oublie pas, tapa-t-elle. *Une heure.*

Puis elle ouvrit Twitter et envoya le message qu'elle avait copié-collé avant de quitter Hatston. Un message pour Scott.

Cette adresse.

Elle n'avait aucune chance de sortir son dictaphone de la boîte à gants. Alistair la verrait faire ; c'était inutile.

— On dirait que j'ai perdu mon pari, cria-t-il au-dessus du vent tandis qu'elle descendait de la voiture. Vous ne lâchez jamais l'affaire, hein ?

Elle ne répondit pas.

Son trouble le fit sourire. Il secoua la tête et retourna dans la maison en laissant la porte ouverte.

Déferlant depuis l'océan, le vent siffla à travers la cour. Il murmurait à Freya depuis les coins sombres de l'édifice, la prévenait de ne pas entrer.

Elle n'écouta pas.

Elle verrouilla la voiture, monta les marches en pierre devant le perron et ferma la porte derrière elle.

45

Freya se trouvait seule dans un vaste hall. Elle entendit des voix et elle en déduisit qu'Alistair n'était pas seul.

— Vous venez ? l'appela-t-il.

Les voix ne se turent pas.

— Inutile de retirer vos chaussures, lança-t-il. Vous n'allez pas rester longtemps.

L'esprit fait parfois des liens étranges : elle pensa à ce que Fergus lui avait dit sur le corps d'Ola. Les chaussures retirées. Le legging déchiré. L'absence de sous-vêtements.

Le sac en plastique sur sa tête et son crâne en morceaux.

Un frisson la parcourut.

Alistair apparut à une porte au fond du hall.

— Si vous hésitez encore, je ne vous retiens pas. Vous pouvez ressortir par là où vous êtes arrivée.

Elle le suivit dans un salon éclairé par une lampe et un feu de cheminée. Les fenêtres donnaient sur la cour en gravier et au-delà, le paysage jusqu'aux falaises. L'océan n'était pas loin, elle l'apercevait même dans la nuit qui tombait. Il était moucheté de blanc à cause du remous des vagues. Les points noirs des fulmars décrivaient des cercles au-dessus. Une télévision sur l'un des murs était allumée : la source des voix, comprit Freya. Elle était branchée sur les actualités, une de ces chaînes d'infos vingt-quatre heures sur vingt-quatre, qui traitait d'une fusillade sur la côte ouest américaine. Le meurtre d'un vieil homme d'affaires dans les Orcades ne ferait jamais les gros titres, peu importe à quel point c'était rare.

Au milieu de la pièce, trois canapés aux gros coussins entouraient un grand tapis couleur crème surmonté d'une table basse en bois sombre. Les bûches dans la cheminée et un grand sapin de Noël dans le coin embaumaient l'air. Alistair finit son verre d'un trait puis se dirigea vers un meuble en acajou.

— Je vous sers quelque chose ? proposa-t-il.

— Non merci.

— Vous êtes sûre ? J'ai un whisky local qui porte votre nom, le *Highland Park Freya*. Vous l'avez déjà goûté ? Quinze ans d'âge et quatre cents balles la bouteille, ça semble être l'occasion, vous ne trouvez pas ?

— À cause du nom ou parce que vous aimez ce qui a quinze ans ?

Il souriait lorsqu'il lui jeta un coup d'œil par-dessus son épaule. Son sarcasme n'avait pas été aussi percutant qu'elle l'avait espéré. C'était un jeu auquel Alistair était sans aucun doute expert.

— Attention, Freya. Je ne suis peut-être plus votre employeur, mais je reste le genre d'homme qu'il vaut mieux ne pas énerver.

Il lui fit signe de s'asseoir sur l'un des canapés et elle s'exécuta. Il s'installa en face d'elle. Même si elle avait décliné son offre, il avait apporté deux verres remplis d'un liquide ambré et en glissa un sur la table vers Freya.

Il jeta un coup d'œil à la télévision.

— Pas un seul mot au sujet de Graham. Ces journalistes ne semblent pas avoir mené l'enquête comme vous. Vous devriez peut-être postuler pour ces chaînes ?

Il rit à sa propre blague. Pas Freya.

Il attrapa la télécommande et éteignit l'écran.

— D'ailleurs, si vous êtes venue me supplier de vous reprendre, vous pouvez oublier.

— Ce n'est pas le cas.

— Alors qu'est-ce que vous voulez ?

— J'ai un marché à vous proposer.

Il rit à nouveau, d'une voix plus rauque cette fois.

— Vraiment ? Eh bien, vous m'intriguez. Qu'avez-vous à m'offrir ?

— La protection.

— Je vois.

Il sourit en hochant la tête.

— Et je suppose que c'est le moment où vous me promettez de ne rien dire à personne sur ces horreurs que vous avez débitées au bureau et que, maintenant que nous sommes seuls, je n'ai plus besoin de nier. Je m'ouvre un peu à vous, et tout ça pendant que vous avez un dictaphone dans votre poche, c'est ça ?

— Les années 1980, c'est fini. On n'utilise plus de dictaphones, mais nos téléphones.

Elle sortit le sien et lui montra qu'il n'enregistrait pas.

— Et comment être sûr que vous n'avez pas autre chose caché sous votre manteau ? D'ailleurs, il s'enlève ? Je ne vous ai jamais vue sans.

Elle ouvrit son ciré et en retourna les poches, en retirant la lettre toujours fermée qui se trouvait là depuis plusieurs jours. Elle écarta les pans et retourna aussi la poche intérieure.

Le visage d'Alistair se durcit. Elle l'avait troublé ; il était parti du principe qu'elle était venue ici pour l'enregistrer, le plan le plus évident, mais maintenant qu'il se rendait compte que ce n'était pas ce qu'elle avait en tête, son assurance vacillait.

— C'est quoi, ça ? demanda-t-il en désignant l'enveloppe.

— Rien qui vous concerne, répondit Freya en la rangeant.

Alistair s'adossa dans le canapé.

— Alors c'est quoi le truc ? Si vous n'êtes pas là pour me tendre un piège, qu'est-ce que vous mijotez ?

— Je vous l'ai dit, je suis venue vous offrir la protection.

— Contre quoi ?

— Scott Connelly.

Ce coup eut l'effet escompté. L'éclat rougeâtre de ses joues échauffées par le whisky s'affadit.

— Il m'a utilisée pour vous retrouver, vous et les autres. Et vu que je sais maintenant où vous habitez…

Elle laissa le reste de la phrase en suspens.

Alistair mordit à l'hameçon.

Elle vit une étincelle s'allumer dans ses yeux.

— Vous êtes en train de dire que Scott a tué Graham ? Et que c'est vous qui vous l'avez mené à lui ?

— Il a trouvé Graham tout seul, c'est le reste d'entre vous qu'il cherche à présent. C'est pour ça qu'il m'a envoyée récupérer ces photos que vous avez volées. Il connaissait les visages, il avait juste besoin des noms.

Freya n'était pas certaine que Scott ait tué Linklater, mais ça semblait coller. L'idée avait germé dans son esprit un peu plus tôt, lorsque Scott Connelly s'était révélé être un vrai nom. Un nom qui flanquait une peur bleue à un type aussi détraqué que Paul Thomson. Mais c'était la question de Sophie qui avait affûté sa réflexion.

Pourquoi maintenant ?

Pour Freya, si la motivation de Scott était de révéler un scandale, il aurait pu raconter à tout moment ce qu'il savait à un journaliste. Mais il l'avait envoyée à South Ronaldsay la veille pour voir à quel point elle était déterminée, jusqu'où elle était prête à aller pour connaître la vérité, puis il l'avait poussée à obtenir ces photos, et il avait même coupé tout contact une fois qu'elle avait suggéré d'autres moyens de révéler toute l'affaire. Et depuis qu'elle était en possession des images, il n'y avait plus qu'une chose qui l'intéressait :

C'est qui ?

Vous savez son nom ?

Vous reconnaissez les autres ?

Scott se fichait d'exposer la vérité, il voulait seulement le nom des hommes qui participaient aux fêtes. Freya n'avait pas tout de suite compris pourquoi il l'avait envoyée chercher les photos plutôt que d'y aller lui-même, surtout qu'il l'avait laissée utiliser son nom, mais s'il avait assassiné Linklater, ça paraissait logique qu'il mente. Il avait admis s'être renseigné sur Graham, ne connaître que ce nom-là, et maintenant celui-ci était mort. Et Freya était convaincue que, à présent que Scott les avait identifiés, Alistair Sutherland et Allan Tait étaient les prochains sur la liste.

Et elle venait de lui servir l'un d'eux sur un plateau.

Ce qui l'amenait à la question de savoir pourquoi Scott n'agissait que maintenant. Mais Paul lui avait déjà fourni la réponse : *Il a pointé le bout de son nez quand les corps ont été retrouvés à Skaill.*

— Scott Connelly a tué Liam et Ola, n'est-ce pas ?

Alistair gigota sur le canapé. Il sirota son whisky et se passa la langue sur les lèvres.

— Je n'en ai pas la moindre idée.

— Il était à Eastwynd Farm ce soir-là. C'est lui qui a envoyé Jason Miller à Harray pour les y attirer tous les deux.

Alistair ferma les yeux et hocha très légèrement la tête.

— C'était votre intermédiaire, dit Freya. L'homme que Linklater payait pour recruter les garçons qui vous amenaient les filles.

Elle était persuadée que Scott était le type aux cheveux blonds qu'elle avait vu sur la photo, le bras autour du cou de Liam, celui qui avait la vingtaine. Trop vieux pour être un chasseur de talents, trop jeune pour faire partie des pervers comme l'homme en face d'elle. Et quand elle avait obtenu confirmation de la part de M. Henderson qu'il n'était pas au lycée de Kirkwall avec Liam, l'une des dernières pièces du puzzle s'était mise à sa place.

Il lui manquait encore quelques réponses, mais elle les découvrirait bientôt.

— J'imagine qu'il n'était pas content que Liam protège Ola, une fille pour laquelle vos copains et vous aviez payé cher, n'est-ce pas ? Scott devait montrer l'exemple de ce qui arrivait quand on n'obéissait pas.

— Vous vous adressez à la mauvaise personne, intervint Alistair. Que vous le croyiez ou non, cette soirée à Eastwynd n'était en fait que la deuxième à laquelle je participais. J'avais très peu affaire à Scott Connelly directement. C'était Graham et Allan qui…

Il s'interrompit. Freya le vit consulter sa montre, comme s'il attendait quelqu'un.

— Vous le connaissez tout de même, souligna Freya. Alors que personne d'autre dans les Orcades ne le connaît, si ? Mis à part ceux qui participaient aux fêtes. J'imagine qu'il n'était pas d'ici. Vous êtes les seuls qui pouvez le balancer, alors il est revenu s'assurer que ça n'arrive pas.

Alistair finit son verre.

— Si vous pensez avoir tout compris, pourquoi êtes-vous là ?

— Je vous ai dit, pour vous offrir…

— La protection, oui. Mais que voulez-vous en échange ?

Plusieurs choses, mais elle résolut de commencer par le plus simple. Ce qui ne collait toujours pas avec le reste.

— Que s'est-il passé au moment de cette photo de vous avec Liam et Gordon Tulloch ? Celle où vous semblez vous disputer.

Le rôle de Gordon Tulloch demeurait un mystère. C'était la seule chose qui la faisait encore douter de sa théorie sur Scott. De toute évidence, Tulloch était au courant des corps enterrés avant que la nouvelle soit publiée : il avait vu les forces de l'ordre à la plage et avait pris la fuite moins d'une demi-heure plus tard. Il était aussi le plus à même de les avoir cachés là, étant donné son expérience. Pourquoi Scott avait-il nié l'avoir vu aux fêtes alors qu'ils avaient clairement été tous les deux à Eastwynd ce soir-là ? À croire qu'il le protégeait.

— Nous ne nous sommes pas disputés, dit Alistair. Ou plutôt, ce n'est pas avec moi qu'il s'est disputé.

Freya fronça les sourcils. Sa réponse énigmatique l'énervait. Elle sortit à nouveau son téléphone de sa poche.

— Que faites-vous ? s'enquit Alistair.

— J'envoie votre adresse à Scott.

— Je suis en train de répondre à vos foutues questions, qu'est-ce que vous voulez de…

— Répondez-moi directement, épargnez-moi les conneries. Que faisiez-vous ?

— Je le séparais de Gordon. Ce petit merdeux avait essayé de s'en prendre à lui et je le retenais. Ça vous va ?

— Pourquoi ?

Un nouveau coup d'œil à sa montre.

— À votre avis ? Parce que Gordon était mon ami et…

— Non, pourquoi Liam a attaqué Gordon ?

Il y eut tout à coup du bruit dans la maison. Un bruit de porte. Freya tourna la tête vers le couloir. Elle tendit l'oreille.

— Il y a quelqu'un d'autre ?

— Non, affirma Alistair. Ma femme est partie à Édimbourg avec nos filles pour les achats de Noël. C'est une vieille maison, Freya. Il y a souvent des bruits bizarres. On s'y habitue.

Le téléphone d'Alistair bipa en même temps que la sonnette retentit dans le couloir. Il regarda son portable et poussa un profond soupir. Il sembla presque se dégonfler de soulagement.

— Pas trop tôt, dit-il en appuyant sur l'écran.

— Que se passe-t-il ?

Alistair se leva en prenant son verre. Il pointa le doigt vers celui de Freya.

— Vous ne buvez pas ?

— Qu'est-ce qu'il se passe ? C'était quoi sur votre téléphone ?

Alistair attrapa le verre de whisky hors de prix qu'il avait servi à Freya et le vida d'un trait.

— C'était le portail. Quelqu'un vient se joindre à nous.

— Qui ça ?

Le bruit des pneus sur le gravier attira son regard. Il faisait presque nuit noire dehors mais à travers la vitre elle vit des phares près de la maison.

Une Skoda noire se gara à côté de sa voiture.

46

Alistair alla répondre à la porte. Freya vit un homme sortir de la voiture noire et marcher vers la maison.

— Tu en as mis, du temps ! lança Alistair dans le couloir.

— Elle a été suivie, répondit une voix rauque.

— Par qui ?

— Bonne question. La voiture est garée au bout de la route, au bord de la falaise. Je n'ai pas vu qui conduisait. J'ai vérifié les alentours, il n'y a pas un chat. Les mecs vont gérer ça quand ils seront là.

— Ils viennent ici ?

— Ils sont en route.

Une porte se ferma. Les voix s'approchèrent.

Instinctivement, Freya se leva et s'éloigna vers la cheminée.

Alistair entra en premier.

— Eh bien, tu n'as qu'à moitié gagné le pari, dit-il pardessus son épaule à la personne derrière lui. Elle n'est pas là pour m'enregistrer.

— Tu en es sûr ?

Un homme au visage cendreux et émacié passa la porte après Alistair. Malgré le crâne chauve moucheté de taches de vieillesse et les cheveux gris coupés ras sur les côtés qui n'étaient pas là sur les photos de lui que Freya avait vues, elle le reconnut.

— Bonjour, Freya, dit-il, puis il se tourna vers Alistair. Tu l'as fouillée ?

Elle se tendit, les poings fermés. Du coin de l'œil, elle repéra le tisonnier, juste à portée de main.

Allan Tait le remarqua aussi.

— Du calme. Ne nous emballons pas.

— Son téléphone n'est pas en train d'enregistrer et il n'y a rien dans ses poches, répondit Alistair en se dirigeant vers le meuble du fond pour servir trois verres supplémentaires de whisky. Non pas que ça ait de l'importance, vu que la cavalerie arrive.

Tait s'assit sur le canapé le plus proche de Freya, croisa les jambes et posa les mains sur ses genoux. Il était grand, mais assez rachitique. Bien plus maigre que sur les photos. Il y avait aussi un craquement dans sa voix ; Freya se demanda s'il était malade. En phase terminale, espérait-elle.

Alistair revint et tendit à Tait un verre de whisky et un autre à Freya. Quatre cents livres la bouteille et il le consommait comme du petit-lait. Il reprit sa place mais la journaliste resta debout, en les regardant tous les deux.

Tait pointa un doigt osseux et cireux vers elle.

— Quand Alistair m'a appelé tout à l'heure pour me demander de vous garder à l'œil, j'ai prédit que vous vous pointeriez avant la fin de la journée.

— Vous ne me connaissez pas, rétorqua Freya.

— C'est vrai, mais j'ai connu votre père et c'est typiquement ce qu'il aurait fait. Et regardez où ça l'a mené.

Un frisson parcourut Freya.

Tait le remarqua. Un sourire pernicieux se dessina sur ses lèvres.

— Je me souviens qu'il vous amenait au poste quand vous étiez gosse. Vous étiez déjà particulière, à l'époque. À en croire Alistair, vous n'avez pas beaucoup changé.

Freya garda le silence. L'arrivée de Tait l'avait déstabilisée, avec ses allusions aux « mecs » et surtout à son père, et elle s'efforçait de se ressaisir.

— Que faites-vous ici, Freya ?

— Elle veut nous offrir la protection, intervint Alistair en sirotant sa boisson.

— Ah oui ? Et de quoi, exactement ?

— Scott Connelly.

— Vraiment ? Alors il est bel et bien de retour ? C'est lui qui a réglé son compte à Graham ?

— C'est ce qu'elle pense.

Tait reporta les yeux sur Freya.

— Et qu'est-ce qui vous fait croire ça ? Scott est-il votre mystérieux informateur, par hasard ?

— Elle dit qu'il a...

Il y eut à nouveau du bruit ailleurs dans la maison. Plus proche. Cette fois, ils l'entendirent tous les trois. Ils se tournèrent.

Tait et Alistair échangèrent un regard. Pour la première fois depuis l'arrivée de l'inspecteur en chef, Alistair avait l'air nerveux.

— Je vais voir, dit-il en se levant.

Mais au lieu de quitter la pièce, il s'approcha de la cheminée. Freya recula et fut presque soulagée lorsqu'il s'empara du tisonnier.

— Probablement juste le vent, mais quand même...

Tait acquiesça.

Alistair sortit du salon et Tait se tourna vers Freya.

— Pourquoi ne venez-vous pas vous asseoir ? Vous me rendez nerveux, à rester plantée là.

Freya ne bougea pas.

Elle ne dit rien.

Elle réfléchissait toujours à la question de Tait : que faisait-elle là ?

Pourquoi n'était-elle pas rentrée auprès de Tom et de Luna comme Kristin le lui avait suggéré, en laissant tomber tout ça ?

Mais elle connaissait la réponse : elle était ici parce qu'elle ne faisait confiance à personne d'autre pour prendre les choses en main.

Personne ne faisait jamais rien.

Le vrai plan de Freya, celui qu'elle n'avait pas avoué à Kristin, c'était d'attirer Scott chez Alistair, en croisant les doigts pour que le timing soit bon. Ça devait être parfait. Si Kristin appelait la police et que celle-ci débarquait avant Scott, elle risquait de le faire fuir. Et si elle arrivait trop tard...

Il y avait la possibilité que Scott tue Alistair avant l'arrivée de la police mais, après considération, étant donné les atrocités qu'avait commises cette ordure, c'était un risque que Freya était prête à prendre. Toutefois, elle n'était pas sûre que Kristin voie les choses du même œil. Que Scott se fasse arrêter et révèle à la MIT toute la vérité derrière ce qui était arrivé à Ola et à Liam était le dernier espoir de Freya pour faire éclater le scandale et retrouver une vie normale. Elle prenait peu à peu conscience que cette issue était aussi sa seule chance de s'en sortir vivante.

Une sensation étrange envahit sa poitrine. Il lui fallut un moment pour se rendre compte que c'était du regret. Elle avait misé sa vie sur un meurtrier qui avait livré des lycéennes à des violeurs. Et même s'il venait, il se retrouverait en infériorité numérique.

— Quelqu'un sait que je suis ici, dit-elle, furieuse d'entendre un tremblement dans sa voix. Si je ne lui donne pas de nouvelles au bout d'une heure, les autorités seront alertées.

Tait consulta sa montre.

— Je vous ai suivie jusqu'ici. Je sais quand vous êtes arrivée. Je dirais que ça nous laisse au moins une bonne heure avant qu'elles arrivent, si jamais elles se déplacent. Rien ne presse.

Il y avait une vieille horloge au mur derrière le canapé où Alistair avait été assis. Tait avait raison, cela faisait moins d'une demi-heure qu'elle était là. Il restait plus de trente minutes avant que Kristin prévienne la police – à supposer qu'elle s'en tienne au plan – et Dieu seul savait combien de temps les flics mettraient à venir.

— Allez-vous me tuer ?

— Pas moi. Je ne fais pas le sale boulot.

— Alors c'est qui ?

Il prit une gorgée de son whisky. Elle observa sa pomme d'Adam tressauter lorsqu'il avala. Il s'essuya la bouche avec la main puis tapota le canapé à côté de lui.

— Asseyez-vous.

Elle s'installa, aussi loin de lui qu'elle le pouvait sans se percher sur l'accoudoir du canapé.

Il la contempla pendant un moment avant de reprendre la parole.

— Ça me surprend, vous savez, à quel point vous êtes naïve. Étant donné ce qui est arrivé à votre famille, ce que votre père faisait dans la vie, je pensais que vous comprendriez un peu mieux le monde. Alistair m'a dit ce qu'il s'est passé tout à l'heure. Votre retour à la rédaction avec vos grandes révélations, certaine que vous aviez tout percé à jour, alors que vous n'en savez même pas la moitié.

Freya garda le silence. Elle écouta les bruissements de la vieille maison balayée par le vent, le tic-tac de l'horloge, le crépitement du feu. Elle n'avait pas besoin de répondre, Tait semblait vouloir tout lui raconter, presque comme s'il avait besoin de fanfaronner.

Ou alors il pensait que peu importait ce qu'il disait puisqu'elle serait bientôt morte.

Elle tenta de faire abstraction de cette perspective.

— Les chasseurs de talents, le Parc de Jeux... tout ça, c'était Scott. Il adorait donner des surnoms, mais nous, on s'en foutait. C'était un frimeur, ce type. Il avait la grosse tête. Toute cette opération avec les lycéens qui nous ramenaient des filles était trop compliquée et ça n'aurait jamais pu durer. La vieille méthode était bien plus simple.

— La vieille méthode ?

— Oui, la façon dont on procédait avant la mort de votre père.

Freya sentit des picotements dans ses mains. Elle en leva une vers son oreille. Il y avait tant de questions qu'elle voulait poser, mais elles étaient toutes noyées sous le raz-de-marée d'émotions qui s'abattait sur elle.

Tait obtint la réaction qu'il cherchait. Il lui adressa son fameux sourire.

— C'est drôle de penser que tout ça, d'une certaine façon, pourrait être imputé à Neill, ajouta-t-il. Bien avant que Scott nous rejoigne, nous avions un système beaucoup plus classe. Les filles nous arrivaient d'Europe, restaient un peu avant de repartir. Les bateaux de Graham étaient très pratiques. Nous les invitions à nos fêtes, personne n'était au courant de leur présence ici, et une ou deux semaines plus tard elles repartaient. Propre et net. Mais la mort de Neill a rameuté des collègues des terres, à fourrer leur nez partout. Ça s'est tendu pour certains et donc voilà, comme toutes les bonnes choses, la combine a pris fin.

Freya luttait pour garder son sang-froid, pour intégrer tout ça.

Combien de temps ça avait duré ?

Elle se rappelait parfaitement la mort de son père, il était en service quand c'était arrivé. Un pneu de sa voiture avait explosé et il avait fait des tonneaux sur une route isolée à côté du Loch de Hundaland, dans les landes désolées de Birsay Moors. Il n'avait été retrouvé qu'au bout de plusieurs heures, alors que c'était à moins de dix minutes de route de chez eux. Freya avait longtemps fait des cauchemars à l'idée que pendant tout ce temps il avait été vivant, là-bas, tout seul, à l'appeler. Dans le vain espoir que quelqu'un vienne.

Puisque sa mort était survenue dans l'exercice de ses fonctions, une enquête avait été ouverte et Freya se souvenait en effet des agents de la Gendarmerie du Nord venus d'Inverness. Ils avaient parlé à sa mère, mais pas à elle. Ils avaient conclu que son décès relevait d'un accident tragique.

— Avez-vous tué mon père ?

Sa voix semblait toute petite. Lointaine.

Tait ne souriait plus. Son expression était aussi grave que la maladie qui semblait le ravager.

— Des gens m'ont accusé de l'avoir fait. Mais non. Je le répète, je ne m'occupe pas du sale boulot.

— Alors, c'était quelqu'un d'autre ?

— Votre père avait des ennemis. Je l'ai déjà dit, Freya, vous êtes naïve d'imaginer que personne dans notre métier n'en serait capable. Tout le bla-bla des « collectivités insulaires totalement sûres », c'est pour les touristes. C'est pour les politiciens et pour les affiches publicitaires. Ce sont des côtes violentes, ça l'a toujours été. Croyez-moi, moi qui ai fait régner l'ordre dans ces îles pendant plus de trente ans, de sombres agissements ont été commis, et ça n'est pas près de s'arrêter. Les gens qui ont organisé le trafic de ces filles d'Europe, ils sont passés à autre chose maintenant, mais ils sont toujours dans les Orcades. Toujours aussi mauvais et pourris. C'est pour ça que votre petit numéro de tout à l'heure, vos accusations contre moi, Alistair, Graham et Scott, comme si vous aviez démasqué un grand complot…

La sonnette retentit à nouveau dans le couloir.

Tait ne quitta pas Freya des yeux.

— Nous ne sommes que les petites pièces d'un échiquier bien plus grand.

Tait leva sa carrure osseuse du canapé et se rendit dans le couloir pour aller répondre. Freya reconnut que ce n'était pas la sonnerie de l'entrée mais celle du portail. Quand il revint, la maison était plongée dans l'obscurité complète, à part cette pièce.

— Où est passé Alistair, bon sang ?

— Il est arrivé, dit Freya, plus pour elle-même.

Tait se tourna vers elle.

— Qui ça ?

— Scott Connelly. Je lui ai donné l'adresse. Ça fait un moment qu'il vous cherche.

Tait fronça les sourcils.

— Vous avez donné cette adresse à Scott Connelly ? Pourquoi ?

Des phares apparurent dehors. Freya entendit à nouveau le gravier crisser, plus fort cette fois. C'était un véhicule plus lourd. Quelques secondes plus tard, un van Transit blanc, crasseux et rouillé, s'arrêta devant la fenêtre, ses phares braqués sur la pièce, sans permettre de voir qui était assis derrière le pare-brise. Rien ne bougeait, le moteur ronronnait toujours. Freya sentit sa gorge se resserrer lorsqu'une silhouette sombre descendit.

— Pourquoi avez-vous donné cette adresse à Scott Connelly ? répéta Tait.

— Parce que, si la police ne fait rien et qu'Alistair nous empêche de divulguer cette affaire, je n'ai pas d'autre choix. Il m'a utilisée pour obtenir vos noms et vos…

— Scott Connelly connaît parfaitement mon nom. Qui l'a recruté au départ, à votre avis ? Il nous connaissait tous.

Il n'a pas besoin que vous lui donniez cette adresse. Il est là depuis plus longtemps que moi, bon sang.

Un coup retentit à la porte d'entrée.

— Vous lui avez parlé ? Vous l'avez rencontré ? voulut savoir Tait.

Il y avait un désespoir dans sa voix gutturale que Freya trouvait à la fois exaltant et terrifiant.

— Non. Nous n'avons échangé que par messages.

— Alors ce n'était pas avec ce foutu Scott Connelly que vous avez…

Les lumières s'éteignirent et Freya entendit un hurlement, avant de réaliser qu'il venait d'elle.

Tait criait aussi, non loin.

Un poing cogna à nouveau à l'entrée.

Les phares du van inondèrent le salon d'un faisceau blanc. Ils rendaient la peau de Tait encore plus pâle, presque translucide. Il se dirigea dans le couloir. Il allait faire entrer la silhouette du van et Freya comprit qu'elle devait passer à l'action.

Dans les rayons filtrant par la fenêtre, elle vit le verre de whisky.

Pas le temps de réfléchir. Elle prit le verre, traversa la pièce en courant et le projeta à l'arrière du crâne chauve de Tait contre lequel il se fracassa dans un craquement épouvantable. Elle sentit un liquide chaud sur ses mains, ça pouvait être du whisky, ou bien du sang. Le sien ou celui de Tait ?

Tait grogna, toucha l'arrière de sa tête puis il fit volte-face et attrapa Freya par la gorge. Bien que malade, il n'avait pas perdu sa force. Ses doigts cadavériques l'étranglaient. Elle sentit ses yeux gonfler, la pression dans son cerveau, puis des points noirs apparurent dans son champ de vision tandis qu'elle se débattait, donnait des coups de pied et griffait, mais il ne lâchait pas sa prise.

Ses jambes devinrent lourdes, puis tout se figea. Elle avait l'impression de nager sous l'eau dans une piscine, les sons étaient étouffés, elle coulait de plus en plus profond tout en regardant vers la surface, où dansaient des lumières, toujours plus pales et plus petites.

Du sang coula sur ses lèvres lorsque soudain les doigts de Tait se décontractèrent.

Il se répandit sur son visage, ses cheveux.

Freya aspira de l'air dans ses poumons, qui lui brûla la gorge. Elle ouvrit les paupières : elle était allongée par terre, Tait affalé à côté d'elle, les yeux écarquillés et les mains plaquées sur une plaie béante en travers de sa gorge, tandis que ses derniers souffles s'étranglaient dans sa trachée entaillée. Une mare de sang, noire dans la pénombre, se répandait entre eux.

Elle perçut du raffut. Des coups à la porte. Des cris.

Et soudain, une paume.

— Allez, Freya !

Elle regarda la personne qui se tenait au-dessus d'elle, une lame ensanglantée dans une main, l'autre tendue vers elle.

— Freya, faut qu'on se tire d'ici ! Allez !

Dans l'ombre, elle ne voyait pas son visage. Elle n'entendit que sa voix.

Mais cette voix changeait tout.

47

Le bruit d'une vitre cassée. Les hommes du van étaient à l'intérieur.

— Merde !

La personne au-dessus d'elle s'enfuit.

Quelqu'un grimpait par la fenêtre. Freya entendit le crissement de grosses bottes sur du verre.

— Attends !

Freya fut debout sans s'être rendu compte qu'elle s'était relevée. Puis elle se retrouva dans le couloir, sans avoir consciemment quitté le salon. Devant elle, la silhouette courait dans le noir. Derrière elle, les voix hurlaient comme une meute de chiens excités par l'odeur du sang.

Elle prit ses jambes à son cou.

La cuisine. Encore des bris de verre. Une porte qui claquait dans le vent.

Freya sortit dans la pénombre. L'air mordant lui remplit les poumons, lui donna un nouvel élan, malgré la douleur lancinante à sa cheville. Elle déboucha dans un jardin soigneusement entretenu, avec une longue pelouse au loin, que traversait la silhouette en direction d'une porte dans le mur. Elle la suivit quelques secondes plus tard ; soudain l'horizon s'ouvrit et le vent lui coupa le souffle.

Elle avait les muscles en feu. Les poumons remplis d'acide.

Elle ne s'arrêta pas.

Le ciel du crépuscule était couvert, du gris foncé virant au noir, mais il y avait une lueur au loin, au bout du monde où les nuages n'atteignaient pas la mer. La silhouette courait à travers champs devant elle, vers la lumière.

Vers les falaises.

— Attends !

La silhouette continua. Elle ne pouvait l'entendre par-dessus le vent.

Il n'y avait plus de voix derrière elle, mais elle ne se retourna pas pour voir si elle était poursuivie. Le vent se déchaînait contre sa poitrine, tentait de la bloquer, et un tourbillon de pensées l'étourdissait. Mais elle ne ralentit pas. Elle ne pouvait pas.

Elle ne le voulait pas.

Si elle s'arrêtait, elle signait son arrêt de mort.

Cette voix. Elle la connaissait.

Une image récurrente ne cessait de surgir : les chaussures.

Les chaussures avaient été enterrées au-dessus du corps.

Devant elle, la silhouette semblait s'être immobilisée, avant de repartir de plus belle. Tandis que Freya essayait de la rattraper, elle rencontra une clôture barbelée en travers de son chemin. Un morceau de vêtement coincé dedans battait au vent. Au-delà de la barrière, le champ se fondait dans la lande. Un terrain accidenté. Le ciel s'agrandissait alors que la mer se rapprochait et que l'Atlantique Nord rugissait en s'écrasant contre les parois escarpées en grès.

— Ola, attends !

La silhouette ralentit. Puis s'arrêta.

Pliée en deux, les mains sur les genoux, elle cracha dans la boue.

Freya la rattrapa. Elle avait peur d'avoir rêvé, mais c'était bien réel. La silhouette était une femme habillée tout en noir. Petite, des cheveux foncés sous une casquette. Maculée de sang.

Freya ne l'aurait jamais reconnue sans cette voix. La même voix enrobée d'acide qu'elle avait entendue sur le quai de Stromness quand elle était ado.

Tu pensais vraiment que Harry pouvait s'intéresser à une triso comme toi ?

Elle prononça la seule question que son cerveau abasourdi pouvait formuler.

— Comment ?

Ola Campbell leva la tête vers elle et quand Freya vit ces yeux gris, elle sut que c'était bien elle.

Ola ne répondit pas. Elle haletait, cramponnée à son bras, et ce n'est qu'à ce moment-là que Freya vit qu'elle saignait. Elle était blessée.

Freya se tourna vers la maison. Avec la topologie du terrain et la nuit qui tombait rapidement, on ne la voyait plus. Il n'y avait que le vent et l'obscurité. Les bourrasques implacables venues de la mer lui glaçaient les os tandis qu'elle prenait conscience qu'elle n'avait aucune idée d'où étaient désormais ces hommes, qui ils étaient, ni combien.

Elles devaient avancer.

Comme si elle lisait dans ses pensées, Ola reprit la parole.

— Ma voiture est garée là-haut.

Elle fit un geste du menton vers le parking au bout de la route de Yesnaby.

— Ils le savent.

Ola déglutit. Elle cherchait son souffle.

— C'est qui ?

— Je ne sais pas. Il n'a fait référence à eux qu'en disant « les mecs ».

— Celui qui a essayé de t'étrangler ? Ce porc ?

— Allan Tait, oui.

— Bien.

Elle cracha à nouveau par terre.

L'océan grondait derrière elles. Le terrain était dégagé, n'offrait aucun endroit où se cacher.

— Les chaussures, dit Freya à voix haute lorsque la pensée lui traversa à nouveau l'esprit. Elles étaient trop petites.

— Quoi ?

— Les chaussures n'allaient pas au corps que tu as enterré dans tes vêtements. C'est pour ça qu'elles étaient au-dessus.

Dans la semi-pénombre, Freya vit Ola hocher la tête.

— Ouais.

Elle se força à se redresser, se tenant toujours le bras droit.

— Viens.

Ola se remit en route vers le parking.

Freya la suivit.

Pas moyen d'échapper au vent. Les embruns s'accrochaient au-dessus de la falaise. Freya avait repris son souffle, mais son cœur tambourinait toujours dans sa poitrine, dans sa gorge, ses tempes. Bourrée d'adrénaline, elle était incapable de penser à autre chose qu'à sa survie, mais dans un coin de sa tête, l'image de ce qui avait dû se passer cette nuit-là à Eastwynd Farm prenait peu à peu forme. Pour l'instant, cependant, elle demeurait dans le flou. Elle regarda la femme marcher devant elle, cette femme revenue d'entre les morts. Cette femme qui avait tourmenté son adolescence. Cette femme qui était désormais une meurtrière.

Cette femme qui venait de lui sauver la vie.

Ola la dévisagea par-dessus son épaule. Peut-être essayait-elle de la resituer.

— On était dans le même lycée, dit Freya.

— Quoi ?

— Je croyais que tu me regardais parce que tu m'avais reconnue.

L'expression d'Ola changea, mais elle ne fit pas de commentaire. Elle scruta les champs en direction de la maison. Freya l'observait tout en avançant et elle repensa à l'homme qu'elle avait vu sur ces photos et à la description que Scott... enfin, qu'Ola lui avait donnée. Un mètre quatre-vingts, maigre. Elle étudia la taille et le corps mince d'Ola. Une fois que la décomposition aurait fait son œuvre, un cadavre habillé des vêtements d'Ola et à la tête fracassée pouvait berner les enquêteurs, mais pas longtemps.

— C'est Scott qui a été enterré dans tes vêtements, n'est-ce pas ?

Ola lui adressa à nouveau un coup d'œil. Elle hocha la tête.

Voilà la réponse à la question : *pourquoi maintenant ?*

— Tu devais revenir avant que la police ne découvre que ce n'était pas toi.

— Je suis sidérée du temps que ça leur prend, répondit Ola. Et en même temps pas tant que ça.

L'examen médico-légal des ossements avait été retardé par l'extraction difficile. Personne n'irait les étudier de près tant qu'ils ne seraient pas au labo d'Aberdeen, déballés et étalés sur la table. Et encore, ils avaient dû être mis en attente puisqu'il y avait eu un cas plus urgent à traiter, celui de Graham Linklater. C'était un meurtre tout frais et, ainsi que l'avait rappelé mardi l'inspectrice en chef Macintosh, les quarante-huit premières heures étaient décisives. L'examen de ce corps-là avait eu la priorité sur des os qui étaient restés sous terre pendant dix-sept ans.

Freya savait que ce serait long d'identifier les corps, car Fergus avait dit que les crânes avaient été brisés. La dentition n'était pas exploitable, et sans tissu, l'ADN était plus compliqué à recueillir. Mais à partir des os pelviens, il serait possible de déterminer si le corps était celui d'un homme ou d'une femme, et l'âge pouvait être calculé assez précisément grâce à la longueur de la clavicule. À la minute où la plus basique de ces analyses serait effectuée, il apparaîtrait que ce n'était pas Ola. Si la police ne le savait pas encore, cela n'allait pas tarder.

Elles atteignirent le sentier le long de la falaise et accélèrent l'allure.

— L'autre garçon, c'est Liam ?

— Oui, c'est lui.

Ola s'arrêta et se retourna. Face au vent, elle dut faire un pas sur le côté.

— Écoute, je sais que tu veux à tout prix écrire ce scoop, mais…

— Je me fous de l'article. Je veux que tout le monde apprenne la vérité. Je veux la justice.

Ola jaugea Freya. Celle-ci se demanda ce que l'autre femme voyait.

— Tu dois te rendre, dit Freya.

— Quoi ?

— La police sait sûrement à présent que le corps n'est pas le tien. Elle va te chercher. Et c'est quoi ton plan ? Tuer tous ceux qui ont participé à ces soirées ?

— C'est à peu près ça.

— Ça ne changera rien. Tait vient de me dire que c'est plus gros qu'on ne le pense. Ça se passait déjà des années avant que

Scott soit dans le coup. Tait a dit qu'ils ont commencé par du trafic humain, qu'il y en a d'autres dans les Orcades…

— Qui ?

— Il ne m'a pas dit, mais je vais le découvrir. La police a besoin de ton témoignage à propos des fêtes. Il n'y a pas d'autres preuves, personne ne veut parler. On a besoin de *toi.*

Ola contempla la mer, la lumière qui déclinait rapidement à l'horizon. Elle secoua la tête.

— Tu penses qu'on veut toutes les deux la même chose.

— Ce n'est pas le cas ?

— Je m'en fous de ce qui s'est passé avant, cria Ola. Je m'en fous de la vérité, ou de la justice pour quiconque d'autre que Liam. Tout ce que je veux, c'est que ces connards qui ont détruit ma vie et celle de Liam se vident de leur putain de sang sous mes yeux.

— Aide la police à les retrouver, à les arrêter. Les enquêteurs sur l'affaire ne sont pas d'ici, ils appartiennent à la MIT. Tu peux leur faire confiance.

Ola éclata de rire.

— Comment vas-tu retrouver les autres ? demanda Freya.

— Sans ton aide, tu veux dire ?

Ola avait toujours le couteau à la main. Il vint soudain à l'esprit de Freya qu'elle était la seule à l'avoir vue en vie.

Le seul témoin qui respirait toujours.

Elle recula d'un pas et un caillou céda sous son pied. Elle trébucha et une douleur fulgurante pulsa dans sa cheville.

— Détends-toi, dit Ola. Je ne vais pas te tuer. Mais tu sais, si je me rends, la première chose qu'ils vont me demander, c'est comment je suis venue ici. Ils vont prendre mon téléphone. Tu veux toujours que tout le monde connaisse la vérité ?

— Oui.

Elle le pensait, même si ça la rendait complice d'un meurtre.

Ola le comprit.

— Tu es un sacré cas, tu le sais, ça ?

— Tu m'as déjà traitée de pire que ça.

Ola la dévisagea et, pour la première fois, Freya crut apercevoir un éclair de compréhension dans ses yeux.

— Ouais, eh bien, j'ai dit pas mal de conneries quand j'étais jeune. Ne le prends pas personnellement.

Elle poussa un soupir.

— Écoute, allons à la voiture, ensuite on pourra…

Un caillou à leurs pieds éclata, suivi par un coup de feu. Elles se tournèrent toutes les deux vers le bord de la falaise. Une forme sombre s'y découpait : un ancien bunker de la Seconde Guerre mondiale. Quelqu'un se tenait juste à côté.

Il y eut un flash, puis un sifflement accompagné d'un projectile qui fila à côté d'elles. Une autre pierre explosa derrière elles.

— Merde !

Ola se mit à courir. Dans la direction d'où elles venaient.

Un autre caillou sauta à ses pieds avant que Freya comprenne ce qui se passait. Les hommes du van.

Elle fit volte-face et détala.

Ola était loin devant. Freya n'avait pas encore récupéré de son sprint précédent et ses jambes étaient aussi lourdes que du plomb. Comme si elle courait dans la mélasse. Son trébuchement avait ravivé la douleur à sa cheville et elle avait du mal à prendre appui dessus. À son grand effroi, elle boitait.

Un nouveau coup de feu derrière elle. Un autre sifflement près de sa tête. Ola prenait de l'avance, disparaissait dans la nuit. Freya ne pouvait pas garder le rythme. Elle n'allait pas semer leurs poursuivants. Encore un peu comme ça, et ils seraient sur elle en quelques secondes. Elle avait besoin de…

Un autre coup de feu.

Au loin, Ola s'effondra par terre.

Le cœur de Freya se figea. Elle s'immobilisa.

Elle arrêta de respirer.

Une autre balle se ficha à quelques mètres d'elle, brisant sa transe, et elle se remit à courir. Vers Ola.

Si quelque chose lui arrivait…

Elle tira son téléphone de son manteau tout en courant, commanda à ses doigts de composer le 999 et y parvint à la deuxième tentative. À bout de souffle, elle cria dans le combiné :

— Des coups de feu… à Yesnaby… venez vite !

S'il vous plaît, bon Dieu, magnez-vous !

Quand Freya l'atteignit, Ola était étendue par terre, à plat ventre, et une mare de sang se répandait sous son épaule droite.

— Ola !

Rien.

— Ola, debout ! Allez !

Freya leva les yeux. La silhouette courait. Elle s'approchait. Une seule personne. Elle scanna le paysage noir autour d'elle mais ne vit rien.

L'océan grondait derrière elle. Les embruns des vagues lui mouillaient la nuque. Une idée surgit dans sa tête ; il n'y avait plus le temps de réfléchir. Plus de place pour le doute.

Elle devait agir.

Elle tira le corps inerte d'Ola vers la falaise. Celle-ci émit un grognement – c'était bon signe. Environ deux mètres sous le précipice, une corniche étroite dépassait dans les couches de grès avant le vide et les eaux noires tumultueuses plus bas.

Elle laissa Ola au bord et se glissa avec précaution au bas des rochers alors que le vent essayait de l'emporter avec lui. Son pied dérapa lorsqu'elle atteignit la corniche, et son estomac fit une embardée, mais elle parvint à se rattraper. Elle longea la paroi, les sens assaillis par la puanteur âcre de la fiente d'oiseaux qui augmentait son vertige. Elle se força à tenir bon.

Accrochée aux roches meubles du bout des ongles, elle suivit la courbe de la falaise avant de se hisser à nouveau sur le bord.

L'homme armé était désormais sur sa droite. Elle était remontée derrière lui.

Il se tenait au-dessus du corps étendu d'Ola, visait sa tête.

Et Freya s'élança avec l'énergie du désespoir.

UNE SEMAINE PLUS TARD

48

Elle ouvrit les yeux, mais cela ne faisait aucune différence.

La pièce était sombre. Aucun moyen de savoir le jour de la semaine, ni l'heure. Étendue sur le dos, Freya regardait dans le vide pour se laisser le temps d'émerger peu à peu. Elle avait entendu un bruit, comme une sonnette ou un téléphone mais, alors que la brume du sommeil commençait à se dissiper, elle réalisa que ça avait dû être en rêve. C'était drôle, parce qu'elle se rappelait très bien son rêve. Le même chaque nuit.

Une semaine s'était écoulée depuis les événements de Yesnaby. Elle avait passé Noël à dormir et elle n'aurait certainement pas l'esprit à faire autre chose pour Hogmanay, le Nouvel An écossais. Elle savait ce que Helen allait dire, mais elle n'avait pas l'énergie de s'en soucier. Tom était sans doute également déçu, c'était leur premier Noël dans les Orcades et elle l'avait gâché. Voilà qui l'embêtait davantage. Une autre fissure qu'elle allait devoir colmater. Ils n'avaient toujours pas tiré les choses au clair et cela venait s'ajouter à tout ce qui se gangrenait dans leur relation. Elle voulait lui parler, elle avait tant à lui dire, mais les mots semblaient hors de portée. Comme tout. Ses paupières se refermaient quand un gémissement s'éleva dans le couloir.

Cette chienne sentait toujours tout.

De la lumière filtra sous la porte. Lorsqu'elle s'entrouvrit, le rai glissa sur le sol et sur les murs. Tom passa la tête. Freya entendait la respiration haletante de Luna – Tom la retenait par le col pour l'empêcher de se jeter sur elle et de la lécher des pieds à la tête.

— Tu es réveillée ?

— Non.

Elle espéra qu'il percevrait le sourire dans sa voix.

— Il y a quelqu'un pour toi.

— Qui ça ?

Quand elle eut rassemblé la force de descendre à la cuisine, voir Fergus assis à la table l'emplit d'une vague de panique. Un corps avait dû s'échouer, ou alors quelqu'un avait parlé après avoir vu ce qu'elle avait fait et Fergus était venu l'arrêter. Mais elle comprit vite que ce n'était pas le cas. Il avait l'air différent, plus soigné. Il s'était rasé et les cernes sous ses yeux étaient moins prononcés. Lorsqu'elle entra, il se leva et parut vouloir la prendre dans ses bras, mais se ravisa. Il se contenta de lui adresser un sourire.

— Comment te sens-tu ?

— Fatiguée.

— J'ai appelé il y a quelques jours, Tom m'a dit que tu dormais. Il a dit que tu dormais depuis que…

Freya hocha la tête.

Son regard fut attiré par une boîte posée sur la chaise à côté de l'inspecteur. Elle ne faisait pas partie de leurs cartons de déménagement. Elle avait l'air vieille, défraîchie. Même de loin, Freya vit qu'elle était couverte de poussière, comme si elle avait traîné longtemps dans un coin de grenier. Fergus se rassit et Freya prit place en face de lui.

— J'emmène Luna faire un tour, je vous laisse en tête-à-tête, dit Tom.

Freya voulut lui répondre que c'était inutile, mais les mots ne franchirent pas ses lèvres.

Le policier ne protesta pas non plus, il le remercia d'un simple signe de la tête. Tom embrassa le front de Freya avant d'aller attraper son manteau, sa lampe torche et la laisse accrochée à côté de la porte de derrière, puis il siffla Luna qui, après un regard hésitant vers Freya, se précipita derrière lui.

Fergus attendit quelques secondes après le départ de Tom.

— On dirait qu'une tasse de thé te ferait du bien, dit-il en allant prendre la bouilloire. Ça t'intéressera sûrement de savoir qu'Ola Campbell s'est réveillée.

La nouvelle ralluma une étincelle en elle. Elle leva les yeux.

— Il y a deux jours, précisa-t-il en mettant l'eau à bouillir, puis il ouvrit les placards à la recherche de sachets de thé. D'après les médecins, la balle n'a atteint aucun organe vital. Elle va s'en sortir.

— À droite.

— Pardon ?

— Le thé, répondit Freya, le doigt pointé. Dans le placard de droite.

Le nœud familier dans son ventre était de retour. Qu'allait dire Ola à la police, maintenant qu'elle avait repris conscience ? Est-ce que ça allait coller avec la déposition de Freya ?

— Elle parle ?

— À certains. Pas à moi, répondit Fergus en ricanant, avant de retrouver aussitôt son sérieux. Je ne peux pas le lui reprocher, vu le coup que notre réputation vient de prendre. Gill Irvine doit jubiler.

Freya n'en savait rien, vu qu'elle n'était pas encore retournée au travail. Même si elle avait brièvement parlé à Kristin, qui était venue récupérer le journal d'Ola pour le rendre à sa mère. La rédactrice en chef lui avait dit que son poste l'attendrait dès qu'elle se sentirait prête. Une autre conversation qu'elle redoutait d'avoir avec Tom.

— Personne n'a officiellement mis un terme à ton contrat. De ce qu'en sait notre service de ressources humaines, tu fais toujours partie de l'équipe, avait dit Kristin. Et vu que l'homme qui a voulu te virer pourrit en enfer en ce moment, le boulot est toujours à toi, si tu le veux.

Ce qu'il adviendrait du journal maintenant qu'Alistair était mort, c'était une autre affaire, et Freya n'avait pas le courage de s'en préoccuper.

— La MIT s'occupe de tout, à présent. Nous nous sommes officiellement retirés de l'enquête. Ils me tiennent au courant, mais…

Fergus poussa un soupir et tapota le plan de travail du bout des doigts.

— Les prochains mois vont être intéressants. Inverness va envoyer quelqu'un pour nous surveiller. Des têtes vont tomber, ça ne fait aucun doute.

— La tienne ?

Fergus se mordilla la lèvre.

— Qui sait.

— Je suis désolée si ce que j'ai fait va te coûter ton emploi. Je n'avais vraiment pas l'intention de…

— Tu n'as rien à te reprocher, Red. Au contraire, c'est moi qui te dois des excuses.

Il jeta un coup d'œil au carton sur la chaise et eut l'air de vouloir dire quelque chose, mais l'eau se mit à bouillir. Il leur servit le thé en silence, puis se rassit et passa une tasse à Freya.

— Ce qu'elle a dit corrobore ta version des faits. Elle a tué Linklater, Sutherland et Tait et elle a aussi craché le morceau pour Connelly. Elle a dit que tu ne savais pas qui elle était quand vous avez échangé des messages.

Freya hocha à nouveau la tête.

Quand la police et les ambulances étaient finalement arrivées à Yesnaby, Freya avait été emmenée à l'hôpital, considérée comme en état de choc. Ce qui était peut-être le cas, mais elle avait l'habitude. Cette sensation la poursuivait. Un blocage complet de son cerveau, comme un ordinateur en surchauffe à cause de trop de tâches simultanées.

Le jour suivant, elle avait été interrogée sous garde à vue par l'inspectrice Danielle Devlin et l'agent Prakash Bains de la MIT. Lentement, elle leur avait tout dit : qu'elle avait été en contact avec Ola, sans savoir que c'était elle, et qu'elle lui avait donné le nom d'Alistair et de Tait, ainsi que l'adresse d'Alistair. Elle avait prétendu qu'elle voulait simplement voir si Scott allait venir, qu'elle cherchait le scoop, qu'elle n'avait pas anticipé la suite. Même si elle n'avait pas été si chamboulée, elle n'aurait su décrypter les deux détectives. Elle ignorait s'ils l'avaient crue.

Fergus lisait peut-être dans ses yeux, car il déclara :

— Ola nous a dit qu'elle te suivait quand tu étais en route vers chez Alistair. Elle y serait allée même si tu ne lui avais pas donné l'adresse. Personne ne pense que tu as fait quoi que ce soit de mal.

Un nouveau hochement de tête fut tout ce qu'elle parvint à répondre.

— En plus, la MIT a d'autres chats à fouetter.

Fergus souffla sur son thé, puis en prit une gorgée. La gorge aussi sèche que du papier abrasif, Freya n'avait toutefois pas la force de porter son mug à ses lèvres.

— Tout ce que tu nous as révélé sur ces fêtes, ces... chasseurs de talents et je ne sais quoi, Ola a corroboré.

Ola leur avait raconté que la nuit du 1er octobre 2005, Jason Miller était venu à la fête à Harray et avait raconté que Hannah, la petite sœur d'Ola, avait été emmenée à Eastwynd. Ola et Liam avaient donc accouru là-bas.

— Nous avons aussi parlé à Miller. Il confirme. Connelly l'avait envoyé, lui avait soufflé quoi dire, poursuivit Fergus. Il se montre coopératif dans l'espoir qu'on le ménage pour son rôle dans toute cette affaire de chasseurs de talents. Il nous a dit que Connelly était l'intermédiaire entre les hommes et les garçons – ceux qui les payaient et leur donnaient la « liste des courses », comme il l'a appelée. Le reste, ça dépasse l'entendement.

Fergus lui expliqua qu'une fois qu'ils étaient arrivés à South Ronaldsay, Liam avait dit à Ola d'attendre dans la voiture, de s'y enfermer pendant qu'il irait trouver Hannah. Mais Scott les avait repérés et avait essayé de chercher Ola. Liam était revenu alors que Scott s'apprêtait à jeter une pierre sur la vitre de la BMW de Liam.

— Une dispute a éclaté et Scott a frappé Liam à la tête avec la pierre. Il a tué McDonnell, alors Ola l'a tué. Tout ça est si tragique.

— Parmi tous les gens à qui j'ai parlé la semaine dernière, personne ne savait que Scott était mort, dit Freya. Ils semblaient tous croire qu'il était parti, mais aucun n'était surpris en apprenant qu'il était de retour.

Fergus hocha la tête.

— D'après Ola, il n'y avait pas de témoin. Tout s'est passé hors de la maison, à l'écart.

— Et ensuite elle a déplacé les deux corps à Skaill et les a enterrés elle-même ?

Un sourire se dessina au coin des lèvres de Fergus.

— Elle nous a dit qu'elle n'avait pas laissé la voiture de Liam à Yesnaby et elle n'a pas pu l'utiliser pour déplacer les corps puisque le véhicule a été examiné et qu'il n'y avait aucune trace. Mais elle refuse de dire qui l'a aidée, et pourquoi.

« Qui », c'était évident pour Freya.

C'était le « pourquoi » qu'elle devait encore élucider.

— Elle a à peu près tout raconté à Macintosh, reprit Fergus. Elle nous a donné Paul Thomson. La MIT a obtenu un mandat pour fouiller sa maison ; elle a récupéré les photos et l'a arrêté pour l'interroger. Ola a expliqué que Liam et elle étaient fous amoureux et que c'est pour ça qu'il lui avait tout avoué. Elle soutient qu'il n'a trempé là-dedans qu'afin d'obtenir l'argent nécessaire pour s'occuper de sa grand-mère, et qu'ils projetaient de s'enfuir tous les deux.

Freya scruta Fergus. Elle détestait l'admettre, mais elle nourrissait toujours des doutes : pendant tout ce temps à travailler avec Allan Tait, pouvait-il vraiment n'avoir rien su ?

Une fois encore, il sembla lire dans ses pensées.

— Je ne te reproche pas de ne pas être venue me voir quand tu as découvert, pour Tait.

— Tu étais au courant ?

Il soupesa ses mots.

— Tu te souviens que je t'ai dit qu'il avait remplacé ton père par ce Shearer ? C'était l'un de ses toutous, il faisait tout ce qu'il lui demandait. Pour cette raison, et puis pour quelques autres, oui, je le soupçonnais de ne pas être net, mais est-ce que je savais à quel point ? ajouta-t-il en secouant la tête. J'aurais sans doute dû. Je me suis peut-être voilé la face pendant tout ce temps, en ne voyant que ce que je voulais voir. Je crois qu'une part de moi n'était pas prête à l'admettre. Je ne veux plus commettre cette erreur.

— Qu'est-ce que tu veux dire ?

Fergus regarda Freya droit dans les yeux avant d'expirer profondément.

— Lundi dernier, sur cette scène de crime, nous avons compris en quelques minutes à quoi nous avions affaire. Même ce pauvre gosse, Kyle, l'a tout de suite su, bon sang. Les vêtements, les bijoux, les sacs en plastique. J'ai appelé Magnus, je lui ai dit que nous avions une affaire de meurtre sur les bras et qu'il fallait appeler la MIT. Il m'a rétorqué que je m'emballais, qu'il valait mieux attendre de voir ce que ça donnait une fois que les os seraient sortis de terre.

— Mais la MIT était là le lendemain matin. Qu'est-ce qui l'a fait changer d'avis ?

— Toi.

Freya fronça les sourcils.

— Ce n'est qu'à la parution de ton article qu'il a passé l'appel. S'il ne l'avait pas fait, on aurait posé des questions. Macintosh l'a déjà interrogé sur ce temps de latence.

Une pensée lui parvint à travers la brume de son esprit. Lundi dernier, quand Freya avait téléphoné à Fergus pour lui dire qu'elle avait parlé à Kyle, elle lui avait demandé pourquoi il s'ouvrait tant à elle, pourquoi il n'avait pas répondu « No comment » à leurs questions ou simplement refusé de les voir. Il lui avait donné assez d'informations pour qu'elle comprenne que les ossements étaient récents tout en restant en mesure de le nier.

— Tu voulais que je retrouve Kyle, n'est-ce pas ?

Fergus hocha la tête mais c'était si léger que Freya n'était pas sûre de l'avoir vu.

— Et mercredi, tout ce que tu m'as dit, c'était pour attiser ma curiosité, pour t'assurer que je restais sur le coup.

Un autre oui imperceptible de la tête.

— Mais quand j'ai suggéré de signaler la disparition de Gordon Tulloch, tu m'en as découragée…

— Je ne voulais pas qu'il sache que tu étais impliquée. Que tu étais sur une piste.

— Qui ça, il ? Magnus ?

— Je n'ai aucune preuve. Rien à rapporter à quelqu'un de plus haut placé. Même rien à sous-entendre à Jess cette semaine, au risque de passer pour un paranoïaque. Mais cet homme… Je t'ai dit que Jim Shearer était le toutou de Tait, eh bien Magnus Robertson, c'était pareil. Ce type a gravi les échelons si vite qu'il devait avoir le vertige. C'est le plus jeune commissaire que ces îles ont jamais connu. Tout ça grâce à lui.

— Grâce à Tait ?

Cette fois, le hochement de tête de Fergus était clair.

— Sans ton article, il aurait repoussé l'appel à la MIT à quelques jours au moins. La seule raison qui me semble logique, c'est qu'il voulait avertir ces types.

— Il jouait au golf avec Alistair, dit Freya, pensant tout haut.

— Et il y en a d'autres. Je suis certain que la MIT va frapper à la porte d'un certain nombre de ses copains au cours des prochaines semaines, à moins qu'il réussisse à les faire passer sous le radar. Je sais que Magnus participe à des œuvres caritatives organisées par Linklater et par Tulloch. Il est lié à tous ces types.

Fergus frotta son menton rasé de près. Soudain, il eut l'air fatigué.

— Je suis désolé de t'avoir entraînée dans tout ça, Red. Si j'avais su jusqu'où ça irait…

— Tu ne m'as entraînée dans rien du tout. J'aurais mené mes recherches quoi que tu me dises.

Il sourit.

— C'est ce que j'ai vu sur ton visage, ce premier matin. Tu te souviens de ce que ton père disait sur sa mine pensive ?

Elle s'en souvenait très bien.

Quand elle était petite, lors de leurs promenades en bord de mer, ils s'arrêtaient parfois et pendant que Freya cherchait des coquillages ou des verres de mer dans les cailloux, son père se tenait immobile, le regard perdu au loin dans les vagues. Parfois elle craignait qu'il soit fâché mais lorsqu'elle lui demandait s'il était énervé ou tracassé, il se tirait de ses pensées et son visage s'adoucissait aussitôt.

— C'est juste ma mine pensive, lui répondait-il avec un sourire. J'étais très loin d'ici, Red.

Fergus posa la main sur la boîte à côté de lui.

— Enfin bref, je t'ai apporté quelque chose en guise d'excuses. Mais il vaut mieux que je revienne te la donner dans quelques jours. Je n'ai pas vraiment réfléchi quand je l'ai amenée ce soir.

— Qu'est-ce que c'est ?

— Juste quelques affaires de ton père que t'a mère m'avait données, mais quand même. J'aurais dû me rendre compte à quel point toute cette histoire t'avait affectée.

— Quoi qu'il y ait là-dedans, le fait de ne pas savoir me stressera encore plus. Tu peux la laisser.

— C'est toi qui vois, répondit-il avant de jeter un coup d'œil à sa montre. J'ai déjà assez abusé de ton temps.

Freya regarda l'horloge digitale du micro-ondes : il était 21 h 10. Pour la première fois de toute la semaine, elle se sentit bien réveillée.

Alors qu'il se dirigeait vers la porte, Fergus dit :

— Si je croise ton homme en sortant, je lui dirai de rentrer.

— Je peux te poser une dernière question ?

— Bien sûr.

— A-t-on une piste sur les hommes du van ?

Les yeux marron de Fergus scrutèrent les siens. Elle se demanda s'il parvenait à y déchiffrer un message et, si tel était le cas, ce qu'il en faisait.

Des images de son rêve récurrent ressurgirent dans sa tête. L'homme armé au-dessus d'Ola. Freya qui courait droit sur lui. Le blanc de ses yeux à travers sa cagoule tandis qu'elle le poussait au bord du précipice et qu'il agitait les bras dans le vide.

Fergus secoua la tête.

— À mon avis, ils se terrent et vont faire profil bas pendant un moment.

Elle acquiesça, songea à dire autre chose, mais il l'arrêta.

— C'est un miracle que tu te sois tirée de Yesnaby indemne. Ola Campbell a de la chance d'être en vie et c'est grâce à toi, ajouta-t-il en posant les mains sur ses épaules. Je doute fort qu'ils se manifestent de sitôt. Essaie de ne pas y penser, d'accord ?

Une fois qu'il fut parti, la laissant à nouveau seule dans la maison, Freya retourna dans la cuisine et s'assit. Elle n'avait pas touché à son thé, dont la surface était couverte d'un film brun et froid. Elle contempla la boîte. Fergus avait raison : quoi qu'il s'y trouve, elle n'était pas dans les bonnes dispositions pour l'instant.

Elle l'ouvrit quand même.

49

Elle ne pouvait plus remettre ça indéfiniment.

Quelques jours après la visite de Fergus, Freya s'assit en tailleur devant la cheminée, accompagnée de Luna. Les cadeaux encore emballés que Tom lui avait faits attendaient toujours sous le sapin, là où elle aurait dû aussi déposer les siens. Elle allait se rattraper et ils fêteraient leur propre Noël plus tard, rien qu'à eux, mais elle avait d'abord quelque chose à faire. Elle déchira l'enveloppe de la poche de son manteau avant que ses nerfs lui jouent des mauvais tours.

À l'intérieur, il n'y avait qu'une seule feuille A4 pliée.

Merci de nous avoir confié Freya pour un examen des troubles du spectre de l'autisme (TSA). L'évaluation de Freya, effectuée le 30 novembre, a porté sur les aspects suivants : gestion des émotions, capacités cognitives et linguistiques, bilan sensoriel...

Elle sauta plusieurs phrases, à la recherche des mots importants, son cœur s'accélérant à chaque ligne.

Il était tôt, il faisait encore nuit. Tom profitait d'une de ses dernières grasses matinées avant de commencer son nouveau travail la semaine prochaine. Seule avec Luna, Freya lisait à la lueur du feu et des illuminations de Noël.

Au dos de la page suivante, elle trouva le paragraphe qui l'intéressait.

Conclusion : les résultats de ces tests ont été analysés par un comité pluridisciplinaire qui s'est accordé à dire qu'en toutes probabilités Freya ne souffre pas de troubles des spectres de l'autisme. Bien qu'elle en présente certains traits et…

Elle relut.
Puis une troisième fois.
Puis elle fondit en larmes.

50

Les rayons du dernier lever de soleil de l'année illuminaient les nuages bas au-dessus de Scapa Flow. De leur jardin, Freya regarda le ciel passer par diverses teintes de bordeaux et d'ocre, ses doigts frigorifiés serrés autour d'une tasse de café. Elle s'imagina sa mère marmonner son dicton sur le rouge du matin et le chagrin.

— Salut.

Tom arriva derrière elle. Alors qu'une semaine auparavant il aurait peut-être passé le bras autour de sa taille et enfoui le menton dans le creux de son cou, il lui toucha simplement l'épaule. Ils n'avaient pas encore trouvé le courage de revenir sur leur dispute et Tom n'était pas du genre à forcer les choses.

— Ça va ?

Freya acquiesça, même si elle n'était pas sûre que ce soit vrai.

Luna était là aussi, affairée à renifler tout ce qu'elle pouvait, sans s'aventurer trop loin. Ces derniers jours, elle collait Freya, comme si elle comprenait. Elle comprenait toujours.

— J'ai vu la lettre sur la table, dit Tom.

— Tu l'as lue ?

— Non, mais à voir dans quel état elle est…

Après avoir déchiré le courrier et l'avoir jeté dans le feu, Freya avait été rattrapée par un élan de panique et l'avait récupéré avant qu'il ne parte en fumée, se brûlant les doigts au passage.

Elle aurait peut-être dû l'y laisser. Lire le reste ne lui avait rien apporté.

— Apparemment, je ne peux pas être autiste parce que je suis mariée et que j'ai un job. Ils reconnaissent que j'ai des caractéristiques d'autiste, mais que celles-ci ne m'ont jamais causé de difficultés substantielles.

Avec un peu de recul, elle se sentait plus désorientée qu'irritée. Elle avait lu que ça arrivait, entendu des histoires de gens qui n'avaient pas été diagnostiqués parce qu'ils avaient regardé le praticien droit dans les yeux, qu'ils avaient réussi à s'exprimer ou qu'ils avaient dit « s'il vous plaît » et « merci ». Et ça arrivait plus souvent aux femmes qu'aux hommes. Les probabilités étaient toujours contre elle.

Et il y avait pire :

... *L'absence d'antécédents fournis par un membre de sa famille au cours de l'examen n'a pas permis de déterminer précisément si les traits autistiques de Freya sont manifestes depuis l'enfance ou s'ils se sont développés plus tard, liés à des problèmes mentaux, comme des troubles de la personnalité...*

Freya n'avait pas voulu que sa mère participe à ce test. Ça ne la regardait pas. En plus, comme Helen avait toujours tant craint que les autres pensent que sa fille n'était pas « normale », elle n'allait jamais dire à un psychologue que Freya était passée par une phase où elle n'avait mangé que de la nourriture jaune et blanche, ni qu'elle fondait en larmes en entendant le goutte-à-goutte d'un robinet qui fuyait.

Et pourquoi ne pouvaient-ils pas croire Freya sur parole, de toute façon ?

— Alors, et maintenant ? demanda Tom.

— C'est-à-dire ?

— Qu'est-ce que tu veux faire ? Réessayer, avoir un deuxième avis ?

L'éternel ingénieur, à vouloir tout réparer.

— Depuis que tu as commencé à explorer cette voie, je ne sais pas, ça semble t'avoir aidée.

Elle hocha la tête. C'était vrai.

Avant, il lui arrivait de se sentir excessivement angoissée sans raison apparente, mais depuis qu'elle avait appris qu'elle était peut-être autiste, en commençant à en saisir les implications, elle comprenait mieux. Cela expliquait pourquoi être avec des gens lui donnait l'impression d'avoir la gueule de bois, ou pourquoi un changement de programme soudain l'irritait et lui faisait perdre ses moyens, tout comme cela expliquait pourquoi elle repérait des choses que les autres ne voyaient pas et pourquoi elle s'investissait autant dans tout ce qui piquait sa curiosité. L'éventualité d'être autiste mettait enfin des mots sur la façon dont elle appréhendait le monde, lui donnait l'espoir que ce n'était pas grave d'être différente, qu'elle n'était pas simplement une « putain de barjo », finalement. Mais on lui avait retiré tout ça.

— Ces gens n'ont pas la moindre idée de ce que tu vis, soutint Tom. Prétendre que, juste parce que tu es mariée et que tu as un travail, tu ne rencontres pas de difficultés, enfin, je ne peux pas...

— Je sais, répondit Freya dans un soupir. De toute évidence, ils ne sont pas mariés.

Tom baissa les yeux, vit son sourire. Il essuya une larme sur la joue de Freya et sourit à son tour.

— La définition même des difficultés chroniques.

Freya passa les bras autour de son torse et ils restèrent ainsi pendant un long moment, blottis l'un contre l'autre, sans parler, la condensation de leur respiration s'élevant dans l'air glacé. Le vent était faible et les îles semblaient calmes, immobiles.

Freya appuya sa tête sur la poitrine de Tom et écouta le bruissement de la mer, les battements de son cœur. Il avait raison, les médecins n'avaient pas la moindre idée de ce qu'elle vivait, car elle le leur avait caché.

À eux comme à tout le monde.

— Je dois te dire quelque chose.

Elle ne releva pas la tête. Elle garda la joue pressée contre Tom.

— Personne ne m'a poussée devant cette voiture.

Tom ne bougea pas. Il ne dit rien. Elle sentit sa respiration ralentir.

— Cette nuit-là, j'en suis arrivée au point où je ne savais plus si je pouvais poursuivre ainsi. Je n'étais pas triste, enfin je ne pensais pas l'être, j'étais juste… fatiguée. Si fatiguée de tout, de moi, de mes pensées et… Je voulais m'extraire du monde l'espace d'un instant, me retrouver au calme, déclara-t-elle en le regardant. Je ne t'ai rien dit parce que je ne voulais pas te faire peur. Je craignais que tu penses que je ne t'aimais pas assez pour vouloir continuer à vivre, mais ce n'était pas ça et je ne savais pas comment t'expliquer. Je ne le sais toujours pas.

Tom l'attira plus près de lui.

— Merci, murmura-t-il à son oreille.

— Je suis désolée de t'avoir fait subir tout ça.

Son silence la surprit, pour la simple raison que d'habitude il protestait dès qu'elle s'excusait. Surtout ces derniers temps. Elle était ravie qu'il se taise, même si elle ne comprenait pas ce que ça signifiait. Les gens comprenaient-ils instinctivement ces choses-là ? Savaient-ils toujours quoi dire ?

Les mots qu'elle finit par parvenir à prononcer l'étonnèrent aussi.

— Ne me quitte pas, s'il te plaît.

Il resserra son étreinte.

— Jamais je ne te quitterai.

— Personne ne te le reprocherait. J'ai tellement eu le nez dans mes propres problèmes que je ne sais pas ce que je t'ai infligé. On est venus ici à cause de moi et j'ai déjà merdé.

— Je croyais que c'était ma faute si on était ici.

Quand elle releva les yeux, elle fut soulagée de voir qu'il souriait.

— Je ne pensais rien de tout ce que j'ai dit, la semaine dernière. C'est juste que…

Que quoi ? Qu'elle avait craqué ? Comment était-ce possible, si elle n'était pas autiste ? Mais peut-être qu'elle ne l'était pas, que le courrier disait vrai. Elle était peut-être juste égoïste. Immature. Incapable de gérer ses émotions.

Des sanglots la parcoururent et Tom lui embrassa le haut de la tête.

— Venir ici n'était qu'une solution provisoire, dit-il. Tu avais raison : je ne peux pas te protéger. Et ça me terrorise. Je ne veux pas te perdre, mais je ne peux pas…

Sa voix se brisa et aucun d'eux ne dit plus rien. Ils se tinrent en silence dans les premières lumières du matin, blottis l'un contre l'autre. Il y avait tant à régler, mais le poids de tout ça semblait trop lourd à porter pour l'instant. Cela allait prendre du temps.

Quand l'air mordant les fit rentrer, Freya prépara le petit déjeuner. Elle insista pour s'en occuper. Une fois qu'ils eurent mangé et furent habillés, le soleil brillait toujours et Tom proposa d'aller se promener près de la baie de Waulkmill pour s'aérer l'esprit. Ils faisaient monter Luna dans la voiture quand une Passat noire s'arrêta devant chez eux.

— Vous sortez ? demanda Fergus à travers la vitre baissée. Je repasserai à un autre moment.

— Nous allons à Waulkmill. Tu n'as qu'à venir avec nous, l'invita Freya.

Le regard de Fergus se posa sur Tom.

— Il vaut peut-être mieux que je revienne plus tard.

— Si c'est à propos de la boîte que tu as laissée, Tom est au courant.

— J'en ai bien peur, renchérit celui-ci.

Le léger tremblement dans sa voix fit sourire Freya. C'était peut-être parce que Fergus était policier ou parce qu'il était ce qui se rapprochait le plus d'un beau-père pour Tom.

— Entendu, répondit Fergus. Je vous suis.

Ils se garèrent à côté du restaurant routier. Un sentier sillonnait la pente abrupte couverte de bruyère en direction de la plage de sable doré qui s'étendait à marée basse sur cinq cents mètres, depuis la baie de Scapa Flow jusqu'aux marais salants au pied des collines d'Orphir. Mis à part un groupe d'Hareldes de Miquelon, ces canards marins aux caquètements inquiets, ils avaient l'endroit pour eux tout seuls. Ils gardèrent Luna en laisse jusqu'à avoir dépassé les oiseaux, puis ils la laissèrent courir vers l'eau à travers le sable doux. Tom resta avec la chienne pour laisser de l'espace à Freya et à Fergus.

— Gordon Tulloch a été retrouvé, dit le policier.

— Où ça ?

— Des garde-forestiers du parc d'Argyll ont trouvé son van dans une clairière près d'un chemin. En fait, ils ont d'abord vu son chien errer sur la route. C'est lui qui les a menés à lui.

— Thorfinn ? Il va bien ?

Fergus sourit.

— C'est le nom du chien ? Oui, il va bien. Il a été placé dans un refuge, si tu as envie de lui offrir un nouveau foyer.

Pourquoi pas.

— Bref, ils ont découvert le corps de Tulloch, ajouta Fergus. Il avait laissé un mot.

Dans son mot, expliqua le policier, Gordon Tulloch avouait son rôle dans cette affaire tragique. Quand il était parti d'Eastwynd Farm cette nuit-là, il avait trouvé Ola à genoux à côté de deux corps et il avait décidé de l'aider. Ils s'étaient servis de son van pour emmener les cadavres à Skara Brae. Un endroit à l'abri des regards. Un endroit où il pensait qu'ils ne seraient jamais retrouvés.

— Il prétend que c'était son idée d'échanger les vêtements de Scott contre ceux d'Ola. Le but étant de laisser à la jeune fille un temps d'avance si jamais on la cherchait une fois que les corps seraient retrouvés. Puis il l'a aidée à quitter les îles, avec de l'argent et le nom de quelques personnes susceptibles de lui donner un coup de main pour repartir de zéro.

Freya l'avait déjà deviné. Elle n'avait plus qu'une question.

— Pourquoi ?

— La culpabilité. Il a reconnu avoir quitté la fête cette nuit-là terrassé par la honte. Il a écrit qu'il se dirigeait vers la falaise quand il l'a trouvée.

— Pour se tuer ?

Fergus hocha la tête.

— Et il a simplement changé d'avis quand il a vu Ola ? Il a décidé d'être complice de meurtre ? J'ai toujours du mal à…

— C'est à cause de lui si Ola était là. C'était lui qui avait mis son nom sur la liste.

La liste que Scott avait donnée aux chasseurs de talents. Freya se sentit mal. Elle coinça une mèche de cheveux derrière son oreille et regarda Tom lancer une balle à Luna à quelques mètres du bord de l'eau. Elle suivit des yeux la courbe du projectile dans l'air, contempla les reliefs, la mer et le ciel jaunâtre qui s'étendait à perte de vue, puis elle prit une grosse inspiration revigorante. Il lui était difficile de concilier l'horreur de ce qu'elle entendait avec la beauté de cet endroit.

— Ça a déjà été annoncé officiellement ?

— Ils vont le communiquer tout à l'heure. En mentionnant la découverte d'un corps dans le cadre d'une disparition, c'est tout.

— Est-ce que je peux informer Kristin ?

— Tu es de retour au travail ?

— Pas encore.

Mais elle comptait bientôt s'y remettre. Tom allait commencer son nouvel emploi la semaine suivante et elle ne voulait pas tourner en rond toute seule à la maison. Elle avait besoin de structure, de routine. Le plus tôt travailler au journal lui paraîtrait à nouveau normal, le mieux ce serait.

— Tu peux lui dire, déclara Fergus. Mais j'apprécierais que tu fasses abstraction du mot qu'il a laissé. Jess saura forcément d'où ça vient.

Freya acquiesça. Elles n'avaient besoin pas besoin du scoop, de toute façon. Depuis la semaine dernière, *The Orcadian* avait la primeur de l'actualité concernant Ola, Sutherland et Tait. C'était une autre raison pour laquelle elle avait hâte de reprendre le boulot : elle culpabilisait en sachant tout ce que ses collègues avaient sur les bras et elle voulait leur donner un coup de main. Juste avant de craquer pour de bon, elle avait raconté à Kristin tout ce qui s'était passé dans la maison d'Alistair Sutherland, puis Gill et Sophie avaient couvert le sujet. Kristin avait promis à Freya que chaque article serait signé de son nom. À l'époque, cela lui avait été complètement égal, mais désormais elle commençait à changer d'avis. L'article décisif, toutefois, avait été l'éditorial de Kristin sur sa propre expérience. Depuis, trois autres femmes s'étaient manifestées. D'autres allaient suivre le mouvement.

Freya se tourna face à la brise chargée de sel qui provenait de la mer et enfouit son menton dans son manteau.

— Que va-t-il se passer maintenant ?

— À propos de Gordon ?

— À propos de tout.

— Ola a indiqué aux inspecteurs l'identité de plusieurs de ces chasseurs de talents. Qui en ont balancé d'autres à leur tour. Jess m'a dit qu'ils avaient le nom de certains des hommes. Il leur reste maintenant à obtenir des preuves en béton avant qu'ils ne bougent.

— Ils n'en ont encore arrêté aucun, alors ?

— Ça viendra. Mais ça va prendre du temps.

— Et le reste ?

— Quoi donc ?

— Ce que Tait a dit sur le trafic. Sur le fait qu'ils n'étaient que les petites pièces d'un échiquier bien plus grand.

Fergus hocha la tête sans répondre.

Elle se tourna vers lui.

— Et ces hommes dans le van ?

Elle voyait toujours le blanc des yeux du tireur lorsqu'il avait chuté par-dessus la falaise. Elle savait que c'était la culpabilité, même si elle ne ressentait pas le moindre remords pour ce qu'elle avait fait. D'une certaine façon, c'était comme si ça n'était pas arrivé. Et si c'était à refaire, elle n'hésiterait pas une seule seconde. Il allait tuer Ola, qui venait de lui sauver la vie. Et il n'y avait aucun doute qu'elle aurait été la suivante. Elle avait fait ce qu'elle avait à faire.

Elle n'avait pas eu le choix.

Mais ce n'était pas cela qui la tracassait.

Elle en avait assez des secrets. Ils la consumaient de l'intérieur et elle était certaine que Fergus, Macintosh et leurs pairs le voyaient. Elle avait l'intention de confier à Tom la vérité sur ce qu'il s'était passé, ainsi qu'à Fergus mais, comme l'autre soir, il sembla lire dans ses pensées et il lui adressa le même regard que celui dans la baie de Skaill ce lundi-là.

Ce regard qui disait : *Ne dis rien.*

— Qui que ce soit, ils sont loin. Et personne ne va les regretter. À ta place, j'essaierais de me les sortir de la tête.

Un long silence passa entre eux avant que Freya reprenne :

— Tait a dit que ce n'était pas lui qui allait me tuer, qu'il ne se chargeait pas du sale boulot. Ces hommes sont arrivés.

Ils travaillaient pour lui, expliqua-t-elle en regardant Fergus. À ton avis, ce sont eux qui ont tué mon père ?

Fergus lui lança un coup d'œil.

— Au bout de combien de temps après mon départ as-tu ouvert la boîte ?

— Environ cinq minutes.

— Tu as tout lu ?

En effet.

À l'intérieur, Freya avait trouvé plusieurs carnets, similaires à ceux du tiroir de la chambre d'Ola. La boîte dégageait une odeur de renfermé et de papier séché et, quand Freya avait ouvert l'un d'eux, elle avait ressenti une petite impulsion parcourir son bras, et lui donner la chair de poule. Elle avait reconnu l'écriture négligée, similaire à la sienne.

Les pages étaient remplies de notes. Des lieux, des heures, des dates.

Et des initiales.

- *AT contacte Cragiefield & Work d'une cabine téléphonique, 31/03*
- *AT rencontre SC à Windwick, 22 h 49, 04/07*
- *TDL à Burwick, AT, SC, GL présents, 00 h 19, 07/07*
- *AT contacte Cragiefield & Work d'une cabine téléphonique, 30/04*
- *AT rencontre SC à Evie Sands, 23 h 30, 10/07*

— Depuis combien de temps as-tu cette boîte ?

— Environ six mois, répondit Fergus. Helen a fait du ménage l'été dernier et elle est tombée dessus dans le grenier. Elle pensait que c'était de la paperasse de police, des trucs de boulot de Neill, et elle me l'a donc remise.

— Et tu n'en as parlé à personne ?

L'expression de Fergus se durcit.

— À qui voudrais-tu que j'en parle ?

— À l'inspectrice en chef Macintosh. Enfin, les initiales AT sont partout. Ça doit être Allan Tait, non ?

— Possible.

— Mon père le surveillait, n'est-ce pas ? Il savait que Tait était impliqué dans quelque chose et il menait sa propre enquête sur lui.

— Je ne sais pas, répondit-il d'une voix teintée de tristesse. Mais oui, je pense que oui.

— Et GL, c'est Graham Linklater. Et SC est cité presque autant que Tait. C'est sans doute Scott Connelly.

— Linklater, peut-être. Mais Connelly…

Fergus jeta un coup d'œil vers Tom, qui jouait toujours avec Luna un peu plus loin. Il sortit de sa poche une feuille de papier qu'il tendit à Freya.

— Ces carnets remontent à 1997. Ton père était inspecteur depuis un peu plus de douze mois à l'époque et je venais tout juste de passer mon diplôme d'enquêteur, juste pour lui clouer le bec. Scott Connelly avait quatorze ans.

Il pointa le doigt vers la feuille de papier. Freya la déplia. C'était une copie du casier judiciaire de Scott Connelly. Elle parcourut le document, découvrant le parcours lugubre d'un garçon balloté d'une famille d'accueil à une autre avant de finir dans des centres de détention pour mineurs et en prison.

— J'ai récupéré ça la semaine dernière, quand j'ai entendu le nom de Connelly pour la première fois, expliqua Fergus. Je pensais la même chose que toi, mais entre 1996 et 1999 Connelly séjournait à Polmont. Il n'y a aucune trace de lui dans les Orcades avant 2003. Ça ne peut pas être lui.

— Alors c'est qui ?

— Il y a quelques candidats. Un type du nom de Seamus Cleat que ton père a fait arrêter il y a des années. Insaisissable, comme beaucoup. Sean Cotterill était un baron de la drogue en Écosse qui opérait ici, fut un temps. Et puis il y a Simon Cooper, tu te souviens de lui ?

Freya secoua la tête, même si ça lui disait vaguement quelque chose. Ces noms lui semblaient familiers, mais elle avait peut-être simplement entendu son père parler d'eux quand elle était enfant.

— C'était un conseiller municipal. Il encaissait des pots de vin, passait des contrats douteux. Ça a fait les gros titres à l'époque, tu ne devais avoir que sept ou huit ans. Ton père a contribué à le faire tomber. Ce sont des noms auxquels j'ai pensé depuis que j'ai vu ces carnets.

Il fit un geste de la tête vers le papier entre les mains de Freya.

— Regarde à nouveau.

— Je cherche quoi ?

— L'arrivée de Scott dans les Orcades.

Freya parcourut la feuille A4 jusqu'à tomber dessus. Scott avait été arrêté en mars 2003 pour trafic de substances de classe C à des écoliers, puis emmené au poste de police de Kirkwall, mais toutes les charges avaient été abandonnées. Il n'y avait plus rien à son sujet depuis.

La feuille stipulait le nom de l'agent qui l'avait interpelé.

— Agent M. Robertson, lut Freya à voix haute.

— Le même homme qui a retrouvé la voiture de Liam à Yesnaby.

Ils gardèrent le silence un moment, écoutant les vagues lécher le sable. Au moment de sa mort, son père menait une enquête secrète sur le chef de la police des Orcades à l'époque, un homme dont on était désormais sûr qu'il était corrompu. Freya était convaincue que cela lui avait coûté la vie. Si l'inspecteur en chef Magnus Robertson était lié à Tait, il ne devait pas découvrir que Fergus et elle étaient au courant.

— Ces notes de Neill, elles signifient que sa mort n'était pas un accident, mais elles ne le prouvent pas. Elles ne prouvent rien du tout, déclara Fergus. Neill ne les a jamais montrées à personne, même pas à moi, bizarrement. Si je les apporte maintenant à Jess Macintosh, ça remontera aux oreilles de Magnus. Ça ne servira qu'à les informer, lui et ceux à qui il est connecté, que nous sommes à leurs trousses. Et je te garantis qu'il fera tout ce qui est en son pouvoir pour dissimuler toute trace de ce qui est réellement arrivé à Neill.

— Alors tu veux mener l'enquête tout seul ?

— Non, je veux la mener avec toi.

Elle le regarda. Elle ne l'avait jamais vu si sérieux, si déterminé qu'en cet instant.

— Les gros bonnets du secteur Nord ne vont pas nous lâcher d'une semelle ces prochains mois, reprit-il. Chaque fois que je me gratterai le cul, ils vont me demander quel doigt j'ai utilisé. Ma marge de manœuvre est limitée. Si je suis surpris en train de farfouiller, d'imprimer des dossiers sans une bonne raison, on me foutra à la porte sans autre forme de procès. Je sais que je t'en ai déjà beaucoup demandé, Red, mais je ne peux pas faire ça sans toi. Et *seulement* toi. Personne d'autre ne peut être au courant.

Freya regarda Tom, qui lui sourit et agita la main avant de relancer la balle ; Luna se précipita derrière elle, sans jamais se lasser de ce jeu répétitif. Après tout ce dont ils avaient parlé ce matin, pouvait-elle vraiment faire ça ?

Elle porta la main à l'oreille, compta les piercings d'un côté puis de l'autre.

Un, deux, trois, quatre, cinq. Cinq, quatre, trois…

— Prends ton temps, dit Fergus. Réfléchis-y.

En vérité, elle n'avait pas besoin d'y réfléchir.

REMERCIEMENTS

Contrairement à ce que laisse entendre le titre (qui en réalité a été inspiré par une après-midi ensoleillée à la brasserie Orkney Brewery[1] !), l'écriture de ce roman n'a rien eu de solitaire. Ça a plutôt été un travail d'équipe, ce qui veut dire qu'il y a beaucoup de gens à remercier…

Tout d'abord, je suis très reconnaissant envers ma merveilleuse agente, Ella Kahn. Alors qu'elle avait accepté un autre texte, Ella ne s'est pas énervée quand je lui ai demandé d'arrêter de le soumettre aux éditeurs parce que j'avais un autre projet dont je voulais absolument que ce soit mon premier roman. C'est grâce à la foi qu'elle a placée en moi et en mon histoire que vous tenez ce livre entre vos mains aujourd'hui, et je ne la remercierai jamais assez.

Avec Daisy Watt et l'équipe de HarperNorth, j'ai eu l'immense chance de trouver une éditrice et une maison qui ont réellement compris Freya et l'histoire que je voulais raconter. Lorsque j'ai discuté avec Daisy pour la première fois, j'ai tout de suite su qu'elle était la bonne personne pour donner vie à ce livre. Merci aussi à Taslima Khatun pour les superbes graphismes dont j'ai arrosé les réseaux sociaux, et à Megan Jones d'avoir réglé la question de la carte, ce qui était très important ! (Il fallait qu'il y ait une carte !)

J'ai les potes les plus incroyables du monde qui se trouvent aussi être des auteurs extraordinaires. J'ai peur d'en oublier, mais

1. Le titre original, *Dark Island*, littéralement « L'île sombre », est aussi le nom d'une bière de cette brasserie. (*NdE*)

merci à Anita Frank (Non, non, non, NON !!), Bev Jandziol, Wiz Wharton, Corin Burnside, Simon Cowdroy, Mark Left, Kate Galley, Pushpinder Kaur, Suzanne Ewart, Kate Foster, et Danielle Devlin pour leurs premiers retours de lecture (allez acheter leurs livres !). Un remerciement particulier à Danielle pour avoir partagé avec moi ses connaissances sur les procédures de police, y compris un exposé détaillé sur ce qui se passe en garde à vue qui m'a beaucoup servi pour un passage qui a finalement été coupé de la version finale (Désolé !). Toute erreur que j'ai faite sur le travail de la police est clairement sa faute !

Toutes les personnes du Virtual Writing Group (VWG) m'ont apporté tant de soutien que ça semble cruel de n'en citer que certaines… mais je n'ai pas le choix ! Alors merci à Neema Shah (qui m'encourage depuis 2017, et je n'en serais pas là sans ses retours de lecture), Fí Scarlett, Jenny Ireland, Rebecca Netley, Julia Kelly, Sarah Smith, Lucy Hooft, et Manolita Foster (achetez aussi leurs romans !) pour leur générosité et leur aide.

Un grand merci à Sarah Gilmour, la vraie journaliste de *The Orcadian* (qui n'a rien à voir avec Gill Irvine !), qui a répondu à mes nombreuses questions sur son travail ; à Nick Clark Windo, mon mentor pendant six mois, qui m'a énormément appris sur comment ajouter de l'émotion dans mon roman, avec toute l'admiration que je lui voue ; et à Debi Alper et Emma Darwin, qui animent l'atelier Jericho Writers Self Edit (si vous voulez écrire, suivez ce cours !). Debi a été l'une des premières à me conseiller sur mon écriture et ses encouragements m'ont fait croire pour la première fois que je pouvais y arriver.

Enfin, un grand merci à vous, cher lecteur, d'avoir choisi ce livre et, espérons-le, de l'avoir lu jusqu'ici, ainsi qu'à la population des Orcades d'avoir toujours été si agréable et si accueillante. Mes mots ne pourront jamais rendre justice à la majesté de vos îles et j'espère que vous me pardonnerez de les avoir transformées en scène de crime. Si vous lisez ceci et que vous n'êtes jamais allé dans les Orcades, allez-y. Il y a beaucoup moins de meurtres et de pagaille là-bas que dans le livre, je le promets !

NOTE DE L'AUTEUR

Ce n'est pas un livre sur l'autisme. Ce n'est même pas vraiment un livre sur le fait d'être autiste. Je voulais simplement que ce soit un roman dont le personnage principal est neurodivergent, parce que nous existons.

Environ une personne sur dix au Royaume-Uni est autiste, mais les difficultés de diagnostic font que les vrais chiffres sont peut-être bien plus élevés. Malheureusement, les femmes et les filles sont toujours beaucoup moins diagnostiquées que les hommes et les garçons, au ratio de 13 pour 1 à certains endroits. L'autisme, le TDAH et toutes les formes de neurodiversité sont toujours très mal compris et rarement explicitement représentés, c'est pourquoi je voulais que Freya soit comme moi. J'espère avoir su dépeindre les défis et les joies qui accompagnent le fait d'avoir un esprit neurodivergent, mais je détesterais qu'on pense que l'histoire de Freya en est un portrait général, parce que c'est impossible. Il y a un dicton dans la communauté autiste : « Si vous avez rencontré un autiste, vous avez rencontré un autiste. » L'expérience de Freya est simplement une version de la mienne.

J'ai été orienté vers un test de diagnostic de l'autisme en août 2020, à peu près au moment où j'ai commencé à travailler sur ce roman, et j'ai été reconnu autiste avec TDAH en 2022. Écrire *Les Îles muettes* a été une sorte de thérapie pour moi et si l'expérience de Freya vous semble familière et que vous voulez en savoir plus, allez sur les réseaux sociaux et tapez les hashtags #ActuallyAutistic, #TDAH. Cherchez des auteurs et des artistes neurodivergents (on est nombreux !) et lisez leurs œuvres, regardez leurs émissions. J'espère que ça vous aidera à prendre conscience qu'il n'y a absolument aucun problème chez vous non plus. En fait, comme Freya, vous êtes carrément génial·e.

Et vous n'êtes pas seul·e.

Cet ouvrage a été composé par PCA
pour le compte des Éditions J.-C. LATTÈS
17, rue Jacob – 75006 Paris
contact-lattes@jclattes.fr

Imprimé en France par
CPI BRODARD & TAUPIN (72200 La Flèche)
en avril 2025

PAPIER À BASE DE FIBRES CERTIFIÉES

JC Lattès s'engage pour l'environnement en réduisant l'empreinte carbone de ses livres.
Celle de cet exemplaire est de :
550 g éq. CO_2
Rendez-vous sur
www.jclattes-durable.fr

N° d'édition : 01 – N° d'impression : 3060598
Dépôt légal : avril 2025
Imprimé en France